CB042376

**Coleção
Transgressor@s**

Coleção Transgressor@s
Coordenação Heloisa Seixas e Julia Romeu

© Bazar do Tempo, 2023
Título original: *The Age of Innocence*

Todos os direitos reservados e protegidos pela lei n. 9610, de 12.2.1998.
Proibida a reprodução total ou parcial sem a expressa anuência da editora.

Este livro foi revisado segundo o Acordo Ortográfico da Língua Portuguesa de 1990, em vigor no Brasil desde 2009.

Edição Ana Cecilia Impellizieri Martins
Coordenação editorial Cristiane de Andrade Reis e Meira Santana
Tradução e apresentação Julia Romeu
Copidesque Juliana Costa Bitelli
Revisão Alice Cardoso
Projeto gráfico e capa Bloco Gráfico

Foto da autora Edith Wharton, c. 1895. Retrato por E. F. Cooper, cortesia Yale University.

DADOS INTERNACIONAIS DE CATALOGAÇÃO
NA PUBLICAÇÃO (CIP)

W553i
Wharton, Edith.
    A idade da inocência / Edith Wharton
    Tradução e apresentação: Julia Romeu
    1ª ed., Rio de Janeiro, RJ: Bazar do Tempo, 2023.
    392 p.; 14 × 21 cm. (Transgressor@s)

Tradução de: *The age of innocence*
ISBN 978-65-84515-31-4

1. Literatura norte-americana. 2. Romance norte-americano.
I. Romeu, Julia. II. Título. III. Série.

2023-11   CDU: 820(73)-31   CDD: 813

Bruna Heller, bibliotecária, CRB-10/2348

BAZAR DO TEMPO
PRODUÇÕES E EMPREENDIMENTOS CULTURAIS LTDA.

Rua General Dionísio, 53, Humaitá
22271-050 – Rio de Janeiro – RJ
contato@bazardotempo.com.br
www.bazardotempo.com.br

Edith Wharton

A idade da inocência

Seleção, tradução e apresentação
Julia Romeu

APRESENTAÇÃO

As sutis transgressões de Edith Wharton
Julia Romeu

A princípio, pode parecer exagero incluir a escritora americana Edith Wharton (1862-1937) e o romance que muitos consideram sua obra-prima, *A idade da inocência*, em uma coleção de autoras e autores transgressores. Afinal, a autora vem de uma família ilustre da alta sociedade de Nova York, casou-se com um homem de igual *status* e viveu em meio à riqueza, fazendo viagens pela Europa e morando em casas e apartamentos de luxo. Mesmo *A idade da inocência*, um romance que mostra como podiam ser sufocantes as rígidas regras que ditavam a vida da elite na época da juventude da autora, contém um elemento de nostalgia por um mundo que desapareceu por completo após a hecatombe da Primeira Guerra Mundial. Embora as transgressões de Edith sejam sutis – verdadeiros tapas com luvas de pelica –, tanto na vida quanto na obra, elas são inquestionáveis.

Os pais de Edith Newbold Jones, nome de solteira da escritora, eram George Frederick Jones e Lucretia Rhinelander, ambos membros do mais alto escalão da sociedade nova-iorquina, composto pelas famílias descendentes dos ingleses e holandeses que primeiro haviam colonizado a ilha de Manhattan. Edith foi uma criança temporã, nascida quando seus três irmãos mais velhos já eram quase adultos. Ao contrário deles, ela nunca frequentou uma escola, tendo sido educada em casa pelo pai e por preceptoras. Desde cedo, mostrou-se uma leitora voraz, com um apreço especial por Goethe e pelo poeta John Keats. Os romances, justamente o gênero que a consagraria, lhe eram vetados: sua mãe tinha aprendido que não eram leituras adequadas para moças e, embora os lesse ela própria, não permitia que a filha o fizesse. Edith leu o primeiro romance somente depois de se casar.

Porém, os poemas, as peças, os livros de história que lhe estavam ao alcance das mãos foram o bastante para despertar nela a vontade de contar histórias. Ainda pequena, a autora começou a tecer narrativas em voz alta para si mesma, um hábito que horrorizou sua mãe. Em um de seus livros de memórias, ela conta que Lucretia passou a comprar brinquedos e trazer outras crianças para distraí-la, tentando fazê-la deixar de lado a atividade que ela chamava de "make up" (inventar). Edith aprendeu que sua paixão por histórias não combinava com o que se esperava de uma menina de seu círculo social: isso passou, como ela diria, a ser seu "êxtase secreto". A escritora não só não parou de contar histórias, como começou a colocar suas narrativas no papel. Quando tentava mostrá-las para a mãe, essa as ignorava. Edith, em suas próprias palavras, teve que atravessar "uma densa névoa de indiferença" em relação à sua arte antes de se tornar escritora profissional.

O que se esperava dela não era que se expressasse artisticamente ou que ganhasse dinheiro por conta própria, mas que se tornasse a esposa de um homem de uma família tão tradicional quanto a sua. Em 1882, Edith ficou noiva de um rapaz chamado Harry Stevens; sua família, entretanto, não o aprovou: Harry era um "novo-rico", cujo pai fizera fortuna no ramo hoteleiro. A tia-avó de Edith, a sra. Mary Mason Jones, importante figura da alta sociedade nova-iorquina, recusou-se a receber a mãe de Harry em sua casa. O noivado foi desmanchado. Anos depois, a sra. Stevens teria sua vingança: quando a sra. Mason Jones morreu, comprou a casa onde anos antes não pudera entrar. Mais tarde, Edith usaria a sra. Stevens como modelo para a alpinista social sra. Lemuel Struthers, personagem de *A idade da inocência*.

Em 1885, Edith se casou com Teddy Wharton, que não era de uma família muito rica, porém possuía as credenciais perfeitas. O casamento, no entanto, foi infeliz desde o início: os biógrafos concordam que havia incompatibilidade intelectual e sexual entre os dois. Durante mais de uma década, Edith Wharton levou a vida convencional para a qual era socialmente predestinada. Ela e Teddy compraram uma casa em Nova York e outra na pequena cidade de Lenox, no estado de Massachussetts; ela decorou ambas as casas, tornou-se uma renomada anfitriã, fez viagens. Mas a vontade de escrever, o êxtase secreto, nunca desapareceu.

Encorajada por amigos escritores, Edith começou a publicar poemas, contos e artigos em revistas. Seu primeiro livro foi uma obra de não ficção sobre decoração e arquitetura, intitulada *The Decoration of Houses* e lançada em 1897, em coautoria com seu amigo decorador Ogden Codman Jr. Depois, viriam duas coletâneas de contos, uma novela e dois romances, estes últimos intitulados *The Valley of Decision*, de 1902, e *Sanctuary*, de 1903. Ainda no ano de 1903, Edith conhece Henry James, a amizade literária mais importante de sua vida. Publicado em 1905, o seu terceiro romance, *A casa da alegria*, foi um imenso sucesso de crítica e de público, vendendo 140 mil cópias no primeiro ano e consolidando sua reputação como escritora.

Na vida pessoal, no entanto, esse mesmo período da virada de século foi marcado por uma série de desafios. Edith Wharton sempre teve problemas de saúde e, em 1898, a escritora sofreu um colapso nervoso e foi internada em um sanatório. Além disso, a partir de 1902, seu marido Teddy começou a dar os primeiros sinais de uma doença mental que hoje se acredita ter sido distúrbio bipolar. Edith descobriu mais ou menos na mesma época que ele, que geria todo o dinheiro do casal, gastara somas exorbitantes com suas amantes. Com isso, a escritora precisou tomar as rédeas de suas finanças. Teddy foi se tornando cada vez mais dependente de Edith, que passou a cuidar do marido quase em tempo integral, tendo dificuldades inclusive para encontrar momentos para escrever. Ela, no entanto, não conseguia contemplar a possibilidade do divórcio, considerado vergonhoso por sua família.

Foi então que aos 46 anos, ainda casada, Edith Wharton mergulhou em uma grande paixão com o jornalista e escritor Morton Fullerton. Com Fullerton, conheceu o amor romântico e o despertar sexual. O caso amoroso terminou em 1910, e eles continuaram amigos por toda vida. Em 1913, com a saúde mental de Teddy cada vez mais debilitada, ela tomou a difícil decisão de se divorciar do marido. Apesar de ter sido criada para ser esposa, mãe e *socialite*, Edith Wharton ousou escrever, ganhar dinheiro, amar e se libertar de um casamento infeliz. Talvez ela própria se surpreendesse com o epíteto, mas era, de fato, uma transgressora.

A GRANDE GUERRA E A GRANDE OBRA

Quando eclodiu a Primeira Guerra Mundial, em 1914, Edith Wharton já vivia em Paris há quatro anos. Durante esse período dramático, a escritora viu a capital francesa ser tomada por refugiados, soldados mutilados e famílias destruídas. Usou então sua influência e inteligência para ajudar as pessoas, angariando fundos para orfanatos e hospitais, criando oficinas que encontravam trabalho para mulheres solteiras e realizando uma gama de atividades beneficentes. Graças a seu heroico esforço, Henry James passou a chamá-la de "a grande generalíssima" e ela recebeu o título de Cavaleiro da Legião de Honra, condecoração máxima da França. Porém, o horror da guerra a deixou com uma certeza: o mundo de sua juventude havia acabado. Logo em seguida, em 1920, ela publica *A idade da inocência*, um retrato sardônico e ao mesmo tempo levemente saudoso desse mundo.

A primeira frase deste romance indica que o enredo se dá no começo da década de 1870, época em que Edith Wharton era criança.

Naquela Nova York, as pessoas ainda andavam de carruagem e o recém-construído Central Park era considerado tão distante quanto outra galáxia. A cidade é mostrada como um lugar dividido entre as tradições das famílias mais antigas, como a do protagonista Newland Archer e de sua noiva May Welland, e os hábitos dos novos-ricos, como Julius Beaufort e a já citada sra. Lemuel Struthers. Por um lado, a narradora demonstra certo desprezo pelos novos-ricos: são pessoas vulgares, gananciosas e, muitas vezes, desonestas. Por outro lado, a chamada "velha Nova York" parece um tanto engessada por suas incontáveis regras de conduta. Por exemplo, quando Newland visita o venerando casal que está no topo da hierarquia social da cidade, a mansão deles lembra muito um mausoléu.

Newland acha seu "clã" ou sua "tribo", como define a narradora, vagamente ridículo, mas sente-se ameaçado quando seu modo de vida é contestado. E ele será, de fato, questionado pela prima de sua noiva May, a condessa Ellen Olenska, alguém que, a um só tempo, pertence e não pertence àquele círculo social. Embora tenha nascido na alta sociedade de Nova York, Ellen passou a maior parte da vida na Europa, onde se casou com um conde polonês glamoroso, devasso, esbanjador e, ao que tudo indica, violento. Ela então volta para sua cidade natal em busca da proteção da família, pois deseja se divorciar – para consternação de todos os seus parentes e, no começo, do próprio Newland. A vivência de Ellen a deixou profundamente ferida, ao passo que ampliou seus horizontes de uma maneira aparentemente inalcançável para Newland Archer, ainda que ele tenha a ilusão de se considerar um homem viajado e experiente. Newland, após anunciar seu noivado com a virginal May, se apaixona por Ellen Olenska. Durante toda a narrativa, ele não sabe se deve tomar o caminho esperado e levar a vida convencional ao lado de May ou se deve jogar tudo para o alto e viver uma aventura com Ellen.

O gênio de Edith Wharton deixa claro para o leitor que a maneira como Newland enxerga ambas as mulheres não necessariamente engloba tudo o que elas, de fato, são. O protagonista as idealiza e é muito menos perspicaz do que imagina. Em um processo de caracterização dado principalmente por meio de diálogos, Wharton mostra que as duas personagens femininas são mais complexas do que Newland tem a capacidade de perceber. Apesar de arrogante e machista, o protagonista não é um personagem antipático, apenas um produto de seu tempo.

Edith Wharton escreveu *A idade da inocência* entre setembro de 1919 e março de 1920 para, segundo afirmou, escapar momentaneamente do presente dilacerante do pós-guerra. O livro foi um sucesso absoluto e rendeu-lhe o Prêmio Pulitzer. Nele, aos 57 anos, mesma idade que Newland Archer tem no último capítulo, Edith Wharton olha para o passado com delicadeza, mas sem uma reverência exagerada. Sua personagem mais cativante é, como ela própria, uma mulher transgressora, que não desejava arrebentar as amarras que lhe prendiam à sociedade, embora também não tenha aceitado todos os seus limites. Ao longo da narrativa, Wharton parece lamentar a perda da inocência presente no título, porém, ao mesmo tempo, a considera uma espécie de cegueira. Afinal, como Ellen Olenska insiste em lembrar, a fim de rachar o verniz de polidez da velha Nova York, a tristeza também faz parte da vida e, por mais volumosos que sejam os tapetes persas, é impossível escondê-la de todo.

A idade da inocência

LIVRO I

Capítulo 1

Em uma noite de janeiro do começo da década de 1870, Christine Nilsson[1] estava cantando uma ária de *Fausto* na Academia de Música de Nova York.

Embora já se falasse que uma nova ópera seria construída em um ponto remoto em termos metropolitanos, ou seja, "depois da rua quarenta", e que ela competiria em custo e esplendor com aquelas das grandes capitais europeias, as pessoas elegantes ainda se contentavam em se reencontrar todo inverno nos surrados camarotes vermelhos e dourados da velha e informal Academia. Os conservadores gostavam dela por ser pequena e inconveniente e, portanto, não permitir a entrada dos "novos-ricos" que estavam começando a causar, a um só tempo, temor e fascínio em Nova York. Os sentimentais eram apegados às associações antigas que ela despertava; já os mais musicais a apreciavam por sua excelente acústica, sempre algo problemático nos salões construídos com o objetivo de ouvir música.

Era a primeira apresentação de madame Nilsson naquele inverno, e aquilo que a imprensa já aprendera a descrever como "uma plateia excepcionalmente brilhante" se reunira para ouvi-la, sendo transportada

---

1 Kristina Nilsson (1843-1921), cujo nome Wharton anglicizou, foi uma cantora sueca de ópera. (N.T.)

pelas ruas escorregadias e cobertas de neve em berlindas privadas, no espaçoso landau da família ou no mais humilde, porém mais conveniente cupê Brown.[2] Ir à ópera em um desses era quase tão elegante quanto chegar de carruagem própria, e partir por este meio tinha a imensa vantagem de permitir que alguém (com uma alusão marota aos princípios da democracia) se enfiasse no primeiro veículo da fila em vez de esperar que o nariz congestionado pelo frio e pelo gim de seu cocheiro surgisse brilhando sob o pórtico da Academia. Foi uma das intuições mais magistrais deste alugador de carruagens, descobrir que os americanos desejam sair dos lugares ainda mais depressa do que desejam chegar a eles.

Quando Newland Archer abriu a porta que ficava no fundo do camarote do clube, a cortina acabara de subir, revelando a cena do jardim. O rapaz não tinha nenhum motivo para não ter chegado mais cedo, pois jantara às sete, só com a mãe e a irmã, e depois consumira devagar um charuto na biblioteca de estilo gótico, com estantes de nogueira escura polida e cadeiras de espaldar trabalhado, que era o único cômodo da casa onde a sra. Archer permitia que fumassem. Mas, em primeiro lugar, Nova York era uma metrópole perfeitamente consciente de que, nas metrópoles, não era "de bom-tom" chegar cedo à ópera; e aquilo que era ou não "de bom-tom" tinha um papel tão importante na Nova York de Newland Archer quanto os terrores totêmicos e inescrutáveis que haviam decidido os destinos de seus antepassados milhares de anos antes.

O segundo motivo de seu atraso era pessoal. Ele se demorara com seu charuto porque, no fundo, era um diletante, e pensar em um prazer muitas vezes lhe dava uma satisfação mais sutil do que sua realização. Isso acontecia principalmente quando o prazer era delicado, como a maioria de seus prazeres; e, nesta ocasião, o momento que ele antefruía era de qualidade tão rara e sublime que... Bem, se Archer

---

2 Carruagens de aluguel da empresa de Isaac Brown. (N.T.)

houvesse combinado sua chegada com o agente da prima-dona, não teria conseguido entrar na Academia em momento mais significativo do que aquele no qual ela cantava: "Ele me ama... ele não me ama... ele me ama!", jogando as pétalas da margarida no chão com notas cristalinas como o orvalho.

Ela, é claro, cantou *"M'ama!"*, e não "Ele me ama", já que uma lei inalterável e inquestionável do mundo da música exigia que o texto em alemão das óperas francesas cantadas por artistas suecas devia ser traduzido para o italiano, de modo a ser mais bem compreendido pela plateia, que falava inglês. Isso parecia tão natural para Newland Archer quanto todas as outras convenções por meio das quais sua vida fora moldada: tanto quanto o dever de usar duas escovas de cabo de prata com seu monograma pintado em esmalte azul para repartir o cabelo ou nunca aparecer em público sem uma flor (de preferência, uma gardênia) presa na lapela.

"M'ama... non m'ama...", cantou a prima-dona, e então *"M'ama!"* com uma explosão final de amor triunfante, enquanto beijava a margarida despetalada e erguia os grandes olhos para o rosto sofisticado do pequeno Fausto moreno de Capoul,[3] que, com seu gibão apertado de veludo roxo e seu chapéu de pluma, tentava em vão parecer tão puro e fiel quanto sua inocente vítima.

Newland Archer, recostando-se na parede dos fundos do camarote do clube, tirou os olhos do palco e examinou o lado oposto do teatro. Imediatamente à sua frente ficava o camarote da sra. Manson Mingott, cuja obesidade monstruosa havia muito tornava impossível para ela a tarefa de ir à ópera, mas que, nas noites ilustres, sempre era representada por alguns dos membros mais jovens da família. Nessa ocasião, a frente do camarote estava ocupada por sua nora, a sra. Lovell Mingott, e sua filha, a sra. Welland; e, um pouco atrás dessas matronas cobertas de brocados, encontrava-se uma jovem vestida de branco, com os

---

3 Victor Capoul (1839-1924), tenor francês. (N.T.)

olhos fixos em êxtase nos amantes sobre o palco. Quando o *"M'ama!"* de madame Nilsson vibrou em meio ao teatro silencioso (pois as pessoas nos camarotes sempre paravam de falar quando a margarida perdia suas pétalas), um rosa cálido assomou às faces da moça, cobrindo seu cenho até as raízes das madeixas louras e tingindo a curva de seus seios jovens até chegar ao recatado lenço de tule preso ao decote com uma única gardênia. Ela baixou os olhos em direção ao imenso buquê de lírios do campo que tinha no colo, e Newland Archer viu seus dedos cobertos por luvas brancas tocarem de leve as flores. Ele deu um suspiro de vaidade satisfeita e seus olhos voltaram-se para o palco.

Não tinham sido poupadas despesas na construção do cenário, considerado muito bonito até por aqueles que, assim como ele, conheciam as óperas de Paris e Viena. Todo o proscênio, até a ribalta, fora coberto por um pano verde-esmeralda. À meia distância, montes simétricos de musgo feitos de lã verde e circundados por arcos de croqué serviam de base para arbustos em formato de laranjeira, mas pontilhados com grandes rosas cor-de-rosa e vermelhas. Gigantescos amores-perfeitos, consideravelmente maiores do que as rosas e muito parecidos com os limpadores de pena em forma de flor costurados por devotas para clérigos ilustres, brotavam do musgo sob as roseiras; aqui e ali, uma margarida enxertada em um galho dessas roseiras se abria de maneira tão luxuriante que parecia uma profecia dos prodígios ainda distantes do sr. Luther Burbank.[4]

No centro desse jardim encantado, madame Nilsson, de casimira branca com tiras de cetim azul pálido, uma bolsinha pendurada em um cinto azul e grandes tranças amarelas cuidadosamente dispostas em ambos os lados da blusa de musselina, ouvia com os olhos baixos à corte apaixonada de *monsieur* Capoul, e fingia uma incompreensão singela de suas intenções sempre que ele, com palavras e olhares,

---

4 Luther Burbank (1849-1926) foi um botânico americano pioneiro na ciência agrícola. (N.T.)

indicava persuasivamente a janela do térreo da bonita casinha de tijolos cuja ponta se via no lado direito do palco.

"Que amor!", pensou Newland Archer, voltando a fitar rapidamente a moça com o buquê de lírios do campo. "Ela não faz ideia do que esse gesto quer dizer." E ele contemplou seu jovem rosto absorto, com um arrepio de posse no qual o orgulho por seu conhecimento masculino se misturava a uma reverência terna diante da pureza abissal da moça. "Nós vamos ler *Fausto* juntos... à beira dos lagos italianos...", pensou Archer, confundindo vagamente o cenário da lua de mel planejada com as obras-primas da literatura, que seria seu privilégio de homem revelar à noiva. Apenas naquela tarde May Welland permitira que ele adivinhasse que ela "lhe queria bem" – a expressão consagrada em Nova York para exprimir a aquiescência de uma donzela –, e sua imaginação já estava pulando a aliança de noivado, o beijo ao fim da cerimônia e a marcha nupcial para vê-la ao seu lado em algum cenário europeu de encantos ancestrais.

Ele não queria de forma alguma que a futura sra. Newland Archer fosse uma mulher simplória. Sua intenção era a de que ela, graças a sua companhia esclarecedora, desenvolvesse tato social e uma espirituosidade viva que lhe permitisse manter-se no nível das mais populares mulheres casadas do "círculo jovem", onde o costume estabelecido era atrair as homenagens dos homens e, ao mesmo tempo, desencorajá-las jocosamente. Se Archer houvesse examinado sua vaidade até o fundo (como às vezes quase chegava a fazer), teria descoberto ali o desejo de que sua esposa fosse tão mundana e tão ansiosa por agradar quanto a senhora casada cujos encantos o haviam aprisionado durante dois anos um pouco perturbadores; sem, é claro, qualquer vestígio da fragilidade que por tão pouco não conspurcara a vida daquela infeliz, e que estragara os planos dele próprio durante um inverno inteiro.

Como esse milagre, feito ao mesmo tempo de fogo e de gelo, poderia surgir e conseguir se manter vivo naquele mundo cruel era algo em que Archer jamais parara para pensar; contentava-se com essa visão sem analisá-la, pois sabia que era compartilhada por todos os cavalheiros bem penteados, com coletes brancos e flores na lapela que sucediam uns aos outros no camarote do clube, trocavam cumprimentos amistosos com ele e voltavam seus binóculos com um ar crítico para o círculo de damas que eram o produto desse sistema. Em questões intelectuais e artísticas, Newland Archer se sentia infinitamente superior aos espécimes seletos da aristocracia nova-iorquina; era provável que houvesse lido mais, pensado mais e até conhecido melhor o mundo do que qualquer homem daqueles. Sozinhos, eles deixavam clara sua inferioridade; mas, em grupo, representavam "Nova York", e o hábito da solidariedade masculina fazia com que Archer aceitasse a doutrina deles em todas as questões ditas morais. Instintivamente, ele sentia que, nesse ponto, seria complicado agir por conta própria – além de ser uma enorme prova de maus modos.

"Ora, quem diria!", exclamou Lawrence Lefferts, movendo os binóculos em um gesto repentino. Lawrence Lefferts, de maneira geral, era a principal autoridade em "modos" que havia em Nova York. Ele provavelmente dedicara mais tempo do que qualquer outra pessoa ao estudo dessa questão intrincada e fascinante; mas só o estudo não explicava sua absoluta e desembaraçada competência. Bastava olhar para ele – do declive da testa calva à curva do lindo bigode louro, até os longos pés cobertos de couro preto na outra ponta do corpo esguio e elegante – para sentir que o conhecimento dos "modos" devia ser congênito em alguém que sabia como usar roupas tão bonitas de maneira tão despreocupada e ainda manter uma postura tão graciosa e relaxada mesmo sendo tão alto. Como um jovem admirador certa vez dissera dele: "Se alguém sabe dizer a um camarada exatamente quando ele deve usar uma gravata preta à noite e quando não deve, é Larry Lefferts." E na questão de *pumps* ou *oxfords*[5] de couro preto, sua autoridade jamais fora questionada.

---

5 Dois tipos de sapato social. (N.T.)

"Meu Deus!", exclamou ele; e, em silêncio, passou os binóculos para o velho Sillerton Jackson.

Newland Archer, seguindo o olhar de Lefferts, viu com surpresa que sua exclamação fora causada pela chegada de alguém ao camarote da velha sra. Mingott. Era uma jovem magra, um pouco mais baixa do que May Welland, com cabelos castanhos que formavam cachinhos em suas têmporas e estavam presos por uma fina tiara de diamantes. O "estilo império" sugerido por esse enfeite de cabelo era levado adiante pelo corte do vestido de veludo azul-marinho cingido abaixo do peito por um cinto largo com uma grande fivela antiquada. A moça que usava esse traje incomum, e que parecia completamente inconsciente da atenção que ele estava atraindo, ficou um instante de pé no centro do camarote, discutindo com a sra. Welland se seria apropriado que ela tomasse seu lugar no canto direito da primeira fileira. Então, ela aquiesceu com um leve sorriso e se sentou ao lado da cunhada da sra. Welland, a sra. Lovell Mingott, que estava instalada no canto oposto.

O sr. Sillerton Jefferson tinha devolvido os binóculos de Lawrence Lefferts. O clube inteiro instintivamente se virou, esperando para ouvir o que ele ia dizer, pois o sr. Jackson era uma autoridade tão grande em "famílias" quanto o sr. Lefferts em "modos". Ele conhecia todas as ramificações de primos de Nova York, e não apenas era capaz de elucidar questões tão complicadas quanto o parentesco dos Mingott (através dos Thorley) com os Dallas da Carolina do Sul e a relação do ramo mais velho dos Thorley da Filadélfia com os Chivers de Albany (que não deveriam de jeito nenhum ser confundidos com os Manson Chivers de University Place), como também era capaz de enumerar as principais características de cada família: por exemplo, a avareza fabulosa dos ramos mais recentes dos Lefferts (os de Long Island); ou a tendência fatal dos Rushworth de fazer casamentos insensatos; ou a insanidade recorrente que acometia uma geração sim, outra não dos Chivers de Albany, com quem os primos de Nova York sempre tinham se recusado a casar – com a exceção desastrosa da pobre Medora Manson, que, como todo mundo sabia... mas, obviamente, a mãe dela era uma Rushworth.

Além dessa floresta de árvores genealógicas, o sr. Sillerton guardava, entre as têmporas fundas e sob a fina cabeleira prateada, um catálogo da maioria dos escândalos e mistérios que tinham fervilhado sob a fachada impassível da alta sociedade de Nova York nos últimos cinquenta anos. Seu conhecimento era tão extenso e sua memória tão profunda que diziam que ele era o único homem capaz de revelar de onde realmente vinha Julius Beaufort, o banqueiro, e o que acontecera com o belo Bob Spicer, pai da velha sra. Manson Mingott, que desaparecera de maneira misteriosa (e com boa parte das aplicações da família) um mês depois de se casar, no dia exato em que uma linda dançarina espanhola, que vinha deleitando plateias lotadas na velha ópera no Battery, zarpara para Cuba. Mas esses mistérios, assim como muitos outros, estavam trancados no coração do sr. Jackson, pois ele não apenas consideraria uma grande desonra repetir qualquer coisa que lhe fora dita de maneira privada, como estava perfeitamente ciente de que sua conhecida discrição aumentava as oportunidades de descobrir aquilo que desejava saber.

O camarote do clube, portanto, esperou com uma ansiedade visível enquanto o sr. Sillerton Jackson devolvia os binóculos de Lawrence Lefferts. Por um instante, ele examinou em silêncio o grupo atento com os olhos azuis opacos, ocultos sob suas pálpebras venosas de velho; então, retorceu o bigode com um ar pensativo e disse apenas: "Não achei que os Mingott fossem tentar."

Capítulo 2

Newland Archer, durante esse breve episódio, passara a sentir um estranho constrangimento.

Era irritante que o camarote que estava atraindo a plena atenção de todos os homens de Nova York fosse aquele onde sua noiva estava sentada, entre a mãe e a tia; e, por um instante, ele não conseguiu identificar a mulher com o vestido estilo império, tampouco imaginar por que sua presença causara tanta excitação entre os mais sábios. Mas então fez-se a luz e, com ela, surgiu uma pequena onda de indignação. Não, realmente; ninguém teria achado que os Mingott fossem tentar!

Mas tinham tentado; sem dúvida, tinham tentado, pois os comentários em voz baixa atrás de Archer fizeram com que ele tivesse certeza de que aquela jovem era a prima de May Welland, a prima à qual todos na família sempre se referiam como "a pobre Ellen Olenska". Archer sabia que a prima tinha chegado de repente da Europa um ou dois dias antes; e a srta. Welland até lhe contara (sem que ele desaprovasse) que fora ver a pobre Ellen, que estava hospedada com a sra. Mingott. Archer era completamente a favor da solidariedade familiar, e uma das qualidades que mais admirava nos Mingott era a firmeza com que defendiam as poucas ovelhas rebeldes produzidas por sua linhagem impecável. Não havia nada de mesquinho ou egoísta no coração do rapaz, e ele ficava feliz que sua futura esposa não fosse impedida por um falso senso de pudor de fazer uma gentileza (privada) para a infeliz prima. Mas receber a condessa Olenska no círculo familiar era diferente de aparecer com ela em público, ainda por cima na ópera, no mesmo camarote onde estava a jovem cujo noivado com ele, Newland Archer, seria anunciado dentro de poucas semanas. Não, ele sentia o mesmo que o velho Sillerton Jackson: não achava que os Mingott fossem tentar!

Archer sabia, é claro, que tudo que um homem ousasse fazer (dentro dos limites da Quinta Avenida), a velha sra. Manson Mingott, matriarca da família, ousaria também fazer. Ele sempre admirara aquela poderosa senhora, que, embora tenha sido apenas Catherine Spicer, de Staten Island, quando solteira, filha de um homem que sofrera uma misteriosa vergonha e que não tinha nem dinheiro, nem posição suficiente para fazer com que as pessoas se esquecessem dela, conseguira se casar com o chefe da rica família Mingott, arrumar para as filhas dois maridos "estrangeiros" (um marquês italiano e um banqueiro inglês) e coroar suas audácias construindo uma grande casa de pedra cor de creme (quando o arenito marrom parecia tão inescapável quanto usar fraque à tarde) em uma parte erma e inacessível da cidade, perto do Central Park.

As filhas da velha sra. Mingott que haviam se casado com os estrangeiros tinham se tornado uma lenda. Elas nunca voltaram para visitar a mãe e, como esta era sedentária e corpulenta, tal como muitas pessoas de mente ativa e modos dominadores, ela havia se conformado e permanecido no país. Mas a casa cor de creme (supostamente imitando as residências particulares da aristocracia parisiense) estava ali como prova visível de sua coragem moral; e, nela, a sra. Mingott reinava entre móveis da era pré-Revolução[6] e suvenires do Palácio das Tulherias da época de Napoleão III (onde ela brilhara na meia-idade), tão placidamente como se não houvesse nada de peculiar em morar

---

6 Anteriores à Revolução Americana (1776). (N.T.)

depois da rua 34 ou em ter janelas que iam até o chão e abriam como portas, em vez de serem de guilhotina.

Todos (incluindo o sr. Sillerton Jackson) concordavam que a velha Catherine jamais possuíra beleza – uma dádiva que, aos olhos de Nova York, justificava todos os sucessos e desculpava certa quantidade de defeitos. Pessoas mesquinhas diziam que, assim como a imperatriz de mesmo nome,[7] ela obtivera o sucesso por meio da força de vontade e da dureza de coração, bem como por uma espécie de atrevimento altivo que, de alguma maneira, era justificado pela extrema decência e dignidade de sua vida privada. O sr. Manson Mingott morrera quando Catherine tinha apenas 28 anos, deixando o dinheiro "preso" em aplicações com mais cuidado do que o normal, devido à desconfiança que todos tinham da família Spicer. Mas sua jovem viúva ousada seguira adiante sem temores, se misturara livremente à sociedade estrangeira, encontrara maridos para as filhas sabe-se lá em que círculos corruptos e refinados, ficara íntima de duques e embaixadores, se dera com papistas, recebera cantores de ópera e se tornara amiga íntima de madame Taglioni[8] – e, ao longo de tudo isso (como Sillerton Jackson era o primeiro a declarar), sua reputação jamais sofrera o mais leve arranhão. Era só nesse aspecto, ele sempre acrescentava, que ela era diferente de sua homônima mais velha.

A sra. Manson Mingott conseguira liberar a fortuna do marido havia muito tempo e vivia na riqueza há meio século; mas a lembrança das dificuldades que tivera no começo da vida a tornaram excessivamente econômica e, quando comprava um vestido ou um móvel, embora fizesse questão de que fossem da melhor qualidade, não conseguia se convencer a gastar muito dinheiro nos prazeres transitórios da mesa. Portanto, por motivos completamente diferentes, a comida servida em

---

7 Catarina II, conhecida também como Catarina, a Grande (1729-1796), imperatriz da Rússia. (N.T.)
8 Marie Taglioni (1804-1884), bailarina sueca. (N.T.)

sua casa era tão ruim quanto aquela servida na casa da sra. Archer, e os vinhos que a acompanhavam não ajudavam nem um pouco a melhorá-la. Seus parentes consideravam que a penúria de sua mesa era uma desonra para o nome da família, que sempre fora associado à elegância; mas as pessoas continuavam a visitá-la a despeito da comida comprada pronta e do champanhe choco, e ela, em resposta aos protestos do filho Lovell (que tentou limpar o nome dos Mingott contratando o melhor *chef* de Nova York), sempre dizia, rindo: "Para que ter dois cozinheiros na família se as meninas já estão casadas e eu não posso comer molhos?"

Enquanto pensava nessas coisas, Newland Archer mais uma vez voltara os olhos para o camarote dos Mingott. Ele viu que a sra. Welland e a cunhada encaravam o semicírculo de críticos com o *aplomb* da família, inculcado em toda a sua tribo pela matriarca, e que apenas May Welland, cuja pele estava rubra (talvez por saber que Archer a observava), demonstrava perceber a gravidade da situação. Quanto à causa da comoção, ela estava sentada com uma postura graciosa em seu canto do camarote, com os olhos fixos no palco e revelando, ao se debruçar, um pouco mais dos ombros e dos seios do que Nova York estava acostumada a ver, pelo menos em senhoras que tinham motivos para passar despercebidas.

Poucas coisas pareciam mais terríveis para Newland Archer do que uma ofensa ao "bom gosto", aquele deus distante do qual os "modos" eram apenas a representação visível – os administradores. O rosto pálido e sério de madame Olenska pareceram-lhe adequados à ocasião e à sua circunstância infeliz; mas a maneira como seu vestido (que não tinha um lenço preso ao decote) se abria em curva em torno de seus ombros magros o chocou e perturbou. Archer detestou pensar em May Welland exposta à influência de uma jovem tão indiferente às regras do bom gosto.

"Afinal", disse um dos rapazes atrás de Archer (todo mundo falava durante as cenas de Mefistófeles com Marthe), "o que foi que aconteceu, exatamente?"

"Bem... ela largou o marido. Ninguém tenta negar isso."

"Ele é um brutamontes, não é?", continuou o jovem curioso, um cândido Thorley, que evidentemente estava se preparando para entrar no torneio como defensor da dama.

"Do pior tipo. Eu o conheci em Nice", contou Lawrence Lefferts com autoridade. "Um camarada meio paralítico, pálido, sardônico... tem o rosto bonito, mas tem cílios demais. Vou dizer qual é o tipo dele: quando não estava com mulheres, estava colecionando porcelana. Pelo que sei, pagava qualquer preço pelas duas coisas."

Houve uma risada geral e o jovem defensor disse: "Bem, então..."

"Então, ela fugiu com o secretário dele."

"Ah, entendi." O defensor fez uma expressão consternada.

"Não durou muito. Poucos meses depois, eu ouvi dizer que ela estava morando sozinha em Veneza. Acredito que Lovell Mingott foi lá buscá-la. Disse que ela estava numa infelicidade desesperadora. Muito bem. Mas exibi-la na ópera já é outra coisa."

"Talvez ela esteja infeliz demais para ser deixada em casa", arriscou o jovem Thorley.

Essa fala foi recebida com uma risada irreverente. O rapaz corou profundamente e tentou fazer uma expressão de quem pretendera insinuar o que os entendidos chamam de *double entendre*.[9]

"Bem... de qualquer maneira, é estranho que eles tenham trazido a srta. Welland", disse alguém em voz baixa, olhando de soslaio para Archer.

"Ah, isso é parte da campanha. Ordens da vovó, sem dúvida", riu Lefferts. "Quando a velha faz alguma coisa, faz direito."

O ato estava chegando ao fim e todos no camarote começaram a se mexer. Subitamente, Newland Archer sentiu-se impelido a fazer um gesto decisivo. O desejo de ser o primeiro homem a entrar no camarote da sra. Mingott, de proclamar para o mundo expectante

---

9 Em francês, "duplo sentido". (N.E.)

seu noivado com May Welland e de estar ao seu lado durante quaisquer dificuldades em que ela pudesse ser envolvida devido à situação anômala da prima – esse impulso abruptamente venceu todos os seus escrúpulos e hesitações e fez com que ele atravessasse correndo os corredores vermelhos até a outra ponta do teatro.

Quando Archer entrou no camarote, seus olhos encontraram os da srta. Welland e ele viu que ela compreendera imediatamente o seu motivo, embora a dignidade familiar que ambos consideravam uma virtude tão importante não lhe permitisse dizer isso. As pessoas do mundo deles viviam em uma atmosfera de leves insinuações e sutis delicadezas, e o fato de eles se compreenderem sem sequer uma palavra pareceu ao rapaz aproximá-los mais do que qualquer explicação. Os olhos dela disseram: "Você está vendo por que a mamãe me trouxe." e os dele responderam: "Eu não queria que você tivesse ficado em casa por nada no mundo."

"O senhor conhece a minha sobrinha, a condessa Olenska?", perguntou a sra. Welland ao apertar a mão do futuro genro. Archer fez uma mesura sem estender a mão, como era de costume quando se era apresentado a uma dama; e Ellen Olenska inclinou um pouco a cabeça, mantendo as mãos cobertas por luvas claras ao redor de seu imenso leque de penas de águia. Após cumprimentar a sra. Lovell Mingott, uma senhora loura e corpulenta que usava um vestido farfalhante de cetim, ele se sentou ao lado da noiva e disse em voz baixa: "Espero que você tenha contado à madame Olenska que nós estamos noivos. Quero que todos saibam. Quero que você me deixe anunciar esta noite, no baile."

O rosto da srta. Welland ficou róseo como a alvorada e ela encarou-o com um olhar radiante. "Se você conseguir convencer a mamãe...", disse ela. "Mas por que deveríamos mudar o que já foi combinado?", respondeu Archer apenas com os olhos, e ela acrescentou, com um sorriso ainda mais confiante: "Diga você mesmo à minha prima. Eu lhe dou permissão. Ela disse que vocês brincavam juntos quando eram crianças."

Ela abriu espaço para Archer passar afastando a cadeira e ele, imediatamente e de maneira um pouco ostensiva, desejando que o teatro inteiro visse o que estava fazendo, sentou-se ao lado da condessa Olenska.

"Nós brincávamos *mesmo* juntos, não é?", perguntou ela, encarando-o com seus olhos sérios. "O senhor era um menino horrível e, certa vez, me beijou atrás de uma porta; mas era pelo seu primo Vandie Newland, que nunca nem me olhou, que eu era apaixonada." Madame Olenska examinou a curva em forma de ferradura onde ficavam os camarotes. "Ah, que lembranças isso me traz... Estou vendo todos aqui de calças curtas", disse ela com seu leve sotaque estrangeiro arrastado, voltando a fixar os olhos nele.

Por mais cativante que fosse sua expressão, foi um choque para o rapaz ver ali o reflexo de uma imagem tão imprópria do augusto tribunal que estava, naquele mesmo instante, julgando o caso dela. Nada poderia ser de pior gosto do que uma frivolidade equivocada; e ele respondeu com certa frieza: "Sim, a senhora passou muito tempo fora."

"Ah, séculos e séculos. Tanto tempo, que tenho certeza de que estou morta e enterrada e de que este lugar tão velho e querido é o paraíso." Isso, por motivos que ele não soube definir, pareceu a Newland Archer uma maneira ainda mais desrespeitosa de descrever a sociedade de Nova York.

Capítulo 3

Acontecia sempre da mesma maneira.

A sra. Julius Beaufort, na noite de seu baile anual, nunca deixava de ir à ópera; na verdade, sempre dava seu baile em uma noite em que houvesse ópera para poder enfatizar sua completa superioridade em cuidados domésticos e o fato de que possuía criados capazes de organizar cada detalhe do evento em sua ausência. A casa dos Beaufort era uma das poucas em Nova York que possuiam um salão de baile (ela era mais antiga até do que a da sra. Manson Mingott e a dos Headly Chivers); e, em uma época em que estava começando a ser considerado "provinciano" colocar um carpete provisório na sala de estar e levar os móveis para o andar de cima em dia de festa, possuir um salão de baile que não era usado para mais nada, passando 364 dias por ano imerso na escuridão, com as cadeiras douradas empilhadas em um canto e o candelabro dentro de um saco, era uma superioridade indubitável que, sentia-se, compensava por tudo que havia de lamentável no passado dos Beaufort.

A sra. Archer, que gostava de resumir sua filosofia social em axiomas, certa vez dissera: "Nós todos temos nossos vulgares preferidos..." E, embora a frase fosse ousada, muitos amantes da exclusividade admitiam, em segredo, que era verdadeira. Os Beaufort não eram exatamente vulgares: algumas pessoas diziam que eram ainda piores do que isso. A sra. Beaufort, na verdade, pertencia a uma das famílias mais ilustres dos Estados Unidos; quando solteira, fora a linda Regina Dallas (do ramo da Carolina do Sul), uma beldade sem um tostão, apresentada à alta sociedade de Nova York pela prima, a imprudente Medora Manson, que vivia fazendo a coisa certa pelo motivo errado. Quando alguém era parente dos Manson e dos Rushworth, tinha um *droit de cité*[10] (como dizia o sr. Sillerton Jackson, que frequentara o Palácio das Tulherias) na sociedade de Nova York; porém, não se abria mão disso ao se casar com Julius Beaufort?

A pergunta era: de *onde* viera Beaufort? Ele dizia ser inglês, era simpático, bonito, irascível, hospitaleiro e espirituoso. Viera para os Estados Unidos com cartas de recomendação do genro inglês da velha sra. Manson Mingott, o banqueiro, e rapidamente adquirira uma posição importante no mundo dos negócios. Mas tinha hábitos dissipados, uma língua ácida, antecedentes misteriosos; e, quando Medora Manson anunciara que a prima estava noiva dele, a impressão foi que aquela era mais uma tolice da longa lista de imprudências da pobre Medora.

Contudo a tolice é comprovada na sua justiça por seus filhos com tanta frequência quanto a sabedoria,[11] e, dois anos após o casamento da jovem sra. Beaufort, admitiu-se que ela possuía a residência mais ilustre de Nova York. Ninguém sabia exatamente como o milagre aconteceu. Ela era indolente, passiva e até estúpida, segundo os mais ferinos; mas, vestida como uma deusa, repleta de pérolas, ficando mais jovem e mais loura a cada ano, ela reinava no colossal palácio de arenito marrom do sr. Beaufort e atraía o mundo inteiro para lá sem sequer levantar um dedinho anelado. Os entendidos diziam que era o

---

10 Em francês, literalmente "direito de cidade", ou seja, o direito do cidadão de pertencer a determinado lugar. (N.T.)
11 Referência ao Evangelho Segundo Lucas 7:35: "E a sabedoria foi comprovada na sua justiça por todos os seus filhos." (N.T.)

próprio Beaufort quem treinava a criadagem, ensinava novos pratos ao *chef*, dizia aos jardineiros que flores cultivar na estufa para colocar na mesa de jantar e nas salas de estar, selecionava os convidados, fazia o ponche que era servido depois do jantar e ditava os bilhetinhos que a esposa escrevia para as amigas. Se fosse verdade, essas atividades domésticas eram realizadas de maneira privada e, para o mundo, ele demonstrava ser um milionário despreocupado e hospitaleiro, que entrava na própria sala de estar com a indiferença de um convidado, dizendo: "As gloxínias da minha esposa são uma maravilha, não são? Acredito que ela as compra no Kew Gardens."

Todos concordavam que o segredo do sr. Beaufort era a maneira como ele atravessava tudo. Pouco importava se sussurravam que havia deixado a Inglaterra com uma "pequena ajuda" do estabelecimento financeiro internacional no qual trabalhava; ele passava incólume por esse boato com a mesma facilidade com que passava pelos outros, embora a consciência do mundo dos negócios nova-iorquino não fosse menos delicada do que seus padrões morais. Beaufort passava intato por tudo e arrastava Nova York inteira para os seus salões. Já havia vinte anos que as pessoas diziam que iam "à casa dos Beaufort" com a mesma segurança com que diziam que iam à casa da sra. Manson Mingott – e com a satisfação adicional de saber que comeriam pato-selvagem e beberiam vinhos de boas safras, em vez de Veuve Clicquot tépido sem ano definido[12] e croquetes requentados.

A sra. Beaufort, como sempre, tinha aparecido em seu camarote logo antes da Canção das Joias; e quando, também como sempre, ela se levantou ao final do terceiro ato, colocou a capa de ópera sobre os

---

12 Ou seja, não safrados. A maioria dos champanhes é feita utilizando vinhos obtidos por uvas de diversas safras; já os champanhes com safra determinada, chamados *millésimés*, são produzidos com frutos de uma única safra, de uma colheita que tenha sido considerada excepcional, e são os mais caros. (N.T.)

lindos ombros e desapareceu, Nova York soube que isso significava que, dali a meia hora, o baile iria começar.

A casa dos Beaufort era uma residência que os nova-iorquinos tinham orgulho de mostrar aos estrangeiros, principalmente na noite do baile anual. Os Beaufort estavam entre as primeiras pessoas de Nova York a ter seu próprio tapete vermelho e seus próprios criados para desenrolá-lo escada abaixo sob seu próprio toldo – isso em vez de alugar tudo, como aqueles que alugavam as cadeiras do salão e pagavam alguém de fora para fazer a ceia. Eles também tinham inaugurado o hábito de permitir que as senhoras tirassem as capas no saguão, em vez de irem atrapalhadas para o quarto da anfitriã fazer mais cachos no cabelo com a ajuda do bico de gás. Segundo alguns, Beaufort afirmara imaginar que as amigas da esposa tivessem criadas para se certificarem de que seus penteados estavam adequados antes de sair de casa.

Além do mais, a casa fora planejada com um ousado salão de baile, de modo que, em vez de se espremer por uma passagem estreita para chegar nele (como acontecia na casa dos Chivers), podia-se marchar solenemente por uma longa fileira de salões (um verde-água, um escarlate e um *bouton d'or*),[13] vendo ao longe as inúmeras velas dos candelabros refletidas no assoalho de madeira polida e, mais adiante, as profundezas de uma estufa onde as custosas folhas de camélias e samambaias cascateavam sobre bancos de bambu preto e dourado.

Newland Archer chegou um pouco tarde, o que ficava bem para um rapaz de sua posição. Ele deixara o sobretudo com os criados vestidos com meias de seda (as meias eram uma das poucas fatuidades de Beaufort), se demorara algum tempo na biblioteca repleta de

---

13 "Botão de ouro", nome francês da flor do ranúnculo que designava um tom de amarelo popular na decoração dessa época. (N.T.)

painéis de couro espanhol, de móveis estilo *boulle*[14] e de malaquita, onde alguns homens conversavam e colocavam as luvas de dança, e afinal entrara na fila de convidados que a sra. Beaufort estava recebendo na porta do salão escarlate.

Archer estava claramente nervoso. Ele não voltara para o seu clube após a ópera (como os rapazes em geral faziam), mas, como a noite estava bonita, passara algum tempo subindo a Quinta Avenida antes de dar meia-volta e ir na direção da casa dos Beaufort. Ele definitivamente temia que os Mingott fossem longe demais; que, na verdade, tivessem recebido ordens da vovó Mingott para levar a condessa Olenska ao baile.

Pelo tom do camarote do clube, Archer percebera como esse erro seria grave; e, embora estivesse mais determinado do que nunca a "levar a coisa até o fim", sentia-se menos disposto a defender bravamente a prima da noiva do que antes da breve conversa deles na ópera.

Caminhando até o salão *bouton d'or* (onde Beaufort tivera a audácia de pendurar *O amor vitorioso*, o muito discutido nu de Bouguereau),[15] Archer encontrou a sra. Welland e a filha em pé, perto da porta do salão de baile. Já havia casais deslizando sobre o assoalho, mais adiante: a luz das velas de cera se refletia sobre as saias de tule girando, as flores recatadas nas cabeças das moças, os ousados ornamentos de plumas e diamantes que enfeitavam os penteados das jovens casadas e o brilho de golas muito engomadas e de luvas muito enceradas.

A srta. Welland, que evidentemente estava prestes a começar a dançar também, demorou-se um pouco no umbral da porta, com os lírios do campo na mão (ela não trouxera nenhum outro buquê), o rosto um pouco pálido e os olhos ardendo de franca excitação. Havia um grupo

---

14 Tipo de marchetaria tornado famoso pelo artesão francês André-Charles Boulle. (N.T.)

15 William-Adolphe Bouguereau (1825-1905), pintor francês conhecido, dentre outras coisas, por numerosas telas que retratam a nudez. (N.T.)

de rapazes e moças ao redor dela e houve muitos apertos de mão, risos e gracejos, que a sra. Welland, que se encontrava um pouco afastada, observou com uma aprovação discreta. Era evidente que a srta. Welland estava anunciando seu noivado, enquanto a sra. Welland fingia sentir a relutância maternal considerada apropriada para a ocasião.

Archer parou um momento. Ele próprio expressara o desejo de anunciar o noivado, mas não era assim que queria que todos soubessem de sua felicidade. Proclamá-la em meio ao calor e ao barulho de um salão de baile era roubá-la do frescor da privacidade que devia pertencer às coisas que estavam mais próximas do coração. Seu júbilo era tão profundo que essa superfície esbatida não o tocou na essência; mas ele teria preferido ter mantido a superfície pura também. Foi uma certa satisfação descobrir que May Welland sentia algo semelhante. Ela lançou um olhar súplice para Archer, e esse olhar exprimia: "Lembre-se, estamos fazendo isso porque é o certo."

Nenhum apelo poderia ter causado reação mais imediata no peito de Archer; mas ele lamentou que a necessidade do gesto não houvesse sido representada por alguma razão ideal, em vez de apenas pela pobre Ellen Olenska. O grupo ao redor da srta. Welland deixou-o passar com sorrisos significativos e, após receber seu quinhão de felicitações, Archer levou a noiva até o meio do salão e colocou o braço ao redor da cintura dela.

"Agora, não vamos precisar falar", disse ele, sorrindo diante da expressão franca dos olhos dela, conforme eles flutuavam nas ondas doces do Danúbio Azul.

A srta. Welland não respondeu. Seus lábios deram um sorriso trêmulo, mas seus olhos permaneceram distantes e sérios, como que fixos em uma visão inefável. "Minha querida", sussurrou Archer, apertando-a contra si. Ele se deu conta de que as primeiras horas de um noivado, mesmo se passadas em um salão de baile, tinham algo de grave e sagrado. Que vida nova seria aquela, com essa brancura, essa pureza, essa bondade ao seu lado!

Quando a música acabou, os dois se encaminharam para a estufa, como era o correto para um casal recente de noivos; e, sentando atrás de uma parede alta de samambaias e camélias, Newland levou a mão enluvada de May aos lábios.

"Eu fiz o que você me pediu, viu?", disse ela.

"Sim; eu não pude esperar", respondeu ele, sorrindo. Após um instante, acrescentou: "Mas queria que não tivesse precisado ser num baile."

"Eu sei." Ela fitou-o, compreendendo. "Mas, afinal de contas... mesmo aqui, nós estamos sozinhos juntos, não é?"

"Ah, meu amor! Sempre!", exclamou Archer.

Era evidente que May sempre iria entender, sempre iria dizer a coisa certa. Essa descoberta fez com que Archer transbordasse de felicidade, e ele continuou, alegremente: "O pior de tudo é que eu quero lhe dar um beijo e não posso." Ao dizer isso, olhou depressa a estufa ao redor, certificou-se da privacidade momentânea deles e, trazendo-a para junto de si, pressionou seus lábios de maneira fugidia. Para compensar a audácia desse gesto, levou-a até um banco de bambu em um lugar menos reservado da estufa e, sentando-se ao seu lado, tirou um dos lírios do campo do buquê. May ficou em silêncio, e o mundo era como um vale iluminado aos pés de ambos.

"Você contou para a minha prima Ellen?", perguntou ela então, como se estivesse no meio de um sonho.

Archer despertou e se lembrou de que não fizera isso. Alguma repugnância invencível, por tocar no assunto com aquela estrangeira excêntrica, tinha impedido as palavras de sair de seus lábios.

"Não... acabei não tendo uma oportunidade", mentiu Archer depressa.

"Ah." May pareceu decepcionada, mas gentilmente resolvida a convencê-lo. "Precisa fazer isso, então, pois eu também não contei; e não quero que ela pense..."

"É claro que não. Mas, afinal de contas, você não é a pessoa ideal para isso?"

Ela pensou no assunto. "Se tivesse feito no momento certo, sim. Mas agora que ele passou, você precisa explicar que eu pedi que lhe contasse na ópera, antes que nós anunciássemos para todos aqui. Se não, ela pode pensar que eu a esqueci. Ela é da família, sabe, e passou tanto tempo longe que é bastante... sensível."

Archer olhou para ela, radiante. "Meu anjo adorado! É claro que eu conto." Ele olhou para o salão lotado com certa apreensão. "Mas ainda não a vi. Ela veio?"

"Não. No último minuto, decidiu não vir."

"No último minuto?", repetiu Archer, demonstrando sem querer sua surpresa de que ela sequer houvesse considerado possível essa alternativa.

"Sim. Ela ama muito dançar", respondeu a moça com simplicidade. "Mas, de repente, decidiu que seu vestido não era elegante o suficiente para um baile, embora todos nós o tenhamos achado tão bonito. E minha tia teve de levá-la para casa."

"Ah, que pena", disse Archer, com alegre indiferença. Nada em sua noiva o agradava mais do que sua determinação resoluta em levar até o limite o ritual de ignorar as coisas "desagradáveis", algo que ambos tinham aprendido desde o berço.

"Ela sabe tão bem quanto eu", refletiu ele, "o verdadeiro motivo de a prima se manter afastada. Mas eu jamais a deixarei perceber o menor indício de que estou ciente de haver a mais leve mancha na reputação da pobre Ellen Olenska."

Capítulo 4

Ao longo do dia seguinte, as primeiras e tradicionais visitas de noivado foram feitas. O ritual nova-iorquino era preciso e inflexível nessas questões: obedecendo suas regras, Newland Archer primeiro foi com a mãe e a irmã visitar a sra. Welland e, depois, com a sra. Welland e May, seguiu até a casa da sra. Manson Mingott para receber a bênção daquela respeitável matriarca.

O rapaz sempre achava divertido visitar a sra. Manson Mingott. A casa em si já era um documento histórico, embora, é claro, não tão veneranda quanto outras residências antigas em University Place ou no começo da Quinta Avenida. Essas últimas eram o mais puro produto da década de 1830, possuindo uma sombria harmonia de tapetes com estampas de rosas centifólias, aparadores de jacarandá, lareiras arredondadas com consoles de mármore preto e imensas estantes de mogno polido, ao passo que a velha sra. Mingott, que construíra sua casa posteriormente, jogara fora os móveis maciços de sua juventude e misturara os objetos que estavam havia anos na família com estampados frívolos do Segundo Império.[16] Era hábito dela sentar-se diante de uma das janelas de sua sala de estar no térreo,

16 Trata-se do Segundo Império francês (1852-1870), durante o qual reinou Napoleão III. (N.T.)

como quem esperava calmamente o instante em que a vida e a moda fluiriam para o norte e bateriam em sua porta solitária. A sra. Mingott não parecia estar com a menor pressa de vê-las chegar, pois sua paciência era tão vasta quanto sua autoconfiança. Tinha certeza de que logo os tapumes, as pedreiras, os *saloons* de um andar, as estufas de madeira em jardins malcuidados e as pedras onde bodes subiam para examinar a cena desapareceriam diante do avanço de residências tão imponentes quanto a sua – talvez até mais (ela era uma mulher imparcial); e que os paralelepípedos sobre os quais as velhas diligências passavam aos trancos e barrancos seriam substituídos pelo asfalto liso, como aquele que as pessoas diziam ter visto em Paris. Enquanto isso não acontecia, como todos que desejava ver vinham até *ela* (que conseguia encher seus salões com a mesma facilidade que os Beaufort, sem acrescentar sequer um item aos menus de suas ceias), a sra. Mingott não sofria com seu isolamento geográfico.

O imenso acúmulo de peso que recaíra sobre ela durante sua meia-idade, como uma inundação de lava sobre uma cidade fadada à destruição, a fizera deixar de ser uma mulherzinha rechonchuda e ativa, com pés e calcanhares benfeitos, e a transformara em algo tão vasto e majestoso quanto um fenômeno natural. A sra. Mingott tinha aceitado essa submersão com a mesma serenidade com que aceitara todas as suas outras provações; e agora, já bem velha, fora recompensada com um reflexo no espelho que incluía uma enorme quantidade de pele rosada e branca, que era firme e quase sem rugas, e no centro da qual restavam os vestígios de um rosto pequeno que parecia estar esperando ser escavado. Uma escadaria de queixos moles levava até as profundezas de seios ainda cor de neve, cobertos por musselinas, também cor de neve, que ficavam presas por um retrato em miniatura do falecido sr. Mingott; e, ao redor e abaixo, ondas e ondas de seda preta engolfavam as bordas de uma larga poltrona, com duas minúsculas mãozinhas brancas pousadas como gaivotas sobre vagalhões.

O fardo do peso da sra. Manson Mingott havia muito tornara-lhe impossível subir e descer escadas e, com a característica independência, ela havia fechado seus salões de visita no andar de cima e se estabelecido (em flagrante violação de todas as regras de Nova York) no térreo da casa. Assim, quem estava sentado diante da janela da sala de estar com a sra. Mingott inesperadamente entrevia (por uma porta que estava sempre aberta e um reposteiro de damasco amarelo que vivia preso) um quarto de dormir com uma imensa cama baixa, macia como um sofá, e uma penteadeira com frívolos babados de renda e um espelho de borda dourada.

Seus visitantes ficavam estupefatos e fascinados diante da estranheza desse arranjo, que lembrava cenas de livros de ficção franceses e incentivos arquitetônicos à imoralidade, jamais sonhados por americanos simplórios. Era assim que as mulheres que tinham amantes viviam nas velhas sociedades corruptas: em aposentos com todos os cômodos em um andar só e todas as associações indecentes que seus romances descreviam. Newland Archer (que secretamente situara as cenas de amor de *Monsieur de Camors*[17] no quarto da sra. Mingott) se divertia em imaginar a vida imaculada daquela senhora se desenrolando no cenário de um adultério; mas ele dizia de si para si, com considerável admiração, que se aquela mulher intrépida houvesse desejado ter um amante, teria conseguido.

Para alívio geral, a condessa Olenska não estava presente na sala de estar da avó durante a visita dos noivos. A sra. Mingott disse que ela havia saído; algo que, em um dia de sol tão forte e na "hora das compras", parecia, por si só, *já ser um gesto indelicado da parte de uma mulher em situação comprometedora*. De qualquer maneira, isso os poupou do embaraço de sua presença e da leve sombra que seu infeliz passado poderia parecer jogar sobre o radiante futuro deles dois. A visita foi um sucesso, como era de se esperar. A velha sra. Mingott

---

17 Romance publicado em 1867 pelo escritor francês Octave Feuillet (1821-1890). (N.T.)

estava encantada com o noivado que, tendo sido longamente previsto por parentes vigilantes, fora examinado com cuidado pelo conselho familiar; e a aliança de noivado, uma safira grande e larga em um engaste discreto, foi francamente admirada por ela.

"É o engaste novo. É claro que a pedra fica linda, mas parece um pouco nu para as pessoas antiquadas", explicara a sra. Welland, com um conciliatório olhar de soslaio para seu futuro genro.

"As pessoas antiquadas? Espero que não esteja falando de mim, meu bem. Eu gosto de todas as novidades", disse a matriarca, erguendo a pedra até suas pequenas órbitas brilhantes, que jamais tinham sido enfeadas por óculos. "É muito bonita", continuou ela, voltando à joia. "Foi muita generosidade. Na minha época, um camafeu rodeado de pérolas era considerado suficiente. Mas é a mão que embeleza esta aliança, não é, meu caro sr. Archer?" A sra. Mingott sacudiu uma das mãos minúsculas, com pequenas unhas em ponta e camadas de carne velha ao redor do punho que pareciam braceletes de marfim. "O grande Ferrigiani usou as minhas de modelo em Roma. O senhor devia mandar alguém fazer uma escultura das mãos de May. Ele sem dúvida fará isso, meu bem. As mãos dela são grandes – são esses esportes modernos que alargam as juntas – mas a pele é branca. E quando vai ser o casamento?", inquiriu ela, fixando o olhar no rosto de Archer.

"Ah...", murmurou a sra. Welland, enquanto o rapaz, sorrindo para a noiva, respondeu: "Assim que for possível, se a senhora me apoiar, sra. Mingott."

"Nós precisamos dar a eles tempo para se conhecerem um pouco melhor, mamãe", interrompeu a sra. Welland, com o tom adequado de afetada relutância; ao que a matriarca retrucou: "Ora, se conhecer melhor? Quanta asneira! Todo mundo em Nova York se conhece desde sempre. Deixe o rapaz fazer como quer, meu bem. Não espere até o champanhe ficar choco. Case-os antes da quaresma. Qualquer inverno desses, eu pego uma pneumonia; e quero oferecer a recepção."

Essas afirmações sucessivas foram recebidas adequadamente com risos, incredulidade e gratidão; e a visita ia terminar com uma atmosfera leve e divertida quando a porta se abriu e a condessa Olenska entrou, de chapéu e manta, seguida pela figura inesperada de Julius Beaufort.

As primas soltaram murmúrios afetuosos de prazer e a sra. Mingott ofereceu ao banqueiro a mão que servira de modelo a Ferrigiani. "Ha! Que honra mais rara, Beaufort!" (Aquela senhora tinha uma mania excêntrica de chamar os homens só pelo sobrenome, como os estrangeiros).

"Obrigado. Que pena que não acontece mais vezes", disse o visitante, com a maneira arrogante e despachada de sempre. "Em geral, sou muito ocupado. Mas encontrei a condessa Ellen em Madison Square, e ela teve a bondade de permitir que eu a acompanhasse até sua casa."

"Ah! Espero que a casa fique mais alegre, agora que Ellen está aqui!", exclamou a sra. Mingott com um glorioso atrevimento. "Sente-se. Sente-se, Beaufort. Pegue aquela poltrona amarela. Agora que você está aqui, quero saber de alguma novidade interessante. Ouvi dizer que seu baile foi magnífico. E parece que você convidou a sra. Lemuel Struthers. Foi? Bem, eu certamente também tenho curiosidade de ver essa mulher."

Ela se esquecera das parentas, que estavam se dirigindo devagar para o saguão, acompanhadas por Ellen Olenska. A velha sra. Mingott sempre afirmara sentir profunda admiração por Julius Beaufort, e havia uma espécie de afinidade no comportamento frio e autoritário de ambos e na maneira como ignoravam as convenções. Agora, ela estava muito curiosa para saber o que levara os Beaufort a decidirem convidar (pela primeira vez) a sra. Lemuel Struthers, viúva do dono da Graxa para Sapatos Struthers, que no ano anterior, e após uma longa temporada de iniciação na Europa, começara a fazer um cerco à pequena e bem defendida cidadela que era Nova York. "É claro que se você e Regina a convidaram, a coisa está decidida. Bem, nós precisamos de sangue novo e dinheiro novo. E eu ouvi dizer que ela ainda é muito bonita", declarou a *ávida* senhora.

No saguão, enquanto a sra. Welland e May colocavam seus casacos de pele, Archer viu que a condessa Olenska o estava fitando com um sorriso levemente interrogativo.

"É claro que a senhora já sabe de mim e May", disse ele, reagindo ao olhar dela com uma risada tímida. "Ela ralhou comigo por não lhe contar a novidade na noite passada, na ópera. Eu tinha recebido a ordem de revelar que estávamos noivos. Mas não consegui fazer isso no meio daquela multidão."

O sorriso iluminou os olhos da condessa: ela ficou mais jovem, mais parecida com a Ellen Mingott atrevida e morena que ele conhecera quando era menino. "Sim, é claro que sei. E fico muito feliz. Mas não se conta esse tipo de coisa numa multidão." As senhoras estavam diante da porta, e a condessa Olenska estendeu a mão.

"Até logo. Venha me ver um dia desses", disse ela, ainda fitando Archer.

Enquanto desciam a Quinta Avenida de carruagem, eles fizeram questão de falar da sra. Mingott, de sua idade, de seu ânimo e de todos os seus atributos maravilhosos. Ninguém mencionou Ellen Olenska, mas Archer sabia que a sra. Welland estava pensando: "É um erro, Ellen, um dia depois de chegar se exibir na Quinta Avenida na hora mais lotada ao lado de Julius Beaufort..." E o rapaz acrescentou mentalmente: "E ela deveria saber que um homem que acabou de ficar noivo não passa seu tempo visitando mulheres casadas. Mas imagino que, no círculo que frequentava, eles faziam isso. Não devem fazer outra coisa." E, apesar da maneira cosmopolita de ver o mundo, algo de que se orgulhava, Archer agradeceu aos céus por ser um nova-iorquino e por estar prestes a se casar com alguém como ele.

Capítulo 5

Na noite seguinte, o sr. Sillerton Jackson veio jantar com os Archer. A sra. Archer era uma mulher tímida que não gostava de sair muito, mas gostava de se manter informada sobre o que vinha acontecendo na sociedade. Seu velho amigo, o sr. Sillerton Jackson, investigava a intimidade de seus conhecidos com a paciência de um colecionador e a ciência de um naturalista; e sua irmã, a srta. Sophy Jackson, que vivia com ele, e era recebida por todas as pessoas que não conseguiam obter a presença de seu cobiçadíssimo irmão, levava para casa mexericos menores que eram úteis em completar as lacunas. Assim, sempre que acontecia algo sobre o qual a sra. Archer desejava saber, ela convidava o sr. Jackson para jantar; e, como honrava poucas pessoas com seus convites, e como ela e sua filha Janey eram excelentes ouvintes, o sr. Jackson em geral vinha em pessoa, em vez de mandar a irmã. Se lhe coubesse impor todas as condições da visita, ele teria escolhido as noites nas quais Newland saía; não por não gostar do rapaz (os dois se davam muitíssimo bem no clube), mas porque aquele velho contador de histórias às vezes sentia que Newland tinha uma tendência a duvidar de suas provas, tendência esta que nunca era demonstrada pelas mulheres da família.

Se fosse possível atingir a perfeição na terra, o sr. Jackson também teria pedido que a comida da sra. Archer fosse um pouco melhor. Mas, até onde a memória do homem podia alcançar, Nova York era dividida em dois grandes grupos fundamentais: os Mingott, os Manson e todo o seu clã, que gostavam de comida, de bebida e de dinheiro, e a tribo dos Archer, Newland e van der Luyden, que se dedicavam às viagens, à horticultura e à melhor ficção, e desprezavam as formas mais vis de prazer.

Afinal, não se podia ter tudo. Quem jantava com os Lovell Mingott comia pato e tartaruga, e bebia vinhos das melhores safras; na casa de Adeline Archer, era possível falar das paisagens alpinas e de *O fauno de mármore*;[18] e, por sorte, o vinho Madeira dos Archer tinha dobrado o Cabo da Boa Esperança.[19] Assim, quando a sra. Archer convocava amistosamente o sr. Jackson, ele, que era um verdadeiro eclético, geralmente dizia para a irmã: "Minha gota tem me atacado um pouco desde que jantei pela última vez na casa dos Lovell Mingott. Uma dieta na casa de Adeline vai me fazer bem."

A sra. Archer, que já era viúva havia bastante tempo, morava com o filho e a filha na rua 28 Oeste. O último andar era de uso exclusivo de Newland, e as duas mulheres se espremiam em aposentos menores no andar de baixo. Na mais perfeita harmonia de gostos e interesses, elas cultivavam samambaias em caixas Ward,[20] faziam macramê e bordados de algodão em linho, colecionavam louças da época da Revolução Americana, assinavam o *Good Words*[21] e liam os romances de Ouida[22] por causa do cenário italiano (preferiam aqueles sobre a

---

18 Romance de Nathaniel Hawthorne, publicado originalmente em 1860. (N.T.)

19 Barris de vinho Madeira eram colocados nos porões de navios que iam até o Oriente e voltavam para Portugal. Assim, o vinho era exposto a altas temperaturas, o que acelerava o processo de envelhecimento e o tornava mais saboroso. As safras eram particularmente caras e conhecidas como "vinhos de roda" (que tinham viajado ao redor do mundo). (N.T.)

20 Nathaniel Bagshaw Ward (1791-1868), botânico inglês que criou o método de cultivar plantas em pequenas caixas de vidro. (N.T.)

21 Periódico mensal inglês, publicado entre 1860 e 1906. (N.T.)

22 Pseudônimo da escritora inglesa Maria Louise Ramé (1839-1908). (N.T.)

vida dos camponeses, por causa das descrições das paisagens e dos sentimentos mais agradáveis, embora em geral gostassem de romances sobre pessoas da alta sociedade, cujos motivos e hábitos eram mais compreensíveis; criticavam severamente Dickens, que não tinha "nenhum cavalheiro entre seus personagens" e achavam que Thackeray[23] ficava menos à vontade no *gran monde* do que Bulwer – que, no entanto, estava começando a ser considerado antiquado).

A sra. Archer e a filha amavam muito as paisagens. Era isso, principalmente, que buscavam e admiravam em suas viagens ocasionais para o exterior, considerando que a arquitetura e a pintura eram assuntos para homens e, em especial, para pessoas cultas que tinham lido Ruskin.[24] A sra. Archer era da família Newland, e tanto ela como a filha, que se pareciam muito, eram, como as pessoas diziam, "verdadeiras Newland": altas, de pele alva e ombros um pouco curvados, com narizes compridos, sorrisos doces e uma espécie de refinamento lânguido como aquele que se vê em certos retratos desbotados de Reynolds.[25] Sua semelhança física teria sido completa se uma certa robustez trazida pela idade não houvesse esticado os brocados pretos da sra. Archer, enquanto as popelinas marrons e roxas da srta. Archer, conforme os anos passavam, iam ficando cada vez mais frouxas em seu corpo de virgem.

Newland sabia que, mentalmente, essa semelhança era menos perfeita do que seus maneirismos idênticos muitas vezes indicavam. A longa convivência com intimidade mutuamente dependente dera-lhes o mesmo vocabulário e o mesmo hábito de começar as frases dizendo "a mamãe acha" e "Janey acha" quando uma ou outra desejava expressar opinião própria. Porém, na realidade, enquanto a serena falta de

---

23 William Makepeace Thackeray (1811-1863), romancista inglês cuja obra mais conhecida é *A feira das vaidades* (1847-1848). (N.T.)
24 John Ruskin (1819-1900), importante crítico de arte britânico. (N.T.)
25 Joshua Reynolds (1723-1792), pintor britânico famoso por seus retratos. (N.T.)

imaginação da sra. Archer repousava confortavelmente no que era aceito e familiar, Janey estava sujeita a sobressaltos e aberrações fantasiosas que transbordavam devido a correntes românticas reprimidas.

A mãe e a filha se adoravam e reverenciavam o homem da família; já Archer as amava com uma ternura compungida e acrítica, por saber de sua admiração exagerada por ele e sentir uma satisfação secreta com ela. Afinal, ele achava que era uma coisa boa um homem ter sua autoridade respeitada na própria casa, mesmo que seu senso de humor às vezes o fizesse questionar até onde iam seus poderes.

Naquela ocasião, o rapaz teve certeza de que o sr. Jackson teria preferido que ele fosse jantar fora; mas tinha seus próprios motivos para não fazer isso.

É claro que o velho Jackson queria falar sobre Ellen Olenska, e é claro que a sra. Archer e Janey queriam ouvir o que ele tinha para contar. Os três ficariam um pouco constrangidos com a presença de Newland, agora que seu futuro parentesco com o clã dos Mingott fora anunciado, e o rapaz estava esperando com uma curiosidade divertida para ver como se sairiam diante daquela dificuldade.

Eles começaram de maneira oblíqua, falando da sra. Lemuel Struthers.

"É uma pena que os Beaufort a tenham convidado", disse a sra. Archer bondosamente. "Mas Regina sempre faz o que ele manda, e *Beaufort...*"

"Beaufort é incapaz de apreender certas nuances", disse o sr. Jackson, inspecionando com cautela o sável grelhado e se perguntando pela milésima vez por que o cozinheiro da sra. Archer sempre queimava as ovas até transformá-las em cinzas (Newland, que havia muito sentia o mesmo espanto, sempre conseguia detectar aquele sentimento na expressão de desaprovação melancólica daquele senhor).

"Ah, seria impossível. Beaufort é um homem vulgar", disse a sra. Archer. "Meu avô do lado Newland sempre dizia para minha mãe: 'Não deixe de jeito nenhum aquele camarada ser apresentado às meninas.'

Mas, pelo menos, ele teve a vantagem de conviver com cavalheiros. Na Inglaterra também, pelo que dizem. É tudo muito misterioso..." Ela olhou de soslaio para Janey e parou de falar. As duas conheciam todos os detalhes do mistério acerca de Beaufort, mas, em público, a sra. Archer continuava a fingir que aquele não era um assunto para uma moça solteira.

"Mas e essa sra. Struthers", continuou a sra. Archer, "de onde mesmo você disse que ela veio, Sillerton?"

"De uma mina. Ou melhor, do *saloon* que ficava na frente da mina. Depois, foi posar nua como estátua viva no espetáculo de uma companhia que fez uma turnê pela Nova Inglaterra. Quando a polícia proibiu isso, dizem que passou a viver..." O sr. Jackson, por sua vez, também olhou para Janey, cujos olhos estavam arregalados sob as pálpebras proeminentes. Para ela, ainda havia hiatos no passado da sra. Struthers.

"Então", continuou o sr. Jackson (e Archer viu que ele estava se perguntando por que ninguém jamais dissera ao mordomo que não se devia cortar pepinos com uma faca de aço), "Lemuel Struthers apareceu. Dizem que o homem que faz os anúncios dele usou o rosto da jovem nos cartazes da graxa para sapatos. O cabelo dela é muito preto, como vocês sabem – ao estilo egípcio. De qualquer maneira, ele acabou se casando com ela." Havia um poço de insinuação na maneira como ele pronunciou "acabou", dando ênfase a todas as sílabas.

"Bem... do jeito que anda tudo hoje em dia, não importa", disse a sra. Archer com indiferença. Mas as mulheres não estavam realmente interessadas na sra. Struthers naquele momento: Ellen Olenska era um assunto novo demais e interessante demais. Na verdade, o nome da sra. Struthers fora mencionado apenas para que a sra. Archer pudesse dizer em seguida: "E a nova prima de Newland? A condessa Olenska? Ela estava no baile também?"

Houve um leve toque de sarcasmo na referência ao filho, que Archer percebeu e pelo qual estava esperando. Até a sra. Archer, que raramente sentia uma felicidade desmedida diante dos acontecimentos humanos, ficara satisfeita com o noivado do filho. ("Principalmente depois daquela bobagem com a sra. Rushworth", comentara ela com Janey, referindo-se a algo que costumara parecer a Newland uma tragédia cuja cicatriz ele carregaria para sempre). Não havia em Nova York um partido melhor do que May Welland, não importava o ângulo sob o qual se considerasse a questão. É claro que esse casamento não era nada além do que Newland merecia. Porém, os jovens são tão tolos e imprevisíveis, e algumas mulheres são tão sedutoras e inescrupulosas, que era simplesmente um milagre ver seu único filho passar a salvo pela Ilha das Sereias e chegar ao refúgio da domesticidade imaculada.

A sra. Archer sentia tudo isso, e seu filho sabia que ela sentia tudo isso; ele também sabia que ela ficara perturbada com a revelação prematura de seu noivado, ou melhor, com o motivo dessa revelação. E era por esse motivo – porque, em geral, Archer era uma autoridade bondosa e indulgente – que ele ficara em casa naquela noite. "Não é que eu não aprove o *esprit de corps* dos Mingott, mas não entendo por que o noivado de Newland precisava ter algo a ver com as idas e vindas daquela tal Olenska", resmungara a sra. Archer para Janey, a única testemunha dos momentos em que ela deixava de demonstrar a mais perfeita doçura.

A sra. Archer se comportara lindamente durante a visita à sra. Welland – e ela se comportava lindamente como ninguém. Mas Newland sabia (e May sem dúvida imaginava) que sua mãe e Janey tinham ficado o tempo todo nervosas, esperando uma possível intrusão de madame Olenska. E, quando eles deixaram a casa juntos, a sra. Archer se permitiu dizer ao filho: "Fico feliz que Augusta Welland tenha nos recebido sozinha."

Esses indícios de preocupação deixavam Archer mais perturbado, justamente porque ele também achava que os Mingott tinham ido um pouco longe demais. Contudo, como era contra a todas as regras de seu código que mãe e filho mencionassem sequer uma vez aquilo que predominava em seus pensamentos, ele respondera apenas: "Ah, sempre há uma fase de festas de família em que se é obrigado a dar quando alguém fica noivo; quanto mais cedo ela terminar, melhor." Diante disso, a sra. Archer meramente franzira os lábios sob o véu de renda preso a seu gorro de veludo cinza, decorado com uvas de vidro fosco.

Archer sentia que a vingança de sua mãe – a vingança que lhe era de direito – seria interrogar o sr. Jackson aquela noite acerca da condessa Olenska; e, após ter cumprido em público seu dever como futuro membro do clã dos Mingott, o rapaz não tinha objeções quanto a ouvir aquela senhora ser discutida em um ambiente privado. O único problema era que o assunto já estava começando a entediá-lo.

O sr. Jackson se servira de uma fatia tépida de filé mignon que o mordomo melancólico lhe oferecera com um olhar tão cético quanto o dele próprio, e rejeitara o molho de cogumelos após cheirá-lo de forma quase imperceptível. Ele parecia perplexo e faminto, e Archer imaginou que encerraria a refeição com Ellen Olenska.

O sr. Jackson se recostou na cadeira e ergueu os olhos para os membros das famílias Archer, Newland e van der Luyden, iluminados pelas velas em suas molduras escuras penduradas em paredes escuras.

"Ah, como seu avô Archer gostava de um bom jantar, meu querido Newland!", disse ele, com os olhos fixos no retrato de um rapaz corpulento de peito largo, usando um casaco azul e um lenço ao redor do pescoço, com uma casa de campo de colunas brancas atrás. "Ora, ora, ora... O que será que ele ia dizer de todos esses casamentos com estrangeiros?"

A sra. Archer ignorou a alusão à boa comida de antigamente, e o sr. Jackson continuou a falar, dando ênfase a cada palavra: "Não, ela não estava no baile."

"Ah", murmurou a sra. Archer, em um tom que insinuava "Pelo menos, ela teve essa decência."

"Talvez os Beaufort não a conheçam", sugeriu Janey, com uma malícia cândida.

O sr. Jackson sorveu de leve o ar, como se houvesse dado um gole invisível de Madeira. "A sra. Beaufort talvez não conheça... mas Beaufort decerto conhece, pois ela foi vista subindo a Quinta Avenida com ele esta tarde pela cidade inteira."

"Misericórdia...", murmurou a sra. Archer, evidentemente se dando conta de que era inútil acreditar que os estrangeiros faziam qualquer coisa impelidos pelo senso de decoro.

"Queria saber se ela usa um chapéu redondo ou um gorro à tarde", especulou Janey. "Na ópera, sei que estava usando um vestido de veludo azul-escuro totalmente simples e sem armação, como uma camisola."

"Janey!", disse a mãe dela. A srta. Archer corou e tentou fazer uma expressão audaz. "De qualquer forma, ela teve bom gosto não indo ao baile", continuou a sra. Archer.

Um espírito discordante fez seu filho retrucar: "Acho que não foi questão de bom gosto. May disse que ela pretendia ir, mas então decidiu que o vestido em questão não era elegante o suficiente."

A sra. Archer sorriu diante dessa confirmação de sua suspeita. "Pobre Ellen", comentou ela, apenas. Acrescentando, compassiva: "Nós não podemos nunca nos esquecer a maneira excêntrica como Medora Manson a criou. O que se pode esperar de uma menina que teve permissão para usar cetim preto em seu baile de debutante?"

"Ah! Como eu me lembro dela com essa roupa!", disse o sr. Jackson, acrescentando: "Pobrezinha!", no tom de alguém que, embora se divertisse com a lembrança, compreendera perfeitamente o que aquela cena tinha indicado na época.

"É estranho que ela tenha mantido um nome feio como Ellen", observou Janey. "Eu teria mudado para Elaine." Ela olhou ao redor da mesa para ver o efeito dessa declaração.

Seu irmão riu. "Por que Elaine?"

"Não sei. Soa mais... mais polonês", disse Janey, corando.

"Soa mais conspícuo. E não é possível que ela queira isso", disse a sra. Archer, sem prestar muita atenção.

"Por que não?", interrompeu Archer, subitamente decidindo questioná-la. "Por que ela não pode ser conspícua, se quiser? Por que deve sair se esgueirando por aí, como se tivesse sido o motivo da própria desonra? Ela é a 'pobre Ellen', claro, porque teve o azar de se casar com um marido horrível; mas não vejo por que deveria se esconder, como se fosse a culpada."

"Imagino que essa seja a maneira como os Mingott pretendem encarar a questão", disse o sr. Jackson em um tom especulativo.

Archer enrubesceu. "Eu não esperei que me dessem a deixa, se é isso que o senhor está querendo dizer. Madame Olenska teve uma vida infeliz; isso não faz dela uma pária."

"Correm boatos", disse o sr. Jackson, olhando para Janey.

"Ah, eu sei: o secretário", disse o rapaz, desafiando-o. "Que bobagem, mamãe, Janey já é crescida. Dizem", continuou ele, "que o secretário ajudou madame Olenska a fugir do marido brutamontes, que a mantinha praticamente prisioneira. Não é? Ora, e se tiver feito isso mesmo? Espero que não haja um homem entre nós que não teria agido da mesma forma num caso como este."

O sr. Jackson olhou por cima do ombro para dizer ao mordomo triste: "Pensando melhor... talvez eu queira só um pouco daquele molho..." Então, após se servir, ele observou: "Disseram-me que ela está procurando uma casa. Pretende morar aqui."

"Ouvi dizer que ela pretende pedir o divórcio", disse Janey ousadamente.

"Espero que faça isso!", exclamou Archer.

A palavra caíra como uma bomba na atmosfera pura e tranquila da sala de jantar dos Archer. A sra. Archer ergueu as sobrancelhas delicadas, formando a curva específica que significava: "O mordomo..." E o rapaz, que também estava ciente do mau gosto que era discutir questões tão íntimas em público, rapidamente começou a relatar como fora sua visita à sra. Mingott.

Depois do jantar, seguindo o costume imemorial, a sra. Archer e Janey foram arrastando suas longas caudas de seda até a sala de estar no andar de cima, onde se sentaram ao lado de um candeeiro Carcel[26] com um globo entalhado, enquanto os cavalheiros fumavam lá embaixo, uma diante da outra na mesa de costura de jacarandá com um saco de seda verde embaixo, cada qual trabalhando numa ponta de uma faixa de tapeçaria com estampado florido, que certo dia iria adornar uma das cadeiras menos usadas da sala de estar da jovem sra. Newland Archer.

Enquanto esse rito era cumprido na sala de estar, Archer oferecia uma poltrona ao sr. Jackson, perto do fogo, na biblioteca gótica, e lhe entregava um charuto. O sr. Jackson afundou na poltrona com satisfação, acendeu o charuto com perfeita confiança (era Newland quem os comprava) e, esticando as velhas canelas finas na direção do fogo, perguntou: "Você disse que o secretário apenas a ajudou a fugir, meu caro? Bem, então, um ano depois, ainda estava ajudando, pois alguém soube que eles estavam morando juntos em Lausanne."

Newland enrubesceu. "Morando juntos? Bem, e por que não? Quem, senão ela, possuía o direito de levar uma vida nova? Estou cansado da hipocrisia que quer enterrar viva uma mulher da idade dela se o marido prefere viver com vagabundas."

Ele parou de falar e se virou, irritado, para acender o charuto. "As mulheres deveriam ser livres – tão livres quanto nós", declarou, com raiva, fazendo uma descoberta cujas consequências terríveis estava irritado demais para medir.

---

26 Candeeiro criado pelo relojoeiro francês Bertrand Guillaume Carcel (1750-1812) com um mecanismo que bombeava o óleo até o pavio, permitindo uma iluminação melhor e mais duradoura. (N.T.)

O sr. Sillerton Jackson esticou as canelas para mais perto das brasas e emitiu um assovio sardônico.

"Bem", disse ele, após uma pausa, "aparentemente, o conde Olenski acha o mesmo que você; pois nunca ouvi dizer que tenha erguido um dedo para recuperar a esposa."

Capítulo 6

Naquela noite, depois que o sr. Jackson fora embora e as senhoras haviam se retirado para o quarto com cortinas de chita onde dormiam, Newland subiu pensativamente as escadas até seu gabinete. Como sempre, mãos vigilantes haviam mantido o fogo aceso e o pavio do candeeiro cortado, e o cômodo, com suas fileiras e mais fileiras de livros, suas estatuetas de esgrimistas, em bronze e aço, sobre a lareira e suas muitas fotos de quadros famosos, pareceu-lhe mais acolhedor e mais seu do que nunca.

Quando Newland desabou na poltrona perto da lareira, seus olhos pousaram sobre uma fotografia grande de May Welland, que a moça lhe dera durante o início do romance deles e que tomara o lugar de todos os outros retratos que ficavam sobre a mesa. Com uma perplexidade súbita, Newland observou a testa franca, os olhos sérios e a boca alegre e inocente da jovem criatura cuja alma seria colocada sob sua custódia. Aquele produto aterrador do sistema social ao qual ele pertencia e no qual acreditava – a moça que não sabia nada e esperava tudo – encarou-o como se uma fosse uma estranha com as feições familiares de May Welland; e, mais uma vez, Newland se deu conta de que, ao contrário do que tinham lhe ensinado, o casamento não era um porto seguro, mas uma viagem por mares nunca desbravados.

O caso da condessa Olenska tinha despertado velhas convicções, que agora estavam à deriva em sua mente. Sua própria exclamação – "As mulheres deveriam ser livres – tão livres quanto nós" – ia à raiz de um problema que todos em seu mundo tinham decidido considerar inexistente. "Boas" mulheres, por mais injustiças que sofressem, jamais exigiriam o tipo de liberdade à qual Newland se referira, e era por causa disso que homens generosos como ele, no calor de uma discussão, ofereciam-na a elas com ainda mais cavalheirismo. Tais generosidades verbais eram, na verdade, apenas uma maneira imbecil de disfarçar as convenções inexoráveis que amarravam tudo e faziam com que as pessoas ficassem presas aos antigos padrões. Mas ali estava Newland, com a obrigação de defender uma conduta da parte da prima da noiva que, se exibida por sua própria esposa, justificaria que ele aplicasse nela todos os castigos sancionados pela Igreja e pelo Estado. É claro que o dilema era puramente hipotético: como Newland não era um nobre polonês sem caráter, era absurdo especular quais seriam os direitos de sua mulher se ele fosse um. Mas Newland Archer tinha imaginação demais para não sentir que, no caso dele e de May, a união talvez pudesse se tornar um tormento por motivos muito menos vis e menos palpáveis. O que os dois podiam realmente saber um do outro, se era seu dever, na qualidade de homem "decente", ocultar o passado dela, ao passo que era dever dela, na qualidade de moça casadoura, não ter um passado para ocultar? E se, por qualquer um dos motivos mais sutis que pudessem ter influência sobre ambos, eles se cansassem um do outro, não se compreendessem, ou se irritassem? Newland passou em revista os casamentos dos amigos – aqueles que, supostamente, eram felizes – e viu que nenhum sequer se aproximava da cumplicidade apaixonada e terna que era como ele imaginava seu relacionamento permanente com May Welland. Percebeu que essa imagem pressupunha que May fosse ter a experiência, a versatilidade, a liberdade de julgamento que ela fora cuidadosamente treinada para não possuir. E, com um mau pressentimento que lhe causou um arrepio, viu seu casamento se tornando aquilo que a maior parte dos casamentos de pessoas ao seu redor era: uma associação enfadonha de interesses materiais e sociais mantida pela ignorância de um e a hipocrisia do outro. Ocorreu-lhe que Lawrence Lefferts era o marido que mais completamente alcançara esse ideal invejável. Como convinha ao sumo sacerdote dos bons modos, ele moldara uma esposa tão perfeita para sua conveniência que, nos períodos mais conspícuos de seus frequentes casos com as esposas dos outros, ela continuava a sorrir, inconsciente, e a dizer que "Lawrence era horrivelmente rígido"; uma mulher que já fora vista corando com indignação e desviando o olhar quando alguém fazia em sua presença uma alusão ao fato de que Julius Beaufort (como convinha a um "estrangeiro" de origem duvidosa) fizera aquilo que em Nova York era conhecido como "pôr casa" para a amante.

Archer tentou se consolar, pensando que ele não era tão patife quanto Larry Lefferts e que May não era tão simplória quanto a pobre Gertrude; mas a diferença, afinal de contas, era de inteligência, não de padrões. Na realidade, todos eles viviam em uma espécie de mundo hieroglífico, onde a coisa real nunca era dita, feita ou mesmo pensada, apenas representada por um conjunto de sinais arbitrários; como quando a sra. Welland, que sabia o exato motivo de Archer ter insistido com ela para que anunciasse o noivado da filha no baile dos Beaufort (e que, na verdade, não esperara menos dele), mesmo assim se sentira obrigada a simular uma relutância e o ar de quem estava sendo forçada a fazer aquilo – precisamente como ocorria nos livros sobre os Homens Primitivos que as pessoas mais cultas estavam começando a ler, onde a noiva selvagem era arrastada da choupana dos pais aos gritos.

O resultado, é claro, era que a moça que estava no centro desse sistema elaborado de obscurecimento se tornava ainda mais inescrutável justamente por causa de sua franqueza e autoconfiança. Ela era franca, pobrezinha, porque não tinha nada a ocultar, e autoconfiante porque não sabia de nada do qual devesse se defender; e, sem nenhuma preparação melhor, seria mergulhada da noite para o dia naquilo que as pessoas chamavam evasivamente de "relações matrimoniais".

A paixão do rapaz era sincera, porém plácida. Ele se deliciava com a beleza radiante da noiva, com sua saúde, com sua perícia na equitação, sua elegância e rapidez nos jogos e o interesse tímido em livros e ideias que ela estava começando a desenvolver sob sua tutela (May já era capaz de, assim como Newland, ridicularizar "Os idílios do rei", mas não de sentir a beleza de "Ulisses" ou de "Os lotófagos").[27] Ela era direta, fiel e corajosa; tinha senso de humor (a prova principal disso era o fato de que ria das piadas dele); e Newland suspeitava que, nas profundezas da alma inocente que o fitava, houvesse uma sensibilidade cálida que seria uma alegria despertar. Mas, após dar a breve volta necessária para vê-la inteira, Newland retornou desencorajado, pensando que toda aquela franqueza e inocência eram apenas um produto artificial. A natureza humana sem treinamento não era franca e inocente, era repleta das torções e das defesas de uma astúcia instintiva. E Newland se sentiu oprimido por essa pureza artificial, criada com tanta engenhosidade por uma conspiração de mães, tias, avós e ancestrais há muito defuntas, porque supostamente era o que ele desejava, aquilo ao qual tinha direito, para poder destruir com um gesto soberano, como se fosse uma estátua feita de neve.

Essas reflexões eram um clichê, algo que acontecia a todos os rapazes quando o dia de seu casamento se aproximava. Mas elas, em geral, eram acompanhas por uma compunção e uma humildade das quais Newland Archer não tinha nenhum vestígio. Ele não conseguia deplorar (como os heróis de Thackeray faziam com tanta frequência, para sua exasperação) não ter uma página em branco para oferecer à noiva em troca da página imaculada que ela lhe apresentaria. Não podia deixar de pensar que, se tivesse sido criado como ela, eles dois seriam tão capazes de

---

27 Poemas de autoria de Alfred Tennyson (1809-1892). (N.T.)

encontrar o caminho a seguir quanto duas crianças perdidas em uma floresta; e, apesar de todas as suas cogitações ansiosas, tampouco via motivo honesto (que, é claro, não fosse associado a seu prazer momentâneo e à paixão da vaidade masculina) pelo qual a noiva não poderia ter a mesma liberdade para acumular experiências que ele próprio. Era inevitável que tais questões ficassem à deriva em sua mente em um momento como aquele; mas Archer estava ciente de que elas tinham adquirido persistência e precisão desconfortáveis devido à chegada inoportuna da condessa Olenska. Ali estava ele, durante seu noivado – um período que deveria trazer pensamentos puros e esperanças perfeitas –, encurralado em um escândalo tortuoso que fizera surgir todos os problemas específicos que teria preferido ignorar. "Para o diabo com Ellen Olenska!", resmungou Archer, cobrindo as brasas da lareira e começando a se despir. Ele não conseguia entender por que o destino dela precisava ter qualquer influência sobre o seu; mas tinha a vaga impressão de que apenas começara a medir os riscos da defesa galante que seu noivado o forçara a fazer.

Alguns dias depois, o raio caiu.

O sr. e a sra. Lovell Mingott tinham enviado convites para o que era chamado de "jantar formal" (ou seja, três criados extras, dois pratos para cada curso e ponche romano no meio) e, na parte de cima, tinham escrito as palavras "Para conhecer a condessa Olenska", de acordo com a hospitalidade americana, que trata os estrangeiros como se eles fossem a realeza, ou, pelo menos, seus embaixadores.

Os convidados haviam sido selecionados com uma ousadia e um discernimento nos quais os entendidos reconheceram a mão firme de Catherine, a Grande. Ao lado de presenças confiáveis e imemoriais como os Selfridge Merry, que eram convidados para tudo porque sempre tinham sido, os Beaufort, com quem havia um distante parentesco, e o sr. Sillerton Jackson e a irmã Sophy (que ia a qualquer lugar que o irmão mandasse), estavam os membros mais ilustres, porém mais irrepreensíveis, do "círculo dos jovens casais": o sr. e a sra. Lawrence Lefferts, a sra. Lefferts Rushworth (a linda viúva), o sr. e a sra. Harry Thorley, o sr. e a sra. Reggie Chivers e o jovem Morris Dagonet e a esposa (que era da família van der Luyden). Realmente, a lista era perfeita, pois todos os convidados pertenciam a um pequeno grupo de pessoas que, durante a longa temporada em que se permanecia na cidade, se divertiam juntos todos os dias e todas as noites com um entusiasmo aparentemente inquebrantável.

Quarenta e oito horas depois, o inacreditável tinha acontecido: todos haviam recusado o convite dos Mingott, com exceção dos Beaufort e do velho sr. Jackson e a irmã. A esnobada intencional foi enfatizada pelo fato de que até o sr. e a sra. Reggie Chivers, que pertenciam ao clã dos Mingott, estavam entre aqueles que a infligiram, e pelas palavras idênticas dos bilhetes de recusa, nos quais os remetentes "lamentavam não poder aceitar", sem mitigar isso com a alegação de um "compromisso anterior" que a cortesia comum exigia.

Naquela época, a sociedade de Nova York era tão pequena e tinha tão poucos recursos que todos (incluindo os donos das cocheiras de aluguel, os mordomos e os cozinheiros) sabiam exatamente em quais noites as pessoas tinham compromissos. Assim, foi possível para aqueles que tinham recebido os convites da sra. Lovell Mingott deixar cruelmente clara sua determinação de não serem apresentados à condessa Olenska.

O golpe foi inesperado; mas os Mingott, como sempre, o receberam com bravura. A sra. Lovell Mingott revelou o caso à sra. Welland, que o revelou a Newland Archer. Este, furioso com aquele ultraje, fez um apelo apaixonado e firme à mãe, que, após um período doloroso de resistência íntima e temporização, sucumbiu aos pedidos do filho (como sempre fazia) e, imediatamente abraçando sua causa com uma energia redobrada pela hesitação prévia, colocou o gorro de veludo cinza e disse: "Eu vou ver a Louisa van der Luyden."

A Nova York da época de Newland Archer era uma pirâmide pequena e escorregadia onde ainda quase não havia fissuras ou lugares onde firmar o pé. A base sólida era composta por aquilo que a sra. Archer chamava de "gente simples": uma maioria digna, porém obscura, de famílias respeitáveis que, assim como os Spicer, os Lefferts ou os Jackson, tinham sido alçadas a um nível superior graças a um matrimônio com um dos clãs reinantes. A sra. Archer sempre dizia que as pessoas não eram mais tão exigentes quanto antigamente; e, com a velha Catherine Spicer mandando em uma ponta da Quinta Avenida e Julius Beaufort na outra, não se podia esperar que as velhas tradições durassem por muito mais tempo.

No pedaço mais estreito que ficava acima desse substrato abastado, porém inconspícuo, encontrava-se o grupo compacto e dominante do qual os Mingott, os Newland, os Chivers e os Manson eram representantes tão ativos. A maioria imaginava que este era o topo da pirâmide; mas eles próprios (ao menos, aqueles que pertenciam à geração da sra. Archer) estavam cientes de que, aos olhos do genealogista profissional, apenas um número ainda menor de famílias tinha direito àquela posição eminente.

"Não me venham com essas bobagens modernas que saem nos jornais sobre uma aristocracia nova-iorquina", dizia a sra. Archer para os filhos. "Se existe uma, nem os Mingott, nem os Manson pertencem a ela; e, aliás, nem os Newland ou os Chivers. Nossos avós e bisavós eram apenas respeitáveis mercadores ingleses e holandeses que vieram para as colônias fazer fortuna e continuaram aqui porque se saíram muito bem. Um dos bisavôs de vocês assinou a Declaração da Independência e outro foi um general do exército de Washington e recebeu a espada do general Burgoyne depois da batalha de Saratoga.[28] Essas coisas são motivo de orgulho, mas não têm nada a

---

28 John Burgoyne (1722-1792) foi um general inglês derrotado em Saratoga, no estado de Nova York, durante a Revolução Americana. (N.T.)

ver com classe ou posição social. Nova York sempre foi uma comunidade comercial e apenas três famílias daqui podem dizer que têm origem aristocrática no sentido real da palavra."

A sra. Archer, seu filho e sua filha, assim como todas as outras pessoas de Nova York, sabiam quem eram esses seres privilegiados: os Dagonet de Washington Square, que vinham de uma velha família inglesa que se unira a membros das famílias Pitt e Fox;[29] os Lanning, que tinham se casado com os descendentes do conde de Grasse;[30] e os van der Luyden, que eram descendentes diretos do primeiro governador holandês de Manhattan e tinham ancestrais casados com diversos membros da aristocracia francesa e britânica antes da revolução.

As únicas sobreviventes dos Lanning eram duas irmãs solteiras, muito idosas, porém cheias de energia, que viviam alegremente entre reminiscências, retratos da família e móveis Chippendale. Os Dagonet eram um clã considerável, com alianças feitas com os melhores nomes de Baltimore e da Filadélfia; mas os van der Luyden, que ficavam acima de todos eles, tinham desaparecido em uma espécie de crepúsculo extraterrestre, em meio ao qual apenas duas figuras impressionantes podiam ser discernidas: o sr. e a sra. Henry van der Luyden.

O nome de solteira da sra. Henry van der Luyden fora Louisa Dagonet e sua mãe era neta do coronel du Lac, membro de uma antiga família das Ilhas do Canal que lutara na guerra sob o comando de Cornwallis[31] e, depois, fora morar em Maryland com a jovem esposa,

---

29 William Pitt, o Velho (1708-1778), e seu filho, William Pitt, o Jovem (1759-1806) foram dois primeiros-ministros britânicos. Charles James Fox (1749-1806) foi um importante político britânico que fez oposição ao rei Jorge III durante a Revolução Americana. (N.T.)

30 François-Joseph-Paul, conde de Grasse (1722-1788), comandante naval francês que lutou do lado dos americanos na Revolução Americana e foi considerado essencial para a vitória deles. (N.T.)

31 Charles Cornwallis (1738-1805), general britânico que se rendeu na Batalha de Yorktown, a última grande batalha da Revolução Americana. (N.T.)

Lady Angelica Trevenna, quinta filha do conde de St. Austrey. Os Dagonet, os du Lac de Maryland e seus parentes aristocratas da Cornualha, os Trevenna, sempre tinham mantido um relacionamento próximo e cordial. O sr. e a sra. van der Luyden mais de uma vez haviam feito longas visitas ao atual chefe da família de Trevenna, o duque de St. Austrey, em sua mansão na Cornualha e em St. Austrey, no Condado de Gloucester; e o duque com frequência anunciara sua intenção de um dia retribuir a visita (sem a duquesa, que temia o Atlântico). O sr. e a sra. van der Luyden dividiam seu tempo entre Trevenna, a casa em Maryland e Skuytercliff, a enorme propriedade às margens do Rio Hudson que fora uma das doações coloniais ao famoso primeiro governador, e da qual o sr. van der Luyden ainda era *patroon*.[32] Sua grande e solene casa na avenida Madison quase nunca era aberta e, quando eles vinham à cidade, recebiam nela apenas os amigos mais íntimos.

"Gostaria que você viesse comigo, Newland", disse a mãe dele, estacando subitamente diante da porta do cupê Brown. "Louisa gosta de você. E é claro que é por causa da minha querida May que vou tomar essa atitude – e também porque, se nós não permanecermos unidos, a sociedade vai desaparecer.

---

32 Título de proprietário de terras concedidos pelo governo holandês na época em que Nova York ainda se chamava Nova Amsterdã. (N.T.)

Capítulo 7

A sra. Henry van der Luyden ouviu em silêncio a narrativa de sua prima, a sra. Archer. Era muito fácil, antes de ir vê-la, tentar se convencer de que a sra. van der Luyden era sempre silenciosa e de que, embora fosse evasiva por natureza e instrução, sempre era muito gentil com as pessoas de quem realmente gostava. Nem mesmo a experiência pessoal desses fatos era uma proteção infalível da atmosfera gelada que envolvia a todos na sala de estar de pé-direito alto e paredes brancas na avenida Madison, com as poltronas de brocado claro, que evidentemente tinham sido descobertas apenas para aquela ocasião, e a gaze ainda sobre os ornamentos de bronze banhado a ouro que ficavam no consolo da lareira e sobre a linda moldura antiga de madeira trabalhada do quadro Lady Angelica du Lac, de Gainsborough.[33]

O retrato da sra. van der Luyden (vestindo veludo preto e renda veneziana), feito por Huntington,[34] ficava diante do retrato de sua bela ancestral. Ele em geral era considerado "tão bonito quanto um Cabanel"[35]

33 Thomas Gainsborough (1727-1788), pintor inglês. A obra a que Wharton se refere parece ser fictícia. (N.T.)

34 Daniel Huntington (1816-1906), pintor americano famoso por retratar beldades da sociedade nova-iorquina na segunda metade do século XIX. (N.T.)

35 Alexandre Cabanel (1823-1889), pintor francês. (N.T.)

e, embora passados vinte anos desde a sua execução, ainda guardava "perfeita semelhança" com a modelo. Realmente, a sra. van der Luyden que estava sentada abaixo do retrato, ouvindo a sra. Archer, poderia ser irmã gêmea da mulher do quadro, uma mulher alva e ainda jovem, recostada em uma poltrona dourada diante de uma cortina verde de repes. A sra. van der Luyden ainda vestia veludo preto e renda veneziana quando saía; ou melhor, como ela nunca jantava fora, quando abria suas portas para receber visitas. Seu cabelo louro, que havia desbotado sem ficar grisalho, ainda era partido ao meio em bandós, e o nariz reto entre os olhos azuis-claros era apenas um pouco mais afilado do que quando o retrato fora pintado. Na verdade, ela sempre deixava Newland Archer com a horrenda impressão de haver sido preservada na atmosfera sufocante de uma existência completamente irrepreensível, como os cadáveres que caem nas geleiras e mantêm durante anos a aparência corada dos vivos.

Assim como toda a sua família, ela estimava e admirava a sra. van der Luyden, mas achava sua doçura maleável menos inteligível do que a severidade de algumas das velhas tias de sua mãe, solteironas ferozes que diziam "não" por princípio, antes de saber o que estava sendo requisitado.

A postura da sra. van der Luyden não dizia nem sim, nem não, mas sempre parecia inclinada à clemência, até que seus lábios finos, se abrindo no mais tênue dos sorrisos, dava a resposta quase invariável: "Terei que discutir o assunto com o meu marido."

Ela e o sr. van der Luyden eram idênticos, ao ponto de Archer muitas vezes se perguntar como, após quarenta anos da mais profunda união, duas identidades tão misturadas se separavam o suficiente para algo tão controverso quanto a discussão de um assunto. Como nenhum dos dois jamais tomava uma decisão sem antes participar desse misterioso conclave, a sra. Archer e o filho, após terem explicado a situação, esperaram, resignados, a frase familiar.

No entanto, a sra. van der Luyden, que quase nunca surpreendia alguém, surpreendeu os dois esticando a mão comprida na direção da cordinha da sineta.

"Acho que eu gostaria que Henry ouvisse o que você me contou", declarou ela.

Um criado surgiu e ela acrescentou, grave: "Se o sr. van der Luyden tiver terminado de ler o jornal, por favor lhe peça que tenha a bondade de vir para cá."

A sra. van der Luyden disse "terminado de ler o jornal" no mesmo tom em que a esposa de um ministro de estado poderia ter dito "terminado de presidir a reunião do gabinete"; não devido a qualquer arrogância, mas porque o hábito de uma vida inteira e a postura de seus amigos e parentes a haviam levado a considerar o menor gesto do sr. van der Luyden como algo de importância quase sacerdotal. A rapidez de sua ação mostrou que ela considerava o caso tão urgente quanto a sra. Archer; mas, para que ninguém achasse que havia se comprometido de antemão, ela acrescentou, com o mais doce dos olhares: "Henry sempre gosta de ver você, minha querida Adeline; e ele vai querer dar os parabéns a Newland."

As portas duplas haviam sido solenemente reabertas e, entre elas, apareceu o sr. van der Luyden, alto, magro, de fraque, com cabelos louros desbotados, um nariz reto como o da esposa e o mesmo olhar bondoso congelado, com a única diferença que seus olhos eram cinza-claros e não azul-claros.

O sr. van der Luyden cumprimentou a sra. Archer com a afabilidade de um primo, parabenizou Newland em voz baixa, usando as mesmas expressões que a esposa, e se sentou em uma das poltronas de brocado com a simplicidade de um monarca.

"Eu acabei agora de ler o *Times*", disse ele, encostando as pontas dos dedos longos. "Na cidade, minhas manhãs são tão ocupadas que eu acho mais conveniente ler os jornais após o almoço."

"Ah, parece-me um ótimo expediente. Para falar a verdade, meu tio Egmont costumava dizer que ficava menos agitado quando só lia os jornais matutinos depois do jantar", respondeu a sra. van der Luyden, simpaticamente.

"Sim. Meu caro pai detestava pressa. Mas, agora, nós vivemos numa correria constante", disse o sr. van der Luyden devagar, examinando com uma deliberação satisfeita a enorme sala de móveis amortalhados que Archer considerava uma imagem tão perfeita de seus donos.

"Mas você já tinha terminado sua leitura, eu espero, Henry", interrompeu a esposa dele.

"Sim, sim", assegurou o sr. van der Luyden.

"Então eu gostaria que Adeline lhe contasse..."

"Ah, a história, na verdade, é de Newland", disse a mãe deste, sorrindo, e pondo-se a relatar mais uma vez a afronta monstruosa sofrida pela sra. Lovell Mingott.

"É claro que Augusta Welland e Mary Mingott sentiram que, especialmente devido ao noivado de Newland, você e Henry tinham de saber", terminou ela.

"Ah", respondeu o sr. van der Luyden, respirando fundo.

Houve um silêncio durante o qual o tique-taque do monumental relógio de bronze banhado a ouro que ficava sobre a lareira de mármore branco pareceu tão alto quanto os tiros de uma salva de funeral. Archer fitou com reverência aquelas duas figuras pálidas e esguias, sentadas lado a lado com uma espécie de rigidez majestosa, porta-vozes de alguma autoridade ancestral remota que o destino lhes exigia exercer, quando eles teriam preferido viver na simplicidade e no isolamento, cavando ervas-daninhas invisíveis dos gramados perfeitos de Skuytercliff e jogando Paciência juntos no final da tarde.

O sr. van der Luyden foi o primeiro a dizer algo.

"Você realmente acha que isso ocorreu devido a uma... uma interferência intencional de Lawrence Lefferts?", perguntou ele, dirigindo-se a Archer.

"Tenho certeza, senhor. Larry tem se comportado pior do que o normal ultimamente... se a prima Louisa não se importar de eu mencionar esse assunto... ele vem tendo um caso bastante complicado com a esposa do chefe dos correios do vilarejo deles, ou alguém assim; e sempre que a pobre da Gertrude Lefferts começa a desconfiar de qualquer coisa e ele fica com medo de ter algum problema, faz uma algazarra dessas para mostrar como é terrivelmente moralista, e fala bem alto sobre a impertinência de convidarem sua esposa para conhecer gente com quem ele não quer que ela se associe. Larry está apenas usando madame Olenska como para-raios; já o vi tentar fazer a mesma coisa muitas vezes antes."

"Os Lefferts!", disse a sra. van der Luyden.

"Os Lefferts!", repetiu a sra. Archer. "O que o tio Egmont diria de Lawrence Lefferts decidir a posição social de alguém? Isso mostra a que ponto chegou a sociedade."

"Vamos esperar que não tenha chegado a isso", disse o sr. van der Luyden com firmeza.

"Ah, se você e Louisa saíssem mais!", suspirou a sra. Archer.

No mesmo instante, porém, ela se deu conta de seu erro. Os van der Luyden eram morbidamente sensíveis a qualquer crítica à sua vida isolada. Eles eram os árbitros do bom-tom, o último Tribunal de Apelação; sabiam disso e aceitavam seu destino. Mas, como eram pessoas tímidas e reservadas, sem inclinação natural para esse papel, viviam o máximo possível na solidão silvestre de Skuytercliff e, quando iam à cidade, recusavam convites alegando a saúde da sra. van der Luyden.

Newland Archer veio ao resgate da mãe. "Todos em Nova York sabem o que o senhor e a prima Louisa representam. É por isso que a sra. Mingott achou que não deveria permitir que essa desfeita à condessa Olenska ocorresse sem consultá-los."

A sra. van der Luyden olhou rapidamente para o marido, que retribuiu seu olhar.

"É o princípio que me desagrada", disse o sr. van der Luyden. "Enquanto o membro de uma família conhecida for apoiado por esta família, isso deveria ser considerado... o ponto final."

"É o que me parece", disse a esposa dele, como se estivesse expressando um pensamento novo.

"Eu não fazia ideia de que a situação estava assim", continuou o sr. van de Luyden. Ele fez uma pausa e voltou a olhar para a esposa. "Ocorre-me, minha querida, que a condessa Olenska já é uma espécie de parente, pelo primeiro marido de Medora Manson. De qualquer forma, ela vai se tornar nossa parente quando Newland se casar." Ele se voltou para o rapaz. "Você leu o Times de hoje de manhã, Newland?"

"Li sim, senhor", respondeu Archer, que em geral consumia meia dúzia de jornais junto do café.

O marido e a mulher se fitaram de novo. Seus olhos claros permaneceram fixos, em uma longa e séria consulta; então, um tênue sorriso surgiu no rosto da sra. van der Luyden. Ela, evidentemente, havia adivinhado e aprovado.

O sr. van der Luyden se virou para a sra. Archer. "Se a saúde de Louisa lhe permitisse jantar fora... gostaria que você dissesse para a sra. Lovell Mingott... que ela e eu ficaríamos feliz de... bem... substituir o sr. e a sra. Lawrence Lefferts no jantar." Ele fez uma pausa para permitir que a ironia fosse absorvida. "Como você sabe, isso é impossível." A sra. Archer emitiu um som de concordância e comiseração. "Mas Newland me disse que leu o *Times* de hoje de manhã: portanto, deve ter visto que um parente de Louisa, o duque de St. Austrey, chega semana que vem da Rússia. Ele vem para inscrever seu novo veleiro, o Guinevere, na Competição Internacional do próximo verão, e também para caçar alguns patos-selvagens em Trevenna." O sr. van der Luyden fez outra pausa e então continuou, em um tom cada vez mais benevolente. "Antes de levá-lo para Maryland, vamos convidar alguns amigos para encontrá-lo aqui. Vai ser apenas um pequeno jantar, com uma recepção depois. Tenho certeza de que Louisa vai ficar tão feliz quanto eu, se a condessa Olenska aceitar ser uma das convidadas." Ele se levantou, dobrou o corpo longilíneo na direção da prima com uma afabilidade rígida e acrescentou: "Creio ter a permissão de Louisa para dizer que ela irá em pessoa deixar o convite para o jantar quando sair daqui a pouco. Com os nossos cartões de visita, claro."

A sra. Archer, que sabia que isso era uma insinuação de que os cavalos castanhos de dezessete palmos de comprimento que nunca eram deixados à espera estavam parados diante da porta, se levantou, murmurando um agradecimento apressado. A sra. van der Luyden retribuiu com um sorriso radiante de Ester intercedendo junto a Assuero; mas o marido dela ergueu a mão em protesto.

"Não há nada a agradecer, minha querida Adeline; nada, mesmo. Esse tipo de coisa não deve acontecer em Nova York; e não vai acontecer enquanto eu puder evitar", declarou ele com uma gentileza soberana, enquanto levava os primos até a porta.

Duas horas depois, todos sabiam que a enorme caleche de molas de ferro na qual a sra. van der Luyden tomava ar em todas as estações fora vista diante da porta da velha sra. Mingott, onde um grande envelope quadrado tinha sido deixado; e, aquela noite, na ópera, o sr. Sillerton Jackson pôde revelar que o envelope continha um cartão convidando a condessa Olenska para o jantar que os van der Luyden dariam na semana seguinte para seu primo, o duque de St. Austrey.

Alguns dos rapazes do camarote do clube trocaram um sorriso após essa declaração e olharam de soslaio para Lawrence Lefferts, que estava sentado com um ar indiferente na parte da frente, puxando a ponta do longo bigode louro, e que afirmou com autoridade, quando a soprano fez uma pausa: "Ninguém além de Patti[36] deveria tentar cantar a Sonnambula."[37]

---

36 Adelina Patti (1843-1913), soprano italiana. (N.T.)

37 *La sonnambula*, ópera em dois atos de autoria do compositor italiano Vicenzo Bellini (1801-1835). (N.T.)

Capítulo 8

Em Nova York, a opinião geral era a de que a condessa Olenska "não era mais bonita".

A primeira vez que ela surgira na cidade fora durante a infância de Newland Archer, como uma menininha de beleza radiante que as pessoas diziam que "merecia ser pintada." Seus pais costumavam vagar pela Europa e, após uma infância perambulante, ela perdera ambos e ficara sob a guarda da tia Medora Manson, outra que gostava de perambular e que enfim retornara a Nova York para "ficar."

A pobre Medora tinha ficado viúva repetidas vezes e vivia voltando para sua cidade natal para fixar moradia (cada vez em uma casa menos cara), trazendo consigo um novo marido ou uma criança adotada; após alguns meses, ela invariavelmente se separava do marido ou brigava com a criança e, depois de vender a casa por menos do que tinha pagado para comprá-la, voltava a perambular. Como sua mãe era da família Rushworth e seu último casamento infeliz fora uma união com um dos Chivers malucos, Nova York aceitava suas excentricidades com indulgência; mas, quando ela retornou com a sobrinha órfã, cujos pais tinham sido benquistos apesar do lamentável gosto por viajar, as pessoas acharam uma pena aquela criança bonita ficar nas mãos de tal pessoa.

Todos estavam dispostos a ser gentis com a pequena Ellen Mingott, embora suas bochechas vermelhas e seus cachinhos lhe dessem um ar de felicidade que não parecia apropriado para uma criança que deveria estar de luto fechado pelos pais. Era uma das muitas peculiaridades da estouvada Medora desdenhar das regras inalteráveis do luto americano e, quando ela desceu do vapor, sua família ficou escandalizada ao ver que o véu de crepe que usava por causa da morte do próprio irmão era sete polegadas mais curto do que os de suas cunhadas, enquanto a pequena Ellen estava com uma roupa de merino escarlate e um colar de contas de âmbar, como se fosse uma ciganinha perdida.

Mas Nova York já tinha se resignado com Medora havia tanto tempo que apenas algumas velhinhas balançaram as cabeças diante das roupas espalhafatosas de Ellen, enquanto seus outros parentes se encantaram com suas faces coradas e seu comportamento vivaz. Ela era uma coisinha destemida e cheia de intimidades, que fazia perguntas desconcertantes, comentários precoces e possuía habilidades excêntricas, como executar uma dança espanhola com um xale e tocar canções de amor napolitanas no violão enquanto cantava. Sob a guarda da tia (cujo nome verdadeiro era sra. Thorley Chivers, mas que, após receber um título papal, voltara a usar o sobrenome do primeiro marido, dizendo ser a marquesa Manson, que na Itália podia transformar em Manzoni), a menininha recebeu uma educação cara, porém incoerente, que incluiu "desenhar modelos", algo com que ninguém jamais sonhara antes, e tocar piano em quintetos com músicos profissionais.

É claro que não poderia sair nada de bom daquilo; e quando, alguns anos mais tarde, o pobre Chivers finalmente morreu em um manicômio, sua viúva (envolta em seus estranhos trajes de luto) mais uma vez levantou acampamento e partiu com Ellen, que havia se tornado uma menina alta e ossuda com olhos conspícuos. Durante algum tempo, não se soube mais nada delas; até que chegou a notícia de que Ellen se casara com um nobre polonês imensamente rico, de fama lendária, que ela havia conhecido em um baile no Palácio das

Tulherias e que, dizia-se, possuía mansões suntuosas em Paris, Nice e Florença, um iate em Cowes,[38] muitas milhas quadradas de terreno para caça na Transilvânia. Ela desaparecera em uma espécie de apoteose sulfurosa e quando, alguns anos mais tarde, Medora mais uma vez voltou para Nova York, desanimada, empobrecida, de luto por um terceiro marido e em busca de uma casa ainda menor, as pessoas se espantaram quando a sobrinha rica não pôde ajudá-la. Então, chegou as notícias de que o casamento da própria Ellen tinha terminado de maneira desastrosa e de que ela também ia voltar para Nova York em busca de descanso e anonimato no seio da família.

Essas coisas passaram pela mente de Newland Archer uma semana mais tarde quando ele observou a condessa Olenska entrar na sala de estar dos van der Luyden na noite do momentoso jantar. Era uma ocasião solene e ele se perguntou, um pouco nervoso, se ela iria se sair bem. A condessa chegou bastante tarde, com uma das mãos ainda sem luvas, colocando um bracelete no pulso; mas entrou sem aparentar nenhuma pressa ou constrangimento naquela sala de estar onde os convidados mais seletos de Nova York estavam reunidos com certo ar de gravidade majestosa.

No meio do cômodo, a condessa Olenska estacou, observando em torno sem sorrir, embora com um olhar divertido; e, naquele instante, Newland Archer rejeitou o veredicto geral sobre sua aparência. Era verdade que não ela não tinha o mesmo fulgor de antes. As faces coradas haviam ficado pálidas; ela estava magra, abatida, e parecia um pouco mais velha do que os quase trinta anos que devia ter. Mas tinha ao redor de si a autoridade misteriosa da beleza, uma autoconfiança na maneira de manter a cabeça erguida, de mover os olhos que, sem ser nem um pouco teatral, pareceu a ele altamente treinada e repleta de um poder consciente. Ao mesmo tempo, a condessa tinha modos mais simples do que a maioria das senhoras presentes e muitas

38 Cidade portuária na Ilha de Wight, na Inglaterra. (N.T.)

pessoas (segundo lhe diria Janey depois) ficaram desapontadas por ela não ter mais "estilo" – pois essa era a qualidade a que Nova York mais dava valor. Talvez fosse, refletiu Archer, porque sua antiga vivacidade desaparecera; por ela ser tão discreta – discreta nos movimentos, no tom grave da voz. Nova York estava esperando algo bem mais estrepitoso de uma jovem com tal histórico.

O jantar foi um tanto grandioso. Jantar com os van der Luyden era, na melhor das hipóteses, algo grave, e jantar lá na companhia de um duque que também era primo do casal foi de uma solenidade quase religiosa. Archer ficou satisfeito em pensar que apenas um membro da velha Nova York conseguiria perceber a leve diferença (para Nova York) entre ser apenas um duque e ser o duque dos van der Luyden. Nova York reagia a nobres esparsos com tranquilidade e (com exceção do círculo dos Struthers) até com certa altivez desconfiada; mas, quando eles apresentavam credenciais como aquelas, eram recebidos com uma cordialidade tradicional, e estariam muito enganados se acreditassem se dever apenas ao fato de constarem no Debrett.[39] Era exatamente por aquelas distinções que o rapaz sentia carinho por sua velha Nova York, mesmo enquanto ria dela.

Os van der Luyden fizeram de tudo para enfatizar a importância da ocasião. O jogo de porcelana de Sèvres dos du Lac e as travessas de prata estilo Jorge II dos Trevenna estavam sendo usadas, assim como a porcelana Lowestoft[40] dos van der Luyden (trazida pela Companhia das Índias Orientais) e a porcelana Crown Derby dos Dagonet. A sra. van der Luyden nunca se parecera tanto com um quadro de Cabanel e a sra. Archer, usando as pérolas-arroz e as esmeraldas da

---

39 *Debrett's Peerage*, um livro com uma listagem da aristocracia britânica que começou a ser publicado por John Debrett em 1802. (N.T.)

40 A porcelana feita e decorada na China para ser vendida na Europa e nos EUA com frequência era confundida com a porcelana fabricada na cidade inglesa de Lowestoft. A dos van der Luyden, se foi trazida pela Companhia das Índias Orientais, provavelmente era proveniente da China. (N.T.)

avó, fez o filho lembrar de uma miniatura de Isabey.[41] Todas as senhoras estavam com suas mais bonitas joias, mas era característico daquela casa e daquela ocasião que as joias, em sua maioria, estivessem em engastes pesados e antiquados; e a velha srta. Lanning, que fora convencida a comparecer, estava usando os camafeus da mãe e um xale de renda espanhola.

A condessa Olenska era a única mulher jovem no jantar; porém, quando Archer examinou as faces lisas e gorduchas das senhoras entre os colares de diamante e as altíssimas penas de avestruz, elas lhe pareceram curiosamente imaturas em comparação com a dela. Era assustador pensar no que fora necessário para criar aqueles olhos.

O duque de St. Austrey, que estava sentado à direita da anfitriã, naturalmente era a principal presença da noite. Porém, se a condessa Olenska era menos conspícua do que se esperava, o duque era quase invisível. Por ser um homem bem-educado, não havia (como outro recente convidado ducal) comparecido ao jantar de roupa de caça; mas seus trajes de gala eram tão esfarrapados e frouxos, e ele os usava com tamanho ar de quem portava roupas feitas em casa, que (com a postura curvada ao sentar e a vasta barba se espalhando sobre a camisa) mal parecia estar vestido para a ocasião. O duque era baixo, tinha os ombros curvos, era queimado de sol, tinha um nariz largo, olhos pequenos e um sorriso simpático; quase nunca dizia nada e, quando o fazia, era em um tom tão baixo que, apesar dos frequentes silêncios expectantes da mesa toda, seus comentários eram ouvidos apenas por quem estava ao seu lado.

Quando os homens foram se unir às senhoras após o jantar, o duque imediatamente se dirigiu à condessa Olenska, e eles se sentaram em um canto e mergulharam em uma conversa animada. Nenhum dos dois parecia ciente de que o duque deveria ter primeiro

---

41 Jean Baptiste Isabey (1767-1855), pintor francês que trabalhava principalmente com miniaturas. (N.T.)

cumprimentado a sra. Lovell Mingott e a sra. Headly Chivers, e a condessa, deveria ter falado com aquele amável hipocondríaco, o sr. Urban Dagonet, da Washington Square, que, para ter o prazer de conhecê-la, violara sua regra pétrea de jamais jantar fora entre janeiro e abril. Os dois conversaram durante quase vinte minutos; e, então, a condessa se levantou e, caminhando sozinha pela larga sala de estar, se sentou ao lado de Newland Archer.

Não era costume nas salas de estar de Nova York uma senhora se levantar e se afastar de um cavalheiro em busca da companhia de outro. A etiqueta ditava que ela devia esperar, imóvel como uma estátua, enquanto os homens que desejavam conversar com ela ocupavam sucessivamente o lugar ao seu lado. Mas a condessa não parecia consciente de ter violado nenhuma regra; ela se sentou, perfeitamente à vontade, em um canto do sofá ao lado de Archer e fitou-o com o mais gentil dos olhares.

"Eu quero falar com o senhor sobre May", disse ela.

Em vez de responder, ele perguntou: "A senhora já conhecia o duque?"

"Ah, sim. Nós costumávamos encontrá-lo todo verão em Nice. Ele gosta muito de apostar – vinha muito à nossa casa." Disse isso com a maior simplicidade, como se afirmasse "Ele gosta de flores silvestres"; e, um segundo depois, acrescentou candidamente: "Acho que é o homem mais enfadonho que já conheci na vida."

Isso agradou tanto a seu acompanhante que ele se esqueceu do leve choque que o comentário anterior lhe causara. Sem dúvida, era empolgante conhecer uma senhora que achava o duque dos van der Luyden enfadonho e que, ainda por cima, ousava expressar essa opinião. Archer sentiu uma enorme vontade de lhe fazer perguntas, de saber mais sobre a vida da qual suas palavras impensadas lhe deram um vislumbre tão esclarecedor; mas temeu causar lembranças dolorosas e, antes que pudesse pensar em qualquer coisa para dizer, a condessa voltara ao assunto original.

"May é um amor. Não vi nenhuma moça em Nova York que seja mais bonita e mais inteligente. O senhor está muito apaixonado por ela?"

Newland Archer corou e riu. "Tanto quanto é possível um homem estar."

A condessa continuou a observá-lo cuidadosamente, como se não quisesse deixar escapar nenhuma nuance do que ele dissera. "Quer dizer que acha que existe um limite?"

"Para o amor? Se existe, não encontrei!"

Ela ficou radiante de solidariedade. "Ah, quer dizer que é um romance real, verdadeiro?"

"O mais romântico dos romances!"

"Que maravilha! E vocês descobriram tudo sozinhos? Ninguém arranjou nada para vocês?"

Archer fitou-a, incrédulo. "A senhora se esqueceu", perguntou, com um sorriso, "de que no nosso país não permitimos que os casamentos sejam arranjados?"

Um rubor profundo surgiu na face dela e ele imediatamente se arrependeu de suas palavras.

"Sim", respondeu a condessa. "Eu tinha esquecido. O senhor precisa me perdoar se eu às vezes cometer esses erros. Nem sempre me lembro de que, aqui, é bom tudo aquilo que... que era ruim de onde eu vim." Ela baixou os olhos para o leque vienense de penas de águia, e Archer viu que seus lábios estavam trêmulos.

"Sinto muito", disse, impulsivamente. "Mas a senhora está entre amigos aqui, sabe?"

"Sim – eu sei. Aonde quer que eu vá, tenho essa sensação. É por isso que vim para casa. Quero esquecer todo o resto, me tornar uma completa americana de novo, como os Mingott e os Welland, e o senhor e sua adorável mãe, e todas as outras pessoas boas que estão aqui hoje. Ah, aí vem May, e o senhor vai querer correr para o lado dela", acrescentou a condessa. Mas ela não se moveu e seus olhos foram da porta para o rapaz sentado ao seu lado.

A sala de estar estava se enchendo de pessoas que tinham sido convidadas para chegar após o jantar; e, seguindo o olhar de madame Olenska, Archer viu May Welland entrando com a mãe. Vestida de branco e prata, com uma guirlanda de flores prateadas no cabelo, a moça alta parecia uma Diana que acabara de voltar da caça.

"Ah", disse Archer, "tenho tantos rivais. Como a senhora vê, ela já está cercada. Lá está o duque sendo apresentado."

"Então fique comigo mais um pouco", disse madame Olenska baixinho, tocando brevemente o joelho dele com o leque de plumas. Foi um toque levíssimo, mas que o arrepiou como uma carícia.

"Sim, deixe-me ficar", respondeu Archer no mesmo tom, sem nem saber o que dizia; mas, naquele momento, o sr. van der Luyden se aproximou, acompanhado pelo sr. Urban Dagonet. A condessa os cumprimentou com seu sorriso grave e Archer, sentindo o olhar de censura do anfitrião, se levantou e cedeu o lugar.

Madame Olenska esticou a mão como se fosse se despedir.

"Amanhã, então, depois das cinco – vou esperar o senhor", disse ela; e se virou para dar espaço ao sr. Dagonet.

"Amanhã...", Archer se ouviu repetindo, apesar de eles não terem combinado nada e de, durante a conversa, ela não lhe ter dado nenhuma indicação de que desejava vê-lo de novo.

Conforme Archer se afastava, viu Lawrence Lefferts, alto e resplandecente, levando a mulher para ser apresentada; e ouviu Gertrude Lefferts dizer para a condessa, com um radiante sorriso de inocência: "Mas eu acho que nós fazíamos aula de dança juntas, quando éramos crianças..." Atrás dela, esperando a vez de dizer seus nomes para a condessa, ele viu diversos dos casais recalcitrantes que haviam se recusado a encontrá-la na casa da sra. Lovell Mingott. Como a sra. Archer dissera: quando os van der Luyden queriam, eles sabiam dar uma lição. O espantoso é que quisessem fazer isso tão raramente.

O rapaz sentiu um toque no braço e viu a sra. van der Luyden fitando-o do alto da eminência pura do veludo preto e dos diamantes da família. "Foi tanta bondade sua, meu caro Newland, se dedicar de maneira tão altruísta à madame Olenska. Eu disse ao seu primo Henry que ele simplesmente precisava ir ao seu resgate." Ele teve a consciência de que estava reagindo com um sorriso vago e a sra. van der Luyden acrescentou, como quem fazia uma condescendência à timidez natural do rapaz: "Nunca vi May com uma aparência tão adorável. O duque a considerou a moça mais bonita que há aqui."

Capítulo 9

A condessa Olenska dissera "depois das cinco"; e, trinta minutos após as cinco horas, Newland Archer tocou a campainha da casa de estuque com a pintura descascando e uma gigantesca glicínia sufocando a alquebrada varanda de ferro fundido, que ficava na rua 23 muito a oeste,[42] e que ela alugara da errante Medora.

Sem dúvida, era um lugar estranho para escolher morar. Seus vizinhos mais próximos eram costureiras baratas, empalhadores de pássaros e "pessoas que escreviam"; e, mais abaixo na barafunda que era aquela rua, Archer reconheceu uma casa de madeira em mau estado no final de uma aleia pavimentada, onde vivia um escritor e jornalista de sobrenome Winsett, com quem ele esbarrava de vez em quando. Winsett não recebia pessoas na sua casa; mas, certa vez, a mostrara para Archer durante um passeio noturno e este se perguntara, com um leve tremor, se as pessoas das humanidades moravam tão mal nas outras metrópoles.

A moradia da própria madame Olenska só se redimia de ter a mesma aparência devido a janelas um pouco mais bem pintadas; e, conforme Archer absorvia sua fachada modesta, pensou que o conde polonês devia ter-lhe roubado a fortuna, além das ilusões.

---

42 Ou seja, bem distante da Madison Square, o lugar da moda naquele momento. (N.T.)

O rapaz tinha passado um dia insatisfatório. Ele havia almoçado com os Welland, na esperança de, depois, levar May para uma caminhada no parque. Queria ficar a sós com ela, dizer-lhe o quanto estivera encantadora na noite anterior e o quanto o enchera de orgulho, e insistir para que apressassem o casamento. Porém, a sra. Welland lembrara a Archer com firmeza que a rodada de visitas familiares não estava sequer na metade e, quando ele aludira à ideia de antecipar a data do casamento, tinha erguido severamente as sobrancelhas e suspirado: "Duas dúzias de tudo... bordado à mão..."

Enfiados no landau da família, eles rolaram de uma porta da tribo à outra e, quando a rodada da tarde havia terminado, Archer se separou da noiva com a sensação de que tinha sido exibido como um animal selvagem capturado ardilosamente. Ele supôs serem os livros de antropologia que lera os culpados por uma visão tão vulgar de algo que, afinal de contas, era apenas uma demonstração natural de apreço familiar; mas, quando se lembrava de que os Welland esperavam que o casamento só ocorresse no outono seguinte e imaginava como seria sua vida até lá, sentia um profundo desalento.

"Amanhã", disse a sra. Welland conforme ele se afastava, "vamos ver os Chivers e os Dallas"; e Archer percebeu que a lista dos parentes de ambas as famílias estava em ordem alfabética, e que eles ainda estavam no primeiro quarto do alfabeto.

Ele tivera a intenção de contar a May que a condessa Olenska pedira – ou melhor, exigira – uma visita sua naquela tarde; mas, nos breves momentos em que ficaram a sós, teve coisas mais urgentes a dizer. Além disso, pareceu-lhe um pouco absurdo mencionar a questão. Archer sabia que May queria muito que ele fosse simpático com a prima dela; não tinha sido esse desejo que apressara o anúncio de seu noivado? Ele teve uma sensação estranha ao refletir que, se não fosse pela chegada da condessa, ainda poderia ser, se não um homem independente, ao menos um homem comprometido de maneira menos irrevogável. Mas cumprira-se a vontade de May e Archer sentiu que isso lhe dava liberdade para visitar a prima dela sem lhe contar, se quisesse.

Quando Archer estava parado na soleira de madame Olenska, seu sentimento principal foi de curiosidade. Ele tinha ficado intrigado com o tom com que ela ordenara sua visita e concluiu que aquela senhora era menos simples do que parecia.

A porta foi aberta por uma criada morena de aparência estrangeira, com seios proeminentes sob o lenço colorido ao redor do pescoço, que Archer teve a vaga impressão de ser siciliana. Ela o recebeu com todos os seus dentes brancos, respondeu suas perguntas assentindo como se não compreendesse nada e levou-o pelo corredor estreito até uma sala de estar de teto baixo onde ele encontrou uma lareira acesa. Não havia ninguém na sala e a criada o largou durante um tempo considerável, sem que ele soubesse se ela fora buscar a patroa ou se não tinha entendido por que estava ali, achando que talvez fosse para dar corda nos relógios – pois Archer viu que o único à vista no cômodo tinha parado. Ele sabia que as raças do sul se comunicavam umas com as outras na linguagem da pantomima e ficou mortificado por achar os movimentos de ombro e os sorrisos da mulher tão ininteligíveis. Afinal, ela voltou com um lampião; e Archer, tendo formado uma frase a partir do que lembrava de Dante e Petrarca, obteve a resposta: *"La signora è fuori; ma verrà súbito"*; que imaginou significar "Ela saiu; mas o senhor logo verá."[43]

Enquanto isso, o que ele viu, com a ajuda do lampião, foi a beleza esbatida e sombreada de uma sala diferente de todas onde já estivera. Archer sabia que a condessa Olenska trouxera consigo alguns de seus objetos – restos do naufrágio, como ela dizia – e supôs que eles estavam representados ali por algumas mesinhas altas de madeira escura, uma delicada estátua de bronze grega sobre a lareira e

---

43 Uma tradução mais correta da frase seria: "A senhora saiu, mas vai chegar logo." (N.T.)

um pedaço de damasco vermelho pregado sobre o papel de parede descorado atrás de dois ou três quadros em molduras antigas que pareciam ser italianos.

Newland Archer se orgulhava de seu conhecimento de arte italiana. Sua infância fora inundada de Ruskin e ele tinha lido todos os livros mais recentes: John Addington Symonds, Euphorion, de Vernon Lee, os ensaios de P. G. Hamerton e um maravilhoso novo volume chamado *A Renascença*, de Walter Pater.[44] Ele conversava tranquilamente sobre Botticelli e falava de Fra Angelico[45] com condescendência. Mas aqueles quadros o deixaram desnorteado, pois não eram nada parecidos com aquilo que estava acostumado a encontrar (e que, portanto, conseguia ver) quando viajava pela Itália; além disso, talvez seus poderes de observação houvessem sido prejudicados pela singularidade de se flagrar naquela estranha casa vazia, onde, aparentemente, ninguém o esperava. Archer lamentou não ter falado do pedido da condessa a May Welland, e ficou um pouco perturbado com a ideia de que sua noiva pudesse ir visitar a prima. O que ela ia pensar se o encontrasse sentado ali com o ar de intimidade implícito no gesto de esperar sozinho diante da lareira de uma senhora durante o crepúsculo?

Já que ele estava ali, pretendia esperar; por isso, afundou em uma poltrona e esticou as pernas na direção dos pedaços de lenha que ardiam.

---

44 John Addington Symonds (1840-1893) foi um ensaísta e poeta inglês especialista na Renascença; Vernon Lee era o pseudônimo da ensaísta e romancista inglesa Violet Page (1856-1935), famosa por suas obras sobre estética – ela e Wharton se conheceram em 1894; Philip Gilbert Hamerton (1834-1894) foi um importante crítico de arte inglês; Walter Pater (1839-1894) foi um crítico de arte e ensaísta inglês que teve muita influência sobre o esteticismo. (N.T.)

45 Alessandro di Mariano di Vanni Filipepi ou apenas Sandro Botticelli (1445-1510) foi um pintor italiano do principal momento do Renascimento. Dentre suas obras, destaca-se *O nascimento de Vênus*; Fra Angelico (1395-1455) foi um pintor italiano do início do Renascimento, muito próximo à Igreja Católica. Foi beatificado pelo papa João Paulo II em 1982. (N.E.)

Era estranho ter exigido sua presença daquela maneira e depois ter se esquecido dele; mas Archer estava mais curioso do que aborrecido. A atmosfera da sala era tão diferente de qualquer outra que ele já respirara, que seu acanhamento desapareceu em meio à sensação de quem vivia uma aventura. Archer já estivera antes em salas com damascos vermelhos pendurados e quadros "da escola italiana"; o que o impressionava era a maneira como a velha casa alugada de Medora Manson, com seu passado infeliz repleto de buquês de capim dos pampas[46] e estatuetas de John Rogers,[47] como num passe de mágica e através do uso habilidoso de alguns itens, fora transformada em um lugar íntimo, "estrangeiro", sutilmente sugestivo de cenários e sentimentos antigos e românticos. Ele tentou analisar o truque, desvendá-lo, atentando à maneira como as cadeiras e as mesas estavam agrupadas, ao fato de que apenas duas rosas Jacqueminot[48] haviam sido colocadas no vaso comprido ao seu lado (sendo que ninguém nunca comprava menos do que uma dúzia), ao vago perfume que permeava tudo e que não era do tipo que se punha nos lenços, sendo antes o aroma de algum bazar distante, um cheiro feito de café turco, âmbar-gris e rosas secas.

Archer começou a imaginar como seria a sala de estar de May. Ele sabia que o sr. Welland, "com muita generosidade", já estava de olho em uma casa recém-construída na rua 39 Leste. O local era considerado remoto e a casa era feita de uma pedra amarelo-esverdeada horrorosa, que os arquitetos mais jovens estavam começando a utilizar em protesto contra o arenito marrom cujo tom uniforme cobria Nova York como uma calda de chocolate fria; mas o encanamento era

46 Herbácea nativa do sul do Brasil e da Argentina, cujas flores secas eram muito usadas em decoração no século XIX. (N.T.)
47 John Rogers (1829-1904) foi um escultor americano que produzia esculturas de gesso relativamente baratas. (N.T.)
48 Rosas vermelhas de caule longo batizadas em homenagem ao general francês Jean--François Jacqueminot (1787-1865). (N.T.)

perfeito. Archer teria preferido viajar e deixar a questão da moradia mais para adiante; embora os Welland aprovassem uma longa lua de mel na Europa (e talvez até um inverno passado no Egito), eram firmes quanto à necessidade de haver uma casa para a qual o casal pudesse retornar. O rapaz sentiu que seu destino estava selado: todas as noites pelo resto da vida, iria passar por uma cerca de ferro fundido, subir os degraus que levavam àquela porta amarelo-esverdeada, atravessar um vestíbulo ao estilo de Pompeia[49] e entrar em um corredor com painéis de madeira amarela polida. Porém, sua imaginação não ia além desse ponto. Archer sabia que a sala de estar acima tinha uma janela saliente, mas não fazia ideia de como May iria lidar com ela. May se submetia alegremente ao cetim roxo e aos tufos amarelos da sala de estar dos Welland, às suas mesas de estilo *boulle* falso e às vitrines douradas repletas de porcelana de Dresden.[50] Ele não via nenhum motivo para supor que fosse querer algo diferente em sua própria casa; e seu único conforto era refletir que ela provavelmente o deixaria arrumar sua biblioteca como quisesse – e Archer, é claro, usaria móveis "sinceros", como ditava Eastlake,[51] e as novas estantes simples, sem portas de vidro.

A criada de seios fartos entrou, fechou as cortinas, empurrou um pedaço de lenha para trás e disse, em tom consolador: "Verrà, verrà." Quando ela saiu, Archer se levantou e começou a andar pela sala. Será que devia esperar mais? Estava começando a ficar em uma posição

49 Após as escavações das ruínas de Pompeia e Herculano na metade do século XVIII, passou a ser moda imitar a decoração das casas dessas cidades. (N.T.)
50 Porcelana de fabricação mais moderna e, portanto, menos valiosa. (N.T.)
51 Charles L. Eastlake (1836-1906) foi um arquiteto inglês que teve grande influência na área de decoração de interiores nos EUA durante a segunda metade do século XIX. Ele defendia que os móveis e ornamentos deviam ser "sinceros", ou seja, autênticos e simples, sem procurar imitar o estilo italiano ou japonês, por exemplo. Edith Wharton escreveu um manual de decoração de interiores (*The Decoration of Houses* [A decoração das casas], de 1897) em coautoria com Ogden Codman Jr., onde criticou o conceito de Eastlake. (N.T.)

embaraçosa. Talvez não houvesse entendido direito o que madame Olenska dissera – talvez ela não o houvesse convidado, afinal.

Os cascos de um cavalo marchador soaram nos paralelepípedos, descendo a rua silenciosa. Eles pararam diante da casa, e Archer ouviu uma porta de carruagem abrir. Entreabriu as cortinas, deparando-se com o crepúsculo que começava a cair. Havia um poste bem adiante e, à luz, ele viu a berlinda compacta de Julius Beaufort, puxado por um enorme cavalo castanho, e o banqueiro descendo e ajudando madame Olenska a sair.

Beaufort ficou parado com o chapéu na mão, dizendo algo que sua acompanhante pareceu responder com uma negativa; então eles trocaram um aperto de mão, e ele pulou de volta na carruagem enquanto ela subia os degraus da casa.

Ao entrar na sala, madame Olenska não demonstrou nenhuma surpresa ao encontrar Archer ali; a surpresa parecia a emoção à qual ela era menos afeita.

"Que tal, achou minha casa engraçada?", perguntou. "Para mim, é como se fosse o paraíso."

Ao dizer isso, madame Olenska desatou seu pequeno gorro de veludo e, atirando-o longe com a capa comprida, pôs-se a fitá-lo com uma expressão meditativa.

"A decoração ficou linda", respondeu Archer, ciente do prosaísmo das palavras, mas aprisionado ao convencional por seu desejo ardente de ser simples e impressionante.

"Ah, é uma casinha pobre. Meus parentes a desprezam. De qualquer maneira, ela é menos lúgubre do que a casa dos van der Luyden."

As palavras deram um choque elétrico nele, pois poucos eram os espíritos rebeldes que teriam ousado chamar de lúgubre a imponente moradia dos van der Luyden. Quem tinha o privilégio de entrar nela ficava estremecendo lá dentro e a descrevia como "magnífica." Subitamente, Archer ficou feliz por ela ter expressado o tremor geral.

"Ficou uma beleza, a casa", repetiu ele.

"Eu gosto da minha casinha", admitiu madame Olenska; "mas creio que o que me agrada é a bênção de ela ficar aqui, no meu país e na minha cidade; e, além disso, de morar sozinha nela." Ela falou tão baixo que Archer mal ouviu a última frase; mas, em seu constrangimento, seguiu seu fio.

"A senhora gosta tanto assim de estar sozinha?"

"Sim; contanto que os meus amigos me impeçam de me sentir só." Madame Olenska se sentou perto do fogo e disse: "Nastasia vai trazer o chá em breve." Então, ela fez um gesto indicando que ele deveria voltar para sua poltrona, acrescentando: "Vejo que o senhor já escolheu o seu canto."

Recostando-se, ela cruzou os braços atrás da cabeça e observou o fogo com os olhos semicerrados.

"Esta é minha hora preferida do dia. O senhor não concorda?"

O dever de defender a própria dignidade o fez responder: "Eu temi que a senhora houvesse se esquecido da hora. Beaufort deve tê-la mantido muito envolvida."

Madame Olenska achou graça. "Ora, o senhor esperou muito? O sr. Beaufort me levou para ver diversas casas – já que, aparentemente, não vão permitir que eu permaneça nesta." Ela pareceu se esquecer tanto de Beaufort quanto do próprio Archer, acrescentando: "Nunca estive em uma cidade onde as pessoas são tão contrárias à ideia de se morar em *des quartiers excentriques*.[52] De que importa onde a gente mora? Disseram-me que esta é uma rua respeitável."

"Mas não é uma das ruas da moda."

"Da moda! O senhor acha isso muito relevante? Por que não criar sua própria moda? Mas imagino que eu tenha vivido de maneira independente demais. De qualquer maneira, quero fazer o que todos vocês fazem – quero me sentir bem cuidada e segura."

---

52 Em francês, "bairros excêntricos". (N.E.)

Archer ficou comovido, como ficara na noite anterior, quando ela falara que precisava de orientação.

"É isso que seus amigos querem que a senhora sinta. Nova York é um lugar terrivelmente seguro", acrescentou ele, com um toque de sarcasmo.

"É mesmo, não é? Sente-se isso!", exclamou madame Olenska, sem perceber a zombaria. "Estar aqui é como... como... ser levada para passear quando se é uma boa menina que fez todas as lições."

A intenção da analogia tinha sido boa, mas Archer não ficou inteiramente satisfeito com ela. Ele não se importava de caçoar de Nova York, mas desagradava-lhe que qualquer outra pessoa fizesse o mesmo. Archer se perguntou se madame Olenska de fato não fazia ideia de como aquela cidade era uma máquina poderosa, e de como estivera próxima de esmagá-la. O jantar dos Lovell Mingott, que fora salvo, quando já estava praticamente morto, graças a toda sorte de peças avulsas da vida social, deveria ter-lhe ensinado que escapara por muito pouco – mas a condessa Olenska jamais estivera ciente de haver evitado um desastre, ou ela havia se esquecido disso após o triunfo da noite na casa dos van der Luyden. Archer acreditava mais na primeira teoria; imaginou que ainda não havia nenhuma diferenciação na Nova York dela, e essa conjectura o irritou.

"Na noite passada, Nova York foi-lhe oferecida de bandeja. Os van der Luyden não fazem nada pela metade."

"Não. Como eles são gentis! Foi uma festa tão simpática. Todos parecem estimá-los tanto."

Os termos não foram muito adequados; a condessa poderia ter descrito um chá na casa da velha srta. Lannings daquela mesma maneira.

"Os van der Luyden", começou Archer, sentindo sua pomposidade, "são a influência mais poderosa da sociedade de Nova York. Infelizmente, devido à saúde dela, é muito raro que recebam visitas."

Ela descruzou as mãos atrás da cabeça e fitou-o, pensativa.

"Será que esse não é o motivo?"

"O motivo..."

"Da enorme influência deles; sua presença ser tão rara."

Archer corou um pouco, olhou-a com espanto – e, de repente, percebeu como seu comentário fora perspicaz. Com um gesto, madame Olenska fizera um furo nos van der Luyden, que haviam caído ao chão. Ele riu e sacrificou-os.

Nastasia trouxe o chá, com xicarazinhas japonesas sem aba e pratinhos cobertos, colocando a bandeja em uma mesa baixa.

"Mas o senhor vai explicar essas coisas para mim – vai me dizer tudo que eu devo saber", continuou madame Olenska, se debruçando para lhe entregar uma xícara.

"É a senhora que está me dizendo – abrindo meus olhos para coisas que observo há tanto tempo, que deixei de vê-las."

Ela destacou uma pequena cigarreira de ouro de um de seus braceletes, ofereceu-a a ele e tirou um cigarro para si. Sobre a lareira havia longos pedaços de madeira para acendê-los.

"Ah, então podemos ajudar um ao outro. Mas eu preciso tão mais de ajuda. O senhor deve me dizer exatamente o que fazer."

A resposta estava na ponta da língua de Archer: "Não seja vista andando de carruagem com Beaufort pela cidade." Mas ele estava mergulhando fundo demais na atmosfera da sala, que era a atmosfera dela, e dar aquele tipo de conselho seria como dizer a alguém que estava barganhando por óleo de rosas em Samarcanda que sempre se devia usar galochas em Nova York no inverno. Nova York parecia muito mais distante do que Samarcanda e, se eles iam mesmo ajudar um ao outro, madame Olenska estava lhe prestando o primeiro desses serviços mútuos ao ajudá-lo a olhar para sua cidade natal de maneira objetiva. Vista assim, como que pelo lado errado de um telescópio, ela parecia desconcertantemente pequena e longínqua; mas é claro que pareceria, se fosse observada de Samarcanda.

Uma fagulha pulou da lareira e ela se debruçou sobre o fogo, pondo as mãos finas tão próximas dele que surgiu uma auréola tênue ao redor das unhas ovais. O toque da luz tornou avermelhados os cachos de cabelo que escapavam de suas tranças e fez seu rosto pálido parecer ainda mais branco.

"Há muitas pessoas para dizer à senhora o que fazer", respondeu Archer, com uma inveja obscura delas.

"Ah! Todas as minhas tias? E minha amada avó?" Madame Olenska considerou essa ideia de maneira imparcial. "Elas estão um pouco irritadas comigo por ter vindo morar sozinha – principalmente a pobre vovó. Ela queria que eu ficasse em sua casa – mas eu precisava ser livre." Ele ficou impressionado com aquela maneira leviana de se referir à indômita Catherine e comovido ao pensar no que teria feito madame Olenska ansiar por até aquela forma mais solitária de liberdade. Mas a lembrança de Beaufort o incomodava.

"Acho que entendo", disse ele. "Ainda assim, sua família pode lhe dar conselhos, explicar certas diferenças, mostrar o caminho."

Ela ergueu as sobrancelhas finas e pretas. "Por acaso, Nova York é um labirinto? Achei que era uma linha reta – como a Quinta Avenida. E com todas as transversais numeradas!" Madame Olenska pareceu adivinhar que Archer desaprovava levemente aquilo e acrescentou, com o sorriso raro que tornava todo o seu rosto encantador: "Se o senhor soubesse como eu amo esta cidade justamente por isso – por essa retidão toda e pelas etiquetas enormes e honestas que há em tudo!"

Archer viu que aquela era sua chance. "Pode ser que haja etiquetas em tudo – mas não em todos."

"Talvez. Pode ser que eu simplifique demais. Mas o senhor irá me avisar se fizer isso." Ela se virou do fogo para encará-lo. "Só há duas pessoas aqui que me dão a impressão de entenderem o que quero dizer e de serem capazes de me explicar as coisas: o senhor e o sr. Beaufort."

Archer estremeceu ao ouvir os dois nomes juntos; então, com um rápido reajuste, compreendeu e sentiu solidariedade e pena. Madame Olenska devia ter vivido tão próxima dos poderes do mal que ainda respirava melhor em sua atmosfera. Mas, como ela sentia que Archer também a compreendia, ele se certificaria de que visse Beaufort como este era de verdade, com tudo o que representava – e que o detestasse.

Ele respondeu, gentilmente: "Compreendo. Porém, ao menos no princípio, não largue as mãos de suas antigas amigas. Falo das mulheres mais velhas, de sua avó, a sra. Mingott, e da sra. Welland e da sra. van der Luyden. Elas gostam da senhora e a admiram – querem ajudá-la."

Madame Olenska balançou a cabeça e suspirou. "Ah, eu sei... eu sei! Mas contando que não ouçam nada de desagradável. A tia Welland disse essas exatas palavras quando eu tentei... Será que ninguém aqui quer ouvir a verdade, sr. Archer? A verdadeira solidão é viver em meio a essas pessoas gentis que só me pedem para fingir!" Ela levou as mãos ao rosto e ele viu seus ombros magros serem sacudidos por um soluço.

"Madame Olenska! Ah, não faça isso, Ellen", exclamou Archer, se erguendo de um pulo e se debruçando sobre ela. Ele pegou uma de suas mãos, apertou-a e esfregou-a como se fosse a de uma criança, enquanto murmurava palavras de consolo; após um instante, ela se soltou e fitou-o com os cílios molhados.

"E será que ninguém aqui chora? Imagino que não haja necessidade de chorar no paraíso", disse madame Olenska, endireitando as tranças desfeitas com uma risada e se debruçando sobre o bule de chá. Ficou gravado na consciência de Archer o fato de que ele a havia chamado de "Ellen" – havia feito isso duas vezes e ela não percebera. Bem ao longe, no telescópio invertido, ele viu a figura indistinta e branca de May Welland – em Nova York.

Subitamente, Nastasia enfiou a cabeça pela porta para dizer algo em seu sonoro italiano.

Madame Olenska, de novo com a mão no cabelo, soltou uma exclamação de consentimento – um "*Già, già*" lampejante – e o duque de St. Austrey entrou, trazendo a reboque uma imensa senhora de peruca preta e plumas vermelhas na cabeça, coberta de peles.

"Minha querida condessa, trouxe uma velha amiga minha para vê-la: a sra. Struthers. Ela não foi convidada para a festa de ontem à noite e deseja conhecer a senhora."

O duque deu um sorriso radiante para todo o grupo e madame Olenska se aproximou daquele estranho casal com um murmúrio de boas-vindas. Ela parecia não fazer ideia de como era peculiar que os dois estivessem ali juntos e da liberdade que o duque tomara ao trazer aquela acompanhante – mas Archer teve a impressão de que o duque, para fazer-lhe justiça, estava igualmente inconsciente disso.

"É claro que eu quero conhecer a senhora, minha querida!", exclamou a sra. Struthers, em uma voz tonitruante que combinava com suas penas ousadas e sua peruca espalhafatosa. "Quero conhecer todo mundo que é jovem, interessante e encantador. E o duque me disse que a senhora gosta de música. Não foi, duque? A senhora também toca piano, não é? Bem, quer ouvir o Saraste[53] tocar amanhã à noite na minha casa? Tem alguma coisa lá todo domingo à noite. É o dia em que Nova York não sabe o que fazer, então eu digo: 'Venham para cá se divertir.' E o duque achou que a senhora ficaria tentada pelo Saraste. Vai encontrar diversos amigos seus lá."

O rosto de madame Olenska se iluminou de prazer. "Que gentileza! E que bondade do duque se lembrar de mim!" Ela empurrou uma cadeira para perto da mesa de chá, e a sra. Struthers afundou ali com deleite. "É claro que eu ficarei muito feliz em comparecer."

"Muito bem, minha querida. E traga esse jovem também." A sra. Struthers estendeu a mão para Archer, simpática. "Não me lembro do seu nome, mas tenho certeza de que já o conheci. Conheço todo mundo, aqui, em Paris e em Londres. O senhor não é diplomata? Todos os diplomatas vêm à minha casa. Também gosta de música? Duque, o senhor não pode deixar de levar esse jovem."

---

53 Pablo de Saraste (1844-1908), célebre violinista e compositor espanhol. (N.T.)

O duque disse "naturalmente" das profundezas da barba e Archer se retirou com uma mesura circular formal que o fez sentir tão corajoso quanto um menino de colégio tímido em meio a adultos indiferentes.

Archer não lamentou o desfecho de sua visita; só gostaria que ele tivesse acontecido mais cedo e o poupado de um certo desperdício de emoção. Quando saiu em meio à noite de inverno, Nova York voltou a ser vasta e iminente, e May Welland, a mulher mais bela da cidade. Ele foi ao seu florista para enviar a ela a caixa diária de lírios-do-vale que, para seu embaraço, percebeu ter se esquecido de mandar naquela manhã.

Enquanto escrevia uma mensagem breve em seu cartão e esperava por um envelope, olhou a loja verdejante como um caramanchão e reparou em um buquê de rosas amarelas. Archer jamais vira rosas tão douradas de sol antes, e seu primeiro impulso foi mandá-las para May em vez dos lírios. Mas elas não se pareciam com May – havia algo suntuoso demais, intenso demais, em sua beleza fulgurante. Em uma mudança brusca de humor, e quase sem saber o que fazia, ele fez um sinal para o florista, indicando que o homem devia colocar as rosas em outra caixa longa, e deslizou seu cartão para dentro de um segundo envelope, onde escreveu o nome da condessa Olenska; então, logo antes de virar as costas, tirou o cartão de novo e deixou o envelope vazio na caixa.

"Elas vão ser levadas agora mesmo?", perguntou, apontando para as rosas. O florista garantiu que sim.

Capítulo 10

No dia seguinte, Archer convenceu May a escapar para uma caminhada no parque depois do almoço. Como era de costume entre os nova-iorquinos episcopais tradicionais, ela em geral ia com os pais à igreja nas tardes de domingo; mas a sra. Welland concordou em deixá-la gazetear, pois naquela mesma manhã a convencera da necessidade de um noivado longo, com tempo para preparar um enxoval bordado à mão contendo o número correto de dúzias.

O dia estava esplêndido. As longas árvores que ladeavam o Mall estavam encimadas por lápis-lazúli, formando um arco sobre a neve, que brilhava como pedaços de cristal. Era o clima perfeito para ressaltar a beleza radiante de May e ela fulgurava como um pé de bordo em meio à geada. Archer ficou orgulhoso dos olhares que atraía e a alegria simples da posse dissipou suas perplexidades subjacentes.

"É tão delicioso – acordar todas as manhãs e sentir o aroma de lírios-do-vale no quarto!", disse ela.

"Ontem, eles chegaram tarde. Não tive tempo de manhã..."

"Mas o fato de você se lembrar de mandá-los diariamente me faz amá-los mais do que se tivesse feito um pedido só, e eles chegassem todas as manhãs no mesmo minuto, como se fossem o professor de música – como eu sei que os de Gertrude Lefferts chegavam, por exemplo, quando ela e Lawrence estavam noivos."

"Ah! Faz sentido!", riu Archer, achando graça da perspicácia dela. Ele olhou para a face corada como uma fruta ao seu lado e sentiu-se afortunado e seguro o suficiente para acrescentar: "Quando eu mandei seus lírios ontem à tarde, vi umas rosas amarelas lindas e pedi que entregassem na casa de madame Olenska. Fiz bem?"

"Que gesto adorável! Essas coisas a deixam encantada. É estranho ela não ter mencionado: almoçou conosco hoje e falou que o sr. Beaufort lhe mandara orquídeas maravilhosas e o primo Henry van der Luyden um cesto inteiro de cravos de Skuytercliff. Ela parece tão surpresa de receber flores. As pessoas não mandam flores na Europa? Ela acha esse um hábito tão bonito."

"Ah, bom, não é de se espantar que as minhas tenham sido ofuscadas pelas de Beaufort", disse Archer, irritado. Então, ele se lembrou de que não havia mandado um cartão com as rosas e se arrependeu de tê-las mencionado. Queria dizer "Fiz uma visita à sua prima ontem", mas hesitou. Se madame Olenska não falara de sua visita, podia ser constrangedor que ele o fizesse. Mas não o fazer dava à ocasião um ar de mistério que desagradava a Archer. Para esquecer a questão, ele começou a falar dos planos deles, de seus futuros e da insistência da sra. Welland para que o noivado fosse longo.

"Se é que isso é longo! Isabel Chivers e Reggie ficaram noivos durante dois anos; Grace e Thorley, durante quase um ano e meio. Por que não podemos ficar satisfeitos com a nossa situação?"

Era a indagação tradicional das donzelas, e Archer sentiu-se envergonhado por considerá-la imensamente infantil. Sem dúvida, May apenas repetia o que era dito por ela; mas estava se aproximando de seu vigésimo segundo aniversário, e ele se perguntou com que idade as mulheres "de boa família" começavam a falar por si próprias.

"Imagino que nunca, se nós não deixarmos", refletiu, lembrando-se de sua explosão insana para Sillerton Jackson: "As mulheres deveriam ser livres, tão livres quanto nós."

Em breve, seria tarefa dele tirar a venda dos olhos daquela jovem e mandá-la observar o mundo à sua frente. Porém, quantas gerações das mulheres que tinham ajudado a gerar May haviam sido baixadas ao mausoléu da família ainda com aquela venda nos olhos? Archer estremeceu um pouco, se lembrando de algumas das novas ideias em seus livros científicos e do exemplo muito citado do peixe-das-grutas-setentrional, que deixara de desenvolver olhos porque não os utilizava. E se, quando ele mandasse May abrir os dela, eles só conseguissem lançar um olhar baço para o vazio?

"Nossa situação poderia ser muito melhor. Poderíamos estar juntos de verdade; poderíamos viajar."

O rosto de May se iluminou. "Seria maravilhoso", admitiu ela: adoraria viajar. Mas sua mãe não entenderia se eles quisessem fazer tudo de maneira tão diferente.

"Como se o mero fato de ser diferente não explicasse!", insistiu o noivo.

"Newland! Você é tão original!", exultou May.

Archer sentiu um profundo desânimo, pois viu que estava dizendo todas as coisas que se esperava que os rapazes na mesma situação dissessem, e que ela estava dando as respostas que o instinto e a tradição a ensinaram a dar – até o ponto de chamá-lo de original.

"Original! Nós somos tão iguais uns aos outros quanto aqueles bonecos cortados do mesmo papel dobrado. Somos como figuras gravadas com estêncil em uma parede. Por que não podemos nos aventurar juntos, May?"

Archer estacara e se voltara para ela no calor da discussão, e os olhos da noiva pousaram sobre ele com uma admiração brilhante e límpida.

"Minha nossa! Vamos fugir e casar escondido?", riu May.

"Se você concordar..."

"Você me ama mesmo, Newland! Estou tão feliz!"

"Mas então... por que não ser mais feliz?"

"Nós não podemos agir como personagens de um romance, podemos?"

"Por que não? Por que não? Por que não?"

Ela pareceu um pouco aborrecida com a insistência dele. Sabia muito bem que era impossível, mas era trabalhoso ter de apresentar um motivo. "Eu não sou inteligente o suficiente para discutir com você. Mas esse tipo de coisa é bastante... vulgar, não é?", sugeriu May, feliz por ter pensado em uma palavra que decerto aniquilaria o assunto.

"Quer dizer que você tem tanto medo assim de ser vulgar?"

Ela evidentemente ficou abalada com aquilo. "É claro que eu detestaria isso. E você também", retrucou, com uma certa irritação.

Archer ficou parado, em silêncio, batendo a bengala nervosamente contra o topo da bota; e May, sentindo que de fato encontrara a maneira certa de terminar a discussão, continuou, alegre: "Ah, eu lhe contei que mostrei meu anel de noivado a Ellen? Ela acha que é o engaste mais lindo que já viu na vida. Disse que não há nada igual na Rue de la Paix.[54] Eu realmente amo você, Newland, por ser tão artístico!"

Na manhã seguinte, antes do jantar, quando Archer estava sentado fumando, emburrado, em seu gabinete, Janey entrou como quem não quer nada. Ele deixara de passar no clube ao voltar do escritório, onde exercia a profissão de advogado da maneira desapressada típica dos nova-iorquinos abastados de sua classe. Estava desanimado e um pouco irritado, e um horror persistente de fazer a mesma coisa no mesmo horário todos os dias lhe assombrava a mente.

---

54 A Rue de la Paix se localiza num dos mais badalados endereços de Paris, entre a Place Vendôme e a Ópera Garnier. É conhecida por abrigar marcas famosas da moda francesa. (N.E.)

"Mesmice! Mesmice!", murmurou Archer, com a palavra voltando à sua cabeça como uma melodia persecutória, enquanto visualizava as familiares figuras de cartola sentadas diante da janela; e, como em geral passava no clube àquela hora, em vez de fazê-lo, fora para casa. Não só sabia sobre o que eles deviam estar falando, como sabia que papel caberia a cada um na discussão. O duque, é claro, seria o tema principal; mas a aparição na Quinta Avenida de certa senhora de cabelos dourados em uma pequena berlinda amarelo-canário puxada por dois pôneis pretos (pela qual Beaufort era, em geral, considerado responsável) também seria abordada, sem dúvida. Havia poucas dessas "mulheres" (como elas eram chamadas) em Nova York, e menos ainda daquelas que guiavam sua própria carruagem, e o surgimento da srta. Fanny Ring na Quinta Avenida no horário mais concorrido havia agitado profundamente a sociedade. No dia anterior mesmo, sua carruagem cruzara com a da sra. Lovell Mingott, e esta imediatamente tocara a sineta que ficava na lateral e mandara o cocheiro levá-la para casa. "E se houvesse acontecido isso com a sra. van der Luyden?", as pessoas perguntavam umas às outras, arrepiadas. Archer era capaz de ouvir como Lawrence Lefferts estaria, naquele exato instante, discursando sobre a desintegração da sociedade.

Archer ergueu a cabeça com irritação quando a irmã Janey entrou, e então se debruçou depressa sobre o livro em suas mãos (*Chastelard*,[55] de Swinburne, que acabara de ser lançado) como se não a houvesse visto. Ela lançou um olhar rápido sobre a escrivaninha coberta de pilhas de livros, abriu um volume dos *Contes Drôlatiques*,[56] fez uma careta diante do francês arcaico e suspirou: "Que coisas difíceis você lê!"

55 Algernon Charles Swinburne (1837-1909) foi um poeta e dramaturgo inglês. *Chastelard* é uma peça sua sobre a rainha Maria da Escócia, lançada em 1865. (N.T.)
56 Coletânea de contos de Honoré de Balzac, publicada em três volumes ao longo dos anos 1832, 1833 e 1837. (N.T.)

"E então?", perguntou ele, pois Janey estava rondando-o como Cassandra.

"A mamãe está muito zangada."

"Zangada? Com quem? Por quê?"

"A srta. Sophy Jackson acabou de passar aqui. Ela veio avisar que o irmão vem nos ver depois do jantar. Não pôde dizer muito, pois ele a proibiu: quer dar todos os detalhes em pessoa. Ele está com a prima Louisa van der Luyden agora."

"Faça o favor de começar de novo, moça. Seria preciso que eu fosse uma divindade onisciente para entender do que você está falando."

"Não é hora de ser profano, Newland... A mamãe já fica aborrecida o suficiente de você não ir à igreja..."

Com um gemido, ele mergulhou no livro.

"Newland! Preste atenção. Sua amiga madame Olenska foi à festa da sra. Lemuel Struthers ontem à noite: estava com o duque e o sr. Beaufort."

Ao ouvir a última parte dessa declaração, uma fúria insensata tomou o peito do rapaz. Para sufocá-la, ele riu. "Bem, e o que tem isso? Eu sabia que ela pretendia ir."

Janey empalideceu e seus olhos começaram a saltar das órbitas. "Você sabia que ela pretendia ir... e não tentou impedi-la? Avisá-la?"

"Impedi-la? Avisá-la?" Archer riu de novo. "Eu não sou noivo da condessa Olenska!" As palavras pareceram absurdas aos ouvidos dele.

"Mas vai se casar com alguém da família dela."

"Ah, a família, a família!", desdenhou Archer.

"Newland... você não se importa com a Família?"

"Não dou nem um tostão furado."

"E nem sobre o que a prima Louisa van der Luyden vai pensar?"

"Não dou nem meio, se ela pensar nessas bobagens de velha solteirona."

"A mamãe não é uma velha solteirona", disse sua irmã virgem, com os lábios franzidos.

Ele sentiu vontade de gritar: "É sim, e os van der Luyden também, e todos nós, diante de um mero roçar da ponta da asa da realidade." Mas viu o rosto comprido e bondoso de Janey começando a assumir uma expressão chorosa e sentiu vergonha da dor inútil que estava infligindo.

"Para o diabo com a condessa Olenska! Não seja boba, Janey. Ela não é minha responsabilidade."

"Não; mas você pediu aos Welland para anunciar seu noivado mais cedo para que ela tivesse o apoio de todos nós; e, se não tivesse sido por isso, a prima Louisa jamais a teria convidado para jantar com o duque."

"Bem, e que mal houve em convidá-la? Ela era a mulher mais bonita do salão; sua presença tornou o jantar menos funéreo do que os banquetes usuais dos van der Luyden."

"Sabe muito bem que o primo Henry a convidou para agradar você: ele persuadiu a prima Louisa. E agora, eles estão tão aborrecidos que vão voltar para Skuytercliff amanhã. Newland, eu acho melhor você descer. Parece que não está entendendo como a mamãe está se sentindo."

Newland encontrou a mãe na sala de estar. Ela ergueu o cenho franzido da costura para perguntar: "Janey lhe contou?"

"Sim." Archer tentou manter um tom tão contido quanto o dela. "Mas não consigo levar o caso muito a sério."

"Nem mesmo o fato de ter ofendido a prima Louisa e o primo Henry?"

"O fato de eles ficarem ofendidos por uma bobagem, como a condessa Olenska ter ido à casa de uma mulher que eles consideram vulgar."

"Consideram!"

"Bem, uma mulher que é vulgar; mas em cuja casa ouve-se boa música e que diverte as pessoas nas noites de domingo, quando Nova York inteira está morrendo à míngua."

"Boa música? Tudo o que eu sei é que tinha uma mulher que subiu em uma mesa e cantou as coisas que eles cantam naqueles lugares que você frequenta em Paris. As pessoas estavam fumando e bebendo champanhe."

"Bem, isso acontece em outros lugares e o mundo continua a girar."

"Meu filho, não me diga que você realmente está defendendo a maneira como os franceses passam os domingos."

"Eu já ouvi muitas vezes, quando estávamos em Londres, a senhora reclamar da maneira como os ingleses passam os domingos."

"Nova York não é nem Paris, nem Londres."

"Não é mesmo!", gemeu Newland.

"Está querendo dizer, imagino, que a vida aqui não é tão agitada? Creio que tenha razão. Mas aqui é o nosso lugar e as pessoas deveriam respeitar nossos hábitos quando vêm morar entre nós. Ellen Olenska principalmente: ela voltou para fugir do tipo de vida que as pessoas levam nos lugares agitados."

Newland não respondeu nada e, após um instante, sua mãe atreveu-se a dizer: "Eu ia colocar meu gorro e pedir que você me levasse para fazer uma visita breve à prima Louisa antes do jantar." Ele franziu o cenho, e ela continuou: "Achei que poderia explicar para ela o que acabou de dizer: que a vida lá fora é diferente... que as pessoas não dão tanta importância a essas coisas. Sabe, meu bem", acrescentou, com uma habilidade inocente, "seria do interesse de madame Olenska se fizesse isso."

"Minha adorada mãe, realmente não vejo o que temos a ver com essa questão. O duque levou madame Olenska à casa da sra. Struthers – na verdade, levou a sra. Struthers para ir visitá-la. Eu estava lá quando eles chegaram. Se os van der Luyden querem brigar com alguém, o verdadeiro culpado está sob seu próprio teto."

"Brigar? Newland, você já ouviu falar de o primo Henry brigando? Além do mais, o duque é hóspede dele e, ainda por cima, um estranho. Os estranhos não veem diferença nessas coisas: como poderiam? A condessa Olenska é nova-iorquina e deveria ter respeitado os sentimentos de Nova York."

"Bem, se os van der Luyden precisam de uma vítima, a senhora tem minha permissão para atirar madame Olenska a eles!", exclamou Newland, exasperado. "Eu não me vejo, e tampouco vejo a senhora, nos oferecendo para expiar os crimes dela."

"Ah, é claro que você só vê o lado dos Mingott", respondeu sua mãe, no tom ofendido que era o mais próximo que chegava da raiva.

O mordomo triste abriu os reposteiros da sala de estar e anunciou: "O sr. Henry van der Luyden."

A sra. Archer derrubou a agulha e arrastou a cadeira para trás com uma expressão nervosa.

"Traga outro lampião!", exclamou para o criado que ia se afastando, enquanto Janey se debruçava para endireitar a touca da mãe.

A figura do sr. van der Luyden assomou à porta e Newland Archer se adiantou para cumprimentar o primo.

"Estávamos justamente falando do senhor", disse.

O sr. van der Luyden pareceu assombrado com essa notícia. Tirou a luva para apertar a mão das senhoras e alisou timidamente a cartola, enquanto Janey empurrava uma poltrona para frente e Archer continuava: "E sobre a condessa Olenska."

A sra. Archer empalideceu.

"Ah – uma mulher encantadora. Acabei de ir vê-la", disse o sr. van der Luyden, voltando a assumir o ar afável de sempre. Ele afundou na poltrona, colocou a cartola e as luvas no chão ao seu lado, do jeito dos antigos, e continuou: "Ela tem uma grande habilidade para arranjar flores. Mandei-lhe alguns cravos de Skuytercliff e fiquei perplexo. Em vez de juntá-los em buquês enormes como faz o nosso jardineiro-chefe, espalhou-os por todos os cantos, aqui e ali... não sei descrever como. O duque havia me contado, ele disse: 'Vá ver com que destreza ela decorou sua sala de estar.' E é verdade. Gostaria muito de levar Louisa para vê-la, se a vizinhança não fosse tão... desagradável."

Um silêncio absoluto seguiu-se a esse discurso extraordinariamente longo do sr. van der Luyden. A sra. Archer tirou o bordado do cesto onde o largara nervosamente, e Newland, apoiado no consolo da lareira e girando na mão uma ventarola com um beija-flor,[57] viu o rosto atônito de Janey iluminado pela chegada do segundo lampião.

"O fato", continuou o sr. van der Luyden, alisando a longa perna cinza da calça com a mão descolorida onde carregava seu enorme anel de sinete de *patroon*, "é que eu passei lá para agradecer a ela pelo bilhete muito simpático que escreveu para agradecer pelas minhas flores; e também – mas isso fica entre nós, é claro – para avisar-lhe, em um gesto de amizade, que não deve permitir que o duque a carregue para festas. Não sei se vocês ouviram falar..."

A sra. Archer exibiu um sorriso indulgente. "O duque andou carregando a condessa para festas?"

"Você sabe como são esses lordes ingleses. São todos iguais. Louisa e eu gostamos muito do nosso primo, mas é inútil esperar que as pessoas acostumadas às cortes europeias se incomodem com nossas pequenas particularidades republicanas. O duque vai a qualquer lugar onde o divirtam." O sr. van der Luyden fez uma pausa, mas ninguém disse nada. "Sim – parece que ontem à noite ele a levou à casa da sra. Lemuel Struthers. Sillerton Jackson acabou de nos contar essa tolice e Louisa ficou bastante perturbada. Por isso, achei que o caminho mais curto era ter diretamente com a condessa Olenska e explicar – com uma mera insinuação, é claro – como nós nos sentimos sobre certas coisas aqui em Nova York. Achei que poderia fazê-lo sem ser indelicado, pois na noite em que jantou conosco, ela mencionou... deu a entender que ficaria grata em ser orientada. E, de fato, ficou."

O sr. van der Luyden olhou ao redor com uma expressão que, em feições menos depuradas de emoções vulgares, teria sido de autossatisfação. Em seu rosto, ela se transformou em uma benevolência branda devidamente refletida no semblante da sra. Archer.

---

57 No final da Era Vitoriana, houve uma moda de ventarolas que continham no centro beija-flores inteiros empalhados, muitas vezes vindos do Brasil. (N.T.)

"Meu querido Henry, vocês dois são sempre tão gentis! Newland em particular vai dar valor ao que fez, por causa da nossa querida May e dos novos parentes dele."

Ela lançou um olhar de alerta para o filho, que disse: "Um valor imenso. Mas eu sabia que o senhor ia gostar da madame Olenska." O sr. van der Luyden olhou para ele com extrema gentileza. "Meu caro Newland, eu jamais convido à minha casa alguém de quem não gosto. Foi o que acabei de dizer a Sillerton Jackson." Mirando o relógio, ele acrescentou: "Louisa está me esperando. Nós vamos jantar cedo, para levar o duque à ópera."

Depois que os reposteiros foram silenciosamente fechados atrás do visitante, um silêncio recaiu sobre a família Archer.

"Minha nossa! Que romântico!", exclamou Janey afinal, em um rompante. Ninguém sabia bem o que inspirava seus comentários elípticos e seus parentes há muito haviam parado de tentar interpretá-los.

A sra. Archer balançou a cabeça com um suspiro. "Tomara que tudo acabe da melhor maneira possível", disse ela, no tom de alguém que sabia muito bem que isso não ia acontecer. "Newland, você precisa ficar em casa e ver Sillerton Jackson quando ele vier aqui: eu realmente não vou saber o que lhe dizer."

"Pobre mamãe! Mas ele não vai vir...", disse Newland, rindo e se debruçando para desanuviar seu cenho com um beijo.

Capítulo 11

Cerca de duas semanas mais tarde, Newland Archer estava sentado, distraído e sem fazer nada, em seu compartimento particular do escritório de advocacia Letterblair, Lamson e Low, quando sua presença foi exigida pelo dono da firma.

O velho sr. Letterblair, o competente consultor jurídico de três gerações da nobreza nova-iorquina, estava entronado atrás de sua escrivaninha de mogno com um ar de evidente perplexidade. Enquanto ele alisava suas suíças bem aparadas e passava a mão nos cachos grisalhos desgrenhados sobre a testa larga, ocorreu a seu desrespeitoso sócio minoritário o quanto se parecia com um clínico-geral irritado com um paciente cujos sintomas se recusavam a ser classificados.

"Meu caro senhor...", disse o sr. Letterblair, que sempre tratava Archer por "senhor", "eu o chamei aqui para que tratasse de uma pequena questão; uma questão que, por enquanto, prefiro não mencionar nem para o sr. Skipworth, nem para o sr. Redwood." Os referidos cavalheiros eram os outros sócios majoritários; pois, como sempre era o caso com escritórios de advocacia antigos de Nova York, todos os sócios cujos nomes estavam no papel timbrado tinham falecido há muito tempo; e o sr. Letterblair era, profissionalmente falando, seu próprio neto.

Ele se recostou na cadeira com o cenho franzido. "Por questões familiares...", continuou.

Archer ergueu a cabeça.

"Da família Mingott", disse o sr. Letterblair, com um sorriso e uma mesura de explicação. "A sra. Manson Mingott mandou me chamar ontem. Sua neta, a condessa Olenska, deseja pedir o divórcio ao marido. Certos papéis foram colocados em minhas mãos." Ele fez uma pausa e tamborilou os dedos na escrivaninha. "Devido a sua futura aliança com a família, eu gostaria de consultá-lo – de considerar o caso com o senhor – antes de tomar qualquer providência."

Archer sentiu o sangue pulsando em suas têmporas. Ele vira a condessa Olenska apenas uma vez desde que lhe fizera aquela visita, e fora na ópera, no camarote dos Mingott. Nesse ínterim, ela se tornara uma imagem menos vívida e importuna, afastando-se do primeiro plano de Archer conforme May Welland retomava ali o lugar que lhe era de direito. Não ouvira ninguém falando de seu divórcio desde a primeira menção de Janey e tinha ignorado a história por considerá-la um mexerico sem fundamento. Teoricamente, a ideia do divórcio era quase tão desagradável para Archer quanto o era para sua mãe; e ele ficou irritado, pois era evidente que o sr. Letterblair (sem dúvida por insistência da velha Catherine Mingott) desejava metê-lo no caso. Afinal de contas, havia muitos homens da família Mingott para fazer esse trabalho e ele ainda não tinha nem se casado com um parente deles.

Archer esperou que o sócio majoritário continuasse. O sr. Letterblair destrancou uma gaveta e tirou um pacote de lá de dentro. "Se o senhor pudesse dar uma passada d'olhos nesses papéis..."

O rapaz franziu o cenho. "Por favor, me perdoe; mas justamente por causa da futura relação, preferiria que o senhor consultasse o sr. Skipworth ou o sr. Redwood."

O sr. Letterblair pareceu surpreso e levemente ofendido. Era raro que um sócio minoritário rejeitasse uma solicitação daquelas.

Ele fez uma mesura. "Respeito os escrúpulos do senhor; porém, neste caso, creio que o mais delicado é fazer o que peço. Na verdade, a sugestão não é minha, é da sra. Manson Mingott e do filho dela. Eu estive com Lovell Mingott e também com o sr. Welland. Todos eles deram o seu nome."

Archer sentiu uma onda de raiva. Ele vinha sendo languidamente arrastado pelos acontecimentos nas últimas duas semanas, deixando que a beleza e a natureza radiante de May apagassem a pressão bastante importuna das exigências dos Mingott. Mas essa ordem da velha sra. Mingott o fez se dar conta do que exatamente o clã achava ter direito de demandar de um futuro genro; e o papel que tinha de desempenhar o deixou agastado.

"Os tios dela deveriam lidar com isso", disse.

"Eles já o fizeram. A questão já foi discutida pela família. Eles se opõem à ideia da condessa; mas ela está firme e insiste em obter a opinião de um advogado."

O rapaz ficou em silêncio. Ele não tinha aberto o pacote que estava em sua mão.

"Ela deseja se casar de novo?"

"Acredito que isso seja insinuado, mas ela nega."

"Então..."

"O senhor me faria o favor, sr. Archer, de primeiro olhar esses papéis? Depois, quando houvermos discutido o caso, eu lhe darei minha opinião."

Archer se retirou relutantemente, com os documentos indesejados. Desde o último encontro deles, o rapaz havia, de maneira semiconsciente, colaborado com os acontecimentos com o intuito de se livrar do fardo de madame Olenska. A hora que passara a sós com ela, à luz do fogo, os levara a uma intimidade momentânea, que a intrusão do duque de St. Austrey com a sra. Lemuel Struthers e o júbilo com que a condessa os recebera tinham sido providenciais ao interromper. Dois dias mais tarde, Archer prestara alguma ajuda na comédia que fora a renovação da estima dos van der Luyden por ela, e refletira, com certa ironia, que uma senhora que sabia agradecer velhos cavalheiros todo-poderosos por um buquê de flores de maneira tão eficiente não precisava do consolo privado ou do apoio público de um rapaz tão insignificante quanto ele próprio. Ver a questão dessa maneira tornou seu caso mais simples e, surpreendentemente, reforçou as virtudes domésticas. Archer não era capaz de imaginar May Welland, em nenhuma emergência possível, tagarelando sobre suas dificuldades privadas com homens estranhos, nem agraciando-os com suas confidências; e, na semana que se seguira, ela lhe parecera mais bela e mais preciosa do que nunca. Ele até acatara seu desejo por um noivado longo, já que May encontrara a única resposta para sua pressa que fora capaz de desarmá-lo.

"Sabe, ao fim e ao cabo, a questão é que seus pais sempre deixaram você fazer tudo o que queria desde que era menina", argumentara Archer; e ela respondera, com seu olhar mais límpido: "Sim; por isso é tão difícil recusar a última coisa que eles jamais me pedirão enquanto eu for menina."

Essa era a nota da velha Nova York; era o tipo de resposta que ele sempre gostaria de ter certeza de que sua esposa daria. Se alguém respirava o ar de Nova York habitualmente, havia momentos em que qualquer coisa menos cristalina parecia asfixiante.

Os papéis, que Archer havia se retirado da sala para ler, na verdade não lhe disseram muito; mas o mergulharam em uma atmosfera que o sufocou. Eles consistiam basicamente em uma troca de cartas entre os advogados do conde Olenski e um escritório de advocacia francês que a condessa procurara para tentar resolver sua situação financeira. Havia também uma carta breve do conde para a esposa: após lê-la, Newland Archer se ergueu, enfiou os papéis de volta no envelope e retornou à sala do sr. Letterblair.

"Aqui estão as cartas. Se o senhor quiser, eu irei ver madame Olenska", disse ele, em um tom constrangido.

"Obrigado. Obrigado, sr. Archer. Venha jantar comigo hoje à noite se puder e, depois, nós discutiremos a questão; caso o senhor queira fazer uma visita a nossa cliente amanhã."

Newland Archer voltou diretamente para casa de novo naquela tarde. Era uma tarde de inverno de uma limpidez transparente, com uma lua nova e inocente sobre as casas; ele queria encher seus pulmões com aquele brilho puro, sem trocar uma palavra com outra pessoa até estar a sós com o sr. Letterblair depois do jantar. Teria sido impossível tomar outra decisão que não aquela: ele precisava ver madame Olenska em pessoa, em vez de permitir que seus segredos fossem revelados aos olhos de outrem. Uma grande onda de compaixão havia apagado sua indiferença e sua impaciência: a condessa se tornara para ele uma figura digna de pena, que devia ser salva a qualquer custo de se ferir mais em suas investidas desvairadas contra o destino.

Archer se lembrou do que ela dissera sobre o pedido da sra. Welland para ser poupada de tudo que era "desagradável" em sua história e estremeceu ao pensar que talvez fosse essa mentalidade que mantinha o ar de Nova York tão puro. "Será que somos apenas fariseus, afinal de contas?", perguntou-se ele, sem saber como reconciliar sua repulsa instintiva pela vileza humana com sua igualmente instintiva piedade pela fraqueza humana.

Pela primeira vez, Archer percebeu quão elementares sempre tinham sido seus princípios. Ele era visto como um rapaz que não temia riscos e sabia que seu caso de amor com a pobre e tola sra. Thorley Rushworth não fora secreto o suficiente para deixar de dar-lhe uma fama de aventureiro, que lhe caía bem. Mas a sra. Rushworth era uma mulher "daquele tipo": boba, vaidosa, naturalmente afeita ao clandestino e muito mais atraída pelo segredo e o perigo do caso do que por quaisquer encantos e qualidades que Archer possuía. Quando ele se dera conta disso, o fato quase lhe partira o coração, mas agora lhe parecia a única característica que o redimia pelo ocorrido. Aquele caso, em resumo, fora do tipo pelo qual a maioria dos rapazes da sua idade tinha passado, e do qual eles saíam com consciências tranquilas e uma crença imperturbada na diferença abissal entre as mulheres feitas para serem amadas e respeitadas e as mulheres feitas para serem desfrutadas – e causar pena. Eles eram assiduamente encorajados a ver a questão dessa forma por suas mães, tias e outras parentas mais velhas, pois todas, assim como a sra. Archer, acreditavam que quando "aquelas coisas aconteciam" era, sem dúvida, um gesto tolo da parte do homem, mas um gesto criminoso da parte da mulher. Todas as senhoras que Archer conhecia viam qualquer mulher que era imprudente no amor como necessariamente inescrupulosa e ardilosa, enquanto os homens presos em suas garras eram considerados apenas simplórios. A única coisa a fazer era persuadi-lo a se casar com uma boa moça o mais rápido possível e então confiar que esta cuidaria dele.

Mas Archer começou a discernir que nas velhas e complicadas comunidades europeias, os problemas de amor talvez fossem menos simples e menos fáceis de classificar. As sociedades ricas, ociosas e ornamentais deviam produzir muito mais situações como aquelas; e talvez até uma situação na qual uma mulher naturalmente sensível e distraída poderia, pela força das circunstâncias, por ser absolutamente indefesa e sozinha, ser atraída a fazer um casamento indesculpável pelos padrões convencionais.

Ao chegar em casa, Archer escreveu um bilhete para a condessa Olenska, perguntando em qual horário do dia seguinte ela poderia recebê-lo, e enviou-o por meio de um mensageiro, que logo voltou com outro bilhete dizendo que ela iria para Skuytercliff na manhã seguinte passar o domingo com os van der Luyden, mas estaria sozinha naquela noite após o jantar. O bilhete foi escrito em um papel mal rasgado, sem a data ou um endereço, em uma caligrafia firme e solta. Archer achou divertida a ideia de a condessa passar o fim da semana na solidão imponente de Skuytercliff, mas logo depois sentiu que ali era o lugar onde ela poderia sentir com mais força a frieza das mentes que davam com mais rigor as costas a tudo que era "desagradável".

Archer chegou à casa do sr. Letterblair pontualmente às sete, feliz por ter um pretexto para sair depois do jantar. Ele tinha formado sua própria opinião quanto aos papéis que lhe haviam sido confiados e não desejava muito discutir a questão com o sócio majoritário. O sr. Letterblair era viúvo, e eles jantaram sozinhos de maneira copiosa e lenta, em um cômodo escuro e mal arrumado com réplicas amareladas de *A morte do conde de Chatham* e *A coroação de Napoleão*.[58] No aparador, ao lado das compridas caixas Sheraton para facas, havia um decantador com Haut-Brion e outro com o velho vinho do porto dos Lanning (dado por um cliente), que o perdulário Tom Lanning vendera um ou dois anos antes de sua morte misteriosa e vergonhosa em São Francisco – um incidente menos publicamente humilhante para a família do que a venda de sua adega.

Após uma aveludada sopa de ostras, veio sável com pepinos, e então um jovem peru grelhado com bolinhos fritos de milho, seguido de pato com geleia de groselha e maionese de aipo. O sr. Letterblair, que comia um sanduíche com chá no almoço, jantava profunda e deliberadamente, e insistia que seus convidados fizessem o mesmo. Afinal, quando os ritos finais foram cumpridos, a toalha retirada e os charutos acesos, o sr. Letterblair, se recostando na cadeira e empurrando o vinho do porto para oeste, disse, alargando confortavelmente as costas para os carvões em brasa ali atrás: "A família inteira é contra o divórcio. E acho que eles têm razão."

Archer instantaneamente sentiu que se colocava do outro lado na discussão. "Mas por que, senhor? Se já houve um caso em que..."

"Bem... mas para quê? Ela está aqui; ele está lá; entre eles, está o Atlântico. Ela nunca vai receber um dólar a mais do que ele lhe devolveu voluntariamente: esses malditos acordos de casamento pagãos

---

58 Títulos de quadros do pintor norte-americano John Singleton Copley (1738-1815) e do pintor francês Jacques-Louis David (1748-1825), respectivamente. (N.T.)

tomam muito cuidado para que seja assim. Do jeito como as coisas são lá, Olenski foi generoso: poderia tê-la deixado sem um centavo." O rapaz sabia que isso era verdade e ficou em silêncio.

"Mas, pelo que eu entendi", continuou o sr. Letterblair, "ela não dá nenhuma importância ao dinheiro. Portanto, como diz a família, por que não deixar tudo como está?"

Archer fora para casa uma hora antes achando a mesma coisa que o sr. Letterblair; mas quando aquela visão foi expressa em palavras pelo velho egoísta, bem alimentado e absolutamente indiferente, ela de súbito se tornou a voz fariseia de uma sociedade completamente absorta em se barricar contra o desagradável.

"Eu acho que a decisão é dela."

"Hum. O senhor considerou as consequências se ela se decidir pelo divórcio?"

"Está falando da ameaça na carta do marido? Que peso isso poderia ter? É apenas a acusação vaga de um canalha furioso."

"Sim, mas pode levar a um falatório desagradável se ele não concordar em conceder o divórcio."

"Desagradável!", explodiu Archer.

O sr. Letterblair olhou para ele com sobrancelhas inquisitivas e o rapaz, ciente de que seria inútil tentar explicar o que estava pensando, fez uma mesura de aquiescência enquanto o sócio majoritário continuava: "Um divórcio é sempre desagradável."

"O senhor não concorda comigo?", insistiu o sr. Letterblair, após um silêncio de espera.

"Naturalmente", disse Archer.

"Bem, então posso contar com o senhor; os Mingott podem contar com o senhor, para usar sua influência contra essa ideia?"

Archer hesitou. "Não posso prometer nada até ver a condessa Olenska", respondeu, afinal.

"Sr. Archer, eu não entendo o senhor. Quer se casar com alguém de uma família que está passando pela ameaça de um divórcio escandaloso?"

"Acho que isso não tem nada a ver com o caso."

O sr. Letterblair colocou sobre a mesa o cálice de vinho do porto e fitou seu jovem sócio com um olhar cauteloso e apreensivo.

Archer compreendeu que corria o risco de perder aquele caso e, por algum motivo obscuro, não gostou da ideia. Agora que a tarefa lhe fora confiada, ele não pretendia abrir mão dela; e, para se proteger dessa possibilidade, viu que precisaria passar alguma segurança àquele velho sem imaginação, que era a consciência jurídica dos Mingott.

"Pode ter certeza de que não decidirei nada até ter falado com o senhor; quis dizer que preferia não dar uma opinião até ouvir o que madame Olenska tem a dizer."

O sr. Letterblair assentiu com aprovação diante daquele excesso de cautela digno da melhor tradição nova-iorquina, e o rapaz, olhando para o relógio, avisou que tinha um compromisso e se despediu.

Capítulo 12

A Nova York antiquada jantava às sete da noite e o hábito de fazer visitas após o jantar, embora objeto de desprezo dos jovens da idade de Archer, ainda prevalecia. Conforme o rapaz subia devagar a Quinta Avenida, que tomou na altura de Waverly Place, viu que a larga rua estava deserta, a não ser por um grupo de carruagens parado diante da casa do sr. e da sra. Reggie Chivers (que dariam um jantar em homenagem ao duque) e pela figura ocasional de um senhor de sobretudo e cachecol subindo os degraus diante de uma casa de arenito marrom e desaparecendo em meio a um saguão iluminado por lâmpadas a gás. Assim, quando Archer atravessou a Washington Square, notou que o velho sr. du Lac ia ver seus primos, os Dagonet, e, ao dobrar a esquina da rua 10 Oeste, viu o sr. Skipworth, de seu escritório de advocacia, obviamente prestes a ir visitar as irmãs Lanning. Um pouco mais adiante na Quinta Avenida, Beaufort surgiu diante da própria casa, como uma silhueta escura contra um feixe forte de luz, desceu a escada até sua berlinda privada e saiu rolando para um lugar misterioso e provavelmente indecente. Não havia ópera naquela noite e ninguém ia dar uma festa, de modo que o encontro de Beaufort sem dúvida era de natureza clandestina. Archer imaginou que seu destino era uma casinha após a avenida Lexington onde recentemente haviam aparecido cortinas cheias de laço de fita e jardineiras com flores, e diante de cuja porta recém-pintada a berlinda amarelo-canário da srta. Fanny Ring era vista com frequência.

Para além da pirâmide pequena e escorregadia que compunha o mundo da sra. Archer ficava uma região mal mapeada que era habitada por pintores, músicos e "pessoas que escreviam." Esses fragmentos soltos da humanidade jamais tinham demonstrado nenhum desejo de se amalgamarem com a estrutura social. Apesar de seus hábitos estranhos, dizia-se que a maioria era respeitável; mas eles preferiam manter-se à parte. Medora Manson, em sua época de prosperidade, havia inaugurado um "salão literário"; mas ele logo fracassara devido à relutância dos literários em frequentá-lo.

Outros tinham feito tentativas parecidas e, na casa das Blenker – uma mãe intensa e loquaz e três filhas desgrenhadas que a imitavam –, era possível encontrar Edwin Booth, Adelina Patti, William Winter, o novo ator shakespeariano, George Rignold[59] e alguns editores de revistas e críticos musicais e literários.

A sra. Archer e seu grupo sentiam certa timidez diante dessas pessoas. Elas eram estranhas, incertas, tinham coisas desconhecidas nos recônditos de suas mentes e em seus passados obscuros. A literatura e a arte eram profundamente respeitadas no círculo dos Archer, e a sra. Archer sempre fazia questão de dizer aos filhos que a sociedade era muito mais agradável e culta quando incluía figuras como Washington Irving, Fitz-Greene Halleck e o autor do poema "A fada culpada".[60] Os autores mais celebrados daquela geração haviam sido

---

59 Edwin Booth (1833-1893), renomado ator norte-americano, irmão mais velho de John Wilkes Booth, o assassino de Abraham Lincoln. Para Adelina Patti, ver nota 36. William Winter (1836-1917), conhecido ensaísta e crítico de teatro norte-americano. George Rignold (1839-1912), ator inglês. (N.T.)

60 Washington Irving (1783-1859), escritor norte-americano. Fitz-Greene Halleck (1790-1867), poeta norte-americano. O autor de "A fada culpada" ["The Culprit Fay"] foi Joseph Rodman Drake (1795-1820), outro poeta norte-americano. Todos, de fato, frequentaram a alta sociedade de Nova York. (N.T.)

"cavalheiros"; talvez as pessoas desconhecidas que os sucederam tivessem sentimentos cavalheirescos, mas sua origem, sua aparência, seu cabelo, sua intimidade com o palco e a ópera tornavam qualquer velho critério nova-iorquino impossível de ser aplicado a eles.

"Quando eu era menina", dizia a sra. Archer, "nós conhecíamos todo mundo entre o Battery Park e a Canal Street,[61] e só as pessoas que conhecíamos tinham carruagens. Era bastante fácil entender a posição de qualquer pessoa naquela época; agora, é impossível e eu prefiro não tentar."

Apenas a velha Catherine Mingott, com sua ausência de preconceitos morais e um desprezo pelas diferenças mais sutis, quase digno de uma arrivista, poderia ter construído uma ponte sobre aquele abismo; mas ela jamais abrira um livro ou observara um quadro na vida, e só gostava de música porque a fazia lembrar das noites de gala no Bulevar dos Italianos em seus dias de triunfo no Palácio das Tulherias. Talvez fosse possível para Beaufort, que era páreo para Catherine Mingott em ousadia, conseguir realizar uma fusão; mas sua imensa mansão e seus criados de meias de seda eram um obstáculo para a sociabilidade informal. Além do mais, ele era tão analfabeto quanto a velha sra. Mingott e considerava "camaradas que escreviam" apenas pessoas que recebiam dinheiro para dar prazer aos ricos; e ninguém rico o suficiente para influenciar sua opinião jamais a questionara.

Newland Archer tinha consciência dessas coisas desde que se entendia por gente e as tinha aceitado como parte da estrutura de seu universo. Ele sabia que havia sociedades onde pintores, poetas, romancistas, cientistas e até grandes atores eram tão procurados quanto duques; muitas vezes, imaginara como seria viver na intimidade de salas de estar dominadas pela conversa de Mérimée (cujo *Lettres a une inconue* era um de seus livros inseparáveis), de Thackeray, de

---

61 Ambos ficam no lado sul da ilha de Manhattan, a primeira parte a ser colonizada pelos europeus. (N.T.)

Browning ou de William Morris.[62] Essas coisas eram inconcebíveis em Nova York e era perturbador pensar nelas. Archer conhecia a maioria dos "camaradas que escreviam", dos músicos e dos pintores; encontrava-os no Century,[63] ou nos pequenos clubes musicais ou teatrais que estavam começando a surgir. Gostava de sua companhia lá e os achava um tédio na casa das Blenker, onde eles se misturavam a mulheres ardorosas e malvestidas que os passavam de mão em mão como se fossem curiosidades capturadas; e, mesmo após suas conversas mais interessantes com Ned Winsett, sempre ficava com a sensação de que, se seu mundo era pequeno, o deles também era, e a única maneira de ampliar um ou outro seria atingir um estágio em que os modos da sociedade permitiriam a ambos se fundir naturalmente.

Archer pensou nisso ao tentar imaginar a sociedade na qual a condessa Olenska havia vivido e sofrido, e também – talvez – experimentado alegrias misteriosas. Ele lembrou com quanto divertimento ela lhe contara que sua avó Mingott e as Welland desgostavam que vivesse num lugar "boêmio", onde moravam "as pessoas que escreviam". Não era o perigo, mas a pobreza que desagradava a família; essa nuance escapava à condessa, e ela imaginava que eles consideravam a literatura comprometedora.

A própria condessa não temia a literatura, e os livros espalhados por sua sala de estar (uma parte da casa onde os livros em geral eram considerados "deslocados"), embora fossem principalmente obras de

---

62 Prosper Mérimée (1803-1870), escritor francês cujo conto "Carmen" (1845) inspirou a célebre ópera de Georges Bizet (1838-1875). *Lettres a une inconue* [Cartas a uma desconhecida] contém a correspondência de Mérimée com uma jovem chamada Jenny Dacquin, que alguns acreditam ter sido sua amante. O livro foi publicado postumamente, em 1874. Para Thackeray, ver nota 23. Robert Browning (1812-1889), poeta inglês. William Morris (1824-1896), poeta e artista plástico inglês. (N.T.)
63 O Century Club, fundado em 1847, é um clube privado para os amantes das artes. Na época de Archer, admitia apenas cem sócios. Atualmente, conta com mais de dois mil associados. (N.T.)

ficção, haviam despertado a curiosidade de Archer, com nomes novos, como Paul Bourget, Huysmans e os irmão Goncourt.[64] Ruminando sobre essas coisas conforme se aproximava de madame Olenska, ele mais uma vez se deu conta da maneira curiosa como ela revertia seus valores e da necessidade de se colocar em uma condição mental incrivelmente diferente de todas as que conhecia para poder lhe ser útil em suas atuais dificuldades.

Nastasia abriu a porta com um sorriso misterioso. Sobre o banco que havia no saguão estava um sobretudo debruado de pele de marta, uma cartola dobrada de seda fosca com as iniciais J. B. bordadas em ouro e um cachecol de seda branco: não havia como duvidar de que esses itens caros eram propriedade de Julius Beaufort.

Archer ficou com raiva; tanta raiva que quase rabiscou algumas palavras em seu cartão de visitas e foi embora; então, lembrou-se de que, quando escrevera para madame Olenska, um excesso de discrição o impedira de dizer que desejava vê-la a sós. Portanto, só podia culpar a si próprio se ela abrira suas portas para outros visitantes; e entrou na sala de estar com a firme determinação de fazer Beaufort sentir que estava atrapalhando e ir embora antes.

O banqueiro estava recostado na lareira, sobre a qual fora colocado um bordado antigo, fixo por candelabros de latão, com velas longas de cera amarelada. Ele havia projetado o peito para fora, apoiando os ombros no consolo da lareira e jogando o peso do corpo

---

64 Paul Bourget (1852-1935), escritor francês conhecido por seus romances psicológicos que foi um grande amigo de Edith Wharton. Joris-Karl Huysmans (1848-1907), escritor francês de romances realistas que escandalizaram seu país e cuja obra mais célebre, *Às avessas* (1884), ajuda a perverter o herói de *O retrato de Dorian Gray*, de Oscar Wilde. Edmond de Goncourt (1822-1896) e Jules de Goncourt (1830-1870), ambos franceses, escreveram romances, livros de história e estudos críticos sobre a arte, muitas vezes a quatro mãos. (N.T.)

sobre um dos pés calçados de couro envernizado. Quando Archer entrou, Beaufort estava sorrindo e fitando a anfitriã, que se encontrava sentada em um sofá, formando um ângulo reto com a chaminé. Uma mesa tomada de flores ocultava o móvel, e madame Olenska, levemente reclinada contra as orquídeas e azaleias que Archer reconheceu serem tributos das estufas do banqueiro, segurava a cabeça com uma das mãos, com a manga aberta, deixando seu braço nu até a altura do cotovelo.

O costume das senhoras que recebiam visitas após o jantar era usar o que se chamava de "vestidos de noite simples": armaduras de seda com corpetes de barbatanas de baleia, golas um pouco abertas, mas com pregas de renda ocultando o colo, e mangas justas com um babado que mostrasse apenas o suficiente para aparecer uma pulseira de ouro à moda etrusca ou uma fita de veludo. Porém, madame Olenska, indiferente à tradição, usava um vestido longo de veludo vermelho com um debrum preto, de pele, que envolvia a gola e descia pela parte da frente. Archer se lembrou que, em sua última visita a Paris, vira um retrato de um artista novo, Carolus Duran,[65] cujos quadros foram a sensação do Salon, onde a modelo usava um desses ousados vestidos, justos como bainhas de faca, com o pescoço envolto em pele. Havia algo de devasso e provocativo na ideia de pele sendo usada à noite em uma sala de estar aquecida, assim como na combinação de um pescoço protegido com braços nus; mas o efeito, sem dúvida, era agradável.

"Jesus! Três dias inteiros em Skuytercliff!", dizia Beaufort, com sua voz alta e zombeteira, quando Archer entrou. "É melhor a senhora levar todas as suas peles e uma bolsa de água quente."

---

65 Pseudônimo de Charles-Auguste-Émile Durand (1837-1917), pintor francês famoso por seus retratos. Uma de suas modelos foi a rainha de Portugal Maria Pia (1847-1911). (N.T.)

"Por quê? A casa é tão fria assim?", perguntou madame Olenska, estendendo a mão para Archer de uma maneira que indicava, misteriosamente, que ela esperava que ele a beijasse.

"Não, mas a dona é", disse Beaufort, fazendo um displicente aceno de cabeça para o rapaz.

"Mas eu a achei tão gentil. Ela veio em pessoa me convidar. A vovó disse que eu tenho de ir de qualquer maneira."

"É a cara da vovó dizer isso, claro. Mas eu digo que é uma pena a senhora não ir comer as ostras do lanchinho que eu tinha planejado no Delmonico's no próximo domingo, com Campanini, Scalchi[66] e várias outras pessoas divertidas."

Madame Olenska olhou indecisa do banqueiro para Archer.

"Ah, isso realmente é uma tentação! Com exceção daquela noite na casa da sra. Struthers, eu não conheci nem um artista desde que cheguei."

"Que tipo de artista? Conheço um ou dois pintores que são bons camaradas e que poderia trazer aqui, se a senhora permitir", disse Archer corajosamente.

"Pintores? Tem pintores em Nova York?", perguntou Beaufort, em um tom que sugeria que não podia haver nenhum, já que ele não comprava seus quadros; e madame Olenska disse para Archer, com seu sorriso grave: "Seria encantador. Mas eu estava pensando em artistas dramáticos, cantores, atores, músicos. A casa do meu marido vivia repleta deles."

Ela pronunciou as palavras "meu marido" como se não fosse possível fazer nenhuma associação sinistra com elas, e em um tom que parecia quase lamentar os deleites perdidos da vida de casada. Archer olhou-a, perplexo, perguntando-se se era leveza ou dissimulação que a permitia aludir tão facilmente ao passado, no exato momento em que arriscava sua reputação para livrar-se dele.

66 Italo Campanini (1845-1896) e Sofia Scalchi (1850-1922), dois cantores de ópera italianos. (N.T.)

"Eu realmente acho que o imprévu[67] torna as coisas mais divertidas", continuou madame Olenska, dirigindo-se aos dois homens. Talvez seja um erro ver as mesmas pessoas todos os dias.

"É um diabo de uma maçada, de qualquer maneira; Nova York está morrendo de enfado", resmungou Beaufort. "E quando eu tento animá-la, a senhora me abandona. Vamos, pense melhor! Domingo é sua última chance, pois Campanini vai semana que vem para Baltimore e para a Filadélfia; e eu tenho uma sala privada e um Steinway, e eles vão passar a noite toda cantando para mim."

"Que delícia! Posso pensar e escrever para o senhor amanhã de manhã?"

Ela disse isso em um tom amigável, porém com o mais leve toque de quem encerrava o assunto. Beaufort evidentemente percebeu e, como não estava acostumado a ser contrariado, seguiu fitando-a com uma ruga obstinada entre os olhos.

"Por que não agora?"

"É uma questão séria demais para ser decidida tão tarde da noite."

"Considera isso tarde?"

Madame Olenska encarou-o com frieza. "Sim, pois ainda preciso discutir negócios com o sr. Archer durante algum tempo."

"Ah!", exclamou Beaufort, irritado. O tom dela não admitia mais discussão e, dando os ombros de leve, ele recobrou a compostura, pegou a mão de madame Olenska, que beijou com ar de quem tinha experiência no gesto, e disse, já na soleira da porta: "Newland, se você conseguir persuadir a condessa a ficar na cidade, é claro que está incluído no lanche", deixando a sala com seus passos pesados e importantes.

Por um instante, Archer imaginou que o sr. Letterblair devia ter dito à condessa que ele viria; mas a irrelevância de seu comentário seguinte o fez mudar de ideia.

---

67 Em francês, "inesperado". (N.E.)

"Quer dizer que o senhor conhece pintores? Vive no milieu[68] deles?", perguntou ela, com um olhar de grande interesse.

"Ah, não exatamente. Não sei se quaisquer das artes têm um milieu aqui; elas vivem em arredores muito pouco povoados."

"Mas o senhor gosta dessas coisas?"

"Imensamente. Quando estou em Paris ou Londres, nunca perco uma exposição. Tento me manter atualizado."

A condessa olhou para a ponta da botinha de cetim que entrevia em meio às dobras do vestido longo.

"Eu também costumava gostar imensamente dessas coisas; minha vida era repleta delas. Mas, agora, quero tentar não gostar mais."

"Quer tentar não gostar mais?"

"Sim. Quero me despojar de toda a minha vida antiga e me tornar como as outras pessoas daqui."

Archer corou. "A senhora jamais será como as outras pessoas", disse.

Ela ergueu um pouco as sobrancelhas retas. "Ah, não diga isso. Se o senhor soubesse como detesto ser diferente!"

O rosto de madame Olenska se tornara tão sombrio quanto uma máscara de tragédia. Ela se inclinou para a frente, cruzando os dedos finos sobre o joelho e desviando o olhar dele para algum local obscuro e remoto.

"Quero me afastar de tudo", insistiu.

Archer esperou um instante e pigarreou. "Eu sei. O sr. Letterblair me contou."

"Ah?"

"É por isso que eu vim. Ele me pediu que... eu trabalho no escritório, entende?"

A condessa pareceu levemente surpresa, e então seus olhos brilharam. "Quer dizer que o senhor pode cuidar disso para mim? Posso

---

68 Em francês, "meio". (N.E.)

falar com o senhor, em vez de com o sr. Letterblair? Ah, vai ser tão mais fácil!"

O tom dela comoveu-o e a confiança dele cresceu junto com sua autossatisfação. Archer percebeu que a condessa falara em negócios para Beaufort apenas para se livrar dele; e ter ludibriado Beaufort era, de certa forma, um triunfo.

"Eu vim aqui para falar disso", repetiu ele.

Madame Olenska ficou em silêncio, ainda com a cabeça apoiada no braço que estava sobre o encosto do sofá. Seu rosto pareceu pálido e apagado, como que esmaecido pelo vermelho vívido do vestido. Subitamente, ela deu a Archer a impressão de ser uma figura enternecedora e até digna de pena.

"Agora, estamos chegando aos fatos", pensou ele, consciente de que sentia a mesma repulsa instintiva que tantas vezes criticara em sua mãe e nas pessoas da idade dela. Quão pouca prática tivera em lidar com situações extraordinárias! O próprio vocabulário delas era estranho para Archer, parecendo pertencer à ficção ou ao palco. Diante do que estava por vir, ele se sentiu tão constrangido e desajeitado quanto um menino.

Após uma pausa, madame Olenska declarou, com veemência inesperada: "Eu quero ser livre, quero apagar todo o passado."

"Eu compreendo."

O rosto dela se iluminou. "Quer dizer que o senhor vai me ajudar?"

"Primeiro...", hesitou ele, "talvez eu devesse saber um pouco mais de detalhes."

A condessa pareceu surpresa. "O senhor sabe do meu marido... da vida que eu levava com ele?"

Archer assentiu.

"Bem... então, do que mais o senhor precisa? Essas coisas são toleradas neste país? Eu sou protestante – nossa igreja não proíbe o divórcio nesses casos."

"Absolutamente."

Ambos voltaram a ficar em silêncio, e Archer sentiu o fantasma da carta do conde Olenski pairando entre eles, fazendo uma careta horrenda. A carta ocupava apenas meia página e era exatamente o que ele descrevera ao mencioná-la para o sr. Letterblair: a acusação vaga de um canalha furioso. Mas quanto de verdade havia por trás dela? Apenas a esposa do conde Olenski poderia saber.

"Eu olhei os papéis que a senhora entregou ao sr. Letterblair", disse Archer afinal.

"Bem – pode haver algo mais abominável?"

"Não."

Ela mudou levemente de posição, protegendo os olhos com a mão erguida.

"É claro que a senhora sabe que... se seu marido escolher levar o caso aos tribunais... como ele ameaça fazer...", continuou Archer.

"Sim?"

"Ele pode dizer coisas... coisas que podem ser desagra... das quais a senhora pode não gostar. Dizê-las publicamente, de modo que elas circulariam, e lhe fariam mal mesmo que..."

"Quê?"

"Por mais infundadas que sejam, quero dizer."

A condessa fez uma longa pausa; tão longa que, sem desejar manter os olhos fixos em seu rosto oculto, Archer teve tempo de gravar na mente o formato exato de sua outra mão, aquela que estava sobre o joelho, e cada detalhe dos três anéis que usava no anelar e no mindinho; entre os quais, notou ele, não havia uma aliança.

"Que mal essas acusações poderiam me causar aqui, mesmo se ele as fizesse publicamente?"

A exclamação estava na ponta da língua dele: "Minha pobre filha! Muito mais mal do que em qualquer outro lugar!" Em vez de dizer isso, ele respondeu, em um tom que lhe soou como o do sr. Letterblair: "A sociedade de Nova York é um mundo muito pequeno se comparada com aquele no qual a senhora viveu. E ele é regido, apesar das aparências, por poucas pessoas que têm... bem, ideias bastante antiquadas."

Ela não disse nada e Archer continuou: "Nossas ideias sobre o casamento e o divórcio são particularmente antiquadas. Nossa legislação favorece o divórcio – nossos costumes não."

"Nunca?"

"Bem... não se as aparências estiverem minimamente contra a mulher, por mais maltratada, por mais irrepreensível que ela seja; se ela, devido a qualquer gesto não convencional, se expôs a... a insinuações ofensivas..."

A condessa baixou um pouco mais a cabeça e ele aguardou de novo, na esperança intensa de ver um lampejo de indignação ou, ao menos, uma breve exclamação negativa. Não aconteceu nem um, nem outro.

Um reloginho portátil fazia um tique-taque macio ao lado dela e um pedaço de lenha se partiu em dois, causando uma pequena chuva de fagulhas. Toda a sala parecia expectante, aguardando em silêncio junto com Archer.

"Sim", murmurou ela, "é isso que minha família me disse."

Ele teve um leve arrepio. "É natural que..."

"Nossa família", corrigiu-se a condessa, e Archer corou. "Pois, em breve, o senhor vai ser meu primo", continuou ela, afavelmente.

"Espero que sim."

"E acha o mesmo que eles?"

Ao ouvir isso, ele se levantou, vagou pela sala, olhou sem ver um dos quadros sobre o velho damasco vermelho e voltou para perto dela, irresoluto. Como poderia dizer: "Sim, se o que seu marido insinua é verdade, ou se a senhora não tiver nenhum meio de provar que não é?"

"Sinceramente...", interrompeu a condessa, quando Archer estava prestes a falar.

Ele olhou para a lareira ali abaixo.

"Bem, sinceramente... o que a senhora ganharia que poderia compensar pela possibilidade – pela certeza – de uma pilha de mexericos monstruosos?"

"Mas a minha liberdade... isso não é nada?"

Naquele momento, ele se deu conta de que a acusação da carta era verdade e que madame Olenska tinha a esperança de se casar com seu parceiro de culpa. Como poderia lhe dizer que, se de fato tinha tal plano, as leis do Estado se opunham inexoravelmente a ele? A mera suspeita de que ela estava com essa ideia na cabeça fez Archer se sentir hostil e impaciente. "Mas a senhora já não é livre como um pássaro?", retrucou ele. "Quem pode atingi-la? O sr. Letterblair me disse que a questão financeira foi decidida..."

"Ah, sim", disse a condessa, com indiferença.

"Bem; então, por acaso vale a pena arriscar algo que talvez seja infinitamente detestável e doloroso? Pense nos jornais – como eles são vis! É tudo estúpido, estrito, injusto – mas é impossível reinventar a sociedade."

"Sim", aquiesceu ela; e seu tom foi tão débil e desolado que Archer sentiu um súbito remorso por seus próprios pensamentos cruéis.

"O indivíduo, nesses casos, quase sempre é sacrificado em nome daquilo que se supõe ser o interesse coletivo: as pessoas se agarram a qualquer convenção que mantém a família intacta – que protege as crianças, se houver alguma", tagarelou Archer, deixando transbordar todas as frases batidas que lhe chegaram aos lábios em seu intenso desejo de ocultar a realidade feia que o silêncio dela parecia ter desnudado. Como madame Olenska se recusava, ou não era capaz de dizer a única palavra que teria desanuviado a atmosfera, o desejo dele foi o de não permitir que ela sentisse que estava tentando penetrar seu segredo. Melhor manter as aparências, à maneira prudente da velha Nova York, do que se arriscar a descobrir uma ferida que não podia curar.

"É meu dever ajudá-la a ver essas coisas da maneira como as pessoas que mais gostam da senhora a veem", continuou Archer. "Os Mingott, os Welland, os van der Luyden, todos os seus amigos e parentes; se eu não mostrasse à senhora honestamente como eles julgam tais questões, não seria justo, seria?" O tom dele foi insistente, quase súplice em seu desejo de disfarçar aquele silêncio abissal.

"Não, não seria justo", concordou madame Olenska, devagar.

O fogo se desfizera em cinzas e um dos lampiões gorgolejou, pedindo atenção. Madame Olenska se ergueu, girou o botão que deixava cair o combustível e voltou para perto do fogo, mas não se sentou novamente.

O fato de ela se manter de pé pareceu significar que não havia mais nada que qualquer um dos dois pudesse dizer, e Archer se levantou também.

"Muito bem; eu farei o que o senhor deseja", disse madame Olenska abruptamente. O sangue subiu à testa de Archer; e, perplexo com a rendição súbita dela, ele pegou suas duas mãos, constrangido.

"Eu... eu realmente quero ajudá-la", disse.

"O senhor me ajuda. Boa noite, primo."

Archer se inclinou e pousou os lábios nas mãos dela, que estavam frias e sem vida. A condessa recolheu as mãos, e ele voltou-se para a porta, encontrou seu casaco e chapéu sob a luz tênue da lâmpada a gás do saguão, e mergulhou na noite de inverno, repleto da eloquência tardia dos inarticulados.

Capítulo 13

O teatro Wallack estava cheio. A peça era *O vagabundo*, com Dion Boucicault no papel-título e Harry Montague e Ada Dyas interpretando o par romântico.[69] A popularidade daquela admirável companhia de teatro inglesa estava no seu auge, e *O vagabundo* sempre lotava a casa. Na galeria, o entusiasmo era sem reservas; na plateia e nos camarotes, as pessoas sorriam um pouco do sentimentalismo e das situações forçadas, porém gostavam da peça tanto quanto os espectadores da galeria. Havia um episódio em particular que conquistava a casa de cima a baixo. Era aquele no qual Harry Montague, após uma cena triste e quase monossilábica de adeus com a srta. Dyas, se despedia dela e se virava para ir embora. A atriz, que estava de pé perto da lareira olhando para o fogo ali embaixo, usava um vestido de casimira cinza sem adornos da moda, perfeito para seu corpo alto e cuja cauda se

---

69 Dion Boucicault (1820/22-1890) foi um ator e dramaturgo irlandês que fez bastante sucesso nos EUA. Sua comédia *O vagabundo* (*The Shaughraun,* no original em gaélico irlandês) estreou no teatro Wallack, em Nova York, em novembro de 1874. Wharton destaca a despedida dos namorados, mas eles têm um final feliz graças em grande medida à atuação do vagabundo, estrela cômica da peça. Harry Montague (1844-1878) e Ada Dyas (1844-1908) eram atores americanos. (N. T.)

abria na altura dos pés. Ao redor de seu pescoço havia uma fita estreita de veludo preto cujas pontas lhe caíam pelas costas.

Quando seu pretendente se virava, ela pousava os braços na moldura da lareira e afundava o rosto nas mãos. Na soleira da porta, ele parava para fitá-la; então retornava, pé ante pé, erguia uma das pontas da fita de veludo, beijava-a e saía da sala sem que ela o ouvisse ou mudasse de postura. E, com esse adeus silencioso, a cortina se fechava.

Era sempre por causa dessa cena em particular que Newland Archer ia ver *O vagabundo*. Ele achava que a despedida de Montague e Ada Dyas era tão bela quanto qualquer coisa que já vira Croizette e Bressant fazer em Paris ou Madge Robertson e Kendal[70] em Londres; com sua hesitação, sua tristeza muda, ela o comovia mais do que os mais famosos derramamentos histriônicos.

Na noite em questão, a cena adquiriu maior pungência por fazê-lo se lembrar – ele não saberia dizer por que – de quando se separara de madame Olenska, após sua conversa confidencial, cerca de uma semana ou dez dias antes.

Teria sido tão difícil descobrir qualquer semelhança entre as duas situações quanto entre a aparência das pessoas envolvidas. Newland Archer não podia fingir possuir nada que se aproximasse da beleza romântica do jovem ator inglês, e a srta. Dyas era uma mulher alta de cabelos ruivos e porte colossal, cujo rosto pálido e agradavelmente feio não se parecia em nada com as feições vívidas de Ellen Olenska. Além disso, Archer e madame Olenska não eram dois namorados se separando em um silêncio desolado; eram um advogado e uma cliente se despedindo após uma conversa que dera ao advogado a pior impressão possível do caso da cliente. Onde, portanto, estava

---

70 Sophie Croizette (1847-1901) e Jean-Baptiste Bressant (1815-1886) eram atores da *Comédie Française*. Madge Robertson (1848-1935) e William Hunter Kendal (1843-1917), atores ingleses, eram casados, famosos por suas atuações em peças de Shakespeare e operetas de W. S. Gilbert (1836-1911) e Arthur Sullivan (1842-1900). (N.T.)

a semelhança que fez o coração do rapaz bater com uma espécie de agitação retrospectiva? Parecia estar na misteriosa habilidade de madame Olenska de sugerir possibilidades trágicas e comoventes que não faziam parte da experiência cotidiana. A condessa mal dissera uma palavra a Archer para causar-lhe essa impressão, mas esta fazia parte dela: ou era uma projeção de seu passado misterioso e bizarro ou de algo inerentemente dramático, apaixonado e extraordinário nela própria. Archer sempre fora inclinado a achar que a sorte e as circunstâncias tinham um papel pequeno no destino das pessoas, se comparadas à sua tendência inata para fazer as coisas acontecerem com elas. Ele sentira essa tendência em madame Olenska desde o primeiro instante. Aquela jovem mulher quieta e quase passiva lhe dava a ideia de ser exatamente o tipo de pessoa a quem coisas acabavam acontecendo, por mais que ela se distanciasse e fizesse de tudo para evitá-las. O excitante era o fato de madame Olenska ter vivido em uma atmosfera tão dramática que sua própria tendência para provocar dramas parecia ter passado despercebida. Era justamente sua estranha incapacidade de se surpreender que fazia Archer sentir que ela fora arrancara de um verdadeiro pandemônio: as coisas que madame Olenska achava normais davam a medida daquelas contra as quais ela se rebelava.

Archer deixara a condessa com a convicção de que a acusação do conde Olenski não era infundada. A pessoa misteriosa que fazia parte do passado da esposa dele, descrita como "o secretário", provavelmente recebera alguma recompensa por seu papel na fuga dela. As condições das quais madame Olenska fugira eram intoleráveis, inexprimíveis, inacreditáveis. Ela era jovem, estava assustada, desesperada – nada mais natural que sentisse gratidão por seu salvador. A infelicidade era que sua gratidão a pusesse, aos olhos da lei e do mundo, em pé de igualdade com seu abominável marido. Archer a fizera compreender isso, como era seu dever; e também a fizera compreender que a simples e bondosa Nova York, com cuja caridade geral a condessa aparentemente contava, era o último lugar do mundo onde ela poderia esperar encontrar indulgência.

Tornar esse fato claro para madame Olenska – e testemunhá-la aceitando-o, resignada – fora intoleravelmente doloroso para ele. Archer se sentia atraído por ela com uma pena e um ciúme obscuros, como se a confissão muda de seu erro a tivesse colocado à mercê dele, tornando-a mais humilde, porém mais cativante. Archer ficara feliz por ter sido para ele que madame Olenska revelara seu segredo, e não para o escrutínio frio do sr. Letterblair, ou para o olhar constrangido de sua família. Ele imediatamente cumprira a tarefa de garantir a ambos que ela desistira da ideia de obter um divórcio, baseando sua decisão no fato de que compreendera que o procedimento seria inútil; e, com um alívio infinito, todos haviam desviado os olhos de tudo de "desagradável" de que a condessa os poupara.

"Tinha certeza de que Newland ia dar um jeito", dissera orgulhosamente a sra. Welland de seu futuro genro; e a velha sra. Mingott, que o convocara para um encontro confidencial, o parabenizara por sua esperteza, acrescentando, impaciente: "Tolinha! Eu disse a ela que isso era bobagem. Querendo dizer que se chamava Ellen Mingott e era solteirona, quando tem a sorte de ser casada e ser uma condessa!"

Esses incidentes haviam tornado a lembrança de sua última conversa como madame Olenska tão vívida para o rapaz que, quando a cortina se fechou sobre a despedida dos dois atores, seus olhos se encheram de lágrimas e ele se levantou para deixar o teatro.

Ao fazer isso, Archer se voltou para o lado da casa que estava atrás de seu assento e viu a senhora em quem estava pensando sentada em um camarote com os Beaufort, Lawrence Lefferts e um ou dois outros homens. Ele não ficava a sós com ela desde aquela noite e tentara evitar sua presença mesmo na companhia de outras pessoas; mas, naquele instante, eles se olharam nos olhos e, como a sra. Beaufort o reconheceu ao mesmo tempo e fez o leve gesto lânguido que era um convite, foi impossível não ir ao camarote.

Beaufort e Lefferts abriram espaço para Archer e, depois de trocar algumas palavras com a sra. Beaufort, que sempre preferia estar linda e não precisar conversar, ele se sentou atrás de madame Olenska. Não havia mais ninguém no camarote além do sr. Sillerton Jackson, que estava contando à sra. Beaufort em um sussurro confidencial como tinha sido a recepção do último domingo na casa da sra. Lemuel Struthers (onde, diziam algumas pessoas, havia-se dançado). Com a cobertura dessa narrativa circunstancial, à qual a sra. Beaufort estava escutando com seu sorriso perfeito e a cabeça no ângulo exato para que seu perfil fosse visto da plateia, madame Olenska se virou e dirigiu-se a ele, falando baixo.

"O senhor acha", começou, lançando um olhar rápido para o palco, "que ele vai mandar um buquê de rosas amarelas para ela amanhã de manhã?"

Archer enrubesceu e seu coração deu um salto de surpresa. Ele só visitara madame Olenska duas vezes e, depois de cada vez, lhe mandara uma caixa de rosas amarelas, sempre sem cartão. Ela nunca havia feito nenhuma menção às flores antes, e Archer supusera que jamais imaginara que ele fosse o remetente. Naquele momento, a súbita lembrança do presente por parte de madame Olenska e o fato de ela associá-lo com a despedida terna no palco o deixaram repleto de prazer e agitação.

"Eu estava pensando nisso também. Ia deixar o teatro para levar essa imagem comigo", disse ele.

Para sua surpresa, o rosto da condessa foi tomado por um rubor relutante e profundo. Ela baixou os olhos para os binóculos de madrepérola que segurava nas mãos de luvas com caimento perfeito e disse, após uma pausa: "O que o senhor faz quando May viaja?"

"Eu me concentro no trabalho", respondeu Archer, levemente irritado pela pergunta.

Obedecendo a um hábito há muito estabelecido, os Welland haviam partido na semana anterior para Saint Augustine, onde, em deferência à suposta suscetibilidade dos tubos bronquiais do sr. Welland, eles sempre passavam o final do inverno. O sr. Welland era um homem afável e silencioso, sem nenhuma opinião porém repleto de hábitos. Com esses hábitos, ninguém podia interferir: e um deles exigia que a esposa e a filha sempre o acompanhassem nessa jornada anual para o sul. Preservar uma vida doméstica intacta era essencial para sua paz de espírito; ele não saberia onde estavam suas escovas de cabelo, tampouco como encontrar selos para suas cartas se a sra. Welland não estivesse ao seu lado para lhe dar essas informações.

Como todos os membros da família se adoravam, e como o sr. Welland era o objeto central de sua idolatria, jamais ocorreu à sra. Welland ou a May deixar que ele fosse a Saint Augustine sozinho; e seus filhos homens, que eram ambos advogados e não podiam deixar Nova York durante o inverno, sempre iam para lá na Páscoa e retornavam com o pai.

Era impossível para Archer argumentar que não havia necessidade de May acompanhar o pai. A reputação do médico da família Mingott era baseada em larga medida no ataque de pneumonia que o sr. Welland jamais tivera; e sua insistência na estadia em Saint Augustine era, portanto, inflexível. A intenção original deles fora anunciar o noivado de May apenas quando ela voltasse da Flórida, e não se podia esperar que o fato de isso ter acontecido mais cedo alterasse os planos do sr. Welland. Archer teria gostado de participar da viagem e desfrutar de algumas semanas de sol e passeios de barco com a noiva; mas ele também estava preso aos costumes e convenções. Sua vida profissional não era nada árdua, mas ele teria sido taxado de frívolo por todo o clã dos Mingott se houvesse sugerido pedir férias no meio do inverno; por isso, aceitou a partida de May com a resignação que viu que teria de ser um dos principais elementos de sua vida de casado.

Archer teve consciência de que madame Olenska estava fitando-o com os olhos semicerrados. "Eu fiz o que o senhor queria – o que o senhor aconselhou", disse ela abruptamente.

"Ah... fico feliz", respondeu Archer, constrangido por ela abordar o assunto num momento como aquele.

"Eu entendo que... o senhor estava certo", continuou a condessa, um pouco ofegante. "Mas às vezes a vida é difícil... assombrosa..."

"Eu sei."

"E queria dizer que realmente sinto que o senhor tinha razão; e que lhe sou grata", concluiu ela, erguendo os binóculos depressa até a altura dos olhos quando a porta do camarote se abriu e a voz potente de Beaufort recaiu sobre eles.

Archer se levantou, saiu do camarote e deixou o teatro.

Ainda no dia anterior, ele recebera uma carta de May Welland, na qual, com a inocência que lhe era característica, ela lhe pedia que "fosse generoso com Ellen" em sua ausência. "Ela gosta tanto de você e o admira tanto. E, sabe, embora não demonstre, ainda está muito solitária e infeliz. Acho que nem a vovó, nem o tio Lovell Mingott a compreendem; eles acham que Ellen é muito cosmopolita e que adora sair, mas isso não é verdade. E eu vejo bem como Nova York deve parecer enfadonha para ela, embora a família não admita isso. Acho que Ellen está acostumada com muitas coisas que não temos; música maravilhosa, exposições, celebridades – artistas, escritores e todas os intelectuais que você admira. A vovó acha que, para ela, bastam muitos jantares e muitas roupas – mas eu vejo que você é praticamente a única pessoa em Nova York que pode conversar com Ellen sobre as coisas de que ela realmente gosta."

Quanta sabedoria de May! Como Archer a amara por aquela carta! Contudo não tinha a intenção de tomar nenhuma providência a respeito. Em primeiro lugar, estava ocupado demais, e, além disso, por estar noivo, não sentia muita vontade de fazer o papel de defensor de madame Olenska de maneira conspícua demais. Archer tinha a impressão de que ela sabia se cuidar bem melhor do que a ingênua May imaginava. Tinha Beaufort a seus pés, o sr. van der Luyden pairando sobre ela como uma divindade protetora, e muitos outros candidatos (como Lawrence Lefferts) aguardando uma oportunidade a certa distância. No entanto, Archer jamais a via ou trocava uma palavra com ela sem sentir que, afinal de contas, a ingenuidade de May quase lhe dava o poder da adivinhação: Ellen Olenska estava mesmo solitária e infeliz.

Capítulo 14

Ao sair no lobby, Archer encontrou seu amigo Ned Winsett, o único dos "intelectuais", como May[71] dissera, com quem ele gostava de ter conversas mais profundas do que aquelas que em geral se tinha nos clubes e restaurantes baratos.

Ele vira as costas curvadas e malvestidas de Winsett do outro lado do teatro e, em dado momento, reparara que ele estava com os olhos voltados para o camarote dos Beaufort. Os dois homens trocaram um aperto de mão, e Winsett propôs que tomassem uma cerveja preta no restaurante alemão da esquina. Archer, que não estava com paciência para o tipo de conversa que eles provavelmente iriam ter, negou, alegando que tinha trabalho para fazer em casa; e Winsett disse: "Ah, bom, eu também tenho, e vou ser o Aprendiz Diligente,[72] como você."

71 Nos originais consultados, a personagem citada nesse trecho é Janey. A frase é: "As he came out into the lobby Archer ran across his friend Ned Winsett, the only one among what Janey called his 'clever people' with whom he cared to probe into things a little deeper than the average level of club and chop-house banter." No entanto, como no final do capítulo anterior é May quem usa a expressão "clever people", traduzida como "intelectuais", parece haver uma incongruência. Por isso, a personagem foi mudada na tradução. (N.T.)

72 Referência a uma série de gravuras de cunho moral do artista inglês William Hogarth (1697-1764), intitulada "Industry and Idleness" [Diligência e vadiagem] que mostra a carreira de dois aprendizes, um trabalhador e outro preguiçoso. (N.T.)

Eles saíram caminhando devagar e, logo, Winsett disse: "Olhe, o que eu quero mesmo é saber o nome da dama de cabelos pretos naquele seu camarote chique. Ela estava com os Beaufort, não estava? Aquela por quem seu amigo Lefferts parece tão enamorado."

Archer, sem saber por que, ficou levemente irritado. Por que diabos Ned Winsett queria saber o nome de Ellen Olenska? E, acima de tudo, por que o associara ao de Lefferts? Não era típico de Winsett demonstrar tal curiosidade; mas afinal de contas, ele era um jornalista.

"Não é para uma entrevista, espero", disse ele, rindo.

"Não é para a imprensa, só para mim", respondeu Winsett. "A verdade é que ela é minha vizinha – mora num quarteirão estranho para tamanha beldade – e foi muito boazinha com o meu filho, que caiu em seu jardim correndo atrás do gatinho dele e se cortou feio. Ela entrou na nossa casa correndo, sem chapéu, carregando-o nos braços, com um curativo perfeito no joelho, e foi tão caridosa e linda que minha esposa ficou aturdida demais para perguntar seu nome."

O coração de Archer se expandiu, incandescente. Não havia nada de extraordinário na história: qualquer mulher teria feito o mesmo pelo filho de um vizinho. Mas era típico de Ellen, sentiu ele, ter entrado correndo, sem chapéu, carregando o menino nos braços, e deixado a pobre sra. Winsett tão aturdida que esta esquecera de perguntar quem ela era.

"Aquela é a condessa Olenska – neta da velha sra. Mingott."

"Nossa! Uma condessa!", disse Ned Winsett, com um assovio. "Bom, eu não sabia que as condessas eram tão boas vizinhas. Os Mingott não são."

"Eles seriam, se você deixasse."

"Bom..."

Era a velha discussão interminável deles sobre a má vontade obstinada das "pessoas inteligentes" em frequentar as casas dos ricos, e os dois homens sabiam que era inútil continuá-la.

"Por que uma condessa mora no nosso cortiço?", perguntou Winsett.

"Porque ela não dá a mínima para onde mora – e nem para nenhum dos nossos pequenos marcos sociais", disse Archer, com um orgulho secreto de sua própria imagem da condessa.

"Hum... imagino que já deva ter estado em lugares maiores", comentou o outro. "Bom, é aqui que eu fico."

Ele atravessou a Broadway arrastando os pés, e Archer ficou observando-o e refletindo sobre suas últimas palavras.

Ned Winsett tinha aqueles lampejos de perspicácia; eram a coisa mais interessante nele e sempre faziam Archer se perguntar por que o haviam permitido aceitar o fracasso com tanta resignação, com uma idade na qual a maioria dos homens ainda luta.

Archer já sabia que Winsett tinha uma mulher e um filho, mas jamais os vira. Os dois homens sempre se encontravam no Century, ou em outro ponto de jornalistas e gente de teatro, assim como o restaurante onde Winsett sugerira que eles fossem tomar uma cerveja. Ele dera a entender a Archer que sua esposa era uma inválida, o que talvez fosse a verdade sobre a infeliz, ou talvez significasse apenas que ela não possuía traquejo social ou trajes de noite – ou ambos. O próprio Winsett detestava furiosamente as convenções sociais: Archer, que colocava trajes de noite no horário apropriado, porque achava que era mais limpo e confortável fazê-lo, e que jamais parara para pensar que a limpeza e o conforto são dois dos itens mais custosos para um orçamento modesto, via a atitude de Winsett como parte daquela enfadonha pose "boêmia" que sempre fazia com que os abastados, que trocavam de roupa sem falar no assunto e não viviam discutindo o número de criados que as pessoas tinham, parecessem tão mais simples e naturais do que os outros. Ainda assim, Archer invariavelmente se sentia estimulado por Winsett e, sempre que via o rosto magro e barbado e os olhos melancólicos do jornalista, o arrancava de seu canto e entabulava uma longa conversa com ele.

Winsett não era jornalista por escolha. Era um literato perfeito, extemporaneamente nascido em um mundo que não tinha necessidade de literatura; alguém que, após publicar um volume de breves e belíssimas avaliações literárias, dos quais 120 cópias foram vendidas e trinta dadas, com o resto sendo destruído pelos editores (como estipulado pelo contrato) para dar lugar a material mais rentável, abandonara sua verdadeira vocação e assumira um cargo de subeditor em um jornal semanal feminino, que alternava ilustrações de roupas e moldes de costura com histórias de amor passadas da Nova Inglaterra e anúncios de bebidas sem álcool.

Ao falar do *Hearth-fires*[73] (que era o nome do jornal), Winsett era infindavelmente divertido; mas, por trás de seus gracejos, se escondia a amargura estéril de um homem ainda jovem que tentara e desistira. As coisas que ele dizia sempre faziam Archer medir a própria vida e sentir quão pouco ela continha; mas a vida de Winsett, afinal de contas, continha ainda menos e, embora os interesses e curiosidades intelectuais que eles compartilhavam tornasse suas conversas empolgantes, sua troca de ideias em geral se mantinha dentro dos limites de um diletantismo taciturno.

"O fato é que a vida não cabe bem em nenhum de nós dois", dissera Winsett certa vez. "Eu já sou um pobre-diabo; não há nada que se possa fazer. Só sei produzir uma mercadoria, mas aqui ninguém quer comprá-la, e isso só vai mudar quando eu estiver morto. Mas você é livre e tem dinheiro. Por que não se atira? Só há um jeito: entrar na política."

Archer jogou a cabeça para trás e deu uma gargalhada. Ali, via-se a diferença intransponível entre homens como Winsett e os outros – da cepa de Archer. Todas as pessoas de uma certa estirpe sabiam que, nos Estados Unidos, "cavalheiros não podiam entrar na política." Mas, como ele não podia dizer aquilo naqueles termos para Winsett,

---

73 "Hearth" tanto pode ser lareira quanto lar. O nome do jornal em que Winsett trabalha pode ser traduzido como "Fogos da lareira" ou "Lareiras do lar". (N.T.)

deu uma resposta evasiva: "Olhe só como é a carreira dos homens honestos na política americana! Eles não nos querem."

"Quem são 'eles'? Por que vocês todos não se juntam e viram 'eles'?" A gargalhada de Archer continuou em seus lábios, assumindo a forma de um sorriso levemente condescendente. Era inútil continuar a discussão: todos conheciam o destino melancólico dos poucos cavalheiros que haviam arriscado seus lençóis limpos em eleições municipais ou estaduais em Nova York. Passara a época em que esse tipo de coisa era possível: o país estava nas mãos dos corruptos e dos imigrantes, e as pessoas decentes tinham de se contentar com os esportes e a cultura.

"Cultura! Sim... se nós tivéssemos uma! Mas há apenas alguns canteirinhos locais, morrendo aqui e ali por falta de – bem, por falta de quem remexa e fertilize o solo: são os últimos resquícios da velha tradição europeia que seus antepassados trouxeram. Mas vocês são uma minoria lamentável: não têm centro, não têm competição, não têm plateia. São como os quadros nas paredes de uma casa deserta: "O retrato de um senhor." Nenhum de vocês vai dar em nada, nunca, até arregaçarem as mangas e caírem na lama. Ou isso, ou emigrar... Meu Deus! Se eu pudesse emigrar..."

Archer deu de ombros mentalmente e desviou o rumo da conversa para os livros, assunto no qual Winsett, ainda que incerto, sempre era interessante. Emigrar! Como se um cavalheiro pudesse abandonar o próprio país! Isso era tão impossível quanto arregaçar as mangas e cair na lama. Um cavalheiro simplesmente ficava em casa e se abstinha. Mas não se podia fazer um homem como Winsett compreender esse fato; e era por isso que os clubes literários e restaurantes exóticos de Nova York, que no começo pareciam um caleidoscópico, acabavam se revelando uma caixa menor, e com um estampado mais monótono, do que a união de átomos da Quinta Avenida.

Na manhã seguinte, Archer esquadrinhou a cidade toda atrás de mais rosas amarelas, em vão. Por causa dessa busca, ele chegou atrasado ao escritório, percebeu que isso não fez a menor diferença para ninguém e sentiu-se subitamente exasperado com a intrincada futilidade de sua vida. Por que não podia estar, naquele exato momento, nas areias de Saint Augustine com May Welland? Ninguém se deixava enganar por aquele seu simulacro de atividade profissional. Em escritórios de advocacia tradicionais como aquele do qual o sr. Letterblair era o sócio majoritário, e cuja principal função era gerir grandes fortunas e fazer investimentos "conservadores", sempre havia dois ou três rapazes razoavelmente abastados e sem ambição profissional que, durante um certo número de horas por dia, ficavam sentados diante de suas escrivaninhas realizando tarefas triviais ou apenas lendo os jornais. Embora fosse considerado correto que eles tivessem uma ocupação, a atividade vulgar de ganhar dinheiro ainda era vista como desairosa e o Direito, enquanto profissão, era considerado mais refinado do que os negócios. Mas nenhum desses rapazes tinha muita esperança de realmente avançar na carreira ou um desejo verdadeiro de fazê-lo; e, sobre muitos deles, o mofo verde do perfunctório já era perceptível.

A ideia de que esse mofo poderia estar se espalhando sobre ele também causava arrepios em Archer. Sem dúvida ele tinha outros gostos e interesses; passava as férias viajando pela Europa, cultivava os "intelectuais" que May mencionara, e em geral tentava se "manter atualizado", como dissera, com certa sofreguidão, para madame Olenska. Mas, quando se casasse, o que aconteceria com aquela margem estreita de vida onde suas experiências reais eram vividas? Archer conhecia muitos outros rapazes que haviam sonhado a mesma coisa que ele, embora talvez com menos ardor, e que gradualmente haviam afundado na rotina plácida e luxuosa de seus parentes mais velhos.

Do escritório, Archer mandou um bilhete por mensageiro para madame Olenska, perguntando se poderia lhe fazer uma visita naquela tarde e rogando-lhe que enviasse uma resposta para o seu clube; mas não encontrou nada no clube e tampouco recebeu uma carta no dia seguinte. Esse silêncio inesperado o deixou irracionalmente mortificado e, apesar de ter encontrado um buquê glorioso de rosas amarelas na vitrine de um florista na outra manhã, ele não o comprou. Foi apenas na terceira manhã que Archer recebeu uma carta da condessa Olenska, pelo correio. Para sua surpresa, ela havia sido postada em Skuytercliff, para onde os van der Luyden haviam se retirado imediatamente após colocar o duque a bordo de seu vapor.

"Eu fugi", começava ela de forma abrupta (sem as preliminares de sempre) "um dia depois de vê-lo no teatro, e esses meus bondosos amigos me deram abrigo. Queria ficar tranquila e refletir. O senhor tinha razão quando me disse o quanto eles eram gentis; eu me sinto tão segura aqui. Gostaria que estivesse conosco." A condessa terminou a carta com o "Cordialmente" convencional e sem dar qualquer indicação da data em que retornaria.

O tom da carta surpreendeu o rapaz. De que madame Olenska estava fugindo e por que ela sentia a necessidade de estar segura? Sua primeira suposição foi alguma ameaça obscura vinda do exterior; mas então ele refletiu que não conhecia o estilo epistolar da condessa, que talvez se deixasse levar pelos exageros pitorescos. As mulheres sempre exageravam; além disso, ela não ficava completamente à vontade usando o inglês, que muitas vezes falava como se estivesse traduzindo do francês. "*Je me suis évadée*"[74] – dita assim, a primeira frase da carta imediatamente sugeria que madame Olenska talvez estivesse apenas querendo escapar de uma série de compromissos enfadonhos; era bem provável que fosse isso mesmo, pois Archer acreditava que ela era caprichosa e se cansava com facilidade do prazer do momento.

Ele achou divertida a ideia de os van der Luyden terem-na levado para uma segunda visita a Skuytercliff e, dessa vez, por um período indefinido. As portas de Skuytercliff se abriam com relutância para visitantes, e um fim de semana frio era o máximo oferecido aos raros

---

74 Em francês, "eu fugi". (N.E.)

privilegiados. Archer, em sua última visita a Paris, vira a deliciosa peça de Labiche, *A viagem do senhor Périchon*,[75] e se lembrou da afeição espontânea e persistente de Périchon pelo rapaz que este resgata da geleira. Os van der Luyden tinham salvado madame Olenska de um fim quase tão gélido quanto esse; e, embora houvesse muitos outros motivos para se sentirem atraídos por ela, Archer sabia que sob todos eles havia a determinação bondosa e persistente de continuar a salvá-la.

Foi uma forte decepção descobrir que madame Olenska não estava na cidade; e quase imediatamente Archer lembrou que, no dia anterior, recusara um convite para passar o domingo seguinte com o sr. e a sra. Reggie Chivers em sua casa à beira do Hudson, poucas milhas abaixo de Skuytercliff.

Archer há muito se cansara dos grupos de amigos barulhentos que se reuniam em Highbank para andar de trenó, deslizar em barcos sobre o gelo e dar longas caminhadas na neve, assim como da atmosfera geral do lugar, repleta de flertes leves e trotes tolos. Tinha acabado de receber uma caixa de livros novos de seu livreiro de Londres e preferira a perspectiva de passar um domingo tranquilo em casa com seu butim. Mas, então, foi à sala de correspondência do clube, escreveu um telegrama rápido e pediu ao criado que o enviasse imediatamente. Sabia que a sra. Reggie Chivers não se importava se seus visitantes mudavam de ideia de repente, e que sempre havia um quarto vago em sua imensa casa.

---

75 Eugène Labiche (1815-188), dramaturgo francês. *A viagem do senhor Périchon* é uma comédia em que um dos pretendentes da filha de Périchon se deixa cair em uma geleira para que este o salve e fique tão orgulhoso do feito que o aceite como genro. (N.T.)

Capítulo 15

Newland Archer chegou à casa dos Chivers na noite de sexta-feira e, no sábado, fez um esforço enorme para participar de todos os ritos que faziam parte de um fim de semana em Highbank.

De manhã, deslizou sobre o gelo em um barco com sua anfitriã e alguns dos visitantes mais resistentes; à tarde, foi "dar uma olhada na fazenda" com Reggie e, nos estábulos magnificamente construídos, ouviu discursos longos e impressionantes sobre os cavalos; após o chá, conversou, em um dos cantos do salão iluminado pelo fogo da lareira, com uma jovem que declarara estar de coração partido quando seu noivado fora anunciado, mas que agora estava ansiosa para lhe contar sobre suas próprias esperanças matrimoniais; e, finalmente, lá pela meia-noite, ajudou alguém a colocar um peixe dourado na cama de um visitante, botou um boneco vestido de bandido no banheiro de uma tia nervosa e ficou acordado até de madrugada participando de uma briga de travesseiro que começou no quarto das crianças e só foi parar no porão. Mas, no domingo após o almoço, pegou um trenó e um cavalo emprestados e foi até Skuytercliff.

As pessoas sempre ouviam a informação de que em Skuytercliff, a casa era uma villa italiana. Aquelas que não conheciam a Itália acreditavam nisso; e algumas que conheciam, também. A casa fora construída pelo sr. van de Luyden quando ele era jovem e voltara do passeio tradicional dos jovens pela Europa, já tendo em vista seu iminente casamento com a srta. Louisa Dagonet. Era uma estrutura de madeira larga e quadrada, com paredes de tábuas ensambladas, pintadas de verde-claro e branco, um pórtico com colunas coríntias e pilastras caneladas entre as janelas. Ficava em um ponto alto do terreno, a partir do qual havia uma série de terraços envoltos em balaustradas e vasos que, como em uma gravura em metal, iam descendo até chegar a um pequeno lago irregular com uma borda de asfalto sobre a qual se debruçavam tipos raros de coníferas com galhos pendentes. À esquerda e à direita, os famosos gramados impecáveis pontilhados de espécies diferentes de árvores, plantadas de uma em uma, ondulavam até vastas relvas encimadas por intrincados ornamentos de ferro fundido; e lá embaixo, em um vale, ficava a casa de pedra de quatro cômodos que o primeiro *patroon* construíra ao ganhar o terreno em 1612.

Em meio à cobertura uniforme de neve e ao céu cinzento de inverno, a vila italiana assomava, soturna; mesmo no verão ela não era acolhedora, e nem os arbustos mais ousados se aventuravam a menos de dez metros de sua fachada imponente. Naquele momento, quando Archer tocou a campainha, o longo tilintar pareceu ecoar por um mausoléu; e a surpresa do mordomo que afinal abriu a porta foi tão grande quanto se ele houvesse sido acordado do sono eterno.

Felizmente, Archer era da família e, portanto, apesar de não ter anunciado que viria, tinha o direito de ser informado de que a condessa Olenska não estava, pois saíra para assistir ao culto da tarde com a sra. van der Luyden, exatamente três quartos de hora antes.

"O sr. van der Luyden está, senhor", continuou o mordomo, "mas eu tenho a impressão de que está terminando seu cochilo ou lendo o *Evening Post* de ontem. Quando ele voltou da igreja esta manhã, eu o ouvi dizer que tinha a intenção de ler o *Post* depois do almoço; mas, se o senhor quiser, eu posso ir até a porta da biblioteca e escutar..."

Mas Archer, agradecendo, disse que ia se encontrar com as senhoras; e o mordomo, com um alívio evidente, fechou majestosamente a porta.

Um criado levou o trenó e o cavalo até os estábulos e Archer atravessou o jardim até a estrada. O vilarejo de Skuytercliff ficava a apenas dois quilômetros e meio de distância, mas ele sabia que a sra. van der Luyden nunca caminhava e que ele teria de seguir a estrada se quisesse encontrar a carruagem. No entanto, ao descer por uma aleia de pedestres que cruzava a estrada, vislumbrou uma figura envolta em uma capa vermelha, com um enorme cachorro correndo na frente. Archer apressou o passo, e madame Olenska parou de andar com um sorriso de boas-vindas.

"Ah, o senhor veio!", disse ela, tirando a mão de dentro do regalo.

A capa vermelha a deixava alegre e vívida, como a Ellen Mingott de antigamente, e ele riu ao pegar sua mão, respondendo: "Vim ver do que a senhora estava fugindo."

O rosto da condessa se anuviou, mas ela respondeu: "Ah! Bem, logo o senhor vai ver."

A resposta o deixou intrigado. "Como assim? Quer dizer que a alcançaram?"

Ela deu de ombros, com um movimento sutil, parecido com o de Nastasia, e disse, em um tom mais leve: "Vamos continuar andando? Fiquei com tanto frio depois do sermão. E de que importa, agora que o senhor está aqui para me proteger?"

O sangue subiu até a altura das têmporas de Archer e ele pegou uma das dobras da capa dela. "Ellen... o que é? Você precisa me contar."

"Ah, eu já conto. Vamos apostar uma corrida primeiro. Meus pés estão grudados no chão!", exclamou ela; e, pegando a capa nas mãos, saiu a toda pela neve, com o cão pulando ao redor com latidos de provocação. Por um instante, Archer ficou observando, deliciado com o lampejo daquele meteoro vermelho contra a neve; então, pôs-se a correr atrás dela, e eles se encontraram, rindo, ofegantes, em uma cancela que dava no jardim.

Ellen Olenska ergueu os olhos para ele e sorriu. "Eu sabia que você ia vir!"

"Isso mostra que queria que eu viesse", respondeu ele, sentindo uma alegria desproporcional com a brincadeira deles. O brilho branco das árvores dava um fulgor misterioso a tudo ao redor e, conforme eles andavam pela neve, o solo parecia cantar.

"De onde o senhor veio?", perguntou madame Olenska.

Ele contou e acrescentou: "Vim porque recebi sua carta."

Após uma pausa, ela disse, com uma frieza na voz que mal era perceptível: "May lhe pediu que tomasse conta de mim."

"Ela não precisou pedir."

"Quer dizer... já que é tão evidente que sou desamparada e desnorteada? Que ideia vocês todos devem fazer de mim. Mas as mulheres aqui não parecem... nunca parecem sentir necessidade. Sentem tanto quanto os anjos no céu."

Archer baixou a voz e perguntou: "Necessidade de quê?"

"Ah, não me pergunte! Eu não falo a sua língua", retrucou a condessa, amuada.

A resposta o atingiu como um soco e ele ficou paralisado na aleia, fitando-a.

"Para que eu vim, se não falo a sua língua?"

"Ah, meu amigo!"

Ela pousou a mão de leve no braço de Archer, que disse, em um tom súplice: "Ellen, por que você não me conta o que aconteceu?"

A condessa deu de ombros de novo. "Alguma coisa acontece no paraíso?"

Ele ficou em silêncio e eles seguiram por mais alguns metros sem trocar uma palavra. Finalmente, ela disse: "Eu vou lhe dizer. Mas onde, onde, onde? É impossível ficar um minuto sozinha naquela casa enorme, que parece um seminário, com todas as portas escancaradas e sempre um criado vindo trazer o chá, ou uma acha de lenha para o fogo, ou o jornal! Não existe nenhum lugar numa casa americana onde se pode ficar a sós? Vocês são tão tímidos e ao mesmo tempo tão públicos, e eu sempre sinto que estou no convento de novo – ou então no palco, diante de uma plateia horrivelmente educada que nunca aplaude."

"Ah, você não gosta de nós!", exclamou Archer.

Eles estavam passando pela casa do velho *patroon*, com suas paredes baixas e pequenas janelas quadradas formando um grupo compacto ao redor da chaminé central. As persianas estavam abertas e, através de uma das janelas recém-lavadas, Archer vislumbrou a luz de uma lareira.

"Ora... a casa está aberta!", disse ele.

Madame Olenska estacou. "Não; quer dizer, só por hoje. Eu queria vê-la, e o sr. van der Luyden mandou que acendessem o fogo e abrissem as janelas para que pudéssemos passar lá ao voltar da igreja esta manhã." Ela subiu a escada correndo e tentou abrir a porta. "Ainda está destrancada! Que sorte! Entre e nós vamos poder conversar tranquilamente. A sra. van der Luyden foi na carruagem ver suas tias idosas em Rhinebeck e, na casa, só irão sentir nossa falta daqui a uma hora."

Archer enveredou pela passagem estreita atrás dela. Ele, que havia perdido o ânimo com as últimas palavras da condessa, sentiu uma alegria irracional. Ali estava aquela casinha feia, com os vidros e metais brilhando à luz do fogo, como que feita para recebê-los com um passe de mágica. Um grande leito de brasas ainda ardia na chaminé da cozinha, sob uma panela de ferro pendurada em uma barra ancestral. Havia poltronas de junco viradas uma para a outra diante do chão azulejado da lareira e fileiras de cerâmica de Delft[76] em prateleiras nas paredes. Archer se debruçou e atirou uma acha de lenha sobre as brasas.

Madame Olenska, deixando cair a capa, se sentou em uma das poltronas. Archer se recostou na chaminé e fitou-a.

"Você está rindo agora, mas, quando me escreveu, estava infeliz", disse ele.

---

76 Cidade holandesa conhecida há séculos pela fabricação de porcelana. (N.E.)

"Estava." Ela não disse nada por um segundo. "Mas não consigo ficar infeliz com você aqui."

"Eu não vou ficar aqui por muito tempo", respondeu Archer, comprimindo os lábios com o esforço de dizer apenas aquilo e nada mais.

"Sim, eu sei. Mas sou imprudente: vivo no presente quando estou feliz."

As palavras o penetraram furtivamente, como uma tentação; e, para fechar-lhes os sentidos, ele se afastou da lareira e pôs-se a olhar para os troncos pretos das árvores em contraste com a neve. Mas foi como se ela também houvesse mudado de lugar, pois Archer continuou a vê-la, entre ele e as árvores, debruçada sobre o fogo com seu sorriso preguiçoso. O coração dele batia, insubordinado. E se fosse dele que Ellen havia fugido e ela houvesse esperado para lhe contar isso quando estivessem a sós naquela sala secreta?

"Ellen, se eu realmente posso ajudá-la – se você realmente queria que eu viesse –, me diga o que há de errado, me diga do que está fugindo", insistiu Archer.

Ele falou sem mudar de posição, sem nem sequer se virar para olhar para ela: se a coisa fosse acontecer, iria acontecer daquela maneira, com toda a largura da sala entre eles e os olhos dele ainda fixos na neve lá fora.

Durante um longo momento, Ellen continuou em silêncio; e, naquele ínterim, Archer imaginou-a, quase a ouviu, se aproximando pé ante pé por detrás dele para envolver seu pescoço com os braços leves. Enquanto ele esperava, com a alma e o corpo pulsando diante do milagre iminente, seus olhos receberam de forma mecânica a imagem de um homem com um casaco pesado e a gola de pele virada para cima, avançando pela aleia que levava até a casa. Era Julius Beaufort.

"Ah!", exclamou Archer, caindo na gargalhada.

Madame Olenska ficara de pé em um pulo e se postara ao lado dele, entrelaçando a mão na sua; após olhar pela janela, seu rosto empalideceu e ela se afastou, encolhendo-se.

"Então era isso?", perguntou Archer com desdém.

"Eu não sabia que ele estava aqui", murmurou madame Olenska. Ela ainda estava segurando a mão de Archer, mas ele retirou a sua e, indo até a passagem, escancarou a porta da casa. "Olá, Beaufort! Por aqui! Madame Olenska estava esperando você."

Durante a viagem de volta para Nova York naquela manhã, Archer reviveu, de maneira vívida e fatigante, seus últimos momentos em Skuytercliff.

Beaufort, embora claramente irritado por tê-lo encontrado com madame Olenska, havia, como de costume, se comportado com grande arrogância. Sua forma de ignorar as pessoas cuja presença lhe era inconveniente dava àquelas que percebiam a atitude uma sensação de invisibilidade, de não existência. Archer, conforme eles três atravessavam o jardim de volta para a mansão, teve consciência dessa impressão de ser incorpóreo e, por mais humilhante que ela fosse, dava-lhe a vantagem de observar sem ser observado, como um espectro.

Beaufort entrara na casa do *patroon* com sua aparência típica de autoconfiança, mas não pôde dissipar com um sorriso a linha vertical entre seus olhos. Era evidente que madame Olenska não sabia que ele viria, embora houvesse insinuado para Archer que isso era uma possibilidade; de qualquer forma, ela claramente não lhe contara para onde estava indo quando deixara Nova York, e o fato de haver partido sem explicações o exasperara. O pretenso motivo da vinda de Beaufort era a descoberta, na noite anterior, de uma "casinha perfeita" que não estava no mercado e era ideal para a condessa, mas que seria instantaneamente tomada por outra pessoa se ela não a alugasse; e ele fingiu repreendê-la com veemência por tê-lo obrigado a zanzar de um lado para o outro, ao sair correndo assim que encontrou a casa.

"Ah, se essa geringonça nova que deixa a gente falar por um fio estivesse um pouco mais próxima da perfeição, eu poderia ter lhe contado tudo isso lá da cidade e estar aquecendo os pés na lareira do clube neste instante, em vez de sair enfrentando a neve atrás da senhora", resmungou Beaufort, disfarçando uma irritação real por trás de outra simulada; e, com essa abertura, madame Olenska desviou o rumo da conversa para a fantástica possibilidade de eles um dia conversarem, um com o outro, de ruas diferentes, ou mesmo – que sonho incrível! – de cidades diferentes. Isso fez com que todos os três citassem Edgar Allan Poe e Júlio Verne e dissessem as platitudes que saem dos lábios até das pessoas mais inteligentes quando estão falando contra o tempo, e lidando com uma nova invenção na qual pode parecer ingênuo acreditar cedo demais; assim, a questão do telefone os levou em segurança até a mansão.

A sra. van der Luyden ainda não havia retornado; e Archer se despediu e foi andando pegar seu trenó, enquanto Beaufort entrava na casa atrás da condessa Olenska. Era provável que, apesar de os van der Luyden não encorajarem visitas-surpresa, ele pudesse contar que seria convidado para jantar e enviado de volta à estação para pegar o trem das nove; decerto não obteria mais do que isso, pois seria inconcebível para seus anfitriões que um cavalheiro viajando sem bagagem desejasse passar a noite, e muito desagradável propor essa ideia para uma pessoa com quem tinham tão pouca intimidade quanto o sr. Beaufort.

Beaufort sabia de tudo isso e deve ter previsto o que aconteceria; e o fato de ter feito aquela longa jornada por uma recompensa tão pequena dava a medida de sua impaciência. Sem dúvida, estava tentando conquistar a condessa Olenska; e só tinha uma coisa em mente quando tentava conquistar mulheres bonitas. Há muito tempo que achava insípido o seu lar enfadonho e sem filhos; e, além de consolos mais permanentes, vivia buscando aventuras amorosas em seu próprio círculo. Era desse homem que madame Olenska confessadamente fugira; a questão era se fizera isso porque sua importunação a aborrecia ou se não tinha absoluta certeza se era capaz de resistir a ele.

Por outro lado, toda aquela história de fuga poderia ser um meio de ocultar a verdade e sua partida poderia ter sido apenas uma manobra. Archer não acreditava realmente nisso. Não tinha se encontrado com madame Olenska muitas vezes, mas estava começando a pensar que sabia interpretar as expressões de seu rosto ou, se não isso, o tom de sua voz; e ambos haviam expressado irritação e até consternação com a chegada súbita de Beaufort. Porém, se esse fosse o caso, não era ainda pior do que se ela houvesse deixado Nova York com o objetivo específico de se encontrar com ele? Se tivesse feito isso, a condessa deixava de ser um objeto de interesse, ela se misturava com o mais vulgar dos enganadores: uma mulher que tinha um caso de amor com Beaufort se colocava irrecuperavelmente em uma determinada classe.

Não, era mil vezes pior se a condessa, após ter avaliado Beaufort e provavelmente o desprezado, continuasse a se sentir atraída por ele devido a tudo que lhe dava uma vantagem sobre os outros homens ao redor: seu hábito de circular por dois continentes e duas sociedades, sua familiaridade com artistas, atores e pessoas públicas em geral, e seu desprezo e indiferença pelos preconceitos locais. Beaufort era vulgar, ignorante, orgulhoso de sua fortuna; mas as circunstâncias de sua vida e uma certa astúcia inata faziam com que valesse mais a pena conversar com ele do que com muitos homens que eram seus superiores moral e socialmente, mas cujos horizontes iam do Battery ao Central Park. Como seria possível para alguém que viera de um mundo mais amplo não sentir a diferença e ser seduzido por ela?

Madame Olenska, em um rompante de irritação, dissera para Archer que eles não falavam a mesma língua e o rapaz sabia que, sob certos aspectos, isso era verdade. Mas Beaufort compreendia cada palavra do dialeto dela, no qual era fluente: sua visão de vida, seu tom, sua atitude, eram apenas uma versão mais grosseira daqueles revelados na carta do conde Olenski. Isso poderia parecer uma desvantagem perante a esposa do conde; mas Archer era inteligente demais para acreditar que uma mulher jovem como Ellen Olenska necessariamente sentiria repugnância por tudo que a fazia lembrar do passado. Ela podia acreditar que estava se rebelando contra esse passado de maneira completa; mas o que a encantara nele ainda a encantaria, mesmo contra a sua vontade.

Foi assim, com uma imparcialidade dolorosa, que o rapaz examinou o caso de Beaufort e da vítima de Beaufort no tribunal de sua mente. Ele ansiava fortemente esclarecer a situação para a condessa; e havia momentos em que imaginava que tudo o que ela desejava era esse esclarecimento.

Naquela noite, Archer tirou da caixa os livros que lhe tinham sido enviados de Londres. Ela estava repleta de coisas pelas quais ele vinha esperando com impaciência: um novo livro de Herbert Spencer, outra coletânea de contos brilhantes do prolífico Alphonse Daudet e um romance chamado *Middlemarch* sobre o qual vinham aparecendo aspectos interessantes nas críticas ultimamente.[77] Ele havia recusado três convites para jantar para desfrutar daquele banquete; embora tenha virado a página com a alegria luxuriante de um amante dos livros, não sabia o que estava lendo e acabou largando cada um dos volumes que pegou. De repente, encontrou entre eles um livrinho de versos que encomendara porque o nome o atraíra: *A casa da vida*.[78] Archer pegou-o e viu-se mergulhado em uma atmosfera diferente de qualquer outra que já respirara nos livros: tão cálida, tão rica, porém tão inefavelmente tenra que deu uma beleza inédita e assombrosa à mais elementar das paixões humanas. Durante toda a noite,

---

77 Herbert Spencer (1820-1903), sociólogo e filósofo inglês conhecido por ser um defensor da teoria do darwinismo social; trata-se de um dos pensadores mais discutidos da Era Vitoriana. Alphonse Daudet (1840-1897), popular escritor francês de contos, poemas e peças. *Middlemarch* é um romance de George Eliot, pseudônimo da escritora inglesa Mary Ann Evans (1819-1880), publicado em oito volumes entre 1871 e 1872. (N.T.)

78 Sequência de sonetos do pintor e poeta Dante Gabriel Rossetti (1828-1882). (N.T.)

ele perseguiu, através daquelas páginas encantadas, a visão de uma mulher que tinha o rosto de Ellen Olenska; mas, quando acordou na manhã seguinte e olhou as casas de arenito marrom do outro lado da rua, e pensou em sua escrivaninha no escritório do sr. Letterblair e no banco reservado para sua família em Grace Church, a hora passada no jardim de Skuytercliff se tornou tão improvável quanto suas visões noturnas.

"Misericórdia, como você está pálido, Newland!", comentou Janey por sobre as xícaras do café. E sua mãe acrescentou: "Newland, meu bem, eu percebi que anda tossindo. Espero que não esteja trabalhando demais." Pois as duas mulheres estavam convencidas de que, sob o despotismo de ferro dos sócios majoritários, a vida do rapaz era passada na mais exaustiva labuta – e ele jamais achara necessário desfazer essa impressão.

Os dois ou três dias seguintes se arrastaram pesadamente. A rotina deixava-lhe com um gosto amargo na boca e havia momentos em que ele sentia que estava sendo enterrado vivo sob seu futuro. Não teve nenhuma notícia da condessa Olenska ou da casinha perfeita e, embora tenha encontrado Beaufort no clube, eles apenas assentiram um para o outro, sentados em suas mesas de uíste.[79] Foi apenas na quarta noite que Archer encontrou um bilhete aguardando-o quando voltou para casa. "Venha aqui amanhã, quando já estiver tarde. Preciso explicar para você. Ellen." Essas eram as únicas palavras que continha.

O rapaz, que ia jantar fora, enfiou o bilhete no bolso, com um leve sorriso diante daquele "para você", típico do francês.[80] Depois do jantar, foi ao teatro; e foi só quando voltou para casa, após a meia-noite, que tirou a missiva de madame Olenska do bolso de novo e

---

79 Jogo de cartas, ancestral do *bridge*. (N.T.)
80 No original, a frase é "I must explain to you". Presume-se que, para Archer, seria mais natural escrever apenas "I must explain", sem a necessidade de acrescentar as últimas duas palavras. (N.T.)

releu-a devagar diversas vezes. Havia várias maneiras de respondê-la e Archer pensou em cada uma delas durante as vigílias de uma noite agitada. Aquela pela qual ele afinal se decidiu, quando a manhã chegou, foi jogar algumas roupas em uma maleta e pegar um barco que ia naquela tarde mesmo para Saint Augustine.

Capítulo 16

Quando Archer desceu a rua principal de Saint Augustine, que era coberta de areia, a caminho da casa que lhe fora indicada como a do sr. Welland, e viu May Welland postada sob um pé de magnólia, com o sol batendo nos cabelos, ele se perguntou por que demorara tanto para ir para lá. Ali estava a verdade, ali estava a realidade, ali estava a vida que lhe pertencia; e ele, que imaginava sentir tanto desdém por restrições arbitrárias, não tinha querido se afastar de sua escrivaninha com medo do que as pessoas poderiam pensar se tirasse uma folga!

A primeira exclamação de May foi "Newland! Aconteceu alguma coisa?"; e ocorreu a ele que teria sido mais "feminino" se ela houvesse fitado seus olhos e instantaneamente compreendido o motivo de sua ida. Mas, quando Newland respondeu "Aconteceu, eu precisei ver você", o rubor de alegria de May dissipou a frieza de sua surpresa, e ele viu a facilidade com que seria perdoado, e como, logo, até a leve desaprovação do sr. Letterblair seria esquecida em meio aos sorrisos daquela tolerante família.

Apesar de ser de manhã cedo, a rua principal não era o local adequado para nada além de um cumprimento formal, e Archer ansiou por estar sozinho com May e expressar toda a sua ternura e toda a sua impaciência. Ainda faltava uma hora para o horário em que os

Welland tomavam café e, em vez de convidá-lo para entrar, May sugeriu que eles caminhassem até um laranjal que ficava nos arredores da cidade. Ela estivera remando, e o sol que rebordava de ouro as ondulações do rio parecia tê-la apanhado em sua rede. O cabelo desgrenhado que lhe cobria as faces bronzeadas luzia como fios de prata; e seus olhos também pareciam mais claros, quase pálidos em sua limpidez juvenil. May andava ao lado de Archer com seus passos longos e ágeis e, em seu rosto, via-se a serenidade inexpressiva de uma jovem atleta de mármore.

Para os nervos tensos do rapaz, vê-la foi tão tranquilizador quanto ver o céu azul e o rio vagaroso. Eles se sentaram em um banco sob as laranjeiras, e ele enlaçou-a e beijou-a. Foi como beber de uma fonte de água gelada banhada pelo sol; mas sua pressão deve ter sido mais veemente do que ele pretendia, pois ela enrubesceu e se afastou como se houvesse tomado um susto.

"O que foi?", perguntou Archer. May olhou-o, surpresa, e respondeu: "Nada."

Um leve constrangimento envolveu-os, e ela soltou a mão dele. Archer só a beijara nos lábios naquele momento furtivo na estufa dos Beaufort, e ele viu que ela ficara perturbada, perdendo sua fria tranquilidade de menino.

"Conte-me o que você faz o dia todo", pediu Archer, cruzando os braços atrás da cabeça inclinada e empurrando o chapéu para a frente de modo a proteger os olhos do brilho do sol. Deixá-la falar sobre coisas simples e familiares era a maneira mais fácil de permitir que seus próprios pensamentos seguissem seu rumo; e ele ficou ouvindo seu singelo relato sobre nadar, velejar e cavalgar, com um baile na hospedaria primitiva, de tempos em tempos, quando um navio atracava na cidade. Havia algumas pessoas simpáticas da Filadélfia e de Baltimore passando as férias na hospedaria, e os Selfridge Merry estavam na cidade por três semanas, pois Kate Merry tivera bronquite. Eles estavam planejando fazer uma quadra de grama sobre a areia para jogar tênis; mas ninguém além de Kate e May tinha raquete, e a maioria das pessoas ali nunca ouvira falar no jogo.

Tudo isso mantinha May muito ocupada e ela só tivera tempo de dar uma olhada rápida no livrinho de velino que Archer lhe mandara na semana anterior (*Sonetos da portuguesa*);[81] mas estava aprendendo a recitar de cor "Como eles levaram as boas-novas de Gante a Aix",[82] pois tinha sido uma das primeiras coisas que ele lera para ela; e riu ao contar para o noivo que Kate Merry nem sabia da existência de um poeta chamado Robert Browning.

Logo, May ficou de pé em um pulo, exclamando que eles iam se atrasar para o café; e os dois voltaram às pressas para a velha casa com a varanda sem pintura e a cerca-viva não podada de belas-emílias e gerânios cor-de-rosa, onde os Welland tinham se instalado para passar o inverno. A sensibilidade doméstica do sr. Welland se arrepiava diante da ideia do desconforto que haveria em um desmazelado hotel do sul do país e, enfrentando gastos imensos e dificuldades quase insuperáveis, a sra. Welland, ano após ano, era obrigada a improvisar uma criadagem, usando empregados insatisfeitos de Nova York e o suprimento local de africanos.

"Os médicos querem que meu marido sinta que está em sua própria casa; de outro modo, ele ficaria tão infeliz que o clima não o beneficiaria", explicava ela, inverno após inverno, para comiseração das pessoas que tinham vindo da Filadélfia e de Baltimore; e o sr. Welland, sorrindo radiante do outro lado de uma mesa de café milagrosamente suprida com toda sorte de iguarias, disse para Archer: "Como você

81 Livro da poeta inglesa Elizabeth Barrett Browning (1806-1861), publicado em 1850, que contém os poemas de amor que ela escreveu para o marido, o poeta Robert Browning, quando ele ainda a estava cortejando. Elizabeth, que tinha em Camões uma de suas influências, publicou-os com o nome da *Sonetos da portuguesa* para dar a entender que eram uma tradução, e não poemas que falavam de sua própria história de amor. (N.T.)

82 Poema de Robert Browning, publicado em 1838. (N.T.)

vê, meu caro, nós estamos acampados – literalmente acampados. Eu digo para minha mulher e para May que quero ensinar a elas a viver sem luxos."

O sr. e a sra. Welland tinham ficado tão surpresos quanto a filha com a chegada súbita do rapaz; mas ocorrera a ele explicar que sentira estar prestes a pegar um terrível resfriado e, para o sr. Welland, isso pareceu motivo suficiente para abandonar qualquer dever.

"É preciso tomar muito cuidado, principalmente perto da primavera", disse ele, fazendo uma pilha de panquecas cor de palha em seu prato e afogando-as em xarope de bordo dourado. "Se eu tivesse sido tão prudente quanto você na sua idade, May estaria dançando nos bailes públicos agora, em vez de passar seus invernos numa terra de ninguém com um velho doente."

"Ah, mas eu amo este lugar, papai; o senhor sabe o quanto. E se Newland pudesse ficar, eu gostaria mil vezes mais daqui do que de Nova York."

"Newland precisa ficar até se livrar por completo de seu resfriado", disse a sra. Welland, em um tom indulgente; o rapaz riu e disse que não podia se esquecer por completo de sua profissão.

No entanto, após uma troca de telegramas com o escritório, ele conseguiu fazer com que seu resfriado durasse uma semana; e foi irônico saber que a tolerância do sr. Letterblair foi em parte devida à maneira satisfatória com que seu brilhante e jovem sócio minoritário resolvera a complicada questão do divórcio de madame Olenska. O sr. Letterblair contara à sra. Welland que o sr. Archer "prestara um serviço inestimável" a toda família e que a velha sra. Manson Mingott ficara particularmente feliz; e, um dia, quando May saíra para passear com o pai no único veículo existente na cidade, a sra. Welland aproveitou a ocasião para abordar um assunto que sempre evitava na presença da filha.

"Eu temo que as ideias de Ellen sejam muito diferentes das nossas. Ela mal tinha completado dezoito anos quando Medora Manson a levou de volta para a Europa. Você se lembra da sensação que foi quando apareceu vestida de preto em seu baile de debutante? Foi outra moda de Medora – essa chegou a ser profética! Isso tem cerca de doze anos; e, desde então, Ellen quase não voltou aos Estados Unidos. Não é à toa que esteja completamente europeizada."

"Mas a sociedade europeia não é afeita ao divórcio: a condessa Olenska achou que estaria se conformando às ideias americanas ao requisitar sua liberdade." Aquela era a primeira vez que o rapaz pronunciava o nome dela desde que deixara Skuytercliff, e ele sentiu que o rubor lhe subia às faces.

A sra. Welland deu um sorriso compassivo. "Isso é bem o tipo de coisa extraordinária que os estrangeiros inventam sobre nós. Eles acham que nós almoçamos às duas da tarde e que toleramos o divórcio! É por isso que me parece uma tolice tão grande recebê-los quando vêm a Nova York. Eles aceitam nossa hospitalidade e então voltam para casa e repetem as mesmas bobagens."

Archer não fez nenhum comentário, e a sra. Welland continuou: "Mas nós ficamos muito agradecidos por você ter convencido Ellen a desistir dessa ideia. Ela foi irredutível com a avó e com Lovell; ambos me escreveram dizendo que ela mudou de ideia apenas devido à sua influência – na verdade, ela disse isso para a avó. Ellen tem uma admiração sem limites por você. Pobrezinha – sempre foi uma menina instável. Eu me pergunto qual será seu destino."

"Aquele que nós tramamos", ele sentiu vontade de responder. "Se todos vocês preferem que ela seja amante de Beaufort do que esposa de um homem decente, então com certeza estão no caminho certo."

Archer se perguntou o que a sra. Welland teria dito se ele houvesse pronunciado aquelas palavras em vez de apenas pensá-las. Conseguiu visualizar a súbita desintegração de suas feições firmes e plácidas, às quais uma vida inteira de controle sobre trivialidades dera um ar de autoridade artificial. Ainda havia nelas o vestígio de uma beleza fresca como a da filha; e Archer se perguntou se o rosto de May estava fadado a enrijecer e se tornar a mesma imagem de inocência invisível da meia-idade.

Ah, não, ele não queria que May tivesse aquele tipo de inocência – a inocência que fecha a mente para a imaginação e o coração para a experiência!

"Eu realmente acredito", continuou a sra. Welland, "que, se toda essa história horrível houvesse saído nos jornais, isso teria sido um golpe de morte para o meu marido. Não sei nenhum detalhe; peço apenas que não me contem, como disse à pobre Ellen quando ela tentou conversar sobre o assunto comigo. Como tenho um doente para cuidar, preciso manter a mente alegre e clara. Mas o sr. Welland ficou terrivelmente aborrecido: teve uma febre leve todas as manhãs quando estávamos esperando para saber o que havia sido decidido. Era o horror de que a filha soubesse que essas coisas são possíveis – mas é claro, meu querido Newland, que você sentiu isso também. Nós todos sabíamos que estava pensando em May."

"Eu estou sempre pensando em May", respondeu o rapaz, se levantando para encurtar a conversa.

Ele tinha intenção de aproveitar a oportunidade de sua conversa privada com a sra. Welland para convencê-la a antecipar a data do casamento. Mas não conseguiu pensar em nenhum argumento que pudesse comovê-la e, com uma sensação de alívio, viu o sr. Welland e May parando diante da porta.

Sua única esperança era fazer outra súplica a May e, um dia antes de sua partida, foi caminhar com ela até as ruínas do jardim da Missão Espanhola. O lugar se prestava a alusões a cenários europeus; e May, mais bela do que nunca com um chapéu de abas largas que lançava uma sombra misteriosa sobre seus olhos límpidos demais, se iluminou de interesse quando Archer falou em Granada e Alhambra.

"E nós podemos ver tudo nesta primavera – até as cerimônias de Páscoa em Sevilha", insistiu ele, exagerando suas demandas na esperança de uma concessão maior.

"Passar a Páscoa em Sevilha? Mas a quaresma começa semana que vem!", riu ela.

"E por que nós não podemos nos casar na quaresma?", perguntou Archer.

Mas May pareceu tão chocada que ele percebeu seu erro.

"É claro que eu não estava falando sério, meu amor. Mas logo após a Páscoa – para podermos zarpar no final de abril. Eu sei que poderia pedir férias no escritório."

May deu um sorriso sonhador diante da possibilidade, mas Archer viu que sonhar com aquilo, para ela, era suficiente. Era como ouvi-lo ler em voz alta seus livros de poesia, cheio de coisas belas que não poderiam jamais acontecer na vida real.

"Ah, continue, Newland. Eu gosto tanto das suas descrições."

"Mas por que elas têm de ser apenas descrições? Por que não podemos torná-las reais?"

"Faremos isso, meu amor, é claro; no ano que vem", disse May, lentamente.

"Você não quer que elas sejam reais mais cedo? Não consigo persuadi-la a fugir agora?"

Ela baixou a cabeça, desaparecendo sob a aba ardilosa do chapéu.

"Por que somos obrigados a passar mais um ano só sonhando? Olhe para mim, meu amor! Você não entende que eu quero que seja minha mulher?"

May permaneceu imóvel durante um segundo; então, ergueu os olhos e fitou-o com uma clareza tão desesperada que ele soltou um pouco a mão que segurava sua cintura. Mas, subitamente, o olhar dela mudou e adquiriu uma profundidade inescrutável. "Eu não sei se entendo", disse. "É porque você não tem certeza se vai continuar gostando de mim?"

Archer ficou de pé com um salto. "Meu Deus... talvez... não sei!", exclamou, em um rompante de raiva.

May Welland também se ergueu. Quando eles se encararam, ela pareceu crescer em sua estatura e dignidade de mulher. Ambos ficaram em silêncio por um instante, como que consternados pela direção inesperada de suas palavras; então, ela disse, baixinho: "Se for isso, então... existe outra pessoa?"

"Outra pessoa... entre mim e você?" Archer ecoou as palavras de May devagar, como se elas fossem apenas meio inteligíveis, e ele precisasse de tempo para repetir a pergunta para si mesmo. Ela pareceu perceber a incerteza em sua voz, pois continuou, em um tom mais grave: "Vamos falar com franqueza, Newland. Às vezes, eu sinto uma diferença em você; principalmente desde que nosso noivado foi anunciado."

"Meu amor... que insanidade!", ele se recobrou o suficiente para exclamar.

May reagiu ao protesto com um leve sorriso. "Se for uma insanidade, não nos fará mal falar no assunto." Ela fez uma pausa e acrescentou, erguendo a cabeça com um de seus movimentos nobres: "E nem se for verdade. Por que não deveríamos falar nisso? Teria sido tão fácil você cometer um erro."

Archer baixou a cabeça, fixando o olhar no desenho que as sombras das folhas faziam sobre o caminho ensolarado a seus pés. "Os erros são sempre fáceis de cometer; mas se eu houvesse cometido um do tipo a que você se refere, é provável que estivesse implorando para apressar nosso casamento?"

May olhou para baixo também, mexendo no desenho com a ponta da sombrinha enquanto procurava meios de se expressar. "Sim", disse afinal. "Você poderia querer... resolver a questão de uma vez por todas. Essa é uma maneira de fazer isso."

A lucidez serena de May assustou Archer, mas não o levou a acreditar que ela estava indiferente. Ele viu a palidez de seu perfil sob a aba do chapéu e um leve tremor das narinas acima dos lábios resolutamente firmes.

"E então?", perguntou Archer, se sentando no banco e erguendo o olhar para ela com um cenho franzido ao qual tentou dar um ar de troça.

May retomou seu assento e continuou: "Você não deve pensar que as moças são tão ignorantes quanto os pais delas imaginam. Nós ouvimos e percebemos – e temos nossos próprios sentimentos e ideias. E é claro que, muito antes de você me contar que gostava de mim, eu sabia que havia outra pessoa em quem estava interessado. Todo mundo estava falando nisso em Newport dois anos atrás. E, certa vez, eu vi vocês dois sentados juntos na varanda durante um baile – e quando ela entrou na casa, estava com uma expressão triste, e eu senti pena; me lembrei disso mais tarde, quando nós ficamos noivos."

Sua voz havia se tornado quase um sussurro e ela pôs-se a entrelaçar e desentrelaçar os dedos ao redor do cabo da sombrinha. O rapaz pôs a mão sobre eles com uma leve pressão; o coração dele se dilatou com um alívio inexprimível.

"Minha menina querida... era isso? Ah, se você soubesse a verdade!"

May ergueu a cabeça depressa. "Então existe uma verdade que eu não sei?"

Archer manteve a mão sobre a dela. "Eu quis dizer, a verdade sobre essa velha história à qual você está se referindo."

"Mas é isso que eu quero saber, Newland – o que devo saber. Para mim, seria impossível que minha felicidade fosse feita de um mal – de uma injustiça cometida contra outra pessoa. E eu quero acreditar que algo parecido ocorre com você. Que tipo de vida nós poderíamos construir sobre isso?"

O rosto de May assumira uma expressão de tamanha coragem trágica que Archer teve vontade de se prostrar a seus pés. "Eu venho querendo dizer isso há muito tempo", continuou ela. "Dizer a você que, quando duas pessoas se amam de verdade, eu entendo que possa haver situações em que é certo que elas... que elas contrariem a opinião pública. E se você sente que de alguma maneira fez uma promessa... à pessoa de quem nós falamos... e se houver uma forma... uma forma de você cumpri-la... mesmo que seja necessário que ela obtenha um divórcio... Newland, não abra mão dessa pessoa por minha causa!"

A surpresa de Archer ao descobrir que os medos de May haviam se fixado em um episódio tão remoto e tão completamente pertencente ao passado quanto seu caso com a sra. Thorley Rushworth deu lugar ao assombro diante da generosidade do ponto de vista dela. Havia algo de sobre-humano em uma atitude tão temerariamente heterodoxa e, se Archer não tivesse outros problemas na cabeça, teria ficado perdido de espanto com o prodígio que era a filha do sr. e da sra. Welland insistir que ele se casasse com sua ex-amante. Mas ele ainda estava zonzo após ter vislumbrado o precipício onde eles quase haviam caído; estava repleto de uma perplexidade inédita diante dos mistérios das moças.

Por um instante, Archer não conseguiu dizer nada; então, afirmou: "Não existe nenhuma promessa... nenhuma obrigação... do tipo que você está pensando. Esses casos nem sempre... são tão simples quanto... Mas isso não importa... eu amo sua generosidade, pois sinto o mesmo sobre essas coisas... sinto que cada caso deve ser julgado de maneira individual, de acordo com as próprias circunstâncias... independentemente de convenções estúpidas. Quero dizer, o direito de cada mulher à sua liberdade..." Ele se empertigou, alarmado com o rumo que suas ideias haviam tomado, e continuou, olhando-a com um sorriso: "Já que você entende tantas coisas, meu amor, não pode ir um pouco mais adiante e entender como é inútil que nós nos submetamos a outra forma das mesmas convenções tolas? Se não existe ninguém, nem nada entre nós, isso não é um argumento para que nos casemos depressa, sem esperar mais?"

May corou de alegria e ergueu o rosto para ele; quando Archer se debruçou em sua direção, viu que os olhos dela estavam repletos de lágrimas de felicidade. Mas, no instante seguinte, ela pareceu descer de sua eminência de mulher e voltar a ser uma menina indefesa e temerosa. Archer entendeu que sua coragem e iniciativa eram apenas para os outros: May não tinha nenhuma para si mesma. Evidentemente, o esforço de dizer aquilo fora muito maior do que ela deixava transparecer com sua compostura forçada e que, à primeira palavra tranquilizadora do noivo, a moça afundara de novo no habitual, como uma criança aventureira demais que se refugia nos braços da mãe.

Archer não teve ânimo para continuar argumentando com May; estava desapontado demais com o desaparecimento do novo ser que o encarara de maneira tão profunda com seus olhos límpidos. May pareceu ciente da decepção dele, embora não soubesse como aliviá-la; e eles se levantaram e voltaram para casa em silêncio.

Capítulo 17

"Sua prima, a condessa, veio visitar mamãe enquanto você estava viajando", anunciou Janey Archer para o irmão na noite em que ele retornou. O rapaz, que estava jantando sozinho com a mãe e a irmã, ergueu os olhos, surpreso, e viu que a sra. Archer fitava o próprio prato de maneira recatada. A mãe de Newland não considerava que seu isolamento era motivo para que o mundo a esquecesse, e ele adivinhou que ela estava levemente irritada com sua surpresa diante da visita de madame Olenska.

"Ela estava usando um vestido à polonesa com botões de azeviche e um minúsculo regalo de pele de macaco; nunca a vi tão elegante antes", continuou Janey. "Veio sozinha, no começo da tarde de domingo. Por sorte, o fogo da sala de estar estava aceso. Tinha um desses porta-cartões novos. Disse que quis nos conhecer porque você foi tão gentil com ela."

Newland riu. "Madame Olenska sempre fala assim de seus amigos. Ela está muito feliz por estar de volta ao próprio país."

"Sim, ela comentou", disse a sra. Archer. "De fato, parece muito grata por estar aqui."

"Espero que tenha gostado dela, mamãe."

A sra. Archer comprimiu os lábios. "Ela decerto se esforça para agradar, mesmo quando está apenas visitando uma velhinha."

"A mamãe acha que ela não é simples", interrompeu Janey, com os olhos fixos no rosto do irmão.

"É só a minha maneira antiquada de ver as coisas. Nossa querida May é o meu ideal", disse a sra. Archer.

"Ah", respondeu o filho. "Elas não são parecidas."

Archer deixara Saint Augustine com a incumbência de levar muitos recados para a velha sra. Mingott; e, um ou dois dias depois de voltar, foi visitá-la.

A velha o recebeu com um afeto extraordinário: estava grata por ele ter persuadido a condessa Olenska a desistir da ideia do divórcio. E, quando Archer lhe contou que desertara o escritório sem pedir permissão e correra para Saint Augustine simplesmente porque queria ver May, ela soltou uma risada adiposa e deu tapinhas em seu joelho com a mãozinha gorda.

"Ah! Quer dizer que arrebentou as rédeas, foi? E imagino que Augusta e Welland tenham ficado de cara comprida, como se isso fosse o fim do mundo. Mas a pequena May – ela foi mais esperta, aposto!"

"Espero que sim; mas, no final das contas, não concordou com aquilo que eu fui até lá pedir."

"É mesmo? E o que foi?"

"Queria que ela prometesse que nós iríamos nos casar em abril. De que adianta desperdiçar mais um ano?"

A sra. Manson Mingott franziu a pequena boca, fazendo uma careta de santarrona fingida, e fitou-o com os olhos brilhando de malícia sob as pálpebras baixas. "Imagino que ela tenha dito 'Pergunte a mamãe.' É a mesma história de sempre. Ah, esses Mingott! São todos iguais! Nascem com a cabeça enfiada num buraco e não tem quem tire. Quando eu mandei fazer esta casa, parecia que estava me mudando para a Califórnia! Ninguém nunca tinha ido morar depois da rua 40. Não mesmo, respondi, e nem depois do Battery, pelo menos desde que Cristóvão Colombo descobriu a América. Não, não, nenhum deles quer ser diferente; têm mais medo disso do que da varíola. Ah, meu caro sr. Archer, agradeço aos céus por ser apenas uma Spicer vulgar; mas nenhum dos meus filhos ou netos se parece comigo, a não ser minha pequena Ellen." Ela parou de falar, ainda sorrindo, e então perguntou, com a irreverência casual da velhice: "Por que cargas d'água o senhor não se casou com a minha pequena Ellen?"

Archer riu. "Em primeiro lugar, ela não estava aqui."

"Não. É verdade. Tanto pior. E agora é tarde – a vida dela acabou." A sra. Mingott disse isso com a tranquilidade cruel dos velhos, jogando terra no túmulo das jovens esperanças. O coração do rapaz ficou gelado e ele perguntou, apressadamente: "Será que não consigo persuadir a senhora a usar sua influência com os Welland, sra. Mingott? Não fui feito para noivados longos.

A velha Catherine deu um sorriso radiante de aprovação. "Não; isso se vê. O senhor é rápido. Tenho certeza de que, quando era criança, gostava de ser servido primeiro." Ela jogou a cabeça para trás, soltando uma gargalhada que fez seus queixos tremerem como pequenas ondas.

"Ah, aí vem a minha Ellen", disse a sra. Mingott quando o reposteiro se abriu às suas costas.

Madame Olenska se aproximou com um sorriso. Seu rosto tinha uma expressão feliz e vívida e ela ofereceu a mão alegremente a Archer, enquanto se debruçava para dar um beijo na avó.

"Meu bem, eu estava agora mesmo perguntando para ele: 'Por que o senhor não se casou com a minha pequena Ellen?'"

Madame Olenska encarou Archer, ainda sorrindo. "E o que ele respondeu?"

"Ah, minha querida, isso eu vou deixar para você descobrir! Ele foi para a Flórida ver a namorada."

"Sim, eu sei." Ela ainda estava olhando para ele. "Fui visitar sua mãe para perguntar onde o senhor estava. Mandei um bilhete que ficou sem resposta e temi que estivesse indisposto."

Archer murmurou qualquer coisa sobre ter partido de maneira inesperada e com enorme pressa, com a intenção de escrever para ela de Saint Augustine.

"E é claro que, assim que chegou lá, se esqueceu completamente de mim!" Madame Olenska continuava a sorrir para ele, com uma alegria que podia ser uma exibição calculada de indiferença.

"Se ela ainda precisa de mim, está decidida a não permitir que eu perceba isso", pensou Archer, magoado com o comportamento da condessa. Ele queria agradecer a ela por ter ido visitar sua mãe; porém, sob o olhar malicioso da matriarca, sentia-se constrangido e incapaz de falar.

"Olhe só para ele – está com tanta pressa de se casar que saiu à francesa e foi correndo implorar de joelhos para aquela bobinha! Isso é que é um homem apaixonado – foi assim que o galante Bob Spicer conquistou minha pobre mãe. Depois, ele se cansou dela antes de eu desmamar – e isso apesar de eles terem precisado esperar só oito meses por mim! Mas o senhor não é um Spicer, rapaz – sorte sua e de May. É só minha pobre Ellen que tem uma gota do sangue ruim deles; os outros são todos uns exemplos de Mingott!", exclamou a velha com desdém.

Archer se deu conta de que madame Olenska, que havia se sentado ao lado da avó, ainda o estava examinando, pensativa. A expressão alegre de seus olhos se esmaecera e ela respondeu, com muita doçura: "Sem dúvida, vovó, nós duas juntas conseguimos convencê-los a fazer o que ele quer."

Archer se levantou para ir embora e, quando sua mão tocou a de madame Olenska, ele sentiu que ela estava esperando que fizesse alguma referência ao bilhete não respondido.

"Quando posso visitar a senhora?", perguntou, quando ela o estava levando até a porta da sala.

"Quando o senhor quiser. Mas precisa ser logo, se quiser voltar a ver a casinha. Eu me mudo na semana que vem."

Archer sentiu uma pontada de dor ao se lembrar das horas que passara à luz do lampião na sala de estar de pé-direito baixo. Tinham sido poucas, mas repletas de memórias.

"Amanhã à noite?"

A condessa assentiu. "Amanhã. Sim, mas venha cedo. Eu vou sair."

O dia seguinte era um domingo e, se ela ia "sair" em uma noite de domingo, só poderia, é claro, ser para ir à casa da sra. Lemuel Struthers. Archer sentiu uma leve irritação, não tanto por madame Olenska ir àquele lugar (pois gostava bastante que ela fosse onde quisesse, apesar dos van der Luyden), mas antes porque era o tipo de casa onde decerto encontraria Beaufort, onde deveria saber de antemão que ele estaria – e para onde, provavelmente, iria com esse propósito.

"Muito bem; amanhã à noite", repetiu Archer, tomando a resolução de visitá-la cedo e, assim, ou impedi-la de ir à casa da sra. Struthers, ou chegar depois que já tivesse saído – o que, diante de toda a situação, sem dúvida seria a solução mais simples.

Afinal, eram apenas oito e meia quando Archer tocou a campainha sob as glicínias. Meia hora mais cedo do que pretendera – uma inquietação singular o arrastara até a porta da condessa. Ele, no entanto, refletiu que as noites de domingo na casa da sra. Struthers não eram como um baile, e que os convidados dela deviam em geral chegar cedo, como que para minimizar sua delinquência.

A única coisa com a qual Archer não contara ao entrar no saguão de madame Olenska era em encontrar chapéus e casacos ali. Por que ela lhe pedira que chegasse cedo se convidara pessoas para jantar? Quando ele examinou melhor as roupas ao lado das quais Nastasia estava colocando as suas próprias, seu ressentimento deu lugar à curiosidade. Aqueles eram os casacos mais estranhos que Archer já vira em uma casa de família; e bastou-lhe um olhar rápido para que se assegurasse de que nenhum dos dois pertencia a Julius Beaufort. Um era um ulster amarelo de segunda mão e o outro, um casaco bastante velho e puído com uma capa costurada que ia até a altura dos ombros – parecido com o modelo que os franceses chamavam de Macfarlane. Esse segundo, que parecia pertencer a uma pessoa de tamanho prodigioso, evidentemente era muito usado, e suas dobras pretas um pouco esverdeadas emitiam um cheiro úmido de serragem que sugeriam longos períodos encostados em paredes de bares. Sobre ele havia um cachecol cinza em frangalhos e um estranho chapéu de feltro parecido com um chapéu de padre.

Archer ergueu as sobrancelhas em uma expressão de indagação para Nastasia, e ela ergueu as suas também e, com um Già fatalista, abriu a porta da sala de estar.

O rapaz imediatamente viu que sua anfitriã não estava no cômodo; então, para sua surpresa, descobriu outra senhora postada perto do fogo. Essa senhora, que era alta, esguia e desconjuntada, usava uma roupa repleta de babados e franjas, com estampados xadrez, listras e faixas coloridas que não pareciam seguir um padrão evidente. O cabelo dela, que tentara ficar branco e conseguira apenas ficar descolorido, estava encimado por uma presilha à espanhola e um lenço de renda preta; e luvas de seda visivelmente remendadas cobriam suas mãos reumáticas.

Ao lado da senhora, em meio a uma nuvem de fumaça de charuto, estavam os donos dos dois casacos, ambos em roupas diurnas que evidentemente tinham colocado ainda de manhã. Um deles, Archer, surpreso, reconheceu como sendo Ned Winsett; o outro, um homem mais velho que ele não conhecia, e cuja estatura gigantesca declarava ser o dono do Macfarlane, tinha uma cabeça vagamente leonina com cabelos grisalhos desgrenhados e fazia gestos largos com as mãos cerradas, como se estivesse distribuindo bênçãos laicas a uma multidão de joelhos.

Essas três pessoas estavam postadas juntas sobre o tapete diante da lareira, com os olhos fixos em um buquê extraordinariamente grande de rosas escarlates, com um círculo de amores-perfeitos roxos na base, que estava sobre o sofá, no lugar onde madame Olenska habitualmente se sentava.

"O que elas devem custado nesta época do ano... Mas é claro que o que importa é a delicadeza!", dizia a senhora em um stacatto suspiroso quando Archer entrou.

Os três se voltaram, surpresos com o surgimento dele, e a senhora se aproximou, estendendo a mão.

"Meu caro sr. Archer – que já é quase meu primo Newland!", disse ela. "Eu sou a marquesa Manson."

Archer fez uma mesura, e ela continuou: "Minha Ellen vai me abrigar durante alguns dias. Vim de Cuba, onde passei o inverno com amigos espanhóis. Pessoas maravilhosas e tão distintas... A mais alta nobreza da velha Castela. Como eu gostaria de apresentá-los ao senhor! Mas fui chamada por esse nosso grande amigo, o dr. Carver. O senhor conhece o dr. Agathon Carver, fundador da Comunidade do Vale do Amor?"

O dr. Carver inclinou a cabeça leonina, e a marquesa continuou: "Ah, Nova York, Nova York! A vida do espírito quase ainda não chegou aqui! Mas estou vendo que conhece o sr. Winsett."

"Ah, sim. Eu cheguei até ele faz algum tempo; mas não por esse caminho", respondeu Winsett com seu sorriso irônico.

A marquesa balançou a cabeça com ar de reprovação. "Como o senhor sabe, sr. Winsett? O espírito sopra onde quer e tu ouves o seu ruído."[83]

"Ouve! Ah, ouve!", acrescentou o dr. Carver com um murmúrio tronante.

"Por favor, sente-se, sr. Archer. Nós quatro comemos um jantarzinho delicioso e minha menina subiu para se trocar. Ela está esperando o senhor: vai descer em um instante. Nós estávamos admirando essas flores maravilhosas, que irão surpreendê-la quando ela voltar."

83 Referência ao Evangelho Segundo São João 3:8. (N. T.)

Winsett continuou de pé. "Lamento, mas preciso ir. Por favor, diga à madame Olenska que nós todos nos sentiremos perdidos quando ela abandonar nossa rua. Esta casa tem sido um oásis."

"Ah, mas Ellen não irá abandonar o senhor. A poesia e a arte são o sopro da vida para ela. O senhor escreve poesia, não é, sr. Winsett?"

"Bem, não. Mas às vezes leio", disse Winsett, se despedindo de todos com um aceno de cabeça e saindo depressa da sala.

"Um espírito cáustico – *un peu sauvage*.[84] Mas muito espirituoso. O senhor não o acha espirituoso, dr. Carver?"

"Não me interessa saber o que é espirituoso", disse o dr. Carver severamente.

"Ah! Não lhe interessa saber o que é espirituoso! Como ele é implacável com os pobres mortais como nós, sr. Archer! Mas ele vive apenas a vida do espírito e esta noite está preparando mentalmente a palestra que logo vai fazer na casa da sra. Blenker. Dr. Carver, será que haveria tempo de, antes de o senhor se dirigir para a casa da sra. Blenker, explicar para o sr. Archer sua esclarecedora descoberta do contato direto com os espíritos? Mas, não; vejo que já são quase nove horas, e nós não temos direito de fazê-lo se atrasar quando tantos esperam ouvir sua mensagem."

O dr. Carver pareceu levemente decepcionado com essa conclusão, mas, após comparar seu pesado relógio de ouro com o reloginho de viagem de madame Olenska, recolheu com relutância seus imensos braços e pernas, preparando-se para partir.

"Eu a verei mais tarde, minha cara amiga?", sugeriu ele para a marquesa, que respondeu com um sorriso: "Assim que a carruagem de Ellen chegar, eu irei para lá; espero que a palestra já não tenha começado."

---

84 Em francês, "um pouco selvagem". (N.E.)

O dr. Carver observou Archer, pensativo. "Talvez, se esse jovem estiver interessado em minhas experiências, a sra. Blenker permita que ele a acompanhe."

"Ah, meu caro amigo, se fosse possível, tenho certeza de que ela adoraria. Mas temo que minha adorada Ellen esteja contando com a presença do sr. Archer."

"Que pena", disse o dr. Carver. "Mas aqui está meu cartão." Ele entregou-o a Archer, que leu, em letras góticas:

Agathon Carver

O Vale do Amor

Kittasquatamy, N. Y.

O dr. Carver fez uma mesura e saiu e a sra. Manson, com um suspiro que podia ser de lamento ou alívio, mais uma vez fez um gesto, indicando que Archer deveria se sentar.

"Ellen vai descer num instante; e, antes de ela chegar, fico feliz de ter um momento a sós com o senhor."

Archer murmurou que era um prazer tê-la encontrado ali, e a marquesa continuou, com sua voz baixa e suspirosa: "Eu sei de tudo, meu caro sr. Archer – minha menina me contou tudo que o senhor fez por ela. Seu sábio conselho, sua firmeza corajosa – graças a Deus, não foi tarde demais!"

O rapaz ouviu aquilo com um constrangimento considerável. Ele se perguntou se havia uma pessoa no mundo para quem madame Olenska não proclamara sua intervenção na vida particular dela.

"Madame Olenska exagera; eu apenas dei uma opinião jurídica, como ela me pediu."

"Ah, mas... ao dar sua opinião jurídica o senhor foi o instrumento inconsciente da... da... qual é a palavra que nós modernos usamos para nos referir à Divina Providência, sr. Archer?", exclamou a marquesa, inclinando a cabeça para um lado e baixando a pálpebras misteriosamente. "O senhor mal podia saber que naquele mesmo instante eu estava recebendo um apelo. Em pessoa, inclusive. Um apelo vindo do outro lado do Atlântico!"

Ela olhou por cima do ombro, como se temesse ser ouvida; e, então, aproximando sua cadeira e erguendo um minúsculo leque de marfim até a altura dos lábios, sussurrou por detrás dele: "Feito pelo próprio conde. Meu pobre, louco, tolo Olenski, que pede apenas que ela volte sob as condições que desejar."

"Meu Deus!", exclamou Archer, ficando de pé com um pulo.

"O senhor está horrorizado? Sim, é claro; eu compreendo. Não defendo o pobre Stanislas, embora ele sempre diga que eu sou sua melhor amiga. Ele próprio não se defende – apenas se joga aos pés dela, representado por mim." A marquesa deu tapinhas no seio emaciado: "Estou com a carta dele aqui."

"Uma carta? Madame Olenska já leu?", gaguejou Archer, zonzo com o choque daquela revelação.

A marquesa Manson balançou a cabeça devagar. "Tempo, tempo. Eu preciso de tempo. Conheço a minha Ellen. Ela é altiva, intratável... ouso dizer, que deveria saber perdoar mais."

"Mas, meu Deus, perdoar é uma coisa. Já voltar para aquele inferno..."

"Ah, sim", concordou a marquesa. "É assim que Ellen o descreve – minha menina sensível! Mas em termos materiais, sr. Archer, se é que podemos nos rebaixar a levar tais coisas em consideração, o senhor sabe do que ela está abrindo mão? Essas rosas ali no sofá – hectares e mais hectares assim, em estufas e ao ar livre, nos terraços incomparáveis dele em Nice! Joias: pérolas históricas, as esmeraldas Sobieski; peles de marta. Mas Ellen não dá a menor importância para essas coisas! Já a arte e a beleza, para isso ela dá importância, por isso ela vive, como eu sempre vivi; e elas também a cercavam. Quadros, móveis de valor inestimável, música, conversas brilhantes... Ah! Isso, meu caro jovem, me desculpe, mas vocês não conseguem conceber aqui! Ellen tinha tudo isso, além das homenagens dos maiores. Ela me disse que não é considerada bonita em Nova York. Minha nossa! Seu retrato já foi pintado nove vezes; os maiores artistas da Europa imploraram por esse privilégio. Por acaso, isso não é nada? Com mais o remorso de um marido que a idolatra?"

Quando a marquesa Manson chegou ao clímax de seu discurso, seu rosto assumiu uma expressão de êxtase retrospectivo que teria feito Archer achar graça se não estivesse entorpecido de espanto.

Ele teria rido se alguém houvesse lhe dito que, a primeira vez que veria a pobre Medora Manson, seria no papel de mensageiro do demônio; mas não estava com vontade de rir naquele momento, e ela parecia ter saído diretamente do inferno do qual Ellen Olenska acabara de escapar.

"Ela ainda não sabe nada disso?", perguntou Archer, abruptamente.

A sra. Manson colocou um dedo coberto de luva roxa nos lábios. "Não diretamente. Mas será que desconfia? Quem sabe? A verdade, sr. Archer, é que eu estava esperando vê-lo. Desde o instante em que soube da posição firme que assumiu e de sua influência sobre Ellen, tive a esperança de poder contar com seu apoio... de convencê-lo de que..."

"De que ela deve voltar? Prefiro vê-la morta!", exclamou o rapaz com violência.

"Ah", murmurou a marquesa, sem nenhum ressentimento visível.

Durante alguns instantes, ela permaneceu sentada na poltrona, abrindo e fechando aquele lequezinho absurdo de marfim entre os dedos enluvados; de repente, ergueu a cabeça e escutou.

"Lá vem ela", disse, em um sussurro rápido. E, então, apontando para o buquê no sofá: "Quer dizer que prefere isso, sr. Archer? Afinal de contas, um casamento é um casamento... e minha sobrinha ainda é esposa de alguém..."

Capítulo 18

"O que vocês dois estão tramando, tia Medora?", exclamou Madame Olenska quando entrou na sala. Estava vestida como se fosse a um baile. Tudo nela tremeluzia e bruxuleava, como se seu traje houvesse sido feito de luz de velas; e ela estava de cabeça erguida, como uma mulher bonita desafiando um cômodo repleto de rivais.

"Estávamos dizendo, minha querida, que aqui está algo de belo para lhe fazer uma surpresa", respondeu a sra. Manson, pondo-se de pé e apontando para as flores com um ar de zombaria.

Madame Olenska estacou e olhou o buquê. Não corou ou empalideceu, mas uma espécie de brilho frio de raiva trespassou-a como um raio que cai no verão. "Ah!", exclamou, com um tom estridente que o rapaz jamais ouvira. "Quem é ridículo o suficiente para me mandar um buquê? Por que um buquê? E por que justamente esta noite? Eu não vou a um baile; não sou uma mocinha prestes a se casar. Mas algumas pessoas sempre são ridículas."

A condessa se virou na direção da porta, abriu-a e chamou: "Nastasia!"

A onipresente criada apareceu de imediato e Archer ouviu madame Olenska dizer, em um italiano que pareceu pronunciar de maneira deliberadamente clara para que ele compreendesse: "Tome! Atire isso no lixo!" E, então, diante do olhar de protesto de Nastasia, continuou: "Não... não é culpa das pobres flores. Diga ao menino para levá-las à casa que fica três números abaixo, a do sr. Winsett, aquele senhor de cabelos escuros que jantou aqui. A esposa dele está doente e talvez as flores lhe deem prazer... Quer dizer que o menino saiu? Então, minha querida, vá você. Tome, coloque minha capa e vá correndo. Eu quero isto fora da minha casa imediatamente! E não diga por nada que fui eu que as mandei!"

A condessa atirou sua capa de ópera de veludo sobre os ombros da criada e voltou-se para a sala de estar, fechando a porta com força. Seu seio arfava sob as rendas e, por um instante, Archer achou que ela estava prestes a chorar; mas ela caiu na gargalhada e, olhando primeiro para a marquesa e depois para ele, perguntou abruptamente: "E vocês dois? Ficaram amigos?"

"Isso é o sr. Archer que vai dizer, minha querida. Ele esperou pacientemente enquanto você se trocava."

"Sim... eu dei bastante tempo para vocês. Meu cabelo não ficava no lugar", disse madame Olenska, erguendo a mão até a pilha de cachos de seu chignon. "Mas isso me lembrou: vejo que o dr. Carver já foi e que você vai se atrasar para a casa da sra. Blenker. Sr. Archer, pode acompanhar minha tia até a carruagem?"

Ela foi com a marquesa até o saguão, ajudou-a a colocar uma miscelânea de galochas, xales e estolas, e falou da porta da frente: "Não esqueça que a carruagem deve voltar para me buscar às dez!" Então voltou para a sala de estar, onde Archer, ao retornar, encontrou-a postada diante da lareira, se examinando no espelho. Não era comum, na alta sociedade de Nova York, que uma senhora chamasse sua criada de "minha querida" e a mandasse realizar uma tarefa envolta em sua própria capa de ópera; e Archer, em meio a todas as suas emoções mais profundas, experimentou a excitação prazerosa de estar em um mundo onde a emoção era seguida da uma ação com uma velocidade olímpica.

Madame Olenska não se moveu quando ele se aproximou por detrás dela e, por um segundo, seus olhos se encontraram no espelho.

Então ela se virou, atirou-se no canto do sofá e suspirou: "Temos tempo para um cigarro."

Archer entregou-lhe a caixa e acendeu um dos longos pedaços de madeira no fogo; quando ela aproximou a chama de seu rosto, fitou-o com um olhar divertido e perguntou: "O que achou de mim quando estou com raiva?"

Ele pensou por um instante e então respondeu, com uma súbita resolução: "Vê-la assim me fez entender o que sua tia estava falando sobre você."

"Eu sabia que ela estava falando de mim. E então?"

"Ela disse que você estava acostumada com toda sorte de coisas – esplendor, distração, excitação – que jamais poderíamos dar-lhe aqui."

Madame Olenska deu um leve sorriso em meio ao círculo de fumaça que lhe rodeava os lábios.

"Medora é incorrigivelmente romântica. Isso já a compensou por tantas coisas!"

Archer hesitou de novo e, mais uma vez, arriscou-se: "No romantismo da sua tia sempre há alguma precisão?"

"Está perguntando se ela fala a verdade?" A condessa refletiu. "Bem, vou lhe dizer: em quase tudo o que ela diz há algo de verdadeiro e algo de falso. Mas por que pergunta? O que ela andou lhe dizendo?"

Ele desviou o olhar na direção do fogo e depois voltou a encarar a figura brilhante dela. Seu coração ficou apertado com a lembrança de que aquela era a última noite que passariam diante daquela lareira, e de que, em um instante, a carruagem chegaria para levá-la embora.

"Ela disse... ela afirma que o conde Olenski pediu-lhe que a convencesse a voltar para ele."

Madame Olenska não respondeu. Continuou imóvel, segurando o cigarro na mão levemente erguida. A expressão de seu rosto não mudara, e Archer se lembrou de que já tinha percebido sua aparente incapacidade de se surpreender.

"Quer dizer que você sabia?", perguntou Archer, sem conseguir se conter.

A condessa ficou tanto tempo em silêncio que a cinza caiu de seu cigarro. Ela espanou-a para o chão. "Ela insinuou que havia uma carta. Minha pobre amada Medora! Suas insinuações..."

"Foi a pedido do seu marido que ela apareceu aqui de maneira tão súbita?"

Madame Olenska pareceu refletir sobre essa pergunta também. "Mais uma vez, é impossível saber. Ela me disse que recebeu um 'chamado espiritual' do dr. Carver, o que quer que isso seja. Temo que ela vá se casar com ele... Pobre Medora, sempre há alguém com quem ela quer se casar. Mas talvez as pessoas em Cuba simplesmente tenham se cansado dela! Acho que Medora era uma espécie de acompanhante paga. A verdade é que não sei por que ela veio."

"Mas acredita que ela tenha uma carta do seu marido?"

Madame Olenska ficou cismando em silêncio de novo, e então disse: "Afinal de contas, isso era de se esperar."

O rapaz se levantou e foi se apoiar na lareira. Foi possuído por uma súbita inquietação e não conseguia dizer nada devido à sensação de que eles tinham poucos minutos e que a qualquer momento iria ouvir as rodas da carruagem que voltava.

"Sabia que sua tia acredita que você irá voltar para ele?"

Madame Olenska ergueu a cabeça depressa. Um rubor profundo tomou seu rosto e se espalhou por seu pescoço e ombros. Ela raramente corava e, quando o fazia, era com um rubor doloroso, que parecia arder como uma queimadura.

"As pessoas já acreditaram em muitas coisas cruéis ditas de mim", disse.

"Ah, Ellen, me perdoe. Eu sou um tolo, um brutamontes!"

Ela deu um pequeno sorriso. "Você está horrivelmente nervoso. Tem seus próprios problemas. Sei que pensa que os Welland não estão sendo razoáveis em relação a seu casamento e, claro, concordo com você. Na Europa, as pessoas não entendem os longos noivados americanos. Suponho que não sejam tão calmos quanto nós." A condessa pronunciou aquele "nós" com uma leve ênfase, que lhe deu um tom irônico.

Archer sentiu a ironia, mas não ousou imitá-la. Afinal, ela talvez tivesse desviado a conversa de sua própria situação de maneira proposital e, após a mágoa que suas últimas palavras evidentemente lhe haviam causado, ele sentiu que podia apenas seguir a direção indicada. Mas a sensação de que o tempo passava o deixou desesperado: Archer não podia suportar a ideia de que uma barreira de palavras fosse se erguer entre eles de novo.

"Sim", disse, abruptamente. "Fui para o sul para pedir que May se casasse comigo depois da Páscoa. Não há nenhum motivo para que não nos casemos então."

"E May o idolatra; mesmo assim, você não conseguiu convencê-la? Eu a achava inteligente demais para ser escrava dessas superstições absurdas."

"Ela é inteligente demais. Não é escrava delas."

Madame Olenska encarou-o. "Bem, então... eu não entendo."

Archer corou e continuou às pressas. "Nós tivemos uma conversa franca – praticamente a primeira. Ela acha que minha impaciência é um mau sinal."

"Santos céus. Um mau sinal?"

"May acha que eu temo que não vá continuar a gostar dela. Em resumo, acha que quero me casar com ela logo para me afastar de alguém de quem... gosto mais."

Madame Olenska examinou essa revelação com curiosidade. "Mas, se ela acha isso... por que não está com pressa também?"

"Porque ela não é assim. É muito mais nobre. Está insistindo ainda mais no noivado longo, para me dar tempo de..."

"Tempo de abandoná-la pela outra?"

"Se eu quiser."

Madame Olenska se inclinou na direção da lareira e fixou o olhar nela. Archer ouviu o trote dos cavalos se aproximando pela rua silenciosa abaixo.

"Isso é mesmo nobre", concordou ela, com a voz um pouco embargada.

"Sim. Mas é ridículo."

"Ridículo porque você não gosta de mais ninguém?"

"Porque eu não pretendo me casar com mais ninguém."

"Ah." Fez-se outro longo silêncio. Afinal, madame Olenska ergueu os olhos para ele e perguntou: "Essa outra... ela ama você?"

"Ah, não existe outra. Quero dizer, a pessoa em quem May estava pensando é... ela nunca foi..."

"Então por que você está com tanta pressa, no fim das contas?"

"Sua carruagem chegou", disse Archer.

Madame Olenska fez menção de se erguer e olhou ao redor, distraída. O leque e as luvas estavam no sofá a seu lado, e ela os apanhou mecanicamente.

"Sim, acho que está na hora de ir."

"Vai para a casa da sra. Struthers?"

"Sim." Madame Olenska sorriu e acrescentou: "Preciso ir para onde me convidam, ou me sentiria solitária demais. Por que não vem comigo?"

Archer sentiu que precisava mantê-la a seu lado de qualquer maneira, precisava fazê-la dedicar o resto de sua noite a ele. Ignorando a pergunta, continuou apoiado na lareira, com os olhos fixos na mão com a qual ela segurava as luvas e o leque, como se tentasse ver se possuía o poder de fazê-la largá-los.

"May adivinhou a verdade. Existe outra – mas não é quem ela pensa."

Ellen Olenska não respondeu nem se moveu. Após um instante, Archer se sentou ao lado dela e, pegando sua mão, delicadamente a fez abrir os dedos, de modo que as luvas e o leque caíram no sofá entre eles.

Ela ficou de pé com um sobressalto e, desvencilhando-se dele, foi para o outro lado da lareira. "Ah, não tente me conquistar! Pessoas demais já fizeram isso", disse, franzindo o cenho.

Archer corou e ficou de pé também. Aquela era a maneira mais amarga de rejeição possível. "Eu nunca tentei conquistá-la, nem nunca tentarei. Mas você é a mulher com quem teria me casado se fosse possível para nós dois."

"Possível para nós dois?" Ellen olhou-o com sincera perplexidade. "E vem me dizer isso, quando foi você que tornou impossível?"

Archer encarou-a, pasmo, tateando em uma escuridão atravessada por apenas um feixe de luz.

"Eu tornei impossível?"

"Você, você, você!", exclamou ela, com o lábio tremendo como o de uma criança prestes a cair no choro. "Não foi você que fez com que eu desistisse de me divorciar? Por ter me mostrado como isso era egoísta e errado, como é preciso se sacrificar para preservar a dignidade do casamento... e para poupar sua família da publicidade, do escândalo? E como nós íamos ser da mesma família, por May e por você, fiz o que me pediu, o que provou para mim que eu tinha de fazer. Ah!", disse Ellen, com uma risada súbita. "Não escondi de ninguém que estava fazendo isso por sua causa!"

Ela voltou a afundar no sofá, encolhida entre as camadas alegres do vestido, como uma participante de uma mascarada que houvesse sofrido um golpe, e o rapaz ficou de pé ao lado da lareira, continuando a fitá-la sem se mover.

"Meu Deus", gemeu ele. "E eu pensei..."

"Pensou..."

"Ah, não me pergunte o que eu pensei!"

Ainda olhando para Ellen, Archer viu o mesmo rubor ardente subir-lhe pelo pescoço até o rosto. Ela se empertigou, encarando-o com uma dignidade rígida.

"Mas eu vou perguntar."

"Muito bem: havia coisas naquela carta que você me pediu para ler..."

"A carta do meu marido?"

"Sim."

"Eu não tinha nada a temer daquela carta. Absolutamente nada! Tudo o que temia era trazer notoriedade, causar escândalo, para a família – para você e para May."

"Meu Deus", gemeu ele de novo, afundando o rosto nas mãos.

O silêncio que se seguiu caiu sobre eles com o peso das coisas finais e irrevogáveis. Pareceu a Archer que ele o estava esmagando como se fosse sua própria lápide; em toda a vastidão do futuro, o rapaz não viu nada que um dia tirasse esse peso de seu coração. Archer não saiu do lugar ou ergueu o rosto das mãos; seus olhos escondidos continuaram a ver a mais completa escuridão.

"Pelo menos eu amei você...", ele conseguiu dizer.

Do outro lado da lareira, no canto do sofá onde Archer imaginava que Ellen ainda estava encolhida, veio um leve choro abafado, como o choro de uma criança. Ele teve um sobressalto e sentou-se ao lado dela.

"Ellen! Que insanidade! Por que você está chorando? Nada foi feito que não possa ser desfeito. Eu ainda estou livre e você vai ficar." Archer a tomou nos braços; o rosto dela era como uma flor úmida em seus lábios, e todos os terrores inúteis de ambos murcharam como fantasmas ao nascer do sol. A única coisa que o espantava era que tivesse passado cinco minutos discutindo com Ellen do outro lado daquela sala, quando apenas tocá-la tornava tudo tão simples.

Ellen retribuiu por completo o seu beijo, mas, após um instante, Archer sentiu-a enrijecendo em seus braços, e ela se desvencilhou e se levantou.

"Ah, meu pobre Newland. Acho que isso tinha de acontecer. Mas não muda em nada a situação", disse Ellen, por sua vez, postada diante da lareira e fitando-o ali no sofá.

"Muda a vida inteira para mim."

"Não, não. Não deve, não pode mudar. Você está noivo de May Welland; e eu sou casada."

Archer ficou de pé, com o rosto vermelho e decidido. "Tolice! É tarde demais para esse tipo de coisa. Nós não temos direito de mentir para os outros ou para nós mesmos. Não falemos do seu casamento; você me imagina me casando com May depois disso?"

Ela ficou em silêncio, com os cotovelos finos apoiados no consolo da lareira e o perfil refletido no espelho ali atrás. Um dos cachos de seu coque havia se soltado e caído sobre seu pescoço; ela parecia emaciada e quase velha.

"Eu não o imagino perguntando isso a May. Você imagina?"

Ele deu de ombros com uma indiferença temerária. "É tarde demais para fazer qualquer outra coisa."

"Você diz isso porque é a coisa mais fácil de dizer no momento – não por ser verdade. Na realidade, é tarde demais para fazer qualquer coisa além do que nós dois já decidimos."

"Ah, eu não entendo você!"

Ela se forçou a dar um sorriso melancólico, que lhe contraiu o rosto em vez de relaxá-lo. "Não entende por que ainda não percebeu como mudou as coisas para mim. Ah, desde o começo – muito antes de eu saber tudo o que você fez."

"Tudo o que eu fiz?"

"Sim. Eu estava inteiramente inconsciente de que as pessoas aqui tinham receio de mim, de que achavam que eu era uma pessoa amedrontadora. Parece que até se recusaram a jantar comigo. Descobri isso depois; e como você fez sua mãe acompanhá-lo até a casa dos van der Luyden e insistiu em anunciar seu noivado no baile dos Beaufort, para que eu tivesse duas famílias me apoiando em vez de uma..."

Ao ouvir isso, Archer deu uma gargalhada.

"Imagine só como eu era tola e distraída! Não sabia de nada disso até a vovó contar tudo um dia, num rompante. Nova York simplesmente significava paz e liberdade para mim: era como voltar para casa. E era uma alegria tão grande estar entre os meus, que todos que encontrava me pareciam gentis e bons, e felizes em me ver. Desde o início, senti que não havia ninguém tão gentil quanto você; ninguém que me dava motivos que eu compreendia para fazer aquilo que no começo parecia tão difícil e... desnecessário. As pessoas muito boas não me convenciam: eu sentia que nunca tinham sofrido uma tentação. Mas você sabia; você compreendia; você tinha sentido o mundo lá fora lhe puxando com todas as suas mãos douradas – mas odiava todas as coisas que ele pede. Odiava a felicidade obtida com a deslealdade, a crueldade e a indiferença. É isso que eu jamais conhecera antes – e é melhor do que tudo que já conheci."

Ellen falou com uma voz baixa e tranquila, sem lágrimas ou qualquer sinal de agitação; e cada palavra, ao sair de seus lábios, caiu no peito de Archer como chumbo incandescente. Ele continuou sentado, curvado, com a cabeça entre as mãos, olhando para o tapete diante da lareira e a ponta do sapato de cetim à mostra sob a bainha do vestido dela. Subitamente, pôs-se de joelhos e beijou o sapato.

Ellen se debruçou sobre ele, colocando as mãos em seus ombros e fitando-o com olhos tão profundos que o deixaram paralisado.

"Ah, não vamos desfazer o que você fez!", exclamou ela. "Não posso mais voltar para aquela outra maneira de pensar. Não posso amá-lo se não abrir mão de você."

Os braços de Archer ansiavam por ela; mas Ellen se afastou e eles permaneceram diante um do outro, divididos pela distância que as palavras dela haviam criado. Então, de maneira abrupta, a raiva dele transbordou.

"E Beaufort? Ele é meu substituto?"

Quando as palavras saíram, Archer se preparou para ouvir uma resposta explosiva, que teria recebido de bom grado, como combustível para a sua própria ira. Mas madame Olenska apenas ficou um pouco mais pálida e seguiu de pé com os braços caídos e a cabeça um pouco pendida, como fazia quando ponderava sobre uma pergunta.

"Ele está esperando por você agora na casa da sra. Struthers. Por que não vai encontrá-lo?", perguntou Archer, com desdém.

Ela se virou para tocar a sineta. "Eu não vou sair esta noite. Diga à carruagem para ir buscar a *signora* marchesa", disse, quando a criada apareceu.

Depois que a porta voltou a se fechar, Archer continuou a olhá-la com amargura. "Por que esse sacrifício? Você me disse que se sente sozinha e, portanto, não tenho o direito de mantê-la afastada dos seus amigos."

A duquesa deu um leve sorriso sob os cílios molhados. "Eu não vou mais me sentir sozinha. Estava sozinha; estava com medo. Mas o vazio e a escuridão se foram. Agora, quando voltar para dentro de mim mesma, serei como uma criança entrando de noite em um quarto onde sempre há alguma luz."

Seu tom e seu olhar ainda a encerravam em uma doce inacessibilidade, e Archer voltou a gemer: "Eu não entendo você!"

"Mas entende May!"

Ele ficou vermelho com essa resposta, mas não tirou os olhos dela. "May está preparada para abrir mão de mim."

"O quê! Três dias depois de você ter implorado de joelhos para apressar o casamento?"

"Ela recusou. Isso me dá o direito de..."

"Ah, você me ensinou como essa é uma palavra feia."

Archer deu as costas para Ellen, na mais completa exaustão. Sentia-se como alguém que estava caminhando pesadamente há horas por uma ladeira íngreme e, assim que chegara ao topo, perdera o equilíbrio e mergulhara de cabeça na escuridão.

Se conseguisse tomá-la nos braços de novo, talvez pudesse dissipar seus argumentos. Mas ela ainda o mantinha à distância por uma frieza inescrutável em sua expressão e sua postura, e pelo próprio espanto dele diante de sua sinceridade. Logo, Archer voltou a suplicar.

"Se nós fizermos isso agora, vai ser pior depois... pior para todos..."

"Não! Não! Não!", ela quase gritou, como se ele a amedrontasse.

Naquele momento, a campainha ecoou pela casa um longo tilintar. Eles não tinham ouvido nenhuma carruagem parar na porta e permaneceram imóveis, fitando-se, assustados.

Lá fora, Nastasia atravessou o saguão, a porta da frente se abriu e, um instante depois, ela entrou trazendo um telegrama para a condessa Olenska.

"A *signora* ficou muito feliz com as flores", disse Nastasia, alisando o avental. "Achou que tinha sido seu marido quem mandou e chorou um pouco, dizendo que era maluquice."

Sua patroa sorriu e pegou o envelope amarelo. Rasgou-o e levou-o até o lampião. Então, depois que a porta se fechou de novo, entregou-o para Archer.

O telegrama tinha sido enviado de Saint Augustine e o destinatário era a condessa Olenska. Dizia: "Telegrama da vovó deu certo. Papai e mamãe concordaram com casamento depois da Páscoa. Vou telegrafar Newland. Estou feliz demais e amo muito você. Obrigada, May."

Meia hora mais tarde, quando Archer destrancou a própria porta da frente, encontrou um envelope parecido na mesa do saguão, sobre uma pilha de bilhetes e cartas. A mensagem dentro do envelope também tinha sido enviada por May Welland e dizia: "Pais concordam casamento terça após Páscoa ao meio-dia em Grace Church. Teremos oito madrinhas. Por favor, fale com o pároco. Estou muito feliz. Com amor, May."

Archer amassou a folha amarela como se aquele gesto pudesse aniquilar a notícia que ela continha. Então, pegou uma pequena agenda e virou as páginas com dedos trêmulos. Mas não encontrou o que queria e, enfiando o telegrama no bolso, subiu as escadas.

Havia uma réstia de luz sob a porta da salinha que Janey usava como quarto de vestir e *boudoir*, e seu irmão bateu com impaciência na madeira. A porta foi aberta e ele viu a irmã com o imemorial roupão de flanela roxa e bobes no cabelo. Seu rosto estava pálido e apreensivo.

"Newland! Tinha alguma notícia ruim naquele telegrama? Fiquei esperando acordada por causa disso, caso..."

Nenhum item da correspondência dele estava a salvo de Janey. Ele ignorou a pergunta. "Janey, que dia é a Páscoa este ano?"

Ela pareceu chocada com a ignorância ímpia. "A Páscoa? Newland! Na primeira semana de abril, claro. Por quê?"

"Na primeira semana?" Archer voltou a virar as páginas da agenda, calculando depressa num murmúrio. "Você disse na primeira semana?" Ele atirou a cabeça para trás, dando uma longa gargalhada.

"Pelo amor de Deus, o que aconteceu?"

"Não aconteceu nada, mas eu vou me casar daqui a um mês."

Janey agarrou o pescoço dele e o apertou contra o peito de flanela roxa. "Ah, Newland, que maravilha! Mas por que está rindo tanto, meu bem? Cuidado, ou vai acordar a mamãe."

LIVRO II

Capítulo 19

O dia estava fresco, com uma brisa forte de primavera carregada de poeira. Todas as velhinhas de ambas as famílias tinham tirado dos armários as martas desbotadas e os arminhos amarelados, e o cheiro de cânfora vindo dos primeiros bancos quase abafava o leve aroma primaveril dos lírios que envolviam o altar.

A um sinal do sacristão, Newland Archer saiu da sacristia e postou-se, com seu padrinho, no degrau que levava à capela-mor da Grace Church.

O sinal significava que a berlinda trazendo a noiva e o pai dela tinha sido avistada; mas, decerto, haveria um intervalo considerável para ajustes e consultas no átrio, onde as madrinhas já aguardavam como um buquê de flores pascoais. Durante esse ínterim inevitável, esperava-se que o noivo, para provar sua ansiedade, se exibisse sozinho aos olhares dos convidados; e Archer executara essa formalidade com a mesma resignação que executara todas as outras que faziam de um casamento na Nova York do século XIX um ritual que parecia pertencer a eras ancestrais. Tudo era igualmente fácil – ou igualmente doloroso, dependendo do ponto de vista – no caminho que ele se comprometera a trilhar, e Archer obedecera às ordens nervosas de seu padrinho tão religiosamente quanto outros noivos haviam obedecido às suas, nas ocasiões em que ele os guiara pelo mesmo labirinto.

Até aquele momento, ele tinha uma certeza razoável de que cumprira todas as obrigações. Os oito buquês das madrinhas, de lilases brancos e lírios-do-vale, tinham sido enviados no tempo certo, assim como as abotoaduras de ouro e safira dos oito acompanhantes e o alfinete de lenço de crisoberilo do padrinho; Archer passara metade da noite acordado tentando encontrar frases diferentes com as quais agradecer pela última leva de presentes de seus amigos homens e ex-amantes mulheres; a quantia devida ao bispo e ao pároco estavam no bolso do padrinho; sua bagagem já estava na casa da sra. Manson Mingott, onde seria o café da manhã de recepção, assim como o traje de viagem que ele iria colocar; e fora reservado um vagão particular no trem que levaria o jovem casal até uma destinação desconhecida, já que ocultar o local onde seria passada a noite de núpcias era uma das regras mais sagradas daquele ritual pré-histórico.

"Você está com a aliança, não está?", sussurrou o jovem Van Newland, que não tinha experiência nos deveres de padrinho e estava nervoso com o peso de sua responsabilidade.

Archer fez o gesto que já vira tantos noivos fazerem: com a mão direita nua, tateou o bolso do colete cinza para se certificar de que o pequeno círculo de ouro (com a inscrição: De Newland para May, __ de abril de 18__) estava no lugar certo; então, voltando à postura anterior, com a cartola e o par de luvas cinza-pérola na mão esquerda, continuou a olhar para a porta da igreja.

A marcha de Händel[85] ressoou pomposamente pelo teto abobadado imitando pedra, carregando em suas ondas os ecos distantes dos muitos casamentos nos quais ele, com alegre indiferença, postara-se no mesmo degrau observando outras noivas deslizares pela nave na direção de outros noivos.

"Parece uma noite de estreia na ópera", pensou Archer, reconhecendo todos os mesmos rostos nos mesmos camarotes (não, bancos

---

85 Georg Friedrich Händel (1685-1759), compositor clássico alemão. (N.T.)

de igreja) e se perguntando se, quando a última trombeta soasse, a sra. Selfridge Merry estaria lá com as mesmas imensas penas de avestruz no chapéu, e a sra. Beaufort com os mesmos brincos de diamante e o mesmo sorriso – e seus lugares adequados, ou seja, perto do palco, já estariam preparados para elas em outro mundo. Depois disso, ainda houve tempo para passar em revista, um a um, os rostos familiares nas primeiras fileiras: os das mulheres, atentos de curiosidade e agitação; e os dos homens, emburrados devido à obrigação de colocar casacas antes do almoço e brigar por comida na recepção.

"Que pena que a recepção vai ser na casa da velha Catherine", o noivo podia imaginar Reggie Chivers dizendo. "Mas me disseram que Lovell Mingott insistiu que a comida fosse preparada por seu *chef* particular, então deve ser boa. Mas ainda temos de ver se vamos conseguir chegar perto dos pratos." E podia ver Sillerton Jackson acrescentando, com autoridade: "Você não soube, meu caro? A comida será servida em mesinhas, à nova moda inglesa."

Os olhos de Archer se demoraram um pouco no banco à esquerda, onde sua mãe, que entrara na igreja, de braço dado com o sr. Henry van der Luyden, chorava baixinho sob o véu de renda de Chantilly, com as mãos no regalo de arminho que pertencera à avó dela.

"Pobre Janey", pensou ele, olhando para a irmã. "Mesmo virando a cabeça de um lado para o outro, só consegue ver as pessoas nos bancos da frente; e quase todos são uns membros desmazelados dos Newland ou dos Dagonet."

Do lado mais próximo da fita branca que dividia os assentos reservados para as famílias, Archer viu Beaufort, alto e rubro, examinando as mulheres com seu olhar arrogante. Ao lado dele estava sua esposa, toda coberta de chinchila prateada e violetas; e, no lado mais distante da fita branca, os cabelos bem alisados de Lawrence Lefferts, parecendo montar guarda diante do deus invisível dos "bons modos", que comandava a cerimônia.

Archer se perguntou quantos defeitos o olhar penetrante de Lefferts discernira no ritual de sua divindade; então, subitamente, se lembrou de que certa vez também considerara tais questões importantes. As coisas que haviam preenchido seus dias passaram a lhe parecer uma paródia infantil da vida, ou as rusgas de estudiosos medievais acerca de termos metafísicos que ninguém jamais compreendera. Uma discussão tempestuosa em torno dos presentes de casamento, se eles deveriam ou não ser exibidos aos convidados na recepção, havia amargado as últimas horas antes da cerimônia; e parecia inconcebível para Archer que pessoas adultas pudessem ficar tão agitadas com assuntos tão bobos, e que a questão houvesse sido decidida (com um não) quando a sra. Welland dissera, com lágrimas de indignação: "Prefiro soltar os repórteres dentro da minha casa." No entanto, houvera uma época na qual Archer tivera opiniões definitivas e bastante agressivas sobre todos aqueles problemas e na qual tudo que dizia respeito aos modos e costumes de sua pequena tribo lhe parecera repleto de uma importância global.

"E enquanto isso, imagino", pensou ele, "pessoas de verdade estavam vivendo em algum lugar e coisas de verdade estavam acontecendo com elas..."

"Lá vêm eles!", sussurrou o padrinho, agitado; mas o noivo sabia que não era verdade.

O fato de a porta da igreja ter sido aberta com cautela significava apenas que o sr. Brown, o alugador de carruagens (vestido de preto em seu papel intermitente de sacristão), estava fazendo uma inspeção preliminar da cena antes de permitir a entrada de seus batalhões. A porta foi fechada devagar; e, então, após outro intervalo, escancarada majestosamente. Ouviu-se um murmúrio em toda a igreja: "É a família da noiva!"

A sra. Welland entrou primeiro, de braço dado com seu filho mais velho. Trazia no rosto largo e rosado uma expressão solene apropriada para a ocasião, e seu vestido de cetim cor de ameixa com laterais azul-pálido foi aprovado por todos, assim como as penas de avestruz azuis no pequeno gorro de cetim; mas, antes que ela se sentasse com um farfalhar imponente no banco do outro lado do da sra. Archer, os espectadores estavam esticando os pescoços para ver quem entraria em seguida. No dia anterior, correram boatos loucos de que a sra. Manson Mingott, apesar de suas deficiências físicas, resolvera comparecer à cerimônia; e a ideia combinava tanto com sua personalidade intrépida que foram feitas altas apostas nos clubes sobre se ela conseguiria atravessar a nave e se espremer em um assento. Sabia-se que ela insistira em mandar seu próprio carpinteiro para ver se era possível tirar o painel lateral do banco da frente e para medir o espaço diante do assento; mas o resultado não fora encorajador, e a família passara um dia ansiosa, observando-a considerar a ideia de ser empurrada pela nave em sua enorme cadeira de três rodas e ficar entronizada diante da capela-mor.

Pensar nessa exposição monstruosa do corpo da matriarca foi tão doloroso para seus parentes que eles teriam sido capazes de cobrir de ouro a pessoa engenhosa que subitamente descobriu que a cadeira de rodas era larga demais para passar entre os suportes de ferro do toldo que se estendia da porta da igreja até a calçada. A ideia de se desfazer desse toldo e revelar a noiva para a multidão de costureiras e repórteres que estavam do lado de fora, brigando por um lugar diante de uma de suas aberturas laterais, era demais até para a coragem de Catherine, embora ela tenha pensado na possibilidade por um instante. "Ora, eles podem tirar uma foto da minha menina e publicar nos jornais!" Exclamou a sra. Welland quando alguém mencionou para ela o mais recente plano de sua mãe; e o clã inteiro se arrepiou de horror diante dessa indecência inimaginável. A matriarca teve de se conformar; mas sua concessão foi comprada apenas com a promessa de que a recepção do casamento seria sob seu teto, embora (como disseram os parentes de Washington Square), com a casa dos Welland tão perto, fosse uma pena ter que combinar um preço especial com o sr. Brown para que ele os levasse até aquele fim de mundo.

Apesar de todas essas transações terem sido comunicadas nos menores detalhes pelos Jackson, uma minoria corajosa ainda se agarrava à crença de que a velha Catherine apareceria na igreja, e houve uma baixa discernível na temperatura quando se descobriu que ela fora substituída pela nora. A sra. Lovell Mingott estava com a mesma face corada e o olhar vidrado que surgiam nas mulheres de sua idade e hábitos quando estas faziam o esforço de entrar em um vestido novo; porém, uma vez que a decepção pela ausência de sua sogra se dissipou, todos concordaram que sua escolha de renda preta Chantilly sobre cetim lilás com violetas-de-parma no chapéu formava um contraste adorável com o vestido cor de ameixa e azul da sra. Welland. Bem diferente foi a impressão causada pela senhora esquálida e afetada que surgiu depois de braço dado com o sr. Mingott, em meio a uma tremenda barafunda de listras, franjas e lenços esvoaçantes; e, quando esta última aparição surgiu deslizando, o coração de Archer se contraiu e parou de bater.

Ele tomara por certo que a marquesa Manson ainda estava em Washington, para onde fora cerca de quatro semanas antes com a sobrinha, madame Olenska. A impressão geral era a de que a partida súbita delas ocorrera porque madame Olenska desejava afastar a tia da eloquência melancólica do dr. Agathon Carver, que quase conseguira recrutá-la para o Vale do Amor; e, diante das circunstâncias, ninguém esperava que nem uma, nem outra voltasse para o casamento. Por um instante, Archer ficou com os olhos fixos na figura extraordinária de Medora, se esforçando para ver quem viria atrás dela; mas a pequena procissão havia terminado, pois todos os membros menos importantes da família tinham tomado seus assentos e os oito rapazes altos que tinham servido de acompanhantes às madrinhas se reuniram como pássaros ou insetos se preparando para alguma manobra migratória, e já estavam passando depressa pelas portas laterais na direção do átrio.

"Newland! Olhe: ela chegou!", sussurrou o padrinho.

Archer ficou alerta com um sobressalto.

Aparentemente, um longo tempo se passara desde que seu coração parara de bater, pois a procissão branca e rósea já estava no meio da nave; o bispo, o pároco e dois assistentes em trajes brancos de mangas largas rondavam o altar rodeado de flores e os primeiros acordes da sinfonia de Spohr[86] caíam ao redor da noiva como se fossem pétalas. Archer abriu os olhos (mas será que eles estavam mesmo fechados, como ele imaginava?) e sentiu o coração voltando a realizar a tarefa habitual. A música, o aroma dos lírios no altar, a visão da nuvem de tule e flor de laranjeira flutuando cada vez mais para perto, o rosto da sra. Newland subitamente convulso com soluços de alegria, a voz do pároco murmurando uma bênção, os movimentos ensaiados das oito madrinhas de cor-de-rosa e seus oito acompanhantes de preto: todas essas cenas, sons e sensações, tão familiares em si, porém tão inexprimivelmente estranhas em sua nova relação com ele próprio, formavam uma mistura confusa em seu cérebro.

"Meu Deus", pensou Archer, "será que estou mesmo com a aliança?" E, mais uma vez, ele fez o gesto nervoso típico de um noivo.

Então, no instante seguinte, May estava ao lado dele, irradiando tanta beleza que Archer sentiu um leve calor em meio à dormência, se empertigou e sorriu, fitando-a.

"Meus caros, estamos aqui reunidos...", começou o pároco.

A aliança estava no dedo dela, a bênção do bispo tinha sido dada, as madrinhas estavam postadas para reassumir seu lugar na procissão, o órgão emitia os primeiros sinais de que ia começar a tocar a Marcha de Mendelssohn,[87] sem a qual nenhum casal de recém-casados jamais dava seus primeiros passos em Nova York.

---

86 Ludwig Spohr (1784-1859), compositor clássico alemão. (N.T.)
87 A marcha nupcial mais tradicional, de autoria do compositor clássico alemão Felix Mendelssohn (1809-1847). (N.T.)

"O braço! Ande, dê o braço a ela!", sussurrou o jovem Newland nervosamente; e, mais uma vez, Archer teve consciência de que estivera à deriva no desconhecido. O que o mandara para lá? Talvez ter vislumbrado, entre os espectadores anônimos do transepto, uma trança de cabelos escuros que, um instante mais tarde, viu ser de uma senhora estranha de nariz comprido, tão risivelmente diferente da pessoa cuja imagem evocara que ele se perguntou se estava começando a ter alucinações.

E então Archer e a esposa estavam descendo devagar a nave, sendo carregados nas leves ondulações de Mendelssohn, com o dia de primavera chamando-os do outro lado das portas escancaradas e os cavalos castanhos da sra. Welland, com enormes enfeites brancos nas testas, curveteando e se exibindo na outra ponta do túnel de lona.

O criado, que tinha um enfeite branco ainda maior na lapela, envolveu May em um casaco branco e Archer pulou para dentro da carruagem, sentando-se ao seu lado. Ela virou-se para ele com um sorriso triunfante, e eles deram-se as mãos sob o véu de noiva.

"Meu amor!", disse Archer. E, de repente, o mesmo abismo escuro se abriu diante dele, que se sentiu desabando lá dentro, cada vez mais fundo, conforme tagarelava, tranquilo e alegre: "Sim, claro que eu achei que tinha perdido a aliança; nenhum casamento estaria completo se o pobre-diabo do noivo não passasse por isso. Mas você demorou, sabia? Eu tive tempo para pensar em todos os horrores que poderiam acontecer."

May surpreendeu-o ao atirar-se sobre seu pescoço em plena Quinta Avenida. "Mas nenhum horror pode acontecer agora que estamos juntos, não é, Newland?"

Todos os detalhes do dia tinham sido tão cuidadosamente planejados que, depois da recepção, o jovem casal teve bastante tempo para colocar os trajes de viagem, descer a larga escada dos Mingott em meio a madrinhas risonhas e pais chorosos e entrar na berlinda sob a tradicional chuva de arroz e sapatilhas de cetim;[88] e ainda restou meia hora para ir até a estação de trem, comprar os últimos periódicos semanais na banca com ares de viajantes experientes e se acomodar no compartimento reservado onde a criada de May já colocara sua capa de viagem cinza-claro e sua evidentemente nova *nécessaire* vinda de Londres.

As tias idosas de Rhinebeck tinham colocado sua casa à disposição dos noivos com uma prontidão inspirada pela perspectiva de passar uma semana em Nova York com a sra. Archer; e Archer, feliz por escapar dos "quartos de núpcias" que sempre eram reservados em algum hotel da Filadélfia ou de Baltimore, aceitara com igual entusiasmo.

May ficou encantada com a ideia de ir para o interior e encontrou uma graça infantil nos esforços inúteis das oito madrinhas para descobrir onde seria o misterioso retiro deles. Achou-se "muito inglês" ir para uma casa de campo emprestada, e esse fato deu mais um toque de distinção àquele que todos concordaram ter sido o casamento mais suntuoso do ano; mas ninguém podia saber a localização, com exceção dos pais dos noivos. E estes, diante das perguntas, franziam os lábios e diziam misteriosamente: "Ah, eles não contaram..." Isso era tecnicamente verdade, já que não houvera necessidade de contar.

Quando eles estavam instalados no compartimento e o trem, atravessando os infindáveis subúrbios de casas de madeira, emergira em meio a uma paisagem pálida de primavera, conversar ficou mais fácil do que Archer esperara. May, em aparência e tom de voz, ainda era a moça simples do dia anterior, ansiosa por comparar impressões sobre os incidentes do casamento com ele, e discutindo-os com tanta imparcialidade como se fosse uma madrinha trocando comentários com um acompanhante. No começo, Archer achou que esse

---

88 Nos casamentos da Era Vitoriana, os convidados atiravam sapatilhas de cetim nos recém-casados. Se uma caísse dentro da carruagem, significava que o casamento seria feliz. (N.T.)

desprendimento ocultava um receio íntimo; mas os olhos límpidos de May revelavam apenas a mais tranquila inconsciência. Ela estava a sós com o marido pela primeira vez; mas o marido era apenas a mesma companhia adorável do dia anterior. Não havia ninguém de quem May gostasse mais, ninguém em quem confiava mais completamente, e a diversão culminante de toda aquela aventura deliciosa que era o noivado e a cerimônia de casamento seria fazer uma viagem sozinha com ele, como uma adulta, uma "mulher casada".

Era espantoso que – como ele descobrira no jardim da Missão Espanhola em Saint Augustine – sentimentos tão profundos pudessem coexistir com tamanha ausência de imaginação. Mas Archer lembrou como, mesmo então, May o surpreendera voltando a ser uma menina inexpressiva assim que tirara um fardo de sua consciência; e ele viu que ela provavelmente passaria a vida lidando o melhor que podia com cada experiência assim que uma surgisse, sem lançar sequer um olhar furtivo adiante.

Talvez fosse essa habilidade para a inconsciência que desse a seus olhos tamanha limpidez e a seu rosto a aparência de alguém que representava um tipo, não uma pessoa, como se ela pudesse ser escolhida para posar para a estátua de uma Virtude Cívica ou de uma deusa grega. E o sangue que lhe assomava com tanta facilidade à pele alva talvez fosse um líquido que seria para preservar, não devastar. No entanto, sua aparência de juventude indestrutível não a fazia parecer nem severa, nem enfadonha, apenas primitiva e pura. Envolto nessa reflexão, Archer subitamente sentiu que a fitava com o olhar espantado de um estranho e pôs-se a falar sobre a recepção e sobre a maneira imensa e triunfal como a vovó Mingott se fizera sentir em toda a festa.

May se acomodou para desfrutar por completo do assunto. "Mas eu fiquei surpresa de a tia Medora acabar vindo, você não? Ellen escreveu que nenhuma das duas estava bem o suficiente para fazer a viagem. Como eu queria que tivesse sido ela quem se recuperou primeiro! Você viu a renda antiga tão linda que me mandou?"

Ele sabia que aquele momento chegaria mais cedo ou mais tarde, mas, por algum motivo, imaginara que poderia retardá-lo usando o poder de sua vontade.

"Sim... eu... não. Sim, é linda", disse ele, olhando May sem vê-la e se perguntando se, sempre que ouvisse aquelas duas sílabas, todo o seu mundo cuidadosamente construído desabaria como um castelo de cartas.

"Você não está cansada? Vai ser bom tomar um chá quando chegarmos. Aposto que as tias vão ter arrumado tudo lindamente", tagarelou Archer, pegando a mão de May; e, no mesmo instante, ela começou a falar do magnífico serviço de chá e café de prata de Baltimore que os Beaufort tinham dado para eles e que combinava tão perfeitamente com as bandejas e travessas dos Mingott.

O trem parou na estação de Rhinebeck em meio ao crepúsculo primaveril, e eles atravessaram a plataforma a caminho da carruagem que aguardava.

"Ah, que gentileza enorme dos van der Luyden! Eles mandaram um criado de Skuytercliff vir nos encontrar!", exclamou Archer quando uma pessoa sisuda de libré se aproximou e pegou as malas das mãos da criada.

"Eu lamento muito, senhor", disse o emissário, "mas ocorreu um pequeno acidente na casa das senhoritas du Lac: um vazamento na caixa d'água. Aconteceu ontem, e o sr. van der Luyden, que soube disso esta manhã, enviou uma das criadas da casa no primeiro trem para arrumar a casa do *patroon*. Acredito que o senhor a achará bastante confortável; e as senhoritas du Lac enviaram seu cozinheiro, de modo que será exatamente igual a Rhinebeck."

Archer encarou o homem com tanta perplexidade que ele repetiu, em um tom ainda mais apologético: "Será exatamente igual, senhor, eu garanto..." E May interrompeu animadamente, disfarçando o silêncio constrangedor. "Exatamente igual a Rhinebeck? A casa do *patroon*? Mas vai ser cem mil vezes melhor. Não vai, Newland? É um carinho, uma gentileza indescritível da parte do sr. van der Luyden ter tido essa ideia."

E quando a carruagem saiu, com a criada ao lado do cocheiro e as malas reluzentes e novas que eles tinham comprado para o casamento no assento em frente, ela continuou, entusiasmada: "Imagine só, eu nunca entrei lá. Você já? Os van der Luyden a mostram para tão poucas pessoas. Mas parece que a abriram para Ellen, e ela me contou que é um lugarzinho adorável; disse que é a única casa que viu aqui nos Estados Unidos na qual conseguiu imaginar-se sendo completamente feliz."

"Bom, é isso que nós vamos ser, não é?", exclamou o marido de May alegremente; e ela respondeu, com seu sorriso de menino: "Ah, isso é só o começo da nossa sorte – da sorte maravilhosa que sempre vamos ter juntos!"

Capítulo 20

"É claro que nós temos de jantar com a sra. Carfry, meu amor."

A esposa de Archer fitou-o, nervosa e com o cenho franzido, do outro lado do monumental serviço de café de metal alpaca da casa que eles tinham alugado.

Em todo o deserto chuvoso que era Londres no outono, só havia duas pessoas que o sr. e a sra. Newland Archer conheciam: e eles haviam evitado cuidadosamente a ambas, em conformidade com a velha tradição nova-iorquina de que era "inconveniente" obrigar os conhecidos a receber alguém que estava em um país estrangeiro.

A sra. Archer e Janey, durante suas visitas à Europa, haviam seguido esse princípio de maneira tão resoluta e reagido às aproximações amistosas de seus companheiros de viagem com um ar de reserva tão impenetrável que quase atingiram um recorde, jamais trocando uma palavra com um "estrangeiro" que não fosse um empregado de um hotel ou de uma estação de trem. Seus próprios compatriotas – com exceção dos previamente conhecidos ou daqueles que tinham as credenciais certas –, elas os tratavam com um desdém ainda mais pronunciado; de modo que, a não ser que encontrassem um Chivers, um Dagonet ou um Mingott, os meses de viagem eram passados em um tête-à-tête ininterrupto. Mas mesmo as maiores precauções às vezes são inúteis e, certa noite em Bozano, uma das duas senhoras inglesas que estavam no quarto em frente (cujos nomes, endereços e situações sociais já eram conhecidos em detalhes por Janey) havia batido na porta e perguntado se a sra. Archer tinha um frasco de linimento. A outra senhora – a sra. Carfry, irmã da intrusa – tivera um ataque súbito de bronquite; e a sra. Archer, que nunca viajava sem uma farmácia particular, felizmente pôde oferecer o remédio requisitado.

O ataque da sra. Carfry foi grave e, como ela e a irmã, a srta. Harle, estavam viajando sozinhas, elas ficaram profundamente gratas à sra. e à srta. Archer, que lhes forneceram confortos engenhosos e cuja criada eficiente ajudou na recuperação da doente.

Quando as Archer deixaram Bozano, não imaginavam que um dia voltariam a ver a sra. Carfry e a srta. Harle. Nada, para a sra. Archer, seria mais inconveniente do que obrigar uma "estrangeira" a quem fizera um favor acidental a recebê-la. Mas a sra. Carfry e a irmã, para quem essa maneira de ver as coisas era desconhecida e que a teriam considerado completamente incompreensível, sentiram-se unidas por uma eterna gratidão às "adoráveis americanas" que tinham sido tão gentis com elas em Bozano. Com uma fidelidade comovente, elas aproveitavam qualquer oportunidade de ir ao encontro da sra. Archer e de Janey durante suas viagens pela Europa continental, e exibiam uma perspicácia sobrenatural para descobrir quando elas passariam por Londres ao chegar dos Estados Unidos ou partir para lá. A intimidade se tornou indissolúvel e, sempre que a sra. Archer e Janey chegavam ao Brown's Hotel, descobriam estar sendo aguardadas por duas amigas afetuosas que, assim como elas, cultivavam samambaias em caixas Ward, faziam macramê, liam as memórias da baronesa Bunsen[89] e tinham opiniões sobre os ocupantes dos principais púlpitos de Londres. Como dizia a sra. Archer, conhecer a sra. Carfry

---

89 Frances Waddington Bunsen (1791-1876) que, em 1868 publicou um livro de memórias sobre a vida do marido. (N.T.)

e a srta. Hale "transformara Londres em outra coisa"; e, quando Newland ficou noivo, o elo entre ambas as famílias estava tão firmemente estabelecido que foi considerado "correto" enviar um convite de casamento para as duas senhoras inglesas, que por sua vez mandaram um lindo buquê de flores alpinas prensado entre placas de vidro. E, quando Newland e a esposa estavam no cais prestes a partir para a Inglaterra, as últimas palavras da sra. Archer foram: "Você precisa levar May para visitar a sra. Carfry."

Newland e a esposa não tinham a menor intenção de obedecer a essa ordem; mas a sra. Carfry, com a perspicácia habitual, os detectara e enviara-lhes um convite para jantar. Era por causa desse convite que a sra. Archer estava franzindo o cenho diante de seu chá com bolinhos.

"Para você não tem a menor importância, Newland. Você já tem intimidade com elas. Mas eu vou me sentir tão tímida no meio de um monte de gente que não conheço. E o que vou vestir?"

Newland se recostou na cadeira e sorriu para May. Ela estava mais linda e mais parecida com a deusa Diana do que nunca. O ar úmido da Inglaterra parecia ter aumentado o rubor de suas faces e suavizado a leve severidade de suas feições virginais; ou, talvez, fosse apenas o brilho interno da felicidade, perpassando-lhe como uma luz sob o gelo.

"O que você vai vestir, meu amor? Achei que tinha chegado um baú cheio de coisas de Paris na semana passada."

"Sim, claro. O que eu quis dizer é que não vou saber qual usar." May fez um biquinho. "Nunca jantei fora em Londres e não quero ser ridícula."

Ele tentou se envolver com o dilema dela. "Mas as inglesas não se vestem como todo mundo à noite?"

"Newland! Como você pode fazer perguntas tão engraçadas? Elas vão ao teatro com vestidos de baile velhos e sem chapéu."

"Bem, talvez elas usem vestidos de baile novos em casa; de qualquer maneira, a sra. Carfry e a srta. Harle não vão usar. Vão usar toucas como as da minha mãe. E xales – xales bem macios."

"Sim; mas como as outras mulheres vão estar vestidas?"

"Não tão bem quanto você, meu amor", respondeu Archer, se perguntando o que fizera May desenvolver o interesse mórbido de Janey por roupas.

Ela afastou a cadeira com um suspiro. "É amável de sua parte dizer isso, Newland; mas não me ajuda muito."

Ele teve uma inspiração. "Por que não usar seu vestido de noiva? Isso não pode ser considerado errado, pode?"

"Ah, meu amor! Se ele estivesse aqui! Mas foi enviado para Paris, onde vai ser reformado para o próximo inverno, e Worth[90] ainda não mandou de volta."

"Que pena", disse Archer, se levantando. "Olhe, a névoa está indo embora. Se corrermos para a National Gallery, talvez possamos dar uma olhada rápida nos quadros."

O sr. e a sra. Newland Archer estavam a caminho de casa após uma lua de mel de três meses que May, ao escrever para as amigas, resumiu vagamente como tendo sido "divina".

Eles não foram aos lagos italianos: ao pensar melhor, Archer não fora capaz de imaginar a esposa naquele cenário específico. A vontade dela própria (após passar um mês com os costureiros de Paris) era fazer alpinismo em julho e nadar em agosto. Eles realizaram esse plano pontualmente, passando julho em Interlaken e Grindewald[91] e agosto em um lugarzinho chamado Étretat, na costa da Normandia, que alguém recomendara por ser pitoresco e tranquilo. Uma ou duas vezes, quando estavam nas montanhas, Archer apontara para o sul

90 Charles Frederick Worth (1825-1895), um inglês que vivia e trabalhava em Paris, foi o *designer* de roupas mais célebre da Era Vitoriana e um dos criadores da alta-costura. (N.T.)
91 Interlaken e Grindewald são dois vilarejos nos Alpes suíços. (N.T.)

e dissera: "A Itália é ali"; e May, com os pés em um canteiro de genciananas, sorrira alegremente e respondera: "Seria uma delícia ir para lá no próximo inverno, mas você não vai poder sair de Nova York." Na verdade, viajar a interessou ainda menos do que ele tinha esperado. Ela (depois de encomendar seu guarda-roupa) passou a encarar aquilo meramente como uma oportunidade mais vasta de caminhar, cavalgar, nadar e testar suas habilidades naquele fascinante jogo novo, o tênis de grama. E, quando eles finalmente voltaram para Londres (onde iriam passar um mês, enquanto Archer encomendava o guarda-roupa dele), May não ocultava mais sua ansiedade de zarpar.

Em Londres, nada a interessou além dos teatros e das lojas, e ela ficou menos entusiasmada com os teatros do que com os cafés-concertos de Paris onde, do restaurante no terraço, sob os castanheiros-da-índia cheios de flores do Champs-Elysées, teve a experiência inédita de observar uma plateia de cocotes e ouvir o marido traduzindo os trechos das letras que ele considerou adequados para os ouvidos da noiva.

Archer voltou a ter todas as mesmas ideias ancestrais sobre o casamento. Dava menos trabalho obedecer à tradição e tratar May exatamente como seus amigos tratavam as esposas do que tentar colocar em prática as teorias com as quais brincara na liberdade de solteiro. Não adiantava tentar emancipar uma esposa se ela não fazia ideia de que não era livre; e ele há muito descobrira que May só usaria a liberdade que pensava ter como uma oferenda para o altar da adoração conjugal. Sua dignidade inata sempre a impediria de dar aquele presente de maneira abjeta; e era possível que chegasse um dia (como acontecera uma vez) em que ela teria forças para tomá-lo de volta, se achasse que estava fazendo isso para o bem do marido. Mas, para uma concepção do casamento tão descomplicada e desprovida de curiosidade como a de May, tamanha crise só surgiria diante de algo visivelmente ultrajante na conduta do próprio Archer; e a pureza dos sentimentos dela por ele tornavam isso impensável. Archer sabia que, o que quer que acontecesse, ela sempre seria leal, nobre e sem ressentimentos; e isso o levava a jurar que teria as mesmas virtudes. Tudo isso tinha a tendência de levá-lo de volta aos velhos hábitos mentais. Se a simplicidade de May fosse a simplicidade da mesquinharia, Archer teria se irritado e se rebelado; mas, como os traços de seu caráter, embora poucos, eram tão nobres quanto as suas feições, ela se tornou a divindade tutelar de todas as antigas tradições e reverências dele.

Tais qualidades não eram exatamente aquelas que tornavam uma viagem ao exterior mais animada, embora fizessem de May uma companhia tão cômoda e agradável; mas Archer logo viu como elas se encaixariam quando estivessem em seu cenário habitual. Ele não temia ser oprimido por elas, pois sua vida intelectual e artística continuaria a existir fora do ambiente doméstico, como sempre; e, dentro dele, não haveria nada de estreito ou sufocante – voltar para perto da esposa jamais seria como entrar em uma sala abafada após uma caminhada ao ar livre. E, quando eles tivessem filhos, os cantos vazios de ambas as suas vidas seriam preenchidos.

Todas essas coisas passaram pela cabeça de Archer durante o longo e lento trajeto de carruagem de Mayfair até South Kensington, onde a sra. Carfry e a irmã moravam. Ele também teria preferido escapar da hospitalidade daquelas senhoras: seguindo a tradição familiar, sempre viajara para olhar e observar, fingindo ignorar com altivez a presença de outras pessoas. Apenas uma vez, logo depois de se formar em Harvard, passara algumas semanas alegres em Florença com um grupo de excêntricos americanos europeizados, dançando a noite inteira em palácios com damas da nobreza e dedicando-se à jogatina durante metade do dia nos clubes da moda. Aquilo, embora tivesse sido a coisa mais divertida do mundo, lhe parecera tão irreal quanto um parque de diversões. Aquelas estranhas mulheres cosmopolitas, mergulhadas em casos de amor complicados que pareciam ter necessidade de detalhar para todos que conheciam, e os magníficos jovens oficiais e velhos intelectuais de cabelo pintado, que eram os protagonistas ou ouvintes de suas confidências, eram todos diferentes demais das pessoas entre quem Archer passara a infância – pareciam-se demais com plantas caras e malcheirosas de estufa – para reter sua atenção por muito tempo. Apresentar sua esposa para aquela gente estava fora de questão; e, durante todas as suas viagens, nenhum outro círculo demonstrara um interesse muito grande pela companhia dele.

Logo depois da chegada deles a Londres, Archer encontrara sem querer o duque de St. Austrey, e ele, reconhecendo-o no mesmo instante, dissera, cordialmente: "Venha me fazer uma visita." Mas nenhum americano que se prezasse teria considerado aceitar essa sugestão, e não houve um segundo encontro. Eles tinham conseguido até evitar a tia de May que morava na Inglaterra, a mulher do banqueiro, que ainda estava em Yorkshire; na verdade, haviam propositalmente adiado sua ida a Londres até o outono para não chegar no meio da alta temporada e parecer que estavam se intrometendo de maneira arrogante na vida desses parentes desconhecidos.

"Provavelmente, não vai haver ninguém na casa da sra. Carfry. Londres fica deserta no outono e você está linda demais", disse Archer para May, que estava tão esplêndida e imaculada, sentada ao lado dele no fiacre com sua capa azul-celeste debruada de penas de cisne, que parecia uma maldade expô-la à fuligem da cidade.

"Não quero que eles pensem que nós nos vestimos como selvagens", respondeu ela, com um desdém que talvez ofendesse Pocahontas; e ele, mais uma vez, ficou impressionado com a reverência religiosa até da menos materialista das mulheres americanas pelas vantagens sociais que as roupas garantiam.

"É a armadura delas", pensou Archer. "A maneira como se defendem do desconhecido e como o desafiam." E ele entendeu pela primeira vez o interesse com que May, que era incapaz de amarrar uma fita no cabelo para atraí-lo, cumprira o ritual solene de selecionar e encomendar seu extenso guarda-roupa.

Archer tivera razão em esperar um grupo pequeno de pessoas na casa da sra. Carfry. Além da anfitriã e da irmã dela, eles encontraram, na sala de estar comprida e fria, apenas outra senhora enrolada em um xale, um jovial vigário que era marido dela, um rapaz calado que a sra. Carfry disse ser seu sobrinho e um homem baixo moreno com olhos vivazes que ela apresentou como preceptor deste, dizendo um sobrenome francês ao fazê-lo.

Em meio à luz baça e às feições sombrias, May Archer flutuou como um cisne iluminado pelo sol: pareceu maior, mais alva, mais volumosamente farfalhante do que seu marido jamais vira; e ele percebeu que a causa do rubor e do farfalhar era uma timidez extrema e infantil.

"Mas sobre o que nós vamos conversar, meu Deus?", perguntaram os olhos desamparados dela com uma expressão súplice, no instante exato em que sua presença estonteante causou a mesma ansiedade nos outros. Mas a beleza, até quando não confia em si mesma, desperta a intrepidez no coração dos homens; e o vigário e o preceptor de sobrenome francês logo mostraram para May seu desejo de deixá-la à vontade.

Apesar dos esforços de ambos, no entanto, o jantar foi enfadonho. Archer percebeu que a maneira de sua esposa de mostrar que estava à vontade no meio de estrangeiros era se tornar mais irredutivelmente local em suas referências. Assim, sua aparência despertava a admiração, mas as coisas que dizia congelavam a conversa. O vigário logo abandonou a luta; o preceptor, que falava inglês com perfeita fluência, continuou a tagarelar galantemente com ela até que as senhoras, para evidente alívio de todos os presentes, subiram para a sala de estar.

O vigário, após tomar um cálice de vinho do porto, foi obrigado a sair correndo para uma reunião; e o sobrinho tímido, que parecia ter alguma doença, foi levado para a cama. Archer e o preceptor continuaram a conversa enquanto tomavam seu vinho e, de repente, o primeiro viu que estava falando como não fazia desde seu último simpósio com Ned Winsett. Ele descobriu que o sobrinho da sra. Carfry tivera uma ameaça de tuberculose e precisara deixar Harrow[92] e ir para a Suíça, onde tinha passado dois anos na atmosfera mais amena do lago de Genebra. Por ser um jovem estudioso, ele fora confiado aos cuidados de *monsieur* Rivière, que o trouxera de volta para a Inglaterra e iria permanecer ao seu lado até que fosse estudar em Oxford na primavera; então, *monsieur* Rivière acrescentou com simplicidade que teria de procurar outro emprego.

Parecia impossível, pensou Archer, que fosse passar muito tempo sem encontrar um, de tão variados eram seus interesses e tão múltiplos seus talentos. Rivière era um homem de cerca de trinta anos de idade, com um rosto fino e feio (May certamente diria que ele tinha uma aparência vulgar) que ganhava uma intensa expressividade com a vivacidade de suas ideias; mas não havia nada de frívolo ou torpe em sua animação.

Seu pai, que morrera jovem, ocupara um cargo diplomático sem muita importância, e a ideia era que o filho seguisse a mesma carreira; mas um gosto insaciável pelas letras fizera o rapaz se tornar jornalista e, depois, escritor (aparentemente, sem sucesso). Após outras experimentações e vicissitudes das quais poupou seu ouvinte, Rivière acabara se tornando preceptor de jovens ingleses na Suíça. Antes disso, no entanto, passara muito tempo em Paris, frequentara o *grenier* de Goncourt,[93] recebera de Maupassant[94] o conselho de não tentar escrever (até isso parecia uma honra estonteante para Archer!) e muitas vezes conversara com Mérimée na casa da mãe dele. Era evidente que sempre fora desesperadoramente pobre e ansioso (pois tinha uma mãe e uma irmã solteira para sustentar) e que fracassara em suas ambições literárias. Na verdade, sua situação material não parecia melhor do que a de Ned Winsett; mas ele tinha vivido em um mundo no

---

92 Escola inglesa de elite para meninos. (N.T.)
93 Salão literário organizado por Edmond de Goncourt. As reuniões ocorriam no sótão, *grenier* em francês. Como elas só começaram na década de 1880, esse é um dos poucos anacronismos que Wharton comete. (N.T.)
94 Guy de Maupassant (1850-1893), escritor francês. (N.T.)

qual, como disse, ninguém que amava ideias precisava passar fome intelectual. Como era exatamente por causa desse amor que o pobre Winsett estava definhando, Archer sentiu uma certa vontade de ter tido as experiências daquele rapaz ávido e sem dinheiro que fora tão rico em sua pobreza.

"O senhor não acha, *monsieur*, que vale tudo: manter nossa liberdade intelectual, não escravizar nosso poder de apreciação, nossa independência crítica? É por causa disso que eu abandonei o jornalismo e passei a levar a vida muito mais tediosa de preceptor e secretário particular. O trabalho é muito enfadonho, claro, mas nós preservamos nossa liberdade moral, aquilo que em francês chamamos de nosso *quant à soi*.[95] E quando ouvimos uma boa conversa, podemos participar sem comprometer a opinião de ninguém além da nossa própria; ou podemos escutar e responder em nosso íntimo. Ah, a boa conversa – não existe nada igual, existe? O ar das ideias é o único que vale a pena respirar. Por isso, nunca me arrependi de ter aberto mão nem da diplomacia, nem do jornalismo – duas maneiras diferentes da mesma abdicação de si." Ele fixou os olhos vívidos em Archer enquanto acendia outro cigarro. "*Voyez-vous, monsieur,*[96] poder olhar a vida no rosto: para isso, vale a pena morar em um sótão, não é? Afinal de contas, é preciso ganhar o suficiente para pagar pelo sótão, e eu confesso que envelhecer como professor particular – ou como qualquer coisa "particular" – é quase tão aterrador quanto ser segundo-secretário em Bucareste. Às vezes, sinto que preciso dar um mergulho – um imenso mergulho. O senhor acha, por exemplo, que haveria algum cargo lucrativo para mim nos Estados Unidos – em Nova York?"

Archer olhou-o, atônito. Nova York, para um rapaz que convivera com os irmãos Goncourt e com Flaubert, e que achava que a vida das ideias era a única que valia a pena ser vivida! Ele continuou a fitar

---

95 Em francês, expressão que quer dizer "manter-se reservado, resguardado". (N.E.)
96 Em francês, "veja você, meu senhor". (N.E.)

monsieur Rivière com uma expressão perplexa, se perguntando como dizer a ele que eram exatamente sua superioridade e suas vantagens que seriam os maiores obstáculos ao sucesso.

"Nova York... Nova York... Mas precisa ser Nova York, exatamente?", gaguejou Archer, completamente incapaz de imaginar um cargo lucrativo que sua cidade natal pudesse oferecer a um rapaz para quem a boa conversa parecia ser a única necessidade.

Um rubor súbito se espalhou pela pele amarelada de *monsieur* Rivière. "Eu... eu achei que essa era sua metrópole. A vida intelectual não é mais ativa lá?", perguntou ele. E, então, como se temesse dar ao ouvinte a impressão de estar pedindo um favor, continuou, depressa: "A gente atira sugestões aleatórias – mais para nós mesmos do que para os outros. Na verdade, não vejo uma perspectiva imediata de..." E, levantando-se da cadeira, acrescentou, sem um resquício de constrangimento: "Mas a sra. Carfry vai achar que já é hora de eu levar o senhor lá para cima."

Durante o trajeto de volta para casa, Archer refletiu profundamente sobre aquele episódio. A hora passada na companhia de *monsieur* Rivière renovara o ar de seus pulmões e seu primeiro impulso tinha sido convidá-lo para jantar no dia seguinte; mas ele estava começando a entender por que os homens casados nem sempre seguiam imediatamente os primeiros impulsos.

"Aquele jovem preceptor é um rapaz interessante. Nós tivemos uma conversa ótima depois do jantar sobre livros e essas coisas", disse Archer no fiacre, para ver o que iria acontecer.

May despertou de um dos silêncios sonhadores que ele interpretara de tantas maneiras antes que seis meses de casamento os decifrassem.

"Aquele francês baixinho? Ele não era horrivelmente vulgar?", perguntou ela com frieza; e Archer adivinhou que tinha ficado secretamente decepcionada por ter sido convidada para jantar fora em Londres com um clérigo e um preceptor francês. A decepção não fora causada pelo sentimento que, em geral, é definido como esnobismo, mas antes pela noção de um membro da velha Nova York daquilo que lhe era devido quando ele ou ela arriscava sua dignidade em terras estrangeiras. Se os pais de May houvessem recebido os Carfry na Quinta Avenida, teriam oferecido a eles algo mais substancial do que um pároco e um professor.

Mas Archer estava com os nervos à flor da pele e reagiu.

"Vulgar? Vulgar onde?", perguntou.

E May respondeu com uma prontidão que não lhe era habitual: "Ora, eu diria em qualquer lugar que não a sala de aula dele. Essas pessoas sempre ficam constrangidas quando estão em sociedade. Por outro lado", acrescentou, desarmando-o, "eu não saberia dizer se ele é um intelectual."

Archer se irritou quase tanto com o uso que May fez da palavra "intelectual" quanto com o uso que fizera da palavra "vulgar"; porém estava começando a ter medo de sua tendência de enfatizar as coisas que o irritavam nela. Afinal, a visão de May sempre fora igual. Era a mesma de todas as pessoas entre as quais Archer passara a infância, e ele sempre a encarara como uma visão necessária, porém desprezível. Até alguns meses atrás, Archer jamais conhecera uma mulher "de boa família" que via a vida de forma diferente; e, se um homem ia se casar, precisava ser com uma mulher de boa família.

"Ah! Então não vou convidá-lo para jantar!", concluiu ele, com uma risada.

E May perguntou, pasma:

"Nossa... convidar o preceptor dos Carfry para jantar?"

"Bem, não no mesmo dia que os Carfry, se você preferir. Mas eu gostaria muito de ter outra conversa com o rapaz. Ele está procurando um emprego em Nova York."

A surpresa de May aumentou junto de sua indiferença; Archer quase chegou a imaginar que ela estava desconfiada de ele ter sido conspurcado pela "estrangeirice".

"Um emprego em Nova York? Que espécie de emprego? As pessoas não contratam professores particulares de francês. O que ele quer fazer?"

"Acho que o principal objetivo é desfrutar de boas conversas", respondeu o marido, maldosamente.

May soltou uma risada de apreciação. "Ah, Newland, que engraçado! Isso é muito francês, não é?"

Afinal, Archer ficou feliz pelo fato de a questão ter sido resolvida para ele com a recusa de May em levar a sério sua vontade de convidar *monsieur* Rivière para jantar. Durante outra conversa como aquela, teria sido difícil evitar falar em Nova York. E, quanto mais Archer pensava no assunto, menos conseguia encaixar *monsieur* Rivière em qualquer imagem de Nova York que conhecia.

Ele percebeu, em um lampejo aterrador, que no futuro muitos problemas seriam resolvidos devido à sua recusa em realizar uma ação; mas, após pagar o fiacre e seguir a longa cauda do vestido da esposa até dentro da casa, refugiou-se na platitude reconfortante de que os primeiros seis meses eram sempre os mais difíceis do casamento. "Depois disso, acho que já vamos ter arredondado as arestas um do outro", pensou; mas o pior era que a pressão de May já estava destruindo aquelas quinas que ele mais desejava manter agudas.

Capítulo 21

O pequeno gramado luminoso se estendia, liso, até o imenso mar luminoso.

Ao redor havia uma borda de gerânios escarlates e corações-magoados, e vasos de ferro fundido pintados de cor de chocolate, dispostos a uma determinada distância uns dos outros, ao longo do caminho tortuoso que levava até o mar, derramando guirlandas de petúnias e gerânios-pendentes sobre o cascalho bem alisado.

A meio caminho entre a beira do penhasco e a casa quadrada de madeira (que também era cor de chocolate, mas com o telhado da varanda, de estanho, listrado de amarelo e marrom, para representar um toldo), haviam sido colocados dois grandes alvos diante de um fundo de arbustos. Do outro lado do gramado, virada na direção dos alvos, estava armada uma tenda de verdade, com bancos e cadeiras de jardim aqui e ali. Diversas senhoras usando vestidos de verão e senhores de fraque cinza e cartola estavam de pé sobre a grama ou sentados nos bancos; e, de tempos em tempos, uma menina esguia com um vestido de musselina engomado saía da tenda com um arco na mão e atirava uma flecha na direção de um dos alvos enquanto os espectadores interrompiam a conversa para ver o resultado.

Newland Archer, postado na varanda da casa, observava a cena com curiosidade. De cada lado dos degraus recém-pintados havia um grande vaso de porcelana azul sobre um pedestal de porcelana amarelo-vívido. Ambos continham uma planta verde espinhosa e, abaixo da varanda, havia uma borda de hortênsias azuis rodeada por mais gerânios vermelhos. Atrás, as portas de vidro dos salões pelos quais ele passara permitiam vislumbrar, por entre cortinas de renda esvoaçantes, reluzentes pisos de madeira pontilhados de pufes de *chintz*, pequenas poltronas e mesas de veludo repletas de bricabraques de prata.

O Clube de Arco e Flecha de Newport[97] sempre fazia sua reunião de agosto na casa dos Beaufort. O esporte, que durante algum tempo não tivera outro rival além do croqué, estava começando a ser substituído pelo tênis de grama; mas este último ainda era considerado rude e deselegante demais para ocasiões sociais, e o arco e flecha continuava sendo uma ótima oportunidade de mostrar vestidos bonitos e posturas graciosas.

Archer olhava, pasmo, aquela exibição familiar. Era uma surpresa para ele que a vida seguisse da mesma velha maneira quando suas próprias reações a ela haviam mudado tão completamente. Fora Newport que o fizera compreender a extensão dessa mudança. Em Nova York, durante o verão anterior, depois que Archer e May já haviam arrumado tudo na casa amarelo-esverdeada com a janela saliente e o vestíbulo ao estilo de Pompeia, ele voltara com alívio para a velha rotina do escritório e esse retorno à sua atividade diária servira como um elo com seu eu anterior. Então, houvera a empolgação prazerosa da escolha de um vistoso e grande cavalo cinza para a berlinda de May (a carruagem tinha sido um presente dos Welland) e a ocupação envolvente de decorar sua própria biblioteca, que, apesar das dúvidas e desaprovações da família, ficara da maneira como ele sonhara, com um papel de parede escuro com a estampa em relevo, estantes de Eastlake e poltronas e mesas "sinceras". Ele encontrara Winsett de novo no

---

97 Cidade costeira no estado de Rhode Island que se tornou um popular local de veraneio para a elite de Nova York na segunda metade do século XIX. (N.T.)

Century e, no Knickerbocker,[98] os rapazes das famílias ilustres de seu círculo; e com as horas dedicadas ao direito e aquelas reservadas para jantar fora ou receber amigos em casa, com uma noite ocasional para a ópera ou o teatro, a vida que estava vivendo ainda pareceu razoavelmente real e inevitável.

Mas Newport representava escapar dos deveres e ir para uma atmosfera de diversão absoluta. Archer tentou convencer May a passar o verão em uma ilha remota na costa do Maine (que tinha o nome apropriado de Mount Desert),[99] onde algumas pessoas resistentes de Boston e da Filadélfia estavam acampadas em cabanas "nativas" e onde, dizia-se, havia paisagens encantadoras e levava-se uma existência selvagem, quase a existência de um caçador de peles, entre as árvores e as águas.

Mas os Welland sempre iam para Newport, pois eram donos de uma daquelas casas quadradas nos penhascos, e seu genro não conseguiu alegar nenhum bom motivo para ele e May não irem se hospedar com eles lá. Como observou a sra. Welland, em um tom bastante mordaz, não teria valido a pena para May ter se exaurido experimentando roupas de verão em Paris se não lhe fosse permitido usá-las; e esse era o tipo de argumento para o qual Archer ainda não encontrara resposta.

A própria May não conseguiu compreender a relutância obscura do marido em concordar com aquela maneira tão razoável e prazerosa de passar o verão. Ela lembrou a Archer que ele sempre tinha gostado de Newport em sua época de solteiro e, como isso era inegável, a única coisa que este pôde fazer foi afirmar a certeza de que gostaria de lá ainda mais na companhia da esposa. Mas naquele momento, ali parado na varanda dos Beaufort observando as pessoas como borrões coloridos no gramado, Archer se deu conta de que não ia gostar nem um pouco.

---

98 Clube masculino exclusivo para a elite de Nova York. (N.T.)
99 O nome da ilha pode ser traduzido para "Monte Deserto". (N.T.)

Não era culpa de May, coitadinha. Se, durante as viagens, eles haviam perdido um pouco a sincronia, sua harmonia fora restaurada quando voltavam para as condições às quais ela estava acostumada. Archer sempre previra que May não iria desapontá-lo, e ela provara que ele estava certo. Ele tinha se casado (como a maioria dos rapazes) porque conhecera uma moça perfeitamente encantadora no instante em que uma série de aventuras sentimentais sem objetivo claro estava terminando devido a uma aversão prematura; e essa moça representara paz, estabilidade, camaradagem e o senso de firmeza que advinha de um dever inescapável.

Archer não podia dizer que errara na escolha, pois May era tudo que ele esperava. Era sem dúvida uma fonte de satisfação ser o marido de uma das mais belas e populares jovens recém-casadas de Nova York, em especial quando ela também era uma das esposas mais doces e razoáveis; e Archer jamais fora indiferente a essas vantagens. Quanto à loucura momentânea que lhe acometera às vésperas do casamento, ele se treinara para encará-la como o último de seus experimentos descartados. A ideia de que um dia realmente sonhara em se casar com a condessa Olenska se tornara quase impensável e, na memória de Archer, Ellen era apenas o mais triste e pungente de uma fila de fantasmas.

Todas essas abstrações e eliminações tinham transformado a mente de Archer em um lugar vazio e cheio de ecos, e ele achou que esse devia ser um dos motivos pelos quais as pessoas animadas que estavam no gramado dos Beaufort chocavam-no tanto quanto crianças brincando em um cemitério.

Archer ouviu um farfalhar de saias atrás de si, e a marquesa Manson atravessou, voejando, a porta de vidro da sala de estar. Como sempre, estava paramentada e adornada de maneira extraordinária, com um chapéu de palha ancorado à cabeça por várias camadas de uma gaze desbotada e uma sombrinha de veludo preto com um cabo de marfim trabalhado absurdamente equilibrado sobre as abas bem mais largas do chapéu.

"Meu caro Newland, eu não fazia ideia de que você e May tinham chegado! Quer dizer que você só chegou ontem? Ah, os negócios, os negócios... os deveres profissionais... eu entendo. Sei que muitos maridos só conseguem encontrar as esposas aqui nos fins de semana." Ela inclinou a cabeça para um lado e fitou-o demoradamente com os olhos apertados. "Mas o casamento é um longo sacrifício, como eu dizia sempre para minha querida Ellen..."

O coração de Archer parou com o estranho movimento abrupto que já fizera uma vez antes, e que parecia bater com força a porta que o separava do mundo exterior; mas essa quebra de continuidade deve ter sido das mais breves, pois ele logo ouviu Medora respondendo a uma pergunta que aparentemente conseguira fazer para ela.

"Não, não estou hospedada aqui, mas com as Blenker, na deliciosa solidão de Portsmouth.[100] Beaufort teve a bondade de mandar seus famosos trotadores me buscar esta manhã para que eu pudesse ao menos vislumbrar uma das festas no jardim de Regina; esta tarde, porém, volto para a vida rural. As Blenker, que são criaturas adoráveis e originais, alugaram uma fazenda primitiva em Portsmouth onde reúnem pessoas representativas..." Medora baixou um pouco o rosto sob as abas protetoras do chapéu e acrescentou, com um leve rubor: "Esta semana o dr. Agathon Carver vai organizar uma série de reuniões sobre o Pensamento Interior lá. É realmente um contraste com essa cena alegre de prazer mundano... mas eu sempre vivi de contrastes! Para mim, a única morte é a monotonia. Eu sempre digo a Ellen: cuidado com a monotonia; ela é a mãe de todos os pecados mortais. Mas minha pobre menina está passando por uma fase de reverência, de repugnância pelo mundo. Você deve saber, imagino, que ela recusou todos os convites para se hospedar aqui em Newport, inclusive de sua avó Mingott? Eu mal consegui convencê-la a ir comigo para a casa das Blenker se é que pode acreditar! A vida que ela leva é mórbida, antinatural. Ah, se ela tivesse me escutado quando ainda era possível... Quando a porta ainda

---

100 Pequena cidade no estado de New Hampshire. (N.T.)

estava aberta... Mas vamos descer e ver essa competição fascinante? Ouvi dizer que May está participando."

Beaufort saiu da tenda e pôs-se a andar devagar pelo gramado na direção deles, alto, pesado e usando um fraque londrino apertado demais com uma de suas orquídeas na lapela. Archer, que não o via há dois ou três meses, ficou impressionado com a mudança em sua aparência. À luz quente de verão, o rosto rubro parecia pesado e inchado e, se não fosse pela postura ereta e de ombros retos, ele teria parecido um velho gordo com uma roupa espalhafatosa.

Corria toda sorte de boatos sobre Beaufort. Na primavera, ele fizera um longo cruzeiro pelas Índias Ocidentais em seu novo barco a vapor e dizia-se que, em diversos dos locais onde ancorara, fora visto na companhia da uma mulher que parecia a srta. Fanny Ring. Também se dizia que o barco, que fora construído no Clyde[101] e tinha banheiros ladrilhados e outros luxos inéditos, tinha lhe custado meio milhão de dólares; e o colar de pérolas que dera à esposa ao retornar era tão magnífico quanto essas oferendas expiatórias em geral são. A fortuna de Beaufort era suficientemente substancial parar aguentar o golpe; no entanto, os boatos inquietantes persistiam, não apenas na Quinta Avenida, como em Wall Street. Algumas pessoas diziam que especulara com estradas de ferro e tivera maus resultados, outras que estava sendo sugado por uma das profissionais mais insaciáveis do mercado; e, a cada rumor de que estaria à beira da falência, Beaufort respondia com uma nova extravagância: construía uma nova fileira de estufas para as orquídeas, comprava mais uma série de cavalos de corrida ou acrescentava um Meissonier ou um Cabanel[102] à sua galeria.

Ele avançou na direção da marquesa e de Newland com seu sorriso vagamente zombeteiro de sempre. "Olá, Medora! Os trotadores

---

101 Rio na Escócia que já foi um estaleiro importante. (N.T.)

102 Jean-Louis-Ernest Meissonier (1815-1891), pintor francês. Para Cabanel, ver nota 35. (N.T.)

trabalharam bem? Quarenta minutos, é? Bom, não está tão mau, considerando-se que seus nervos tiveram que ser poupados." Ele apertou a mão de Archer e então, pondo-se a caminhar com eles, postou-se do outro lado da marquesa e disse, em voz baixa, algumas palavras que este último não conseguiu escutar.

A marquesa deu uma de suas estranhas sacudidelas e respondeu um *"Que voulez-vous?"*[103] que fez Beaufort franzir mais o cenho; mas ele deu um sorriso de parabéns razoavelmente convincente ao fitar Archer e dizer: "Você sabe que May vai ganhar o primeiro lugar."

"Ah, então ele vai continuar na família", suspirou Medora; e, no instante em que eles chegaram à tenda, a sra. Beaufort veio ao seu encontro em meio a uma nuvem de musselina cor de malva e véus flutuantes.

May Welland estava deixando a tenda naquele momento. Com seu vestido branco, com uma fita verde-clara na cintura e uma guirlanda de hera no chapéu, tinha o mesmo ar indiferente de deusa Diana de quando entrara no salão de baile dos Beaufort na noite em que eles anunciaram o noivado. Naquele ínterim, não parecia haver passado um pensamento por sua cabeça ou um sentimento por seu coração; e, embora o marido soubesse que ela possuía capacidade para ambos, voltou a se espantar com a maneira como ela permanecia intocada pelas experiências.

May estava com o arco e flecha na mão e, postando-se sobre o risco de giz feito no gramado, ergueu o arco até a altura do ombro e mirou. A postura era tão repleta de uma elegância clássica que foi seguida de um murmúrio de aprovação, e Archer sentiu aquela satisfação de proprietário que tantas vezes o fazia acreditar momentaneamente em seu bem-estar. As rivais de May – a sra. Reggie Chivers, as senhoritas Merry e diversas jovens rosadas das famílias Thorley, Dagonet e Mingott – formavam um belo e ansioso grupo atrás dela, com as cabeças castanhas e douradas inclinadas sobre o placar e os vestidos claros de musselina e chapéus floridos misturados em um arco-íris de moças.

---

103 Em francês, "O que você quer?". (N.E.)

Todas eram jovens e bonitas e estavam banhadas pela luz do sol; mas nenhuma tinha a graciosidade de ninfa da esposa de Archer quando, com os músculos retesados e um semblante sério, porém satisfeito, ela se entregava de corpo e alma a provar sua força.

"Nossa", Archer ouviu Lawrence Lefferts dizer, "nenhuma das outras segura o arco como ela." E Beaufort retrucou: "É, mas esse é o único tipo de alvo que ela vai acertar na vida."

Archer sentiu uma raiva irracional. O tributo desdenhoso de seu anfitrião ao fato de May ser uma "boa moça" era exatamente o que um marido gostaria de ouvir da esposa. O fato de um homem grosseiro não ver atrativos nela era apenas mais uma prova de sua qualidade; no entanto, as palavras causaram um leve tremor no coração dele. E se a qualidade de "boa moça" levada àquele grau supremo fosse apenas uma ausência, a cortina fechada diante do vazio? Ao olhar para May, voltando corada e tranquila após ter atingido o centro do alvo, Archer teve a sensação de que ainda não erguera aquela cortina.

Ela aceitou os parabéns das rivais e dos outros convidados com a simplicidade que era seu maior encanto. Ninguém jamais poderia lhe invejar os triunfos, pois May conseguia passar a impressão de que seria igualmente serena sem eles. Mas, quando seus olhos encontraram os do marido, ela ficou radiante com o prazer que viu ali.

A charrete de vime puxada por pôneis da sra. Welland estava esperando por eles, que partiram em meio às carruagens que se dispersavam, com May segurando as rédeas e Archer sentado ao seu lado.

A luz do sol da tarde ainda iluminava os gramados e sebes, e uma fila dupla de vitórias, *dogcarts*, landaus e *vis-à-vis*[104] subia e descia a avenida Bellevue, levando damas e cavalheiros bem vestidos que tinham estado

---

104 Diversos tipos de carruagens. A vitória, batizada em homenagem à rainha da Inglaterra, era para duas pessoas e tinha cobertura dobrável; o *dogcart*, ou docar na versão aportuguesada, tinha duas rodas altas e um compartimento para levar cães de caça; o landau era uma carruagem maior, de quatro rodas; e o *vis-à-vis* tinha dois bancos, um de frente para o outro. (N.T.)

na festa no jardim dos Beaufort, ou tinham saído para dar o passeio diário da tarde na Ocean Drive e agora estavam voltando para casa. "Vamos ver a vovó?", propôs May, de repente. "Gostaria de contar em pessoa que ganhei o prêmio. Ainda temos bastante tempo antes do jantar."

Archer concordou e ela, conduzindo os pôneis, desceu a avenida Narragansett, atravessou a rua Spring e dirigiu-se para os urzais pedregosos que havia mais adiante. Nessa região fora das áreas mais ilustres da cidade Catherine, a Grande, sempre indiferente aos precedentes e relutante em gastar dinheiro, construíra, em sua juventude, um *cottage-orné*[105] com muitos frontões e vigas transversais em um pedaço de terra barato com vista para a baía. Aqui, em meio a um grupo de carvalhos atrofiados, suas varandas se estendiam acima das águas pontilhadas de ilhas. Uma aleia tortuosa repleta de cervos de ferro e bolas de vidro azuis encravadas em canteiros de gerânios levava até uma porta de nogueira bem polida sob um teto listrado; ao abri-la, via-se um vestíbulo estreito com um piso de madeira formando desenhos de estrelas amarelas e pretas e, mais além, quatro pequenos cômodos quadrados com um grosso papel de parede aveludado e tetos nos quais um decorador italiano pintara todas as divindades do Olimpo. Um desses cômodos fora transformado em um quarto de descanso pela sra. Mingott quando sua gordura se tornara um fardo; e na sala adjacente ela passava seus dias, entronizada em uma enorme poltrona entre uma porta e uma janela abertas, abanando eternamente um leque de folhas de palmeira que seus seios prodigiosos mantinham tão longe do resto do corpo que o ar movido balançava apenas a franja dos paninhos dos braços das cadeiras.

Desde que fora responsável por apressar o casamento, a velha Catherine tratava Archer com a cordialidade que um serviço prestado faz surgir pelo agraciado. Tinha certeza de que a causa da impaciência

---

105 Casa de campo imitando cabanas rústicas. (N.T.)

dele fora uma paixão irreprimível; e, como era uma admiradora fervorosa da impulsividade (contanto que não envolvesse despesas), sempre o recebia com um olhar alegre e cúmplice e diversas insinuações brincalhonas que May, por sorte, parecia não compreender.

Ela examinou com muito interesse a flecha com ponta de diamante que fora presa ao peito de May na conclusão da competição, comentando que, na sua época, um broche em filigrana teria sido considerado suficiente, mas que não havia como negar que Beaufort era generoso.

"Aliás, vai dar uma linda herança, meu amor", disse a velha, rindo. "Você deve deixar para sua filha mais velha." Ela beliscou o braço branco de May e viu o rubor se tomar suas faces. "Ora, o que foi que eu disse que fez você balançar a bandeira vermelha? Não vai ter nenhuma menina? Só menino? Minha nossa, olhe só como ela ficou mais vermelha ainda! O que foi? Também não posso dizer isso? Misericórdia, quando meus filhos me imploram para mandar pintar por cima desses deuses e deusas no teto, eu sempre digo que gosto muito da companhia de um povo que não se choca com nada!"

Archer deu uma gargalhada e May riu também, escarlate até a altura dos olhos.

"Bem, agora me falem da festa, por favor, meus amores, pois aquela boba da Medora nunca me conta nada direito", pediu a matriarca.

May exclamou: "A prima Medora? Mas ela não ia voltar para Portsmouth?"

"Vai", respondeu a sra. Mingott placidamente. "Mas tem que passar aqui primeiro para pegar Ellen. Ah, vocês não sabiam que Ellen tinha vindo passar o dia comigo? É um tremendo disparate ela não vir passar o verão, mas há cinquenta anos eu desisti de discutir com gente jovem. Ellen! Ellen!", gritou ela com sua voz áspera de velha, tentando se inclinar para a frente o suficiente para ver o gramado diante da varanda.

Ninguém respondeu e a sra. Mingott bateu impacientemente com a bengala no piso bem polido. Uma criada negra com um turbante colorido, respondendo ao chamado, informou a patroa de que a "srta. Ellen" tinha descido para a praia; e a sra. Mingott voltou-se para Archer:

"Corra lá e vá buscá-la, meu neto querido. Essa moça bonita aqui vai descrever a festa para mim." E Archer se levantou, como se estivesse sonhando.

Ele ouvira o nome da condessa Olenska ser pronunciado com bastante frequência durante o ano e meio que se passara desde seu último encontro, e até sabia quais tinham sido os principais incidentes de sua vida nesse ínterim. Ela havia passado o verão anterior em Newport, onde parecia ter frequentado muitas ocasiões sociais, mas no outono subitamente alugara para outra pessoa a "casa perfeita" que Beaufort se esforçara tanto para encontrar e decidira morar em Washington. Lá, durante o inverno, Archer ouvira dizer que a condessa (como todas as mulheres bonitas que iam para Washington) brilhara na "sociedade diplomática" que supostamente compensava pelas desvantagens sociais da capital. Ele escutara isso e diversos relatos contraditórios sobre sua aparência, sua conversa, sua maneira de ver o mundo e os amigos que escolhera com a indiferença com que alguém ouve reminiscências de uma pessoa que morreu há muito tempo; fora apenas quando Medora dissera subitamente o nome dela na competição de arco e flecha que Ellen Olenska se tornara uma presença viva para ele de novo. A voz infantil e tola da marquesa evocara uma visão da salinha de estar à luz do fogo e do som das rodas de uma carruagem retornando pela rua deserta. Archer se lembrou de um conto que tinha lido, sobre crianças camponesas da Toscana que tinham acendido algumas palhas em uma caverna perto da estrada, revelando velhas imagens silenciosas pintadas em seu túmulo...

O caminho que levava à praia descia pela encosta onde a casa se equilibrava e se transformava em uma aleia ladeada de salgueiros--chorões. Através do véu que eles formavam, Archer viu o brilho de Lime Rock com sua torre caiada de branco e a casinha minúscula onde a heroica faroleira, Ida Lewis,[106] estava passando o fim de sua veneranda vida. Mais adiante, ficava o solo plano e as feias chaminés governamentais de Goat Island, a baía dourada e brilhante se estendendo para o norte até Prudence Island, com seus carvalhos baixos, e as praias de Conanicut indistintas à luz do pôr do sol.

Da aleia dos salgueiros saía um píer de madeira estreito que ia dar em uma espécie de caramanchão em formato de uma torre pagode; e dentro do caramanchão estava uma senhora debruçada no parapeito, de costas para a praia. Archer estacou ao vê-la, como se houvesse acordado. Aquela visão do passado era um sonho, e a realidade era o que o esperava na casa no topo da encosta: a charrete com pôneis da sra. Welland circundando o caminho oval diante da porta da frente, May sentada sob os desavergonhados deuses olímpicos, irradiando uma esperança secreta, a villa dos Welland na outra ponta da avenida Bellevue, o sr. Welland, já vestido para o jantar, andando de um lado para o outro na sala de estar com o relógio da mão e a impaciência dos dispépticos – pois aquela era uma casa onde se sabia exatamente o que estava acontecendo em qualquer horário.

"O que eu sou? O genro de alguém", pensou Archer.

A figura na outra ponta do píer não se movera. Durante um longo momento, o rapaz ficou parado na metade da descida da encosta, vendo a baía sulcada com as idas e vindas de veleiros, iates em suas primeiras viagens, barcos de pesca e balsas de carvão pretas sendo puxadas por rebocadores barulhentos. A senhora do caramanchão parecia estar absorta pela mesma cena. Além dos bastiões cinzentos do Fort Adams, um crepúsculo lento se quebrava em milhares

---

106 Ida Lewis (1842-1911) era filha do faroleiro de Lime Rock, na costa de Newport, e passou a realizar suas tarefas quando ele teve um derrame. Após resgatar dois soldados do mar em 1859, ela ganhou fama e ficou conhecida como "a mulher mais corajosa dos Estados Unidos". Ida Lewis continuou trabalhando no farol após a morte do pai e acredita-se que tenha salvado entre dezenove e 25 vidas no total. O farol hoje leva seu nome. (N.T.)

de fagulhas, e seu brilho refletiu na vela do *catboat*[107] que atravessava o canal entre Lime Rock e a praia. Conforme olhava, Archer se lembrou da cena de *O vagabundo*, quando Montague leva a fita de Ada Dyas aos lábios sem que ela soubesse que ele estava ali.

"Ela não sabe – não adivinhou. Será que eu não saberia se ela se aproximasse de mim pelas costas?", perguntou-se ele. E, de repente, pensou: "Se ela não se virar antes de aquele veleiro passar pelo farol de Lime Rock, eu vou voltar."

O veleiro deslizava pela maré vazante. Ele chegou diante de Lime Rock, escondeu a casinha de Ide Lewis e passou diante da torre onde o farol estava pendurado. Archer esperou até que houvesse um bom pedaço de água brilhando entre o último recife da ilha e a popa do barco; mas a figura no caramanchão continuou sem se mover.

Ele se virou e subiu a encosta.

"Que pena que você não encontrou Ellen. Eu teria gostado de vê-la de novo", lamentou May quando eles estavam voltando de charrete para casa durante o crepúsculo. "Mas talvez ela não fosse dar importância para isso. Parece estar tão mudada."

"Mudada?", repetiu seu marido em uma voz sem expressão, com os olhos fixos nas orelhas irrequietas dos pôneis.

"'Tão indiferente aos amigos, quero dizer. Foi embora de Nova York, alugou sua casa e anda passando o tempo com umas pessoas tão estranhas. Imagine o desconforto pavoroso que não deve ser a casa das Blenker! Ellen diz que faz isso para não deixar a prima Medora dar um mau passo – para impedi-la de casar com alguém horrível. Mas, às vezes, acho que ela nos achava um tédio." Archer não respondeu e May continuou, com uma dureza que ele nunca tinha notado antes

---

107 Veleiro pequeno e ligeiro. (N.T.)

em sua voz franca e fresca: "Eu me pergunto se, afinal de contas, Ellen não seria mais feliz ao lado do marido."

Ele deu uma gargalhada. "*Sancta simplicitas!*",[108] exclamou. E, quando ela o fitou com o cenho franzido e uma expressão intrigada, Archer acrescentou: "Acho que nunca ouvi você dizer algo cruel antes."

"Cruel?"

"Bem... observar as contorções dos condenados supostamente é um dos passatempos preferidos dos anjos, mas eu acredito que nem eles pensem que as pessoas são mais felizes no inferno."

"É uma pena que ela tenha se casado com um estrangeiro, então", disse May, no tom plácido com o qual sua mãe reagia aos devaneios do sr. Welland; e Archer sentiu que estava sendo relegado, não sem doçura, à categoria dos maridos irracionais.

Eles desceram a avenida Bellevue e passaram pelos postes de madeira acanelados e encimados por lâmpadas de ferro fundido do portão da villa dos Welland. Já era possível ver luzes acesas nas janelas e, quando a charrete parou, Archer vislumbrou o sogro exatamente como o imaginara, andando de um lado para outro na sala de estar, com o relógio na mão e uma expressão de sofrimento que há muito descobrira ser bem mais eficaz do que a raiva.

Ao entrar no saguão atrás da esposa, o rapaz teve consciência de uma curiosa mudança de humor. Havia algo no luxo da casa dos Welland e na densidade de sua atmosfera, tão carregada de formalidades e exigências minúsculas, que sempre se espalhava por seu corpo como um narcótico. Os tapetes grossos, os criados atentos, a perpétua lembrança do tique-taque de relógios disciplinados, a eterna torrente de cartões e convites na mesa do saguão, toda a corrente de bobagens tirânicas que prendiam uma hora à hora seguinte e cada morador da casa a todos os outros faziam qualquer existência menos

---

108 Literalmente, "santa simplicidade" em latim. Em geral usado para condenar a ingenuidade de alguém. (N.T.)

sistematizada e afluente parecer irreal a precária. Mas, naquele momento, foi a casa dos Welland e a vida que esperavam que ele levasse nela que se tornou irreal e irrelevante, enquanto a breve cena na praia, durante a qual ele permanecera irresoluto no meio da encosta, que lhe parecia tão próxima quanto o sangue em suas veias.

Archer passou a noite toda acordado no enorme quarto com móveis de *chintz* ao lado de May, vendo a luz da lua avançar obliquamente pelo tapete e pensando em Ellen Olenska atravessando as praias reluzentes ao retornar à casa pelos trotadores de Beaufort.

Capítulo 22

"Uma festa para as Blenker? As Blenker?"

O sr. Welland pousou o garfo e a faca e lançou um olhar ansioso e incrédulo para a esposa, que estava do outro lado da mesa naquele almoço e que, ajeitando os óculos de armação de ouro, leu em voz alta, no tom de uma comediante: "O professor e a sra. Emerson Sillerton solicitam o prazer da companhia do sr. e da sra. Welland na reunião do Clube da Quarta à Tarde no dia 25 de agosto pontualmente às três da tarde. Para conhecer a sra. Blenker e suas filhas. Casa Red Gables, rua Catherine. R.S.V.P."

"Nossa senhora!", exclamou o sr. Welland, como se uma segunda leitura houvesse sido necessária para que ele absorvesse aquele monstruoso absurdo.

"Pobre Amy Sillerton, nunca se sabe o que o marido dela vai inventar", suspirou a sra. Welland. "Imagino que ele tenha acabado de descobrir as Blenker."

O professor Emerson Sillerton era um espinho cravado na sociedade de Newport; e um espinho que não podia ser arrancado, pois crescia na árvore genealógica de uma família veneranda e venerada. Ele era, como as pessoas diziam, um homem que tivera "todas as vantagens". Seu pai era tio de Sillerton Jackson e sua mãe era da família Pennilow, de Boston; havia dinheiro e status de ambos os lados, que eram perfeitamente adequados um para o outro. Como comentava com frequência a sra. Welland, nada no mundo obrigara Emerson Sillerton a se tornar professor de arqueologia ou, para falar a verdade, professor de nada, ou a ficar em Newport durante o inverno, ou a fazer nenhuma das outras coisas revolucionárias que ele fazia. Além disso, se Emerson Sillerton ia romper com as tradições e escarnecer da sociedade, não precisava ter se casado com a pobre Amy Dagonet, que tinha direito de esperar "algo diferente" e dinheiro o suficiente para manter uma carruagem própria.

Ninguém do círculo dos Mingott entendia por que Amy Sillerton se submetera tão docilmente às excentricidades de um marido que enchia a casa de homens de cabelo comprido e mulheres de cabelo curto e que, quando viajava, a levava para explorar túmulos em Yucatán em vez de ir para Paris ou para a Itália. Mas lá estavam eles, com seus hábitos, aparentemente sem saber que eram diferentes dos outros; e, quando davam uma de suas horríveis festas anuais no jardim, todas as famílias que tinham casas nos penhascos de Newport, por causa do parentesco entre os Sillerton, os Pennilow e os Dagonet, precisavam tirar a sorte e mandar um representante, que sempre ia de má vontade.

"Eu me admiro que eles não tenham escolhido o dia da Copa América!",[109] comentou a sra. Welland. "Você lembra, dois anos atrás, quando deram uma festa para um homem negro no dia do chá dançante de Julia Mingott? Por sorte, dessa vez não há mais nada acontecendo, que eu saiba – pois é claro que nós teremos de mandar algumas pessoas."

O sr. Welland soltou um suspiro nervoso. "'Algumas pessoas', minha querida? Mais de uma? Três da tarde é um horário tão inconveniente. Eu preciso estar aqui às três e meia para tomar minhas gotas. Realmente, não faz sentido tentar seguir o novo tratamento de Bencomb se eu não fizer isso de maneira sistemática; e, se for encontrar

---

109 Regata que é uma das competições internacionais mais antigas do mundo. (N.T.)

com você lá mais tarde, não vou poder dar minha volta, claro." Ao pensar nisso, ele pousou o garfo e a faca de novo e um rubor de ansiedade tomou suas faces enrugadas.

"Você não precisa ir, meu querido", respondeu a esposa, com um ar alegre que já se tornara automático. "Eu preciso deixar alguns cartões na outra ponta da avenida Bellevue, por isso posso passar lá às três e meia e ficar tempo o suficiente para que a pobre Amy não se sinta negligenciada." Ela olhou para a filha com hesitação. "E se a tarde de Newland estiver ocupada, talvez May possa levar você para dar sua volta com os pôneis e experimentar os arreios vermelhos novos."

Era um princípio da família Welland que os dias e horas das pessoas fossem, como dizia a sra. Welland, "ocupados." A possibilidade melancólica de ter que "matar o tempo" (principalmente para aqueles que não gostavam de jogar uíste ou paciência) era algo que a assombrava como o espectro dos desempregados assombra o filantropo. Outro de seus princípios era que os pais nunca deviam (ao menos, de maneira visível) interferir nos planos dos filhos já casados; e a dificuldade de combinar esse respeito pela independência de May com os requerimentos que eram um direito do sr. Welland só podia ser enfrentada com o exercício de uma engenhosidade que não deixava nem um segundo do tempo da sra. Welland desocupado.

"É claro que eu levo o papai. Tenho certeza de que Newland irá arranjar algo para fazer", disse May, em um tom que lembrava gentilmente o marido de que ele não respondera. O fato de o genro planejar seus dias com tão pouca antecedência era uma causa de constante aflição para a sra. Welland. Com frequência, durante as duas semanas em que Newland tinha passado sob seu teto, quando ela perguntava como pretendia utilizar seu tempo, ele respondia paradoxalmente: "Ah, acho que, para variar, vou poupá-lo em vez de utilizá-lo..." E, em uma ocasião, quando a sra. Welland e May saíram para fazer uma longa série de visitas havia muito adiadas, Newland confessara ter ficado a tarde toda ao abrigo de uma rocha na praia abaixo da casa.

"Newland nunca parece pensar no futuro", ela ousara reclamar certa vez para a filha.

E May respondera serenamente: "Não parece mesmo; mas não tem importância porque, quando não tem nada de especial para fazer, ele lê um livro."

"Ah, sim. Como o pai!", concordara a sra. Welland, com tolerância diante de uma estranheza de família; e, depois disso, entrou-se em um acordo tácito de não discutir mais as horas desocupadas de Newland.

No entanto, conforme o dia da recepção dos Sillerton ia se aproximando, May começou a demonstrar uma preocupação natural com o bem-estar dele e a sugerir uma partida de tênis na casa dos Chivers ou uma velejada na chalupa de Julius Beaufort como forma de compensar sua deserção temporária. "Eu vou estar de volta às seis, meu amor. O papai nunca fica na rua mais tarde do que isso..." E ela só sossegou quando Archer disse que tinha pensado em alugar uma charrete e subir a ilha até um haras para ver se comprava um segundo cavalo para sua berlinda. Eles estavam procurando esse cavalo havia algum tempo, e a sugestão foi tão adequada que May olhou para a mãe, como quem dizia: "Está vendo? Ele sabe planejar seu tempo tão bem quanto qualquer um de nós."

A ideia do haras e do cavalo para a berlinda tinha germinado na mente de Archer no mesmo dia em que o convite de Emerson Sillerton fora mencionado pela primeira vez; mas ele a guardara para si, como se houvesse algo de clandestino no plano e sua descoberta pudesse impedi-lo de colocá-lo em marcha. Archer, no entanto, tomara a precaução de reservar uma charrete e uma parelha de trotadores de aluguel que ainda conseguiam percorrer trinta quilômetros por hora em estradas planas; e, às duas da tarde, abandonando às pressas o almoço, ele pulou dentro do veículo leve e saiu dirigindo.

O dia estava perfeito. Uma brisa vinda do norte soprava nuvenzinhas brancas por um céu ultramarino, com o mar reluzente embaixo. A avenida Bellevue estava vazia naquele horário e, depois de deixar o menino do estábulo na esquina da rua Mill, Archer pegou a estrada Old Beach e atravessou a praia Eastman.[110] Ele estava com aquela excitação sem explicação que experimentava quando tinha a tarde de folga no internato e saía rumo ao desconhecido. Trotando sem pressa, acreditava que chegaria ao haras, que ficava pouco após do rochedo Paradise, antes das três; de modo que, após olhar o cavalo (e experimentá-lo, se parecesse promissor), ainda teria quatro horas douradas livres.

Assim que Archer soubera da festa dos Sillerton, pensara que a marquesa Manson decerto iria a Newport com as Blenker e que madame Olenska talvez aproveitasse de novo a oportunidade de passar o dia com a avó. De qualquer maneira, a residência das Blenker provavelmente estaria deserta e ele poderia, sem cometer nenhuma indiscrição, satisfazer a vaga curiosidade que sentia em relação a ela. Archer não tinha certeza se queria voltar a ver a condessa Olenska; mas, desde que a observara da aleia que dava na baía, quisera, de maneira irracional e indescritível, ver o lugar onde ela estava morando e seguir os movimentos de sua figura imaginada, assim como seguira os da figura real no caramanchão. Sentia aquele anseio noite e dia, um desejo incessante e indefinível que era como o capricho súbito de um homem doente por alguma comida ou bebida que provara uma vez e esquecera havia muito. Ele não conseguia ver além desse desejo ou imaginar para onde poderia levá-lo, pois não estava consciente de nenhuma vontade de falar com madame Olenska ou ouvir sua voz. Simplesmente sentia que, se conseguisse levar consigo a imagem do ponto da terra por onde ela caminhava, e da maneira como o céu e o mar o encerravam, o resto do mundo poderia parecer menos vazio.

Quando Archer chegou ao haras, uma olhada rápida foi suficiente para saber que o cavalo não era o que ele queria; no entanto, ele deu

---

110 Mais conhecida como praia Easton hoje em dia, também chamada de praia Newport ou First Beach. (N. T.)

uma volta com o animal para provar para si mesmo que não estava com pressa. Mas, às três, sacudiu as rédeas sobre os trotadores e tomou as ruas transversais que levavam até Portsmouth. O vento cessara e uma leve cerração no horizonte mostrava que a bruma estava esperando para subir furtivamente o rio Saconnet na virada da maré; mas, ao redor dele, os campos e bosques estavam banhados de luz dourada.

Archer passou por fazendas com telhados de telha cinza em meio a pomares, por campos de feno e grupos de carvalhos, por vilarejos com torres de igreja brancas recortadas contra o céu que escurecia; afinal, após parar para perguntar qual era o caminho a alguns homens que trabalhavam em um campo, desceu uma aleia que ficava entre altos montes de cubres e amoreiras-silvestres. No final da aleia via-se o brilho azul do rio; à esquerda, diante de um grupo de carvalhos e bordos, ele viu uma casa comprida e malcuidada com a tinta branca descascando da madeira.

No lado da estrada, de frente para o portão, havia um daqueles galpões abertos onde as pessoas da Nova Inglaterra guardam suas ferramentas de cultivo e onde os visitantes amarram os cavalos. Archer, pulando da charrete, levou a parelha até o galpão e, após amarrá-la em um poste, voltou-se na direção da casa. O gramado diante dela fora tomado pelo feno; porém, à esquerda, havia um canteiro mal podado repleto de dálias e roseiras cor de ferrugem ao redor de um caramanchão de treliça que um dia fora branco, e em cujo topo ficava um cupido que perdera seu arco e flecha, mas continuava a fazer mira, ainda que em vão.

Archer ficou algum tempo apoiado no portão. Não havia ninguém à vista e, das janelas abertas da casa, não vinha nenhum som. Um cão da raça terra-nova com o pelo embaraçado parecia ser um guardião tão ineficaz quanto o cupido sem flechas. Era estranho pensar que aquele lugar silencioso e decadente era a casa das turbulentas Blenker; mas Archer tinha certeza de que não havia se enganado.

Durante um bom tempo ele continuou ali, contente em observar a cena e, aos poucos, sucumbindo à sonolência que ela causava; afinal, despertou e se deu conta de que o tempo estava passando. Será que deveria se dar por satisfeito e ir embora? Seguiu irresoluto, com a súbita vontade de ver o interior da casa, para poder ter uma imagem do cômodo onde madame Olenska passava os dias. Não havia nada que o impedisse de andar até a porta e tocar a campainha; se, como imaginava, ela houvesse saído com as outras moradoras, ele poderia facilmente dizer seu nome e pedir permissão para entrar na sala de estar e escrever um bilhete.

Em vez disso, Archer atravessou o gramado e foi na direção do canteiro. Ao entrar nele, viu algo colorido no caramanchão e logo discerniu que era uma sombrinha cor-de-rosa. A sombrinha o atraiu como um imã: ele teve certeza de que pertencia a ela. Archer entrou no caramanchão e, sentando-se no banco bambo, apanhou aquele objeto de seda e examinou o cabo trabalhado, feito de uma madeira rara que tinha um aroma delicioso. Ele levou o cabo até os lábios.

Archer ouviu um farfalhar de saias contra a parede do canteiro e ficou imóvel, apoiado no cabo da sombrinha com os dedos entrelaçados, deixando que aquele rufar se aproximasse dele sem erguer os olhos. Sempre soubera que isso teria de acontecer...

"Ora, sr. Archer!", exclamou alto uma voz jovem. Erguendo o olhar, Archer viu diante de si a mais jovem e mais larga das senhoritas Blenker, loura e desgrenhada com um vestido de musselina amassado. Uma mancha roxa em uma de suas bochechas indicava que até pouco ela estivera pressionada contra um travesseiro, e seus olhos semiacordados fitaram-no de maneira hospitaleira, porém confusa.

"Minha nossa, de onde o senhor saiu? Eu devia estar dormindo a sono solto na rede. Todas as outras foram para Newport. O senhor tocou a campainha?", perguntou ela, incoerentemente.

Archer ficou mais constrangido do que a moça. "Eu... não... quer dizer, ia tocar agora. Tive que subir a ilha para ver um cavalo e vim até aqui para ver se encontrava a sra. Blenker e suas convidadas. Mas a casa parecia vazia... então eu me sentei para esperar."

A srta. Blenker, livrando-se das fumaças do sono, examinou-o com um interesse crescente. "A casa está vazia. Mamãe não está, nem a marquesa... nem ninguém além de mim." O olhar dela assumiu uma leve expressão de censura. "O senhor não sabia que o professor e a sra. Sillerton estão dando uma festa no jardim para a mamãe e todas nós esta tarde? Foi uma pena eu não ter podido ir; tive dor de garganta e mamãe ficou com medo da volta para casa à noite. O senhor já ouviu falar de algo mais decepcionante? É claro", acrescentou ela, alegremente, "que eu não teria me importado tanto se soubesse que o senhor viria."

Sintomas de um coquetismo dormente se tornaram visíveis na srta. Blenker e Archer conseguiu reunir forças para interromper: "Mas e a madame Olenska? Ela foi para Newport também?"

A moça olhou-o, surpresa. "A madame Olenska? O senhor não sabia que ela teve de viajar?"

"Viajar?"

"Ah, minha melhor sombrinha! Eu emprestei para aquela boba da Katie, porque combinava com o laço de fita dela, e a desastrada deve ter largado aqui. As Blenker são todas assim... somos verdadeiras boêmias!" Tomando a sombrinha com a mão forte, ela abriu-a e ergueu seu domo rosado sobre a cabeça. "Sim, Ellen teve de viajar ontem. Ela nos deixa chamá-la de Ellen, sabia? Chegou um telegrama de Boston. Ela disse que talvez tivesse de passar dois dias fora. Eu amo o jeito como ela penteia o cabelo, e o senhor?", tagarelou a srta. Blenker.

Archer continuou a olhá-la sem ver, como se ela fosse transparente. Só conseguia ver a sombrinha enganadora que formava um arco cor-de-rosa sobre sua cabeça sorridente.

Após um instante, ele arriscou-se a perguntar: "A senhorita por acaso sabe por que madame Olenska foi a Boston? Espero que não tenha recebido uma má notícia."

A srta. Blenker reagiu a isso com alegre incredulidade. "Ah, acho que não. Ela não nos contou o que estava escrito no telegrama.

Acho que não queria que a marquesa soubesse. Ela tem um ar tão romântico, não tem? Não lembra a sra. Scott-Siddons[111] quando lê *A corte de Lady Geraldine?*[112] O senhor já a ouviu?"

Archer estava reagindo depressa a uma torrente de pensamentos. Seu futuro inteiro pareceu desenrolar-se diante de seus olhos; e, atravessando seu vazio infinito, ele viu a figura cada vez menor de um homem com quem nada jamais iria acontecer. Ele olhou para o jardim mal podado ao seu redor, para a casa malcuidada e para o carvalhal sobre o qual o crepúsculo recaía. Aquele parecia um lugar tão perfeito para encontrar madame Olenska, mas ela estava bem longe, e a sombrinha rosa nem lhe pertencia...

O rapaz franziu o cenho e hesitou. "A senhorita não sabe, imagino... Eu vou estar em Boston amanhã. Se conseguisse vê-la..."

Archer sentiu que a srta. Blenker estava perdendo o interesse por ele, embora continuasse a sorrir. "Ah, claro. Que ideia adorável! Ela está hospedada na Parker House. Deve ser horrível nesta época do ano."

Depois disso, Archer só teve uma consciência intermitente dos comentários que eles fizeram. Só conseguiu se lembrar de resistir com firmeza ao pedido da srta. Blenker para que aguardasse o retorno do resto da família e tomasse chá com eles antes de voltar para casa. Afinal, com a anfitriã ainda ao seu lado, ele saiu das vistas do cupido de madeira, desamarrou os cavalos e partiu. Na dobra da aleia, viu a srta. Blenker parada no portão, acenando com a sombrinha rosa.

111 Mary Frances Scott-Siddon (1844-1896), atriz inglesa. (N.T.)
112 Livro de Elizabeth Barrett Browning. (N.T.)

Capítulo 23

Na manhã seguinte, quando Archer desceu do trem que pegara em Fall River,[113] encontrou uma temperatura abrasadora em Boston. As ruas perto da estação estavam tomadas pelo cheiro de cerveja, café e frutas podres, e a população, em mangas de camisa, caminhava por elas com a intimidade dos hóspedes que descem o corredor de uma casa de cômodos a caminho do banheiro.

Archer encontrou um fiacre e foi até o Somerset Club tomar café. Até as áreas mais ilustres tinham um aspecto de casa desarrumada ao qual nenhuma cidade europeia jamais é degradada, por pior que esteja o verão. Criados com roupas de algodão cru descansavam nas soleiras dos ricos e o Common[114] parecia um parque de diversões um dia depois de um piquenique dos maçons. Se Archer houvesse tentado imaginar Ellen Olenska em cenários improváveis, não teria conseguido pensar em nenhum onde ela parecesse mais deslocada do que naquela Boston deserta e prostrada de calor.

Ele tomou seu café com apetite e método, começando com uma fatia de melão e examinando um jornal matutino enquanto esperava

---

113 Cidade do estado de Massachusetts que fica perto da fronteira com Rhode Island e, na época, era onde havia a estação de trem mais próxima de Newport. (N.T.)
114 Parque público de Boston. (N.T.)

pela torrada e os ovos mexidos. Uma sensação renovada de energia e atividade o tomara desde que anunciara para May na noite anterior que tinha negócios a resolver em Boston, e iria pegar o barco até Fall River naquela noite e seguir para Nova York na tarde do dia seguinte. Já estava entendido que Archer iria voltar para a cidade no começo da semana e, quando ele retornou de sua expedição a Portsmouth, uma carta do escritório, que o destino colocara em um canto conspícuo da mesa do saguão, fora o suficiente para justificar sua mudança de planos. Ele até sentira vergonha da facilidade da coisa: lembrara- -se, durante um momento de desconforto, dos excelentes ardis de Lawrence Lefferts para assegurar sua liberdade. Mas isso não o per- turbou por muito tempo, pois ele não estava em um humor analítico.

Depois do café, Archer fumou um cigarro e passou os olhos pelo *Commercial Advertiser*.[115] Enquanto fazia isso, dois ou três homens que conhecia entraram no salão e os cumprimentos de sempre foram trocados: era o mesmo mundo, apesar de ele estar com a estranha sensação de ter atravessado a rede do tempo e do espaço.

Archer olhou seu relógio e, ao ver que marcava nove e meia, se levantou e foi até a sala de correspondência. Lá, escreveu algumas linhas e mandou o mensageiro pegar um fiacre até a Parker House e esperar pela resposta. Então, sentou-se para ler outro jornal e tentou calcular quanto tempo um fiacre levaria para chegar à Parker House.

"A senhora tinha saído, senhor." Ele subitamente ouviu a voz de um garçom ao seu lado e gaguejou: "Tinha saído?", como se aquelas fossem palavras em uma língua estrangeira.

Levantou-se e foi até o saguão. Devia ser um engano: ela não podia ter saído àquela hora. Corou de raiva diante da própria estupidez: por que não tinha mandado o bilhete assim que chegou?

Pegou o chapéu e a bengala e saiu para a rua. A cidade subitamente se tornara tão estranha, vasta e vazia quanto se ele fosse de uma terra

---

115 Jornal de Nova York que circulou entre 1797 e 1903. (N.T.)

distante. Por um instante, ficou na soleira da porta, hesitante; então, decidiu ir até a Parker House. E se o mensageiro houvesse se enganado e ela ainda estivesse lá?

Começou a atravessar o Common; e no primeiro banco, debaixo de uma árvore, viu-a sentada. Ela estava com uma sombrinha de seda cinza aberta sobre a cabeça – como ele pudera imaginá-la com uma cor-de-rosa? Ao se aproximar, ele percebeu um ar de desânimo: ela estava ali sentada como se não tivesse mais nada para fazer. Viu seu perfil baixo, o coque perto da nuca sob o chapéu escuro e a luva comprida amassada na mão que segurava a sombrinha. Deu um ou dois passos mais para perto e Ellen se virou e encarou-o.

"Ah", disse ela. Pela primeira vez, Archer viu uma expressão de surpresa em seu rosto; no instante seguinte, foi substituída por um lento sorriso de espanto e satisfação.

"Ah", murmurou Ellen de novo, em outro tom, enquanto ele continuava ali de pé, a fitá-la; e, sem se erguer, ela deu-lhe um espaço no banco.

"Estou aqui a negócios – acabei de chegar", explicou Archer; e, sem saber por que, subitamente começou a fingir estar atônito em encontrá-la. "Mas o que você está fazendo neste deserto?" Ele, na verdade, não tinha ideia do que estava dizendo: sentiu que estava gritando com Ellen do outro lado de uma distância infindável e que ela poderia desaparecer antes que ele conseguisse alcançá-la.

"Eu? Ah, estou aqui a negócios também", respondeu ela, virando a cabeça na direção de Archer, de modo que eles ficaram de frente um para o outro. As palavras mal chegaram até ele: Archer só ficou consciente da voz dela e do fato assustador de que não restara nenhum vestígio desta em sua memória. Ele nem se lembrara de que era uma voz grave, com uma leve aspereza nas consoantes.

"Seu penteado está diferente", comentou Archer, com o coração batendo como se houvesse dito algo irrevogável.

"Diferente? Não... é que eu faço o melhor que posso quando não estou com Nastasia."

"Nastasia... mas ela não está com você?"

"Não. Estou sozinha. Não valia a pena trazê-la só para passar dois dias."

"Está sozinha... na Parker House?"

Madame Olenska encarou-o com um lampejo de seu antigo ar zombeteiro. "Acha que é perigoso?"

"Perigoso, não..."

"Mas não é convencional? Entendo. É, não deve ser." Ela refletiu um instante. "Não tinha pensado nisso, porque acabei de fazer algo ainda menos convencional." O leve tom de ironia permanecia em sua voz. "Acabei de recusar uma quantia de dinheiro... que me pertence."

Archer ficou de pé com um pulo e deu um ou dois passos para longe. Madame Olenska havia fechado a sombrinha e continuou sentada, desenhando figuras no cascalho, distraída. Logo, ele voltou e postou-se diante dela.

"Alguém... veio aqui encontrar você?"

"Sim."

"Com essa proposta?"

Ela assentiu.

"E você recusou... por causa das condições?"

"Eu recusei", respondeu madame Olenska, após um instante em silêncio.

Archer voltou a se sentar ao lado dela. "Quais eram as condições?"

"Ah, elas não eram onerosas. Só estar presente nos jantares dele de tempos em tempos."

Houve outra pausa. O coração de Archer havia se fechado com estrondo daquela maneira estranha e ele continuou sentado, tateando em busca de uma palavra.

"Ele quer você de volta... a qualquer preço?"

"Bem... a um preço considerável. Pelo menos, a quantia é considerável para mim."

Archer hesitou, evitando a pergunta que sentia que tinha de fazer.

"E foi para se encontrar com ele que você veio para cá?"

Ela olhou-o, atônita, e então caiu na gargalhada. "Encontrar com ele? Com o mau marido? Aqui? Nesta época do ano, ele está sempre em Cowes ou em Baden."

"Ele mandou alguém?"

"Sim."

"Com uma carta?"

Madame Olenska balançou a cabeça; "Não, só uma mensagem. Ele nunca escreve. Acho que só recebi uma carta dele." A menção a fez enrubescer e o rubor dela foi refletido intensamente no rosto de Archer.

"Por que ele nunca escreve?"

"Por que deveria? Para que as pessoas têm secretários, afinal?"

O rubor do rapaz ficou mais profundo. Ela pronunciara a palavra como se esta não tivesse mais significado do que qualquer outra em seu vocabulário. Por um instante, a pergunta esteve na ponta da língua dele: "Quer dizer que ele mandou o secretário?" Mas a lembrança da única carta que o conde Olenski escrevera para a esposa estava vívida demais. Archer fez outra pausa e então se arriscou de novo.

"E a pessoa?"

"O emissário? O emissário", respondeu madame Olenska, ainda sorrindo, "por mim, já poderia ter ido embora. Mas ele insistiu em esperar até esta noite... caso... houvesse a possibilidade..."

"E você saiu para pensar na possibilidade?"

"Saí para respirar um pouco. O hotel é abafado demais. Vou pegar o trem de volta para Portsmouth esta tarde."

Eles ficaram sentados, em silêncio, sem olhar um para o outro, mas observando as pessoas que passavam na aleia em frente. Finalmente, ela voltou os olhos para o rosto dele e disse: "Você não mudou."

Ele sentiu vontade de responder: "Eu tinha mudado, até ver você de novo." Em vez de fazer isso, ficou de pé de repente e olhou para o parque abrasador e malcuidado ao redor.

"Isto é horrível. Por que não damos um passeio rápido na baía? Há uma brisa, e vai ser mais fresco. Podemos pegar o barco a vapor até

Point Arley." Madame Olenska olhou-o, incerta. "Não vai ter ninguém no barco em uma manhã de segunda. Meu trem só sai no final da tarde: eu vou voltar para Nova York. Por que não?", insistiu Archer, olhando para ela. Por fim, em um rompante, ele disse: "Nós não fizemos tudo o que podíamos?"

"Ah...", murmurou ela de novo. Levantou-se e abriu de novo a sombrinha, olhando em torno como se buscasse avaliar o cenário e se assegurar da impossibilidade de permanecer nele. Então, seus olhos voltaram a encará-lo. "Você não deve dizer coisas assim para mim", disse.

"Eu digo o que você quiser; ou então, não digo nada. Não abro a boca até você mandar. Que mal pode fazer? Só quero escutar você", gaguejou ele.

Madame Olenska pegou um reloginho de ouro com uma corrente esmaltada. "Ah, não calcule!", exclamou Archer. "Dê o dia inteiro para mim! Quero afastá-la daquele homem. A que horas ele vinha?"

Ela corou de novo. "Às onze."

"Então vamos agora."

"Não precisa ter medo... se eu não for."

"E você não precisa ter medo... se vier. Juro que só quero saber de você, saber o que anda fazendo. Tem cem anos que não nos encontramos. Talvez se passem mais cem até nos encontrarmos de novo."

Ela continuou a hesitar, olhando-o, ansiosa. "Por que você não foi até a praia me buscar, naquele dia em que eu estava na casa da vovó?", perguntou.

"Porque você não olhou para trás. Porque não soube que eu estava ali. Jurei que só ia descer se você olhasse para trás." Archer riu, ao se dar conta de como a confissão era infantil.

"Mas eu não olhei para trás de propósito."

"De propósito?"

"Eu sabia que você estava lá. Quando vocês chegaram, reconheci os pôneis. Por isso fui até a praia."

"Para ficar o mais longe possível de mim?"

Ela repetiu, baixinho: "Para ficar o mais longe possível de você."

Ele riu de novo, dessa vez com uma satisfação juvenil. "Bem, como você está vendo, não adiantou. Melhor eu lhe contar logo", acrescentou, "que os negócios de que vim tratar aqui eram só encontrar você. Mas olhe, precisamos ir logo ou vamos perder nosso barco."

"Nosso barco?" Madame Olenska franziu o cenho, indecisa, e então sorriu. "Ah, mas eu preciso voltar para o hotel primeiro. Preciso deixar um bilhete..."

"Quantos bilhetes quiser. Pode escrever aqui." Archer pegou um porta-papel e um dos novos estilógrafos.[116] "Tenho até um envelope. Está vendo, estava tudo predestinado! Pronto – apoie no seu joelho, que eu já faço a caneta funcionar. É preciso ter jeito. Espere." Ele bateu a mão que segurava a caneta contra as costas do banco. "É que nem fazer abaixar o mercúrio de um termômetro. Um jeitinho. Tente agora."

Ela riu e, debruçando-se sobre a folha que ele colocara em cima do porta-papel, começou a escrever. Archer se afastou alguns passos e pôs-se a observar os transeuntes, distraído e radiante. Eles, por sua vez, reparavam na estranha cena que era uma senhora lindamente vestida escrevendo um bilhete em cima do joelho no meio do Common.

Madame Olenska colocou o papel no envelope, escreveu um nome na parte de trás e enfiou-o no bolso. Então, levantou-se também.

Andaram na direção da rua Beacon e, perto do clube, Archer viu o fiacre de bancos de pelúcia que levara seu bilhete até a Parker House, e cujo motorista estava se recuperando do esforço banhando a fronte no hidrante da esquina.

"Eu disse que tudo estava predestinado! Um fiacre à nossa espera. Está vendo?" Eles riram, atônitos com o milagre de encontrar

---

116 Os porta-papéis ou porta-bilhetes eram parecidos com cigarreiras, só que um pouco maiores. O estilógrafo é outro nome para a caneta-tinteiro, que se popularizou na Era Vitoriana. (N.T.)

um veículo público naquele horário, naquele local improvável, e em uma cidade onde os pontos de fiacre ainda eram uma novidade "estrangeira."

Archer, olhando o relógio, viu que havia tempo de ir à Parker House antes de seguir para o cais onde parava o barco a vapor. Eles foram sacudindo pelo calor das ruas e pararam diante da porta do hotel.

Ele estendeu a mão, à espera da carta. "Quer que eu leve?" Mas madame Olenska, balançando a cabeça, pulou para fora do fiacre e desapareceu pela porta de vidro fosco. Mal passara das dez e meia; mas e se o emissário, impaciente pela resposta dela, e sem saber de que outro modo passar o tempo, já estivesse sentado entre os viajantes tomando bebidas refrescantes que Archer vislumbrara quando ela entrara?

Ele esperou, andando de um lado para o outro diante do fiacre. Um jovem siciliano com olhos iguais aos de Nastasia se ofereceu para engraxar suas botas, e uma senhora irlandesa quis vender-lhe pêssegos. A todo momento, a porta se abria e saíam homens acalorados com chapéus de palha jogados bem para trás, que olhavam para Archer ao passar. Ele assombrou-se com o fato de a porta se abrir com tanta frequência e de todas as pessoas que saíam por ela serem tão parecidas umas com as outras, e tão parecidas com todos os outros homens acalorados que, naquele horário, por todo aquele extenso país, entravam e saíam continuamente pelas portas dos hotéis.

Então, subitamente, surgiu um rosto que o rapaz não conseguiu associar aos outros. Teve apenas um vislumbre dele, pois seus passos o tinham levado até o ponto mais distante daquele seu vai e vem, e foi ao voltar-se para o hotel que viu, em meio a um grupo de feições típicas – compridas e cansadas, redondas e surpresas, quadradas e afáveis – esse outro rosto que era tão mais coisas a um só tempo, e coisas diferentes. Era o rosto de um jovem, também pálido e exaurido pelo calor, pela preocupação, ou por ambos, mas indescritivelmente mais sagaz, mais vívido e mais consciente; ou, talvez, parecendo ser tudo isso, por ser tão diferente. Archer, por um instante, agarrou um tênue fio de lembrança, mas ele desapareceu junto com o rosto, que aparentemente pertencia a um homem de negócios estrangeiro, parecendo duplamente estranho naquele cenário. Ele esvaneceu em meio à torrente de transeuntes, e Archer recomeçou sua patrulha.

Não desejava ser visto de relógio na mão a tão pouca distância do hotel, e o cálculo que fez de quanto tempo transcorrera o levou a concluir que, se madame Olenska estava demorando tanto para reaparecer, só podia ser porque encontrara o emissário e caíra em uma emboscada. Quando Archer pensou nisso, sua apreensão se transformou em angústia.

"Se ela não aparecer logo, eu vou buscá-la", disse.

A porta se abriu mais uma vez, e madame Olenska estava ao lado dele. Eles entraram no fiacre e, quando este se afastava, Archer pegou o relógio e viu que ela se ausentara por apenas três minutos. Em meio ao estardalhaço das janelas frouxas que tornavam impossível conversar, eles foram às sacudidelas pelas pedras irregulares do calçamento até o cais.

Sentados lado a lado em um banco do barco meio vazio, descobriram que quase não tinham nada para dizer um para o outro, ou melhor, que aquilo que tinham a dizer era melhor expressado no silêncio abençoado de sua libertação e de seu isolamento.

Conforme as rodas de pás começaram a girar e as docas e os navios ficaram para trás em meio ao véu do calor, Archer teve a impressão de que tudo no velho mundo familiar do hábito estava ficando para trás também. Ele sentiu uma vontade imensa de perguntar a madame Olenska se ela não tinha a mesma sensação: a sensação de que eles estavam partindo em uma longa viagem da qual talvez nunca mais retornassem. Mas teve medo de dizer isso ou qualquer outra coisa que pudesse interferir no equilíbrio delicado da confiança dela nele.

Na verdade, não desejava trair essa confiança. Houvera dias e noites em que o beijo deles ardera sem parar em seus lábios; mesmo no dia anterior, durante o trajeto de charrete até Portsmouth, a lembrança o trespassara como fogo; porém, naquele momento, com ela ao seu lado e ambos flutuando na direção de um mundo desconhecido, pareciam ter chegado à proximidade mais profunda que pode se dissolver com um toque.

Quando o barco deixou o cais e rumou para o alto-mar, uma brisa soprou ao redor deles e a baía foi repartida em ondas longas e oleosas e, depois, em pequenas ondulações com cristas de espuma. A névoa abrasadora ainda se abatia sobre a cidade, mas, adiante, havia um mundo novo de águas encrespadas e promontórios distantes com faróis ao sol. Madame Olenska, recostada na amurada, sorveu o frescor com os lábios entreabertos. Ela envolvera o chapéu com um véu longo, mas deixara o rosto descoberto, e Archer ficou impressionado com o contentamento tranquilo de sua expressão. Madame Olenska parecia encarar a aventura deles como algo natural, sem temer algum encontro inesperado ou (o que era pior) parecer indevidamente entusiasmada com essa possibilidade.

No salão de jantar simples da pousada, que eles esperavam que estivesse vazio, encontraram um grupo barulhento de homens e mulheres de aspecto inocente – professores de folga, disse-lhes o dono –, e Archer sentiu um desalento diante da ideia de ter de conversar em meio ao barulho deles.

"É impossível. Vou pedir uma sala privada", declarou ele. E madame Olenska, sem fazer nenhuma objeção, aguardou enquanto Archer ia em busca da sala. Esta dava para uma varanda comprida de madeira, e o ar marinho entrava pelas janelas. Era uma sala simples e fresca, com uma mesa coberta por uma toalha áspera de tecido xadrez e adornada com uma garrafa de picles e uma torta de mirtilo sob uma redoma. Nunca um casal clandestino se abrigara em um *cabinet particulier* mais inofensivo: Archer acreditou discernir a segurança que o lugar passava no sorriso levemente divertido com que madame Olenska sentou-se diante dele. Uma mulher que fugira do marido – e, dizia-se, com outro homem – provavelmente dominara a arte de achar tudo normal: mas algo na compostura dela tornou a ironia de Archer menos aguda. Sendo tão quieta, tão tranquila e tão simples, madame Olenska conseguira varrer para longe as convenções e fazê--lo sentir que querer estar a sós era o natural para dois velhos amigos com tanto a dizer um para o outro...

Capítulo 24

Eles almoçaram de um jeito lento e reflexivo, com intervalos de mudez entre jorros de conversa; uma vez que o feitiço fora quebrado, tiveram muito a dizer e, no entanto, momentos em que a fala era o mero acompanhamento de longos diálogos de silêncio. Archer não mencionou nada sobre si mesmo, não com uma intenção consciente, mas porque não queria deixar de ouvir uma palavra da história de madame Olenska; e, debruçada sobre a mesa, com o queixo apoiado nas mãos entrelaçadas, ela contou como fora o ano e meio desde que eles tinham se visto pela última vez.

Madame Olenska ficara cansada da chamada "sociedade"; Nova York era gentil, era tão hospitaleira que quase chegava a ser opressiva; ela jamais esqueceria a maneira como a cidade a recebera de volta; mas, depois que passara o ardor da novidade, descobrira que era, em suas palavras "diferentes demais" para se importar com o que os outros se importavam. Por isso, tinha decidido experimentar Washington, onde supostamente era possível encontrar maior variedade de pessoas e de opiniões. E achava que ia acabar indo morar em Washington e abrigar a pobre Medora, que tinha esgotado a paciência de todos os seus outros parentes justamente quando mais precisava que cuidassem dela e a protegessem de perigos matrimoniais.

"Mas e o dr. Carver? Você não tem medo dele? Ouvi dizer que ele também está hospedado com as Blenker."

Madame Olenska sorriu. "Ah, o dr. Carver não representa mais nenhum perigo. Ele é um homem muito esperto. Quer uma esposa rica para financiar seus planos e Medora é apenas uma boa propaganda, já que é uma convertida."

"Convertida a quê?"

"A projetos sociais novos e insanos de toda espécie. Mas, sabe, eles me interessam mais do que a conformidade cega à tradição – à tradição de outras pessoas – que vejo entre nossos amigos. Parece uma estupidez ter descoberto a América só para transformá-la na cópia de outro país." Ela sorriu, encarando-o. "Você acha que Cristóvão Colombo ia se dar a todo esse trabalho só para ir à ópera com o sr. e a sra. Selfridge Merry?"

Archer corou. "E Beaufort? Você diz essas coisas para Beaufort?", perguntou abruptamente.

"Não o vejo há muito tempo. Mas costumava dizer. E ele entende."

"Ah, é o que eu sempre disse: você não gosta de nós. E gosta de Beaufort porque ele é tão diferente de nós." Archer olhou a sala simples em torno, a praia vazia lá fora e a fileira de casinhas rústicas e brancas que havia de frente para o mar. "Somos terrivelmente enfadonhos. Não temos personalidade, cor, variedade. Eu me pergunto por que você não volta", indagou, sem conseguir se conter.

Os olhos de madame Olenska escureceram e ele esperou uma resposta indignada. Mas ela ficou em silêncio, como se estivesse refletindo sobre o que ele dissera, e Archer ficou com medo de que respondesse que se perguntava a mesma coisa.

Afinal, ela disse: "Acredito que seja por sua causa."

Seria impossível fazer a confissão com mais frieza, ou em um tom que encorajasse menos a vaidade do interlocutor. Archer corou até as têmporas, mas não ousou se mexer ou dizer nada: era como se as palavras dela fossem uma borboleta rara que o menor movimento pudesse assustar e fazer sair voando, mas que podia atrair um bando inteiro da mesma espécie se ninguém a perturbasse.

"Pelo menos", continuou madame Olenska, "foi você que me fez compreender que, sob o enfado, existem coisas tão puras, sensíveis e delicadas que, em comparação a elas, até aqueles que eu mais amava na minha outra vida parecem vulgares. Não sei me explicar", disse ela, com uma ruga de angústia na testa, "mas parece que eu jamais tinha entendido antes o quanto de injusto, mesquinho e vil é necessário para pagar pelos prazeres mais deliciosos."

"Prazeres deliciosos – tê-los tido é alguma coisa!", ele sentiu vontade de retrucar; mas a súplica nos olhos dela o manteve em silêncio.

"Eu quero ser inteiramente sincera com você – e comigo mesma", continuou madame Olenska. "Durante muito tempo, torci para ter essa chance: para poder lhe dizer como você me ajudou, no que você me transformou..."

Archer seguiu sentado, com o cenho franzido. Ele interrompeu-a com uma risada. "E no que você acha que me transformou?"

Ela empalideceu um pouco. "Você?"

"Sim; eu fui transformado por você, muito mais do que você jamais foi por mim. Sou o homem que se casou com uma mulher porque outra mulher mandou."

A palidez de madame Olenska se transformou em um rubor fugaz. "Eu pensei... você prometeu... que não ia dizer essas coisas hoje."

"Ah! Típico das mulheres! Nenhuma de vocês quer permanecer até o fim quando as coisas ficam ruins!"

Ela baixou a voz. "As coisas ficaram ruins... para May?"

Ele postou-se diante da janela, tamborilando os dedos na janela de guilhotina aberta e sentindo em cada um de seus nervos a ternura melancólica com que madame Olenska pronunciara o nome da prima.

"Pois é nisso que nós sempre temos de pensar, não é? Você mesmo demonstrou", insistiu ela.

"Eu mesmo demonstrei?", repetiu Archer, ainda com o olhar vago no mar.

"Ou", continuou madame Olenska, desenvolvendo seu pensamento com um esforço doloroso, "se não tiver valido a pena desistir, abrir mão das coisas, para que os outros sejam poupados da desilusão e do sofrimento... então todos os motivos pelos quais eu voltei para o meu país, tudo que fez minha outra vida, em comparação, parecer tão vazia e pobre, pois ninguém ali levava isso em conta... tudo isso é um engodo ou um sonho..."

Ele se virou, mas não saiu de onde estava. "E, neste caso, não existe razão para você não voltar?", concluiu para ela.

Seus olhos estavam fixos nele, com uma expressão de desespero. "Ah, não existe mesmo razão?"

"Não se você tiver apostado tudo no sucesso do meu casamento. Meu casamento", disse Archer, cruelmente, "não vai ser algo digno de prendê-la aqui." Ela não respondeu, e ele continuou: "De que adianta? Você me deu meu primeiro vislumbre da vida de verdade e, no mesmo instante, me pediu que seguisse com a de mentira. É simplesmente insuportável."

"Ah, não diga isso! Eu estou suportando!", disse madame Olenska, sem se conter, com os olhos enchendo de lágrimas.

Seus braços tinham desabado sobre a mesa e ela abandonou o rosto ao olhar dele como quem desiste de lutar diante de um perigo extremo. O rosto a expôs tanto quanto se fosse seu corpo inteiro, com a alma inclusa: e Archer ficou mudo, sem reação ao que subitamente entendeu ao fitá-la.

"Você também? Ah, esse tempo todo, você também?"

Em resposta, madame Olenska deixou que as lágrimas de seus olhos transbordassem e lhe corressem devagar pelo rosto.

Ainda havia metade da largura da sala entre eles, e nenhum dos dois fez qualquer menção de se mover. Archer se deu conta de que sentia uma curiosa indiferença pela presença física de madame

Olenska: mal estaria consciente dessa presença se uma das mãos que ela atirara na mesa não houvesse atraído seu olhar, como na ocasião em que, na casinha da rua 23, ele mantivera os olhos fixos na mão para não olhar para o rosto dela. Naquele momento, sua imaginação girou em torno da mão como se ela fosse a borda de um vórtice; ainda assim, ele não fez nenhum gesto de aproximação. Archer conhecera o amor que se alimenta de carícias e as alimenta; mas aquela paixão que estava dentro de seus ossos não seria satisfeita de maneira tão superficial. Ele temia apenas fazer qualquer coisa que apagasse o som e a impressão das palavras dela; pensava apenas que jamais voltaria a se sentir completamente só.

No instante seguinte, foi solapado pela sensação de desperdício e ruína. Lá estavam eles, juntos, seguros, trancados; no entanto, tão acorrentados a seus diferentes destinos que podiam estar em pontos opostos do globo.

"De que adianta... quando você vai voltar?", perguntou Archer, sem conseguir se conter, e por trás dessas palavras havia a questão desesperada "Como posso manter você ao meu lado?"

Madame Olenska continuou sentada, imóvel, com os olhos baixos. "Ah... eu não vou agora!"

"Não agora? Mas vai um dia? Um dia que já prevê?"

Ao ouvir isso, ela ergueu seu olhar mais límpido. "Eu prometo: não vou, enquanto você aguentar. Enquanto nós pudermos olhar diretamente um para o outro, dessa maneira."

Ele desabou na cadeira. O que a resposta dela dissera, na verdade, fora: "Se você erguer um dedo, vai me fazer voltar; voltar para todas as abominações das quais sabe e todas as tentações que imagina." Archer compreendeu isso tão claramente quanto se madame Olenska houvesse pronunciado as palavras e a ideia o manteve ancorado de seu lado da mesa em uma espécie de submissão comovida e sagrada.

"Que vida para você!", gemeu ele.

"Ah... contanto que ela seja parte da sua vida."

"E a minha, parte da sua?"

Ela assentiu.

"E vai ser só isso... para nós dois?"

"Bem... é só isso, não é?"

Archer ficou de pé com um gesto abrupto, se esquecendo de tudo, menos da doçura do rosto dela. Madame Olenska se levantou também, não para ir ao encontro dele ou fugir, mas devagar, como se a pior parte da tarefa houvesse sido cumprida e ela precisasse apenas esperar; tão devagar que, quando ele se aproximou, suas mãos estendidas serviram não para impedi-lo, mas para guiá-lo. As mãos dela caíram sobre as dele, enquanto seus braços, estendidos, porém não rígidos, o mantiveram longe o suficiente para deixar que seu rosto resignado dissesse todo o resto.

Talvez eles tenham ficado assim durante um longo tempo, ou talvez apenas por alguns instantes; mas foi o suficiente para o silêncio de madame Olenska comunicar tudo o que ela queria dizer e para Archer sentir que apenas uma coisa importava. Ele não podia fazer nada que transformasse aquele no último encontro deles; precisava deixar seu futuro aos cuidados dela, pedindo apenas que segurasse esse futuro com firmeza.

"Não... não seja infeliz", disse madame Olenska, com a voz entrecortada, ao afastar as mãos; e Archer respondeu: "Você não vai voltar? Não vai voltar?", como se aquela fosse a única possibilidade que não pudesse suportar.

"Eu não vou voltar", respondeu ela; e, virando-se, abriu a porta que dava no salão da estalagem.

Os professores barulhentos estavam reunindo seus pertences em preparação para a lenta volta até o cais; do outro lado da praia estava o barco a vapor branco no píer; e, além das águas iluminadas pelo sol, assomava Boston, em meio à bruma.

Capítulo 25

Ao ver-se de novo no barco e na presença de outras pessoas, Archer sentiu uma tranquilidade que o surpreendeu tanto quanto o sustentou. O dia, de acordo com qualquer forma corrente de avaliação, fora um ridículo fracasso; ele nem sequer tocara a mão de madame Olenska com os lábios, ou extraíra dela uma palavra que lhe prometesse outras oportunidades de fazê-lo. No entanto, para um homem que estava sofrendo com um amor malogrado e se separando por um período indefinido do objeto de sua paixão, sentia-se tão sereno e reconfortado que quase chegava a ser humilhante. Era o equilíbrio perfeito que ela mantivera entre a lealdade que eles deviam aos outros e sua honestidade consigo próprios que tanto o enternecera e o tranquilizara; um equilíbrio não ardilosamente calculado, como mostravam as lágrimas e hesitações de madame Olenska, mas que era um resultado natural de sua completa sinceridade. Naquele momento, depois que o perigo já passara, Archer sentiu-se repleto de ternura e perplexidade diante daquilo e agradeceu aos deuses por nem sua vaidade, nem a sensação de estar representando um papel diante de testemunhas sofisticadas tê-lo feito cair na tentação de levá-la à tentação. Mesmo depois que eles se despediram com um aperto de mão na estação de Fall River e que ele se afastara sozinho, continuou com a convicção de ter salvado de seu encontro muito mais do que havia sacrificado.

Archer voltou distraído para o clube e ficou sentado sozinho na biblioteca deserta, revirando em pensamento cada segundo das horas que ele tinha passado com Ellen. Estava claro e foi ficando mais claro quanto mais ele examinava a questão: se ela finalmente decidisse voltar para a Europa – voltar para o marido –, não seria porque se sentia tentada a retornar à sua antiga vida, mesmo nos novos termos que estavam sendo oferecidos. Não: madame Olenska só voltaria se sentisse que estava se tornando uma tentação para Archer – uma tentação de não seguir o padrão que eles dois haviam se imposto. Ela escolheria ficar perto de Archer, enquanto ele não lhe pedisse que chegasse ainda mais perto; dependia dele mantê-la ali, segura, porém isolada.

No trem, os pensamentos continuaram a acompanhá-lo. Eles o envolveram em uma espécie de névoa dourada, através da qual os rostos ao redor pareciam distantes e indistintos: Archer teve a sensação de que, se falasse com os outros passageiros, eles não iriam entender o que estava dizendo. Na manhã seguinte, despertou dessa abstração para a realidade de um dia sufocante de setembro em Nova York. Os rostos murchos de calor das pessoas do imenso trem passaram como em uma torrente, e ele continuou a vê-los através da mesma bruma dourada; de repente, quando estava deixando a estação, um dos rostos se destacou, se aproximou e obrigou-o a notá-lo. Era, como Archer lembrou imediatamente, o rosto do rapaz que ele vira no dia anterior saindo da Parker House, e que não lhe parecera ter as feições de nenhum tipo que em geral frequentava os hotéis americanos.

Ele teve essa mesma impressão de novo; e, mais uma vez, teve a consciência de uma vaga recordação que surgia. O rapaz olhava em torno com o ar atônito de um estrangeiro lidando com as agruras de uma viagem pelos Estados Unidos; então, se aproximou de Archer, ergueu o chapéu e disse em inglês: "Nós nos conhecemos em Londres, não, *monsieur*?"

"Ah, é mesmo! Em Londres!" Archer apertou a mão do rapaz com curiosidade e simpatia. "Quer dizer que o senhor veio mesmo para cá?", perguntou, olhando espantado para o rostinho astuto e pálido do professor de francês do jovem Carfry.

"Ah, eu vim mesmo – sim." O *monsieur* Rivière sorriu sem abrir os lábios. "Mas não por muito tempo. Volto depois de amanhã." Ele seguiu ali, segurando a pequena valise com a mão enluvada e encarando Archer com uma expressão ansiosa, perplexa, quase súplice. "Eu gostaria de saber, *monsieur*, já que tive a sorte de encontrá-lo, se poderia..." "Eu ia sugerir agora: vamos almoçar, que tal? No centro, quero dizer. Se o senhor me encontrar no meu escritório, posso levá-lo a um restaurante bastante decente naquela região."

Monsieur Rivière ficou visivelmente tocado e surpreso. "É muita bondade sua; mas eu só ia perguntar se o senhor pode me dizer onde posso encontrar algum meio de transporte. Não há cabineiros aqui e ninguém parece ouvir..."

"Eu sei. O senhor deve estar surpreso com as estações de trem americanas. Quando pedimos um cabineiro, eles nos dão goma de mascar. Mas se me permitir, conseguirei extraí-lo daqui; e precisa mesmo almoçar comigo."

O rapaz, após uma hesitação que mal foi perceptível, respondeu, com profusos agradecimentos e um tom que não transmitia completa convicção, que já tinha um compromisso; mas, quando eles chegaram na comparativa familiaridade da rua, ele perguntou se podia visitá-lo naquela tarde.

Archer, que estava com poucas ocupações na temporada tranquila que era o meio do verão para o escritório, marcou um horário e anotou seu endereço, que o francês colocou no bolso com mais um agradecimento e um gesto largo com o chapéu. Ele entrou em um bonde puxado a cavalo, e Archer saiu andando.

Monsieur Rivière foi pontualíssimo e chegou barbeado, bem passado, mas ainda evidentemente exausto e sério. Archer estava sozinho no escritório e o rapaz, antes de se sentar na cadeira que ele ofereceu, disse abruptamente: "Eu acredito que vi o senhor ontem em Boston."

A afirmação era razoavelmente insignificante, e Archer estava prestes a confirmar quando foi impedido de falar por algo misterioso, porém esclarecedor no olhar de seu visitante.

"É extraordinário, muito extraordinário", continuou *monsieur* Rivière, "nós nos encontrarmos nas circunstâncias em que estou."

"Que circunstâncias?", indagou Archer, se perguntando, com certa vulgaridade, se ele estava precisando de dinheiro.

Monsieur Rivière continuou a examiná-lo, hesitante. "Eu vim não à procura de um emprego, como havia mencionado da última vez que nos vimos, mas em uma missão especial..."

"Ah!", exclamou Archer. Em um átimo, os dois encontros se conectaram em sua mente. Ele fez uma pausa para absorver a situação que acabara de se iluminar de maneira tão súbita e *monsieur* Rivière também continuou em silêncio, como se soubesse que o que dissera fora o suficiente.

"Uma missão especial", repetiu Archer, após alguns segundos.

O jovem francês, separando as mãos, ergueu-as levemente com as palmas para cima, e os dois homens continuaram a se olhar, um de cada lado da escrivaninha, até que Archer saiu de seu torpor e disse: "Sente-se, por favor." Com isso, *monsieur* Rivière fez uma mesura, sentou-se em uma cadeira distante e aguardou mais uma vez.

"Era sobre essa missão que o senhor queria me consultar?", perguntou Archer, afinal.

Monsieur Rivière assentiu. "Não para lhe pedir nada. Eu já obtive tudo o que necessitava. Eu gostaria – se puder – de falar com o senhor sobre a condessa Olenska."

Archer sabia, havia alguns minutos, que essas palavras seriam ditas; mas, quando o foram, o sangue lhe subiu às têmporas como se ele tivesse sido atingido por um galho no meio de um arbusto.

"Em nome de quem o senhor deseja fazer isso?", perguntou.

Monsieur Rivière reagiu à pergunta com bravura. "Bem... eu poderia dizer em nome dela, se isso não fosse tomar uma liberdade. Em vez disso, posso dizer: em nome do conceito de justiça."

Archer fitou-o com ironia. "Em outras palavras: o senhor é o mensageiro do conde Olenski?"

Ele viu um rubor tão intenso quanto o seu, mas de cor mais escura, surgir nas feições pálidas do francês. "Não para o senhor. Eu vim falar com o senhor de uma posição bastante diferente."

"Que direito o senhor tem, nessas circunstâncias, de assumir outra posição?", retrucou Archer. "Se é um emissário, é um emissário." O rapaz refletiu. "Minha missão acabou. No que concerne a condessa Olenska, ela foi um fracasso."

"Eu não posso ajudar o senhor com isso", disse Archer, com o mesmo tom irônico.

"Não. Mas pode ajudar..." O *monsieur* Rivière fez uma pausa, revirou o chapéu nas mãos, que ainda estavam cobertas por belas luvas, olhou o seu forro e voltou a encarar Archer. "Pode ajudar, tenho certeza, a tornar a missão um fracasso para a família dela também."

Archer afastou a cadeira e se levantou. "Ah, eu juro por Deus que vou fazer isso!", exclamou. Ele continuou de pé com as mãos nos bolsos, olhando furiosamente para o pequeno francês, cujo rosto, apesar de ele também ter se levantado, ficava uma ou duas polegadas abaixo da linha de seus olhos.

O *monsieur* Rivière voltou à sua palidez normal: mais pálido do que isso, seria impossível ele ficar.

"Por que diabos", continuou Archer, explosivamente, "o senhor achou – já que imagino que esteja me abordando devido a meu relacionamento com madame Olenska – que eu veria a situação de maneira contrária à do resto da família dela?"

Durante algum tempo, a mudança de expressão no rosto de *monsieur* Rivière foi sua única resposta. Ela foi da timidez à mais absoluta angústia: para um rapaz com um semblante tão astuto, teria sido difícil parecer mais desarmado e indefeso. "Ah, *monsieur*..."

"Não consigo imaginar por que o senhor veio falar comigo quando existem outros que são tão mais próximos da condessa", continuou

Archer. "E entendo ainda menos por que achou que eu seria mais acessível aos argumentos que devem lhe ter mandado comunicar."

Monsieur Rivière reagiu a esse ataque com uma humildade desconcertante. "Os argumentos que quero apresentar para o senhor, *monsieur*, são os meus próprios, e não aqueles que me mandaram comunicar."

"Então, vejo ainda menos motivos para ouvi-los."

Monsieur Rivière olhou o interior do chapéu mais uma vez, como quem ponderava se aquelas últimas palavras não eram uma insinuação suficientemente clara para colocá-lo na cabeça e retirar-se. De repente, ele assumiu um ar resoluto e disse: "O senhor pode me dizer uma coisa? É meu direito de estar aqui que questiona? Ou talvez o senhor acredite que a questão já esteja resolvida?"

A serena insistência do francês fez Archer perceber o quanto seu rompante fora desajeitado. O *monsieur* Rivière conseguira se impor: Archer, corando levemente, desabou na cadeira de novo e fez um sinal para o rapaz, indicando que ele devia se sentar.

"Perdão. Mas por que a questão não estaria resolvida?"

Monsieur Rivière encarou-o, aflito. "Quer dizer que o senhor concorda com o resto da família e acha que, diante das novas propostas que eu trouxe, é praticamente impossível para madame Olenska não voltar para o marido?"

"Meu Deus!", exclamou Archer; e seu visitante soltou um murmúrio de confirmação.

"Antes de vê-la, eu, a pedido do conde Olenski, me encontrei com o sr. Lovell Mingott, com quem tive diversas conversas antes de ir para Boston. Pelo que entendi, ele expressa a visão da mãe; e a sra. Manson Mingott tem grande influência com toda sua família."

Archer ficou em silêncio, com a sensação de estar agarrado à borda de um precipício escorregadio. A descoberta de que fora excluído dessas negociações, de cuja existência sequer lhe haviam permitido saber, lhe causou uma surpresa não amenizada nem pelas informações ainda mais espantosas que estava escutando. Em um segundo,

Archer compreendeu que a família deixara de consultá-lo porque um profundo instinto tribal os avisara de que ele não estava mais ao seu lado; e se lembrou, com um sobressalto de compreensão, de um comentário feito por May quando eles estavam voltando da casa da sra. Manson Mingott no dia da Reunião do Clube de Arco e Flecha: "Eu me pergunto se, afinal de contas, Ellen não seria mais feliz ao lado do marido."

Mesmo em meio àquele tumulto de novas descobertas, Archer se lembrou de sua exclamação indignada e do fato de que, desde então, sua esposa jamais voltara a mencionar madame Olenska. A menção casual dela sem dúvida fora a palha erguida no ar para ver de que lado o vento estava soprando; o resultado tinha sido relatado à família e, a partir daquele momento, Archer fora tacitamente excluído dos conselhos familiares. Ele admirou a disciplina tribal que fizera May aquiescer àquela decisão. Sabia que ela não teria feito isso se sua consciência houvesse protestado. Mas sua esposa provavelmente acreditava, assim como o resto da família, que seria melhor para madame Olenska ser uma esposa infeliz do que uma mulher separada, e que não adiantava discutir o caso com Newland, pois ele tinha se tornado excêntrico e passado a duvidar até das coisas mais fundamentais.

Archer ergueu os olhos e viu a expressão ansiosa do visitante. "O senhor não sabe, *monsieur*... é possível que não saiba... que a família começa a duvidar se tem o direito de aconselhar a condessa a recusar as últimas propostas do marido?"

"As propostas que o senhor trouxe?"

"As propostas que eu trouxe."

Archer quase exclamou que não era da conta de *monsieur* Rivière o que ele sabia ou deixava de saber; mas algo na tenacidade humilde, porém corajosa, do francês o fez rejeitar essa conclusão, e ele respondeu à pergunta do rapaz com outra: "O que o senhor pretendia ao me procurar para tratar desse assunto?"

Ele não teve de esperar nem um segundo pela resposta: "Implorar ao senhor, *monsieur* – implorar com todas as forças de que sou capaz – que não a deixe voltar. Ah, não deixe!", exclamou *monsieur* Rivière. Archer fitou-o com uma perplexidade cada vez maior. Não havia como duvidar da sinceridade de sua angústia ou da força de sua determinação: ele evidentemente resolvera abrir mão de tudo, com exceção da necessidade suprema de expressar aquela opinião. Archer refletiu.

"Posso perguntar", perguntou, afinal, "se foi assim que o senhor se dirigiu à condessa Olenska?"

Monsieur Rivière corou, mas não desviou o olhar. "Não, *monsieur*. Eu aceitei minha missão de boa fé. Realmente acreditava – por motivos que não vêm ao caso – que seria melhor para madame Olenska recuperar sua situação, sua fortuna, a posição social que o prestígio do marido lhe confere."

"Foi isso que eu imaginei. De outro modo, não acredito que teria aceitado essa missão."

"Não teria aceitado."

"E então?" Archer fez outra pausa e eles se encararam de novo, em mais um longo escrutínio.

"Ah, *monsieur*, depois que eu vi a condessa, depois que a escutei, soube que estava melhor aqui."

"Soube?"

"*Monsieur*, eu cumpri fielmente minha missão. Apresentei os argumentos do conde, fiz as ofertas dele, sem acrescentar nenhum comentário meu. A condessa teve a bondade de escutar pacientemente; teve até a bondade de me ver duas vezes; refletiu com imparcialidade sobre tudo o que vim dizer. E foi durante essas duas conversas que eu mudei de ideia, que passei a ver a situação de outra maneira."

"Posso perguntar o que levou a essa mudança?"

"Simplesmente ver a mudança nela", respondeu *monsieur* Rivière.

"A mudança nela? Quer dizer que já a conhecia?"

O rapaz enrubesceu de novo. "Costumava vê-la na casa do marido. Conheço o conde Olenski há muitos anos. O senhor pode imaginar que ele não teria mandado um estranho cumprir tal missão."

Archer, distraído, voltou seu olhar para as paredes brancas do escritório e fixou-o em um calendário estampado com as feições másculas do presidente dos Estados Unidos.[117] O fato de tal conversa estar ocorrendo em algum ponto dos milhões de milhas quadradas governadas por ele parecia tão estranho quanto qualquer coisa que a imaginação pudesse inventar.

"A mudança – que tipo de mudança?"

"Ah, *monsieur*, se eu soubesse explicar!" *Monsieur* Rivière fez uma pausa. "*Tenez*[118] – a descoberta, imagino, de algo em que eu nunca tinha pensado antes: ela é americana. E que, se alguém é um americano do tipo dela – ou do tipo do senhor –, coisas que são aceitas em certas outras sociedades, ou ao menos suportadas como parte de um toma lá dá cá generalizado e conveniente, se tornam impensáveis, simplesmente impensáveis. Se os parentes de madame Olenska entendessem o que são essas coisas, sua oposição a seu retorno seria, sem dúvida, tão incondicional quanto a dela própria; mas eles parecem encarar o desejo de seu marido de tê-la de volta como um desejo irresistível de levar uma vida doméstica." O francês fez outra pausa e então acrescentou: "Mas está longe de ser tão simples assim."

Archer voltou a olhar para o presidente dos Estados Unidos e depois examinou sua escrivaninha e os papéis espalhados sobre ela. Precisou se acalmar por um ou dois segundos antes de conseguir falar. Durante esse intervalo, ouviu a cadeira de *monsieur* Rivière sendo afastada e se deu conta de que o rapaz se levantara. Quando ergueu os olhos, viu que o visitante estava tão comovido quanto ele.

---

117 Provavelmente Ulysses S. Grant (1822-1885), um herói da Guerra Civil que foi presidente entre 1869 e 1877. (N.T.)

118 Em francês, expressão equivalente à modalização "Veja você...". (N.E.)

"Obrigado", disse Archer, simplesmente.

"Não há nenhum motivo para agradecer, *monsieur*. Na verdade, sou eu que..." O *monsieur* Rivière hesitou, como se falar para ele fosse difícil demais. "Gostaria de acrescentar uma coisa, no entanto", continuou o francês, com mais firmeza na voz. O senhor me perguntou se eu estava trabalhando para o conde Olenski. No momento, estou. Voltei a trabalhar para ele alguns meses atrás, por questões de necessidade que podem acontecer com qualquer um que tenha pessoas doentes e idosas de quem precise cuidar. Mas, desde o instante em que dei o passo de vir aqui dizer essas coisas para o senhor, me considero demitido, e direi isso ao conde quando voltar, dando-lhe as minhas razoes. Isso é tudo, *monsieur*."

Monsieur Rivière fez uma mesura e deu um passo para trás.

"Obrigado", repetiu Archer, e eles apertaram a mão um do outro.

Capítulo 26

Todo ano, no dia 15 de outubro, a Quinta Avenida abria as janelas, desenrolava os tapetes e pendurava suas três camadas de cortinas.[119] No dia 1º de novembro, esse ritual doméstico já havia terminado e a sociedade começava a olhar em torno e fazer um inventário de si mesma. No dia 15, a temporada já estava a todo vapor, a ópera e os teatros estavam exibindo suas novas atrações, convites para jantar estavam se acumulando e as datas dos bailes estavam sendo marcadas. E nessa época, sem falta, a sra. Archer dizia que Nova York tinha mudado muito.

Observando a cidade do promontório dos que não participavam em suas atividades, ela podia, com a ajuda do sr. Sillerton Jackson e da srta. Sophy, discernir cada nova rachadura em sua superfície e todas as estranhas ervas-daninhas que nasciam entre as fileiras retas de vegetais sociais. Fora uma das diversões da juventude de Archer aguardar esse pronunciamento anual da mãe e ouvir todos os minúsculos sinais de deterioração que seu olhar descuidado não percebera. Pois Nova York, para a sra. Archer, nunca mudava sem mudar para

---

119 A alta sociedade de Nova York não passava os meses mais quentes do ano na cidade. Portanto, as casas ficavam fechadas e eram reabertas nessa data. (N.T.)

pior, e esse era um ponto de vista com o qual a srta. Sophy Jackson concordava enfaticamente.

O sr. Sillerton Jackson, como convinha a um homem cosmopolita, aguardava antes de tirar suas conclusões e ouvia com imparcialidade divertida aos lamentos das senhoras. Mas mesmo ele nunca negava que Nova York tinha mudado; e Newland Archer, no inverno do segundo ano de seu casamento, foi obrigado a admitir que, se a cidade ainda não mudara, pelo menos estava começando a mudar.

Essas questões haviam sido abordadas, como sempre, no jantar de Ação de Graças da sra. Archer. Na data em que era sua obrigação agradecer pelas bênçãos do ano, ela tinha o hábito de fazer uma avaliação melancólica, ainda que não amarga, de seu mundo, e se perguntar se havia algum motivo para gratidão. De qualquer maneira, não se podia agradecer pelo estado da sociedade – a sociedade, se é que existia, era um espetáculo diante do qual se devia lançar imprecações bíblicas. Na verdade, todos sabiam o que o reverendo dr. Ashmore quis dizer quando escolheu uma passagem de Jeremias (Capítulo II, versículo 25)[120] para ler no sermão de Ação de Graças. O dr. Ashmore, novo pároco da igreja de Saint Matthew, tinha sido escolhido para o posto porque era muito "avançado": seus sermões eram considerados ousados nas ideias e inovadores na linguagem. Quando ele fulminava a alta sociedade, sempre falava de sua "tendência"; e, para a sra. Archer, era aterrador e ao mesmo tempo fascinante sentir que fazia parte de uma comunidade que tinha tendências.

"Sem dúvida, o dr. Ashmore tem razão: existe uma tendência clara", disse ela, como se isso fosse algo visível e mensurável, como uma rachadura em uma casa.

---

120 "Evita que o teu pé ande descalço, e a tua garganta tenha sede. Mas tu dizes: Não há esperança; porque amo os estranhos, após eles andarei." Os estranhos em questão são deuses que não são o Deus verdadeiro. (N.T.)

"Mas foi estranho fazer um sermão sobre isso no Dia de Ação de Graças", opinou a srta. Jackson; e sua anfitriã retrucou secamente: "Ah, ele quer que a gente dê graças pelo que restou."

Archer tinha o costume de sorrir dos vaticínios anuais da mãe; porém, naquela ocasião, até ele foi obrigado a reconhecer, enquanto ouvia a enumeração das mudanças, que a "tendência" era visível.

"A extravagância das roupas...", começou a srta. Jackson. "Sillerton me levou para a noite de estreia da ópera e só vou dizer que o vestido de Jane Merry foi o único que eu já tinha visto no ano passado; mas até ele teve a parte da frente alterada. E eu sei que Jane o comprou do Worth apenas dois anos atrás, pois ela sempre ajusta os vestidos que traz de Paris na minha costureira antes de usar."

"Ah, Jane Merry é uma de nós", disse a sra. Archer, suspirando, como se não fosse algo muito invejável viver em uma época em que as senhoras estavam começando a exibir os vestidos comprados em Paris assim que eles saíam da alfândega, em vez de deixá-los guardados a sete chaves durante um determinado período, como faziam as contemporâneas dela.

"Sim, ela é uma das poucas", concordou a srta. Jackson. "Quando eu era nova, era considerado vulgar usar roupas da última moda; e Amy Sillerton sempre me disse que, em Boston, a regra era guardar os vestidos de Paris durante dois anos. A velha sra. Baxter Pennilow, que era muito elegante, importava doze por ano, dois de veludo, dois de cetim, dois de seda e os outros seis de popelina ou de casimira bem fina. Era um pedido fixo e, como ela ficou doente dois anos antes de morrer, eles encontraram 48 vestidos do Worth ainda no papel de seda; e, quando as meninas tiraram o luto, puderam usar a primeira leva nos concertos da Sinfonia sem se preocupar em seguir a moda."

"Ah, bem, Boston é mais conservadora do que Nova York; mas eu sempre acho melhor uma senhora guardar os vestidos franceses por pelo menos uma temporada", afirmou a sra. Archer.

"Foi Beaufort que começou essa nova moda, fazendo a esposa sair embrulhada nas roupas assim que elas chegavam. Realmente, às vezes Regina precisa de toda sua distinção para não parecer... não parecer..." A srta. Jackson olhou ao redor da mesa, viu a expressão ávida de Janey e se refugiou em um murmúrio ininteligível.

"Não parecer suas rivais", disse o sr. Sillerton Jackson, com ar de quem produzira uma epigrama.

"Ah", murmuraram as senhoras; e a sra. Archer acrescentou, em parte para distrair a atenção da filha de tópicos proibidos: "Pobre Regina! Temo que o Dia de Ação de Graças dela não tenha sido muito alegre. Você ouviu os boatos sobre as especulações de Beaufort, Sillerton?"

O sr. Jackson assentiu, com enfado. Todos já tinham ouvido os boatos em questão, e ele desdenhava confirmar uma história que já era propriedade coletiva.

Os convivas mergulharam em um silêncio taciturno. Nenhum deles gostava realmente de Beaufort e não era de todo desagradável pensar o pior de sua vida privada; no entanto, a ideia de que ele cobrira de desonra financeira a família da esposa era chocante demais para ser desfrutada até por seus inimigos. A Nova York de Archer tolerava a hipocrisia nas relações particulares, mas, no âmbito dos negócios, exigia uma honestidade límpida e impecável. Fazia muito tempo que um banqueiro conhecido fora à falência de maneira vergonhosa, mas todos se lembravam da extinção social sofrida pelos donos da empresa quando um acontecimento desse tipo ocorrera pela última vez. Algo parecido iria acontecer com os Beaufort, apesar do poder dele e da popularidade dela; nem toda a força conjunta da família Dallas salvaria a pobre Regina se houvesse um pingo de verdade nos rumores sobre as especulações ilegais de seu marido.

A conversa se refugiou em tópicos menos agourentos; porém, tudo o que eles mencionavam parecia confirmar a sensação da sra. Archer de que havia uma tendência acelerada.

"É claro, Newland, que eu sei que você deixou minha querida May ir às noites de domingo na casa da sra. Struthers...", começou ela. E May interrompeu alegremente: "Ah, a senhora sabe que todo mundo vai à casa da sra. Struthers hoje em dia; e ela foi convidada para a última recepção da vovó."

Era assim, refletiu Archer, que Nova York fazia suas transições: conspirando para ignorá-las até que estivessem completamente concluídas e então, com toda boa-fé, imaginando que tinham ocorrido em uma era pregressa. Sempre havia um traidor na cidadela; e depois que ele (ou, em geral, ela) havia entregado as chaves, de que adiantava fingir que esta era inexpugnável? Uma vez que as pessoas tinham experimentado a hospitalidade e a informalidade das reuniões de domingo na casa da sra. Struthers, dificilmente ficariam em casa lembrando que o champanhe dela um dia tinha sido graxa de sapato.

"Eu sei, meu bem, eu sei", suspirou a sra. Archer. "Essas coisas têm de acontecer, suponho, quando o que as pessoas mais querem é se divertir. Mas eu nunca cheguei a perdoar sua prima, a madame Olenska, por ter sido a primeira a se misturar com a sra. Struthers."

Um rubor súbito surgiu no rosto de May, e seu marido ficou tão admirado com ele quanto os outros convidados ao redor da mesa. "Ah, Ellen...", murmurou ela, no mesmo tom acusatório, porém desdenhoso, com que seus pais teriam dito "Ah, as Blenker..."

Era o tom que a família tinha passado a usar quando alguém mencionava o nome da condessa, já que ela os surpreendera e constrangera ao se manter irredutível diante das investidas do marido; mas, nos lábios de May, ele causava espécie, e Archer olhou-a com aquela estranheza que às vezes sentia quando sua esposa se mostrava mais à vontade em um ambiente.

A mãe dele, com menos sensibilidade à atmosfera do que era usual, insistiu: "Eu sempre achei que pessoas como a condessa Olenska, que viveram em sociedades aristocráticas, deviam nos ajudar a manter nossas distinções sociais, em vez de ignorá-las."

O rubor de May continuou tão vívido quanto antes: ele parecia ter um significado mais profundo do que aquele sugerido pelo reconhecimento da má-fé social de madame Olenska.

"Não tenho dúvida de que, para os estrangeiros, nós todos parecemos iguais", disse a srta. Jackson, mordaz.

"Não acho que Ellen goste de compromissos sociais; mas ninguém sabe exatamente do que ela gosta", continuou May, como se houvesse tentado pensar em um comentário que não a comprometesse.

"Que pena", suspirou a sra. Archer de novo.

Todos sabiam que a condessa Olenska não estava mais nas boas graças da família. Até sua principal defensora, a velha sra. Manson Mingott, fora incapaz de justificar sua recusa em voltar para o marido. Os Mingott não haviam proclamado sua desaprovação em voz alta: a solidariedade familiar era forte demais. Eles simplesmente, como dissera a sra. Welland, tinham "deixado que a pobre Ellen escolhesse as próprias companhias"; e elas, por mais mortificantes e incompreensíveis que fossem, circulavam pelas profundezas obscuras onde as Blenker reinavam e as "pessoas que escreviam" celebravam seus rituais excêntricos. Era incrível, mas era um fato: Ellen, apesar de todas as suas oportunidades e privilégios, tinha se tornado uma "boêmia". Isso reforçava o argumento de que cometera um erro fatal ao não voltar para o conde Olenski. Afinal, o lugar de uma mulher jovem era sob o teto do marido, principalmente quando ela o deixara sob circunstâncias que... bem... quando eram bem examinadas...

"Madame Olenska é muito admirada pelos homens", disse a srta. Sophy, com seu ar de quem fingia afirmar algo conciliador, quando na verdade sabia que estava atirando um dardo.

"Ah, esse é o perigo ao qual uma mulher jovem como madame Olenska está sempre exposta", concordou a sra. Archer, com tristeza; e as senhoras, após essa conclusão, recolheram as caudas dos vestidos e foram em busca dos candeeiros Carcel da sala de estar, enquanto Archer e o sr. Sillerton Jackson se retiravam para a biblioteca em estilo gótico.

Uma vez que estava instalado diante da grade da lareira, consolando-se do jantar sofrível com um charuto perfeito, o sr. Jackson ficou grave e comunicativo.

"Se Beaufort sofrer mesmo um desastre, teremos descobertas", anunciou ele.

Archer ergueu a cabeça depressa. Jamais conseguia ouvir aquele nome sem ter a lembrança nítida da figura pesada de Beaufort, com suas peles e seus sapatos opulentos, avançando pela neve em Skuytercliff.

"Sem dúvida, vão circular histórias da pior espécie", continuou o sr. Jackson. "Ele não gastou todo o seu dinheiro com Regina."

"Bem, isso já era esperado, não era? Mas eu acho que ele ainda vai se safar", disse o rapaz, querendo mudar de assunto.

"Talvez... talvez. Soube que ele ia se encontrar com algumas pessoas influentes hoje. É claro", concordou o sr. Jackson, com relutância, "que todos esperam que eles consigam ajudá-lo a sair da dificuldade – pelo menos, dessa vez. Não gosto de pensar na pobre Regina passando o resto da vida em alguma estação de águas de segunda categoria no exterior, junto com os outros falidos."

Archer não disse nada. Para ele, parecia tão natural – ainda que trágico – que o dinheiro obtido de maneira desonesta tivesse de ser expiado de maneira cruel, que sua mente, mal se detendo na ruína da sra. Beaufort, voltou-se para questões que lhe eram mais caras. Qual fora o significado do rubor de May quando o nome da condessa Olenska fora mencionado?

Quatro meses tinham transcorrido desde aquele dia no meio do verão que ele e madame Olenska tinham passado juntos; e, desde então, Archer não a vira mais. Sabia que madame Olenska voltara para Washington, para a casinha que tinha alugado lá com Medora Manson. Escrevera-lhe uma vez – apenas algumas palavras, perguntando quando eles iriam se encontrar de novo –, e ela lhe mandara uma resposta mais curta ainda: "Por enquanto, não."

Desde então, eles não haviam se comunicado mais, e Archer construíra dentro de si uma espécie de santuário onde ela reinava em meio a seus pensamentos e anseios secretos. Pouco a pouco, aquele lugar se tornara o cenário de sua vida real, de suas únicas atividades racionais; era para lá que ele levava os livros que lia, as ideias e os sentimentos que o nutriam, suas opiniões e suas visões. Do lado de fora, onde sua vida se passava de fato, Archer se movia com a sensação cada vez maior de que tudo era irreal e insuficiente, esbarrando em preconceitos familiares e pontos de vista tradicionais como um homem distraído esbarra nos móveis do próprio quarto. Archer estava ausente: tão ausente de tudo que era mais densamente real e caro para aqueles ao seu redor que, às vezes, se espantava por eles ainda imaginarem que ele estava ali.

Archer se deu conta de que o sr. Jackson estava pigarreando, como quem se preparava para fazer mais revelações.

"Eu não sei, é claro, até que ponto a família de sua esposa sabe do que as pessoas andam dizendo sobre... bem, sobre o fato de madame Olenska ter recusado a última oferta do marido."

Archer ficou em silêncio e o sr. Jackson continuou, cheio de rodeios: "É uma pena... realmente uma pena... ela ter recusado."

"Uma pena? Pelo amor de Deus, por quê?"

O sr. Jackson olhou para baixo, observando a meia bem esticada que saía de seu sapato lustroso.

"Bem... sem querer ser vulgar... mas ela vai viver de quê agora?"

"Agora que..."

"Se Beaufort..."

Archer ficou de pé em um pulo e bateu com o punho fechado na nogueira negra da escrivaninha. Os dois recipientes do tinteiro de metal dançaram em seus suportes.

"Que diabos o senhor quer dizer?"

O sr. Jackson, mudando levemente de posição na poltrona, encarou com tranquilidade o rosto em brasa do rapaz.

"Bem... eu fiquei sabendo de fonte segura – na verdade, da própria velha Catherine – que a família reduziu consideravelmente a mesada da condessa Olenska quando ela se recusou de uma vez por todas a voltar para o marido. E como, com essa recusa, madame Olenska também abriu mão do dinheiro que, segundo o contrato nupcial, lhe pertencia – e que o conde Olenski estava disposto a lhe devolver se ela voltasse[121] –, ora, que diabos você quer dizer, meu filho, ao perguntar o que eu quero dizer?", retrucou o sr. Jackson, bem-humorado.

Archer se aproximou da lareira e se debruçou para jogar as cinzas lá dentro.

"Não sei nada sobre os negócios privados de madame Olenska; mas não preciso saber para ter certeza de que o que o senhor está insinuando..."

"Ah, eu não. Em primeiro lugar, é Lefferts quem está insinuando", interrompeu o sr. Jackson.

"Lefferts! Que tentou conquistá-la e foi esnobado!", disse Archer com desdém, sem conseguir se conter.

"Ah... é mesmo?", disse o outro depressa, como se aquele fosse precisamente o fato que estava manobrando para tentar descobrir. O sr. Jackson continuava sentado de lado diante do fogo, de modo que seus velhos olhos duros estavam fixos nos de Archer com a frieza de uma armadilha de aço. "Bem, bem... é uma pena a condessa não ter voltado antes do fiasco de Beaufort", repetiu ele. "Se ela for agora e ele quebrar, isso vai apenas confirmar a impressão geral, que, aliás, não está de modo algum restrita a Lefferts."

---

121 Apesar de ter sido assinado um contrato nupcial que reservava uma determinada quantia para Ellen, o marido tinha o direito de retê-la de acordo com as leis da época. (N.T.)

"Ah, ela não vai voltar agora. Agora, menos do que nunca!" Assim que Archer disse isso, teve mais uma vez a sensação de que era exatamente o que o sr. Jackson estava esperando. Aquele senhor examinou-o com atenção. "Essa é sua opinião, hein? Bem, você, sem dúvida, deve saber. Mas qualquer pessoa poderá lhe dizer que os poucos centavos que Medora Manson ainda tem estão todos nas mãos de Beaufort; e, se ele afundar, eu não posso imaginar como aquelas duas mulheres não vão afundar junto. É claro que madame Olenska ainda pode amolecer a velha Catherine, a pessoa que se opôs de maneira mais inexorável à sua decisão de ficar no país; e a velha Catherine pode dar a ela a mesada que quiser. Mas nós todos sabemos que ela detesta perder dinheiro, e o resto da família não tem grande interesse em manter a condessa aqui."

Archer estava ardendo com uma ira inútil; encontrava-se no estado em que é mais provável um homem cometer um erro estúpido, mesmo sabendo o que está prestes a fazer.

Ele viu que Sillerton Jackson percebera imediatamente que ele não sabia das diferenças de madame Olenska com a avó e os outros parentes, e que aquele senhor tirara suas próprias conclusões sobre os motivos de Archer ter sido excluído dos conselhos familiares. Esse fato foi um alerta para Archer prosseguir com cautela; mas as insinuações sobre Beaufort o fizeram deixar a prudência de lado. No entanto, apesar de se esquecer do perigo que corria, não se esqueceu de que o sr. Jackson estava na casa de sua mãe e, portanto, era seu convidado. A velha Nova York seguia à risca a etiqueta da hospitalidade e nenhuma conversa com um convidado podia jamais se transformar em uma discussão.

"Vamos subir para encontrar as senhoras?", sugeriu Archer com alguma rispidez quando o último cone de cinzas do sr. Jackson caiu sobre o cinzeiro de metal ao seu lado.

Durante a volta para casa, May manteve um estranho silêncio; mesmo na escuridão, Archer sentiu que ela continuava envolta naquele rubor ameaçador. Não conseguiu adivinhar qual era a ameaça, mas bastava-lhe saber que esta surgira após a menção do nome de madame Olenska.

Subiram e Archer foi para a biblioteca. Ela em geral ia também, porém ele a ouviu descer o corredor na direção de seu quarto.

"May!", exclamou Archer; e ela voltou com uma leve expressão de surpresa diante de seu tom de voz.

"Este lampião está soltando fumaça de novo. Não sei por que os criados não conseguem manter o pavio aparado direito", resmungou ele, nervoso.

"Desculpe. Não vai mais acontecer", respondeu May no tom firme e alegre que aprendera com a mãe; e Archer exasperou-se ao sentir que ela já estava começando a lhe fazer as vontades sem questioná-lo, como se ele fosse uma versão mais jovem do sr. Welland. Ela se debruçou para diminuir o pavio e, quando a luz iluminou seus ombros alvos e as curvas perfeitas de seu rosto, ele pensou: "Como ela é jovem! Esta vida vai se estender por anos intermináveis!"

Archer sentiu, com horror, sua própria juventude e força, e o sangue que lhe corria vigorosamente pelas veias. "Olhe só", disse, de repente. "Eu talvez precise passar alguns dias em Washington. Em breve; talvez na semana que vem."

May manteve a mão sobre a chave do lampião ao se virar devagar para encarar o marido. O calor da chama fizera o rubor voltar ao seu rosto, mas ele ficou pálido quando ela o ergueu.

"A trabalho?", perguntou, em um tom que sugeria que não poderia haver outro motivo concebível e que ela fizera a indagação de maneira automática, como se estivesse apenas terminando a frase dele.

"A trabalho, naturalmente. Há um caso de patente que vai ser julgado pela Suprema Corte..." Archer disse o nome do inventor e seguiu fornecendo detalhes com toda a desfaçatez de Lawrence Lefferts, enquanto ela ouvia, atenta, e dizia de tempos em tempos: "Entendo."

"A mudança de ares vai lhe fazer bem", disse May simplesmente quando ele terminou. "E você não pode se esquecer de ir ver Ellen", acrescentou, olhando-o bem nos olhos com seu sorriso límpido e usando o tom que poderia ter empregado ao pedir-lhe que não deixasse de cumprir algum dever familiar enfadonho.

Foram as únicas palavras trocadas por eles dois sobre aquele assunto, mas, no código em que ambos haviam sido treinados, seu significado era: "Você, é claro, compreende que eu sei tudo que as pessoas vêm dizendo sobre Ellen e concordo inteiramente com os esforços da minha família em convencê-la a voltar para o marido. Também sei que, por algum motivo que decidiu não me contar, você a aconselhou a não dar esse passo, aprovado por todos os homens mais velhos da família, além da nossa avó; e que é devido a seu encorajamento que ela está nos desafiando a todos e se expondo ao tipo de crítica que o sr. Sillerton Jackson provavelmente insinuou para você esta noite, e que o deixou tão irritado... Na verdade, insinuações não faltaram; já que você não parece disposto a aceitá-las quando vêm de outras pessoas, eu própria lhe ofereço esta, da única maneira com que pessoas educadas da nossa classe podem comunicar coisas desagradáveis umas para as outras: fazendo-o compreender que sei que pretende ver Ellen quando estiver em Washington. Talvez esteja indo para lá com esse propósito específico. E, como vai vê-la sem dúvida, desejo que o faça com a minha aprovação completa e explícita – e que aproveite a oportunidade para explicar-lhe qual vai ser a consequência provável da conduta que vem encorajando."

May ainda estava com a mão sobre a chave do lampião quando a última palavra dessa mensagem muda chegou até Archer. Ela diminuiu o pavio, ergueu a cúpula e assoprou a chama hesitante.

"O cheiro fica menos forte se a gente assopra", explicou, com o ar alegre que assumia quando fazia suas tarefas domésticas. Ao chegar no umbral da porta, May se virou e ficou parada, esperando que ele a beijasse.

Capítulo 27

No dia seguinte, em Wall Street, os relatos sobre a situação de Beaufort inspiraram mais confiança. Não havia nada de definitivo, mas havia esperança. A impressão geral era a de que ele podia lançar mão de influências poderosas em caso de emergência e que o fizera de maneira bem-sucedida. Assim, naquela noite, quando a sra. Beaufort apareceu na ópera com seu velho sorriso e um novo colar de esmeraldas, a sociedade deu um suspiro de alívio.

Nova York era inexorável ao condenar irregularidades nos negócios. Até então, não houvera exceção à regra tácita de que aqueles que violavam a lei da probidade precisavam pagar; e todos tinham consciência de que até Beaufort e a esposa seriam rigorosamente sacrificados a esse princípio. Mas ser obrigado a sacrificá-los não seria apenas doloroso, como inconveniente. O desaparecimento dos Beaufort deixaria um vazio considerável em seu pequeno círculo, e aqueles que eram ignorantes ou negligentes demais para estremecer diante daquela catástrofe moral lamentavam com antecedência a perda do melhor salão de bailes de Nova York.

Archer tinha decidido definitivamente ir a Washington. Estava esperando o início do processo que mencionara para May, pois assim a data dele coincidiria com a de sua visita; mas, na terça seguinte, soube pelo sr. Letterblair que o caso talvez fosse adiado por várias semanas.

Mesmo assim, foi para casa naquela tarde resolvido a partir na noite seguinte de qualquer maneira. Era provável que May, que não sabia nada sobre sua vida profissional e jamais demonstrara qualquer interesse por ela, não ouvisse falar do adiamento, se ele acontecesse, nem se lembrasse dos nomes dos litigantes se estes fossem mencionados em sua presença; e, de qualquer forma, ele não podia mais protelar sua visita à madame Olenska. Tinha coisas demais a dizer para ela.

Na manhã de quarta-feira, quando Archer chegou ao escritório, o sr. Letterblair recebeu-o com uma expressão aflita. Afinal de contas, Beaufort não conseguira "sair da dificuldade"; mas, ao fazer circular o rumor de que isso acontecera, restaurara a confiança de seus depositantes, e altos pagamentos tinham sido feitos ao banco até a noite anterior, quando os boatos perturbadores mais uma vez voltaram a predominar. A consequência fora que todos tinham passado a tirar seu dinheiro do banco e era provável que ele fechasse as portas até o fim do dia. A manobra vil de Beaufort estava sendo descrita nos termos mais horríveis e sua falência prometia ser uma das mais infames da história de Wall Street.

A extensão da calamidade deixou o sr. Letterblair pálido e aturdido. "Eu já vi coisas ruins na vida, mas nunca uma pior do que esta. Todos que nós conhecemos serão atingidos, de uma maneira ou de outra. E o que será feito da sra. Beaufort? O que pode ser feito dela? E eu também lamento muito pela sra. Manson Mingott: na idade dela, não há como saber que efeito essa história pode ter. Ela sempre acreditou em Beaufort – tratou-o como um amigo! E, então há toda a família Dallas: a pobre sra. Beaufort é parente de todos vocês. Sua única chance seria deixar o marido – mas como dizer-lhe isso? Seu dever é ficar ao lado dele; e, por sorte, parece que ela nunca percebeu suas fraquezas privadas."

Alguém bateu à porta e o sr. Letterblair virou a cabeça depressa. "O que é? Eu não estou para ninguém."

Um funcionário entregou uma carta para Archer e se retirou. Reconhecendo a caligrafia da esposa, o rapaz abriu o envelope e leu:

"Você poderia vir nos encontrar o mais rápido possível? A vovó teve um leve derrame ontem à noite. De alguma maneira misteriosa, parece ter descoberto essa notícia horrível sobre o banco antes de todo mundo. O tio Lovell saiu da cidade para caçar e a ideia da desgraça deixou o pobre papai tão nervoso que ele está com febre e não pode sair do quarto. A mamãe precisa muito de você, por isso espero que possa sair imediatamente e ir direto para a casa da vovó."

Archer entregou a carta para seu sócio majoritário e, alguns minutos depois, movia-se vagarosamente para o norte da cidade em um bonde lotado, do qual saiu na rua 14 para pegar um daqueles ônibus[122] altos e instáveis da linha que atravessava a Quinta Avenida. Já passava do meio-dia quando o lento veículo o deixou na casa da velha Catherine. Diante da janela da sala de estar do térreo, onde ela em geral ficava entronizada, estava uma substituta inadequada: sua filha, a sra. Welland, que fez um gesto exausto de boas-vindas ao ver Archer; e a porta da frente foi aberta por May. O saguão tinha o aspecto estranho das casas bem-cuidadas que são subitamente invadidas pela doença: havia montes de lenços e peles nas cadeiras, uma maleta de médico e um sobretudo na mesa e, ao lado disso tudo, cartas e cartões que já formavam uma pilha à qual ninguém estava prestando atenção.

May estava pálida, porém sorridente; o dr. Bencomb, que acabara de chegar para uma segunda visita, estava mais esperançoso; e a brava vontade de viver e ficar boa da sra. Mingott já estava fazendo efeito sobre a família. May levou Archer para a sala de estar da avó, onde as portas de correr que davam no quarto tinham sido fechadas, com os pesados reposteiros de damasco amarelo a cobri-las; e, ali, a sra. Welland contou a ele, em um sussurro horrorizado, os detalhes da catástrofe. Aparentemente, na noite anterior, algo terrível

---

122 Assim como os bondes, os ônibus da época também eram puxados por cavalos. Os ônibus de Nova York eram menores do que os bondes: neles, cabiam apenas doze pessoas. (N.T.)

e misterioso havia acontecido. Lá pelas oito, quando a sra. Mingott tinha acabado de terminar a partida de paciência que sempre jogava depois do jantar, a campainha fora tocada e uma senhora com um véu tão espesso que os criados não a reconheceram imediatamente pediu que fosse recebida.

O mordomo, ao ouvir uma voz familiar, escancarou a porta da sala de estar, anunciando "A sra. Julius Beaufort" – e então a fechou de novo, com as duas mulheres lá dentro. A impressão dele é a de que elas tinham passado cerca de uma hora juntas. Quando a sra. Mingott tocou a sineta, a sra. Beaufort já tinha saído sem ser vista; e a velha, pálida, vasta e terrível, sentada sozinha em sua imensa poltrona, fez um sinal indicando para o mordomo que queria ser levada para o quarto. Àquela altura, embora obviamente perturbada, ela parecia estar em completo controle do corpo e do cérebro. A criada negra a colocou na cama, trouxe-lhe uma xícara de chá como fazia todas as noites, arrumou tudo no quarto e saiu; mas, às três da manhã, a sineta foi tocada de novo e os dois criados, correndo diante desse chamado atípico (pois a velha Catherine, em geral, dormia como um bebê), encontraram a patroa sentada na cama com um sorriso torto no rosto e uma das mãozinhas pendendo do braço enorme.

O derrame claramente fora leve, pois ela conseguira balbuciar e explicar o que desejava; e, logo depois da primeira visita do médico, começara a recobrar o controle dos músculos faciais. Mas o susto fora grande: e proporcionalmente grande foi a indignação, quando souberam, pelos fragmentos de frases da sra. Mingott, que Regina Beaufort tinha vindo pedir – que afronta inacreditável! – que a tia apoiasse seu marido, que os ajudasse a atravessar aquele momento; que não os "desertasse", em suas palavras, mas induzisse a família toda a acobertar e fechar os olhos para sua desonra monstruosa.

"Eu disse para ela: 'Honra sempre foi honra e honestidade sempre foi honestidade na casa de Manson Mingott, e será até que eu seja levada daqui na horizontal'", gaguejara a velha no ouvido da filha, na voz pastosa dos que estão parcialmente paralisados. "E quando ela disse: 'Mas meu nome, tia – meu nome é Regina Dallas.', eu respondi; 'Era Regina Beaufort quando ele lhe cobriu de joias e vai ter que continuar sendo agora que ele lhe cobriu de vergonha.'"

A sra. Welland conseguiu comunicar tudo a Archer, pálida e exaurida diante da obrigação insólita de encarar o desagradável e o vergonhoso. "Ah, se eu pudesse proteger seu sogro desta história. Ele sempre diz: 'Augusta, pelo amor de Deus, não destrua minhas últimas ilusões.' Mas como vou impedir que saiba desses horrores?", gemeu a pobre senhora.

"Pelo menos, mamãe, ele não os testemunhou", sugeriu May. E a sra. Welland suspirou: "Ah, não. Graças aos céus, está a salvo na cama. E o dr. Bencomb prometeu mantê-lo lá até que a pobre mamãe esteja melhor e Regina tenha sido levada para algum lugar."

Archer havia sentado perto da janela e estava olhando, distraído, para a avenida deserta. Era evidente que tinha sido chamado mais para dar apoio moral àquelas mulheres aflitas do que para prestar uma ajuda específica. Um telegrama já tinha sido enviado para o sr. Lovell Mingott e os membros da família que viviam em Nova York estavam recebendo bilhetes escritos à mão. Por enquanto, não havia mais nada a fazer além de discutir aos sussurros as consequências de desonra de Beaufort e da ação injustificável de sua esposa.

A sra. Lovell Mingott, que estivera em outro cômodo escrevendo bilhetes, logo reapareceu e juntou-se à discussão. Na época delas, concordaram as mulheres mais velhas, a esposa de um homem que tinha agido de maneira vergonhosa no âmbito profissional pensava em apenas uma coisa: em se apagar, em desaparecer junto com ele. "Foi isso que aconteceu com a pobre da vovó Spicer; sua bisavó, May. É claro", apressou-se em acrescentar a sra. Welland, "que as dificuldades financeiras do seu bisavô foram privadas. Ele perdeu dinheiro no jogo ou assinou uma nota promissória para alguém – eu nunca soube direito o quê, pois a mamãe se recusava a falar no assunto. Mas ela foi criada no interior do estado porque a mãe teve de deixar Nova York depois da desgraça, qualquer que tenha sido. Elas ficaram isoladas em uma casa rio Hudson acima até a mamãe fazer dezesseis anos. Jamais teria ocorrido à vovó Spicer pedir à família para ajudá-la a 'encarar' a situação, como parece que Regina fez; e isso embora uma desgraça privada não seja nada se comparada ao escândalo de arruinar centenas de pessoas inocentes."

"Sim, seria mais correto Regina esconder a própria cara do que falar que os outros têm de encarar qualquer coisa com ela", concordou a sra. Lovell Mingott. "Pelo que eu soube, o colar de esmeraldas que ela usou na ópera na sexta-feira passada foi mandado a crédito pela Ball and Black[123] na tarde do mesmo dia. Será que eles vão devolver um dia?"

Archer escutou impassível àquele coro interminável. A ideia de que a probidade financeira absoluta era a primeira lei do código de conduta de um cavalheiro estava gravada de maneira profunda demais nele para que considerações sentimentais a abalassem. Um aventureiro como Lemuel Struthers podia ganhar seus milhões com graxa de sapato graças a um sem-número de transações suspeitas; mas a honestidade imaculada era a *noblesse oblige*[124] do lado financeiro da velha Nova York. O destino da sra. Beaufort tampouco o comovia. Ele, sem dúvida, sentia mais pena dela do que suas indignadas parentas; porém, parecia-lhe que o elo entre marido e mulher, ainda que possível de ser quebrado na prosperidade, devia ser indissolúvel no infortúnio. Como tinha dito o sr. Letterblair, a obrigação da esposa era ficar ao lado do marido quando ele estava em apuros; mas a sociedade não tinha essa mesma obrigação, e o fato de a sra. Beaufort ter tido o atrevimento de presumir o contrário quase a transformava em

---

123 A Ball, Black & Company foi uma joalheria fundada em 1851. (N.T.)
124 Expressão francesa amplamente utilizada no Antigo Regime para afirmar a distinção e o prestígio ético, moral, social que determinadas famílias nobres carregavam. (N.E.)

uma cúmplice. A mera ideia de uma mulher apelar para a família acobertar a vergonha financeira do marido era inadmissível, já que essa era a única coisa que a Família, enquanto instituição, não podia fazer. A criada negra chamou a sra. Lovell Mingott do saguão, e ela voltou alguns instantes depois, com o cenho franzido.

"Ela quer que eu telegrafe para Ellen Olenska. Eu já escrevi para Ellen, é claro, assim como para Medora; agora, parece que isso não foi suficiente. Mamãe mandou telegrafar para ela imediatamente e dizer-lhe que é para vir sozinha."

Essa declaração foi recebida em silêncio. A sra. Welland suspirou, resignada, e May se levantou e foi catar alguns jornais que estavam espalhados no chão.

"Acho que vou ter de obedecer", continuou a sra. Lovell Mingott, como se esperando alguém contradizê-la; e May se virou para o meio da sala.

"É claro que vai", disse. "A vovó sabe o que quer e nós temos de fazer tudo o que ela pede. Quer que eu escreva o telegrama para a senhora, tia? Se ele for enviado agora, é provável que Ellen possa pegar o trem de amanhã de manhã." May pronunciou as sílabas do nome com uma clareza peculiar, como se houvesse tocado dois sinais de prata.

"Bem, ele não vai poder ser enviado agora. Jasper e o copeiro estão na rua levando bilhetes e telegramas."

May voltou-se para o marido, sorrindo. "Mas aqui está Newland, disposto a tudo. Você leva o telegrama, Newland? Vai ser o tempo certo de ir e voltar antes do almoço."

Archer se ergueu com um murmúrio de aquiescência e ela se sentou na *bonheur du jour* [125] de jacarandá da velha Catherine e escreveu a mensagem com sua caligrafia larga e infantil. Ao terminar, lacrou o envelope e entregou-o para Archer.

---

125 Tipo de escrivaninha usada por mulheres. (N.T.)

"Que pena que você e Ellen vão se desencontrar!", lamentou May. "Newland", acrescentou, virando-se para a mãe e para a tia, "vai precisar ir a Washington por causa de um processo sobre uma patente que vai ser julgado pela Suprema Corte. Imagino que o tio Lovell já vá estar de volta amanhã à noite e, como a vovó está melhorando, não me parece justo pedir que Newland deixe de ir a um compromisso importante para o escritório. Não é?"

Ela fez uma pausa, como quem esperava uma resposta, e a sra. Welland declarou depressa: "Ah, claro que não, meu amor. Sua avó seria a última pessoa a querer tal coisa." Quando Archer deixou a sala com o telegrama, ouviu a sogra dizendo, presumivelmente para a sra. Lovell Mingott: "Mas por que ela fez você telegrafar para Ellen Olenska?" E a voz límpida de May respondeu: "Talvez seja para insistir mais uma vez que, afinal de contas, o dever dela é ficar ao lado do marido."

A porta da rua se fechou atrás de Archer e ele saiu andando às pressas na direção do telégrafo.

Capítulo 28

"Ol... Ol... Como é que escreve isso?", perguntou a moça mal-educada para quem Archer empurrara o telegrama da esposa, do outro lado do balcão de metal da agência da Western Union. "Olenska. O-lens-ka", repetiu ele, pegando a mensagem de volta para escrever as sílabas do sobrenome estrangeiro em letra de forma acima dos garranchos de May.

"É um nome raro para um telégrafo de Nova York; pelo menos, nesta parte da cidade", observou uma voz inesperada.

E, ao se virar, Archer viu Lawrence Lefferts logo ali atrás, puxando a ponta do bigode com um ar imperturbável e fingindo que não estava tentando espiar a mensagem.

"Olá, Newland. Achei mesmo que ia encontrá-lo aqui. Acabei de ouvir falar do derrame da velha sra. Mingott. Estava a caminho da casa dela quando vi você dobrando esta rua e vim atrás. Está vindo de lá?"

Archer assentiu e enfiou o telegrama pelo guichê.

"Foi grave, hein?", continuou Lefferts. "Imagino que esteja telegrafando para a família. Deve ter sido mesmo grave, se está incluindo a condessa Olenska."

Archer comprimiu os lábios; sentiu um impulso furioso de esmurrar o rosto comprido, bonito e vaidoso ao seu lado.

"Por quê?", perguntou ele.

Lefferts, que era conhecido por não gostar de discussões, ergueu as sobrancelhas com uma careta irônica, indicando para Archer a donzela que observava tudo do outro lado do guichê. "Não havia nada pior em matéria de maus 'modos'", disse o olhar de Lefferts, "do que uma demonstração de irritação em um local público".

Archer nunca sentira uma indiferença maior pelas demandas dos bons modos, mas seu impulso de causar um dano físico a Lawrence Lefferts foi apenas momentâneo. Era impensável discutir Ellen Olenska com ele naquela ocasião, não importava a provocação. Archer pagou pelo telegrama, e os dois rapazes saíram da agência juntos. Então ele, após recobrar o autocontrole, continuou: "A sra. Mingott está muito melhor. O médico tem certeza de que ela vai se recuperar." E Lefferts, expressando seu alívio com profusão, perguntou se ele tinha ouvido aqueles boatos horrorosos sobre Beaufort.

Naquela tarde, a falência de Beaufort saiu em todos os jornais. A notícia fez com que o derrame da sra. Manson Mingott chamasse menos atenção, e apenas os poucos que tinham ouvido falar da misteriosa associação entre os dois fatos pensaram que poderia haver outra causa para o estado da sra. Mingott além da passagem dos anos e do ganho de peso.

Uma sombra recaiu por toda Nova York após a revelação da desonra de Beaufort. Como dissera o sr. Letterblair, jamais acontecera um caso pior na vida dele – nem sequer desde a época longínqua do Letterblair que dera nome ao escritório de advocacia. O banco tinha continuado a aceitar depósitos durante um dia inteiro após sua falência ser inevitável; e, como muitos de seus clientes eram membros das famílias mais ilustres da cidade, a mentira de Beaufort pareceu duas vezes pior. Se a sra. Beaufort não houvesse dito que tais infortúnios (palavra escolhida por ela) eram um "teste para as amizades", talvez a compaixão pela mulher amenizasse a indignação com o marido. Mas, como ela assumiu essa postura – e, principalmente após todos saberem do objetivo de sua visita noturna à sra. Manson –, a opinião geral foi que o seu cinismo era maior do que o dele. Sendo que Regina não tinha a desculpa – e seus detratores não tinham a satisfação – de alegar que era "estrangeira". Para aqueles cuja renda não estava em risco, era um certo conforto lembrar que Beaufort era estrangeiro; afinal de contas, se uma senhora da família Dallas da Carolina do Sul via o caso daquela maneira e falava friamente que o marido logo "iria se recuperar", o argumento perdia a força, e a única coisa a fazer era aceitar aquela prova aterradora da indissolubilidade do casamento. A sociedade iria precisar seguir adiante sem os Beaufort. Estava encerrado o assunto – a não ser, é claro, para as infelizes vítimas do desastre, como Medora Manson, as pobres velhas irmãs Lanning e certas outras mulheres imprudentes de boa família que, se houvessem ouvido o conselho do sr. van der Luyden...

"A melhor coisa que os Beaufort podem fazer", disse a sra. Archer, resumindo o caso como se estivesse dando um diagnóstico e sugerindo um tratamento, "é ir morar na casinha de Regina na Carolina do Norte. Beaufort sempre teve cavalos de corrida e o melhor para ele seria criar trotadores. Parece-me que ele tem todas as qualidades necessárias para ser um vendedor de cavalos bem-sucedido." Todos concordaram com ela, mas ninguém se rebaixou a perguntar o que os Beaufort realmente iriam fazer.

No dia seguinte, a sra. Manson Mingott estava muito melhor. Recobrou a voz o suficiente para ordenar que ninguém voltasse a mencionar os Beaufort em sua presença e, quando o dr. Bencomb apareceu, perguntou por que a família dela estava fazendo todo aquele escarcéu por causa de sua saúde.

"Se alguém da minha idade insiste em comer salada de frango no jantar, o que se pode esperar?", indagou. O médico, oportunamente, modificou a dieta da matriarca, e o derrame foi transformado em um ataque de indigestão. Mas, apesar do tom firme, a velha Catherine não recobrou de todo sua postura diante da vida. O distanciamento crescente da idade, apesar de não diminuir sua curiosidade pelos vizinhos, tornara ainda menor sua compaixão pelos problemas deles – compaixão que nunca tinha sido muito grande. Ela pareceu apagar o desastre dos Beaufort da mente sem muita dificuldade. Porém, pela primeira vez, ficou absorta pelos próprios sintomas e começou a prestar uma atenção sentimental em certos membros da família que, até então, tratara com desdém e indiferença.

O sr. Welland em particular teve o privilégio de atrair sua atenção. De seus genros, ele era o que a velha Catherine ignorara mais sistematicamente; e todos os esforços que a sra. Welland fizera para pintá-lo como um homem decisivo e com uma marcante habilidade intelectual (que ele apenas escolhera não exercer) tinham sido recebidos com risadas de desprezo. Mas sua qualidade de hipocondríaco tornou-o um objeto de grande interesse, e a sra. Mingott ordenou-lhe imperiosamente que viesse vê-la para comparar as dietas de ambos assim que sua temperatura baixasse; pois a velha Catherine passara a ser a primeira a reconhecer que era preciso tomar muito cuidado com as temperaturas.

Vinte e quatro horas após madame Olenska receber suas ordens, veio um telegrama anunciando que ela chegaria no final da tarde do dia seguinte. Na casa dos Welland, onde Newland Archer e a esposa por acaso estavam almoçando, a questão de quem iria buscá-la na estação de Jersey City[126] foi imediatamente levantada; e as dificuldades existentes naquela residência, que eram tão grandes quanto se esta

---

126 Cidade do estado de Nova Jersey onde, na época, chegavam os trens vindos de Washington, já que estes não iam diretamente para Nova York. Archer propõe atravessar o rio Hudson, que fica entre Nova York e Jersey City embarcado na balsa com a carruagem de May, o que não era incomum na época. (N.T.)

ficasse em um ponto remoto da fronteira, tornaram o debate bastante complexo. Todos concordaram que a sra. Welland não podia ir a Jersey City de jeito nenhum, já que teria de acompanhar o marido em sua visita à velha Catherine naquela tarde; e a berlinda do casal não poderia ser usada, pois, se o sr. Welland tomasse um choque ao ver a sogra pela primeira vez desde o derrame, ele precisaria ser levado para casa no mesmo instante. Os filhos homens, estariam, é claro, no trabalho. O sr. Lovell Mingott estaria chegando às pressas de sua viagem de caça, com sua carruagem já reservada para ir buscá-lo. E ninguém podia pedir que May, no final de uma tarde de inverno, pegasse a balsa sozinha até Jersey City, mesmo em sua própria carruagem. Ainda assim, poderia parecer uma falta de hospitalidade – e uma maneira de contrariar a velha Catherine – se eles deixassem madame Olenska chegar sem que nenhum parente fosse à estação recebê-la. Era típico de Ellen, insinuava a voz cansada da sra. Welland, colocar a família em um dilema como aquele. "É sempre uma coisa atrás da outra", lamentou a pobre senhora, em uma de suas raras revoltas contra o destino. "A única coisa que me faz pensar que a mamãe talvez não esteja tão bem quanto o dr. Bencomb admite é esse desejo mórbido de ver Ellen imediatamente, por mais inconveniente que seja ir buscá-la."

As palavras tinham sido impensadas, como muitas vezes ocorre com aquilo que é dito com impaciência; e o sr. Welland reagiu imediatamente.

"Augusta", disse ele, empalidecendo e pousando o garfo, "você tem algum outro motivo para pensar que Bencomb não é mais tão confiável? Reparou se ele tem sido menos conscencioso do que o normal ao cuidar do meu caso ou do caso da sua mãe?"

Foi a vez de a sra. Welland ficar pálida, ao ver estenderem-se diante dela as consequências intermináveis de seu erro; mas ela conseguiu rir e pegar mais um pouco de ostras gratinadas antes de dizer, reassumindo com alguma dificuldade o ar alegre que há muito tempo usava como uma armadura: "Meu amor, de onde você tirou isso? Eu só quis dizer que, depois de a mamãe ter decidido com tanta firmeza que era o dever de Ellen voltar para o marido, parece estranho ela ser tomada por esse desejo súbito de vê-la, quando há meia dúzia de netos que poderia ter escolhido. Mas nós nunca podemos nos esquecer de que a mamãe, apesar de ter aquela vitalidade maravilhosa, é uma mulher muito idosa."

O cenho do sr. Welland permaneceu franzido, e ficou evidente que sua imaginação perturbada se fixara na última frase. "Sim, sua mãe é uma mulher muito idosa; e, pelo que sabemos, Bencomb talvez não seja tão bem-sucedido com pessoas muito idosas. Como você disse, meu amor, é sempre uma coisa atrás da outra; e, daqui a dez ou quinze anos, eu talvez tenha a agradável tarefa de procurar outro médico. Sempre é melhor fazer uma mudança como essa antes que seja absolutamente necessário." E, após ter tomado essa decisão espartana, o sr. Welland pegou o garfo com firmeza.

"Mas, afinal de contas", recomeçou a sra. Welland ao se levantar da mesa do almoço e ir à frente dos outros até a selva de cetim roxo e malaquita conhecida naquela casa como sala de estar dos fundos, "não sei como Ellen vai ser trazida para a cidade amanhã à noite; e gosto de ter as coisas resolvidas com pelo menos 24 horas de antecedência."

Archer, que estava contemplando, fascinado, um pequeno quadro em uma moldura octogonal de ébano com medalhões de ônix encrustados que mostrava dois cardeais se embebedando, se virou na direção da sogra.

"Querem que eu vá buscá-la?", sugeriu. "Não vai ser difícil sair do escritório a tempo de pegar a berlinda diante da barca, se May puder enviá-la para lá." Seu coração estava batendo forte de excitação.

A sra. Welland deu um suspiro de gratidão e May, que se afastara e fora até a janela, voltou-se e deu um sorriso de aprovação radiante para o marido. "Está vendo, mamãe? Tudo vai estar resolvido com 24 horas de antecedência", disse ela, se debruçando para beijar a testa aflita da mãe.

A berlinda de May estava esperando-a diante da porta, pois ela ia levar Archer até Union Square, onde ele poderia pegar um bonde para o escritório na Broadway. Ao se instalar em seu canto, ela disse: "Eu não quis preocupar a mamãe impondo mais obstáculos, mas como você vai poder encontrar Ellen amanhã e trazê-la para Nova York, se vai para Washington?"

"Ah, eu não vou mais", respondeu Archer.

"Não vai? Por que, o que aconteceu?" A voz de May, clara como um cristal, expressava seu profundo zelo de esposa.

"O caso não vai mais ser julgado. Foi adiado."

"Adiado? Que estranho! Esta manhã, eu vi um bilhete que o sr. Letterblair enviou à mamãe dizendo que ia a Washington amanhã por causa do caso importante sobre uma patente que ia defender na Suprema Corte. Você disse que era um caso de patente, não disse?"

"Bem... é por isso. O escritório inteiro não pode ir. Letterblair decidiu ir esta manhã."

"Quer dizer que o caso não foi adiado?", indagou May, com uma insistência tão incomum que Archer sentiu o sangue assomar-lhe ao rosto, como se estivesse corando por esse esquecimento das delicadezas tradicionais da parte dela.

"Não; mas a minha ida foi", respondeu ele, maldizendo as explicações desnecessárias que lhe dera quando anunciara sua intenção de ir a Washington e se perguntando onde lera que os mentirosos inteligentes dão detalhes, mas os brilhantes não dão. Doeu-lhe dizer uma inverdade a May, mas vê-la tentando fingir que não a detectara doeu duas vezes mais. "Eu só vou mais tarde. Que bom para a conveniência da sua família", continuou Archer, refugiando-se, vilmente, no sarcasmo. Enquanto falava, sentiu que a esposa o fitava e voltou-se para ela para não parecer estar evitando-a. Eles se encararam por um segundo, e talvez seus olhos os tenham feito compreender, melhor do que gostariam, o que ambos queriam dizer.

"Sim, é mesmo muito conveniente que você vá poder buscar Ellen, afinal de contas", concordou May alegremente. "Você viu como a mamãe ficou grata pela oferta."

"Ah, será um enorme prazer." A carruagem parou e, quando Archer saiu, May se inclinou e colocou a mão sobre a dele. "Adeus, meu amor", disse ela, com olhos tão azuis que, mais tarde, ele se perguntou se seu brilho vinha das lágrimas.

Archer deu-lhe as costas e atravessou depressa a Union Square, repetindo mentalmente, como uma espécie de mantra: "São quase duas horas de Jersey City até a casa da velha Catherine. Quase duas horas – talvez mais."

Capítulo 29

A berlinda azul-escura de sua esposa (ainda com o verniz que tinha sido aplicado na época do casamento) pegou Archer diante da barca e levou-o de maneira luxuosa até o terminal da Pennsylvania Railroad[127] em Jersey City. Era uma tarde sombria, as ruas estavam cobertas de neve e os lampiões a gás tinham sido acesos na grande estação cheia de ecos. Conforme caminhava de um lado a outro na plataforma, aguardando o trem expresso vindo de Washington, ele lembrou que algumas pessoas acreditavam que, um dia, haveria um túnel sob o rio Hudson através do qual os trens que chegavam pela estrada de ferro da Pensilvânia iriam diretamente até Nova York. Essas pessoas faziam parte da irmandade de visionários que também previa a construção de navios que atravessariam o Atlântico em cinco dias, a invenção de uma máquina voadora, luz por eletricidade, comunicação telefônica sem cabos e outras maravilhas que pareciam saídas das páginas de *As mil e uma noites*.

"Não quero saber quais dessas visões vão se tornar verdade", pensou Archer. "O que importa é que o túnel ainda não foi construído." Em sua felicidade irracional e juvenil, imaginou madame Olenska descendo do

---

127 Companhia ferroviária estabelecida em 1830. (N.T.)

trem, ele discernindo-a ao longe, em meio à multidão de rostos insignificantes, ela apoiando-se em seu braço, conforme ele a levava até a carruagem, o trajeto lento dos dois até o cais entre cavalos que escorregavam, charretes carregadas e condutores vociferantes, e então o silêncio súbito da balsa, onde eles ficariam sentados lado a lado sob a neve, na carruagem imóvel, conforme a terra parecia deslizar sob seus pés, rolando até o outro lado do sol. Era incrível a quantidade de coisas que ele queria dizer para ela e a eloquência com que estavam se formando em sua mente...

O trem se aproximou, tinindo e resfolegando, e parou devagar na estação como um monstro carregado de presas chegando ao covil. Archer abriu caminho às cotoveladas na multidão, olhando sem ver uma janela após a outra dos vagões altos. E, então, de repente, viu o rosto pálido e surpreso de madame Olenska ali perto e, mortificado, teve mais uma vez a sensação de ter esquecido a aparência dela.

Eles se encontraram, trocaram um aperto de mão, e ele enlaçou o braço dela. "Por aqui. Eu estou com a carruagem", disse.

Depois disso, tudo aconteceu como Archer sonhara. Ele ajudou-a a subir na berlinda com as malas e, mais tarde, teve a vaga lembrança de tê-la acalmado quanto ao estado de saúde da avó e dado um resumo da situação dos Beaufort (impressionando-se com a ternura com que ela disse "Pobre Regina!"). Enquanto isso, a carruagem atravessara a rua que rodeava a estação, e eles estavam descendo devagar a ladeira escorregadia até o cais, ameaçados por charretes cheias de pilhas de carvão, cavalos aturdidos, carroças repletas de pacotes e malas e um carro fúnebre vazio. Ah, esse carro fúnebre! Madame Olenska fechou os olhos quando ele passou, agarrando a mão de Archer.

"Espero que não seja... pobre vovó!"

"Ah, não, não. Ela está muito melhor. Está bem, de verdade. Pronto – passamos do carro!", exclamou ele, como se isso fizesse toda a diferença. Madame Olenska continuou de mãos dadas com Archer e, quando a carruagem atravessou, sacudindo, a rampa que dava na balsa, ele se inclinou, desabotoou sua luva marrom apertada e beijou sua palma como quem beija uma relíquia. Ela se soltou com um leve sorriso, e Archer disse: "Você não estava me esperando hoje."

"Ah, não."

"Eu pretendia ir a Washington vê-la. Já tinha combinado tudo. Nós quase nos desencontramos."

"Ah!", exclamou madame Olenska, como que aterrada por eles terem escapado daquilo por tão pouco.

"Sabia que... eu mal me lembrava de você?"

"Mal se lembrava de mim?"

"Quero dizer... Como posso explicar? Eu... É sempre assim. Cada vez que eu vejo você, acontece tudo de novo."

"Ah, sim. Eu sei! Eu sei!"

"Com você... é a mesma coisa?", insistiu ele.

Ela assentiu, olhando pela janela.

"Ellen... Ellen... Ellen!"

Madame Olenska não respondeu e Archer ficou em silêncio, observando seu perfil desaparecer em meio à penumbra do crepúsculo, diante da neve que caía lá fora. Ele se perguntou o que ela andara fazendo durante aqueles quatro longos meses. Afinal de contas, como eles sabiam pouco um sobre o outro! Os momentos preciosos estavam se esvaindo, mas Archer tinha se esquecido de tudo que pretendia dizer para ela e conseguiu apenas ficar cismando sobre o mistério da distância e da proximidade que havia entre eles, e que parecia simbolizado pelo fato de estarem sentados tão perto, mas sem conseguir ver o rosto um do outro.

"Que carruagem bonita! É de May?", perguntou madame Olenska, subitamente virando o rosto.

"É."

"Quer dizer que foi May que mandou você vir me buscar? Que bondade a dela!"

Archer ficou um instante sem responder. Então, disse, explosivamente: "O secretário de seu marido veio me ver um dia depois de nós nos encontrarmos em Boston."

Na breve carta que escrevera para ela, ele não tinha feito nenhuma menção à visita de *monsieur* Rivière e sua intenção fora jamais discutir o incidente com ninguém. Mas, como madame Olenska o fez lembrar de que eles estavam na carruagem de sua esposa, ele sentiu-se provocado a retaliar. Ia ver se ela gostava tanto daquela referência a *monsieur* Rivière quanto ele gostara da referência a May! Assim como em outras ocasiões em que Archer tinha esperado arrancá-la da tranquilidade de sempre, madame Olenska não demonstrou nenhum sinal de surpresa. No mesmo segundo, ele concluiu: "Quer dizer que ele escreve para ela."

"O *monsieur* Rivière foi vê-lo?"

"Sim. Você não sabia?"

"Não", respondeu ela, com simplicidade.

"E não está surpresa?"

Madame Olenska hesitou. "Por que deveria estar? Em Boston, ele me contou que o conhecia, que vocês tinham se conhecido na Inglaterra, acho."

"Ellen... eu preciso lhe perguntar uma coisa."

"Sim?"

"Quis perguntar isso depois de vê-lo, mas não podia fazê-lo por carta. Foi Rivière quem a ajudou a escapar... quando você deixou seu marido?"

O coração dele estava batendo tanto que quase o sufocou. Será que ela responderia a essa pergunta com aquela mesma tranquilidade?

"Sim. Eu tenho uma enorme dívida com ele", respondeu madame Olenska, sem sequer o mais leve tremor em sua voz serena.

Seu tom foi tão natural, tão quase indiferente, que o tumulto que havia em Archer se esvaneceu. Mais uma vez ela conseguira, apenas com sua simplicidade, fazê-lo sentir-se estupidamente convencional, bem quando achava que estava atirando as convenções pelos ares.

"Acho que você é a mulher mais honesta que eu já conheci!", exclamou ele.

"Ah, não. Mas provavelmente sou uma das menos manhosas", respondeu ela, soando divertida.

"Chame do que quiser: você vê as coisas como elas são."

"Ah... Tive de ver. Tive de encarar a górgona."[128]

"Bem... isso não a deixou cega! Você viu que ela é só um bicho-papão, como todos os outros."

"Ela não deixa a pessoa cega. Mas seca suas lágrimas."

A resposta calou a súplica que Archer estava prestes a fazer: pareceu vir de profundezas de vivência que estavam além do alcance dele. O lento progresso da balsa tinha cessado, e a proa bateu na madeira do píer com uma violência que sacudiu a berlinda e atirou Archer e madame Olenska um sobre o outro. O rapaz, trêmulo, sentiu a pressão do ombro dela e enlaçou-a.

"Se você não é cega, então tem de ver que isso não pode durar."

"O quê?"

"Nós estarmos juntos – e não estarmos."

"Não. Você não devia ter vindo hoje", declarou madame Olenska, em outro tom. E, subitamente, ela se virou, abraçou-o depressa e pressionou seus lábios contra os dele. No mesmo instante, a carruagem começou a se mexer e um lampião a gás aceso no píer iluminou a janela. Madame Olenska se afastou e eles ficaram ali, imóveis e em silêncio, enquanto a berlinda avançava devagar em meio ao engarrafamento de carruagens ao redor do atracadouro. Quando eles chegaram à rua, Archer começou a falar depressa: "Não tenha medo de mim. Não precisa se espremer de volta no seu canto assim. O que eu quero não é um beijo roubado. Olhe: não estou nem tentando tocar a manga de seu casaco. Não imagine que não compreendo seus

---

128 As górgonas são criaturas da mitologia grega, em geral representadas como mulheres com serpentes vivas na cabeça e longas presas. A mais conhecida das górgonas é Medusa. Ao contrário do que Archer parece acreditar, encarar uma górgona não deixa uma pessoa cega, mas a transforma em pedra. (N.T.)

motivos para não deixar que esse sentimento que há entre nós mingue e vire um caso clandestino e ordinário. Eu não teria conseguido falar dessa maneira ontem, pois quando estamos separados e estou na expectativa de vê-la, todos os meus pensamentos se consomem em uma enorme chama. Mas então, você chega; e é tão mais do que eu me lembrava, e o que quero de você é tão mais do que apenas uma ou duas horas de tempos em tempos, com longos períodos de sede no meio, que posso ficar completamente imóvel ao seu lado, assim, com aquela outra visão na minha mente e uma confiança tranquila de que ela vai se tornar realidade."

Por um instante, ela não respondeu; então perguntou, praticamente em um sussurro: "Como assim, confiança de que ela vai se tornar realidade?"

"Ora... Você sabe que vai, não sabe?"

"Sua visão de nós dois juntos?" Ela explodiu em uma gargalhada irônica. "Você escolheu um bom lugar para me dizer isso!"

"Isso porque nós estamos na berlinda da minha esposa? Quer sair e ir andando, então? Não se importa com um pouco de neve?"

Ela riu de novo, com mais doçura. "Não. Não vou sair e ir andando, pois minha missão é chegar à casa da vovó o mais depressa possível. E você vai ficar sentado do meu lado e nós vamos olhar não para visões, mas para realidades."

"Não sei o que você quer dizer com realidades. Para mim, a única realidade é isto."

Madame Olenska reagiu a essas palavras com um longo silêncio, durante o qual a carruagem rolou por uma transversal obscura e depois dobrou na Quinta Avenida, com sua iluminação penetrante.

"Sua ideia, então, é que eu viva com você como sua amante, já que não posso ser sua esposa?", perguntou ela.

A rudeza da pergunta fez com que Archer tivesse um sobressalto. As mulheres de sua classe lutavam com todas as forças para fugir daquela palavra, mesmo quando a conversa se aproximava mais do tópico. Ele notou que madame Olenska a pronunciou como se ela possuísse um lugar antigo em seu vocabulário e perguntou-se se fora usada costumeiramente em sua presença na vida horrível da qual fugira. A pergunta foi como um safanão, e Archer se atrapalhou.

"Eu quero... eu quero, de alguma maneira, fugir com você para um mundo onde palavras como essa – categorias como essa – não existam. Onde nós seremos simplesmente dois seres humanos que se amam, que são a vida inteira um para o outro; e mais nada no mundo importará."

Madame Olenska deu um suspiro profundo que terminou em outra risada. "Ah, meu bem... Onde fica esse país? Você já esteve lá?", perguntou ela. E, como ele permaneceu em silêncio, amuado, ela continuou: "Eu conheço tantas pessoas que tentaram encontrá-lo. E, acredite, todas acabaram pelo caminho, por engano: em lugares como Bolonha, ou Pisa, ou Monte Carlo... E lá não era nada diferente do velho mundo que tinham deixado; só menor, mais grosseiro e mais promíscuo."

Archer jamais a ouvira usar aquele tom e se lembrou da frase que dissera um pouco antes.

"A górgona secou mesmo as suas lágrimas", afirmou ele.

"Bem, ela também abriu meus olhos. É uma ilusão dizer que ela cega as pessoas. O que faz é justamente o contrário – prende suas pálpebras e as mantém abertas, para que elas nunca mais fiquem na abençoada escuridão. Não existe uma tortura chinesa assim? Deveria existir. Ah, é um país muito infeliz, pode acreditar em mim!"

A carruagem tinha atravessado a rua 42: o robusto cavalo que puxava a berlinda de May estava levando-os para o norte da cidade com a rapidez de um trotador do Kentucky. Archer sentiu-se sufocado pelos minutos desperdiçados e pelas palavras vãs.

"Então, qual exatamente é o seu plano para nós?", perguntou ele.

"Para nós? Nós não existimos nesse sentido! Só podemos ficar próximos se nos mantivermos longe. Então, podemos ser nós mesmos.

De outro modo, seremos apenas Newland Archer, o marido da prima de Ellen Olenska, e Ellen Olenska, a prima da esposa de Newland Archer, tentando ser felizes pelas costas das pessoas que confiaram neles."

"Ah, eu já deixei isso para trás", gemeu ele.

"Não deixou, não! Nunca deixou. Mas eu já", disse ela, em um tom estranho, "e sei onde essa estrada vai dar."

Archer ficou em silêncio, aturdido com uma dor inexprimível. Então, tateou na escuridão da carruagem, em busca do sininho que sinalizava as ordens do cocheiro. Lembrou que May tocava duas vezes quando queria parar. Tocou o sino e a carruagem parou no acostamento.

"Por que nós paramos? Aqui não é a casa da vovó!", exclamou madame Olenska.

"Não. Eu vou sair aqui", gaguejou ele, abrindo a porta e pulando para a calçada. À luz do poste da rua, viu o espanto no rosto dela e o gesto instintivo que fez para detê-lo. Archer fechou a porta e se debruçou na janela um instante.

"Você tinha razão: eu não devia ter vindo hoje", disse, baixando a voz para o cocheiro não ouvir. Madame Olenska se inclinou para frente e parecia prestes a dizer algo; mas Archer já mandara o cocheiro seguir e a carruagem saiu rolando, deixando-o postado na esquina. Tinha parado de nevar e surgira uma brisa gelada que açoitou seu rosto enquanto ele continuava ali, olhando. Subitamente, sentiu algo duro e frio nas pálpebras e percebeu que tinha chorado, e que o vento congelara suas lágrimas.

Enfiou as mãos nos bolsos e desceu depressa a Quinta Avenida na direção de casa.

Capítulo 30

Naquela noite, quando Archer desceu antes do jantar, encontrou a sala de estar vazia.

Ele e May iam jantar sozinhos, já que todos os encontros com a família tinham sido adiados desde que a sra. Manson Mingott adoecera; e, como May era a mais pontual dos dois, Archer ficou surpreso por ela não ter chegado antes. Ele sabia que a esposa estava em casa, pois, enquanto se vestia, a ouvira se movimentando em seu quarto, e se perguntou qual seria o motivo da demora.

Archer adquirira o hábito de se demorar nessas conjecturas pois, assim, fixava os pensamentos na realidade. Às vezes, achava que tinha compreendido por que o sogro era tão absorto em detalhes: talvez até o sr. Welland, muito tempo atrás, também tivesse visões e maneiras de fugir e, por isso, lançara mão de todas as armas da vida doméstica para se defender delas.

Quando May apareceu, Archer achou que ela parecia cansada. Sua esposa colocara o vestido de noite justo e decotado que o cerimonial dos Mingott exigia até nas ocasiões mais informais, e prendera o cabelo louro no coque alto usual; mas seu rosto formava um contraste com o resto, pois estava pálido, quase exausto. Ela, no entanto, deu-lhe o mesmo sorriso radiante e terno de sempre e, nos olhos, ainda tinha o brilho azul do dia anterior.

"O que aconteceu com você, meu amor?", perguntou. "Eu fiquei esperando na casa da vovó, mas Ellen chegou sozinha e disse que o deixara no caminho, pois você teve de correr para resolver algo de trabalho. Alguma coisa errada?"

"Só algumas cartas que eu tinha esquecido e quis mandar antes do jantar."

"Ah", disse May. E, após um instante: "Lamento que você não tenha ido à casa da vovó. A não ser que as cartas fossem urgentes."

"Eram", respondeu ele, surpreso com a insistência dela. "Além disso, não sei por que eu deveria ter ido à casa da sua avó. Não sabia que você estava lá."

May se virou e se aproximou do espelho que ficava sobre a lareira. Enquanto estava ali, erguendo o braço longo para prender uma madeixa que se desprendera do penteado intricado, Archer percebeu que em seus gestos havia algo de lânguido e inelástico, e se perguntou se ela também estava sentindo o peso da monotonia mortal da vida deles. Então, se lembrou de que, quando estava saindo de casa naquela manhã, May falara do andar de cima onde o encontraria na casa da avó para que eles pudessem voltar para casa juntos na carruagem. Ele respondera "Sim!" alegremente e, absorto em outras visões, esquecera sua promessa. Sentiu-se esmagado pela compunção e, ao mesmo tempo, irritado por uma omissão tão banal ser armazenada entre suas faltas após quase dois anos de casamento. Estava cansado de viver em uma eterna lua de mel tépida, sem o calor da paixão, mas com todas as suas exigências. Se May houvesse expressado suas queixas (e Archer suspeitava que tinha muitas), ele poderia ter rido delas até dissipá-las; mas ela fora treinada para ocultar feridas imaginárias sob um sorriso espartano.

Para disfarçar a própria irritação, ele perguntou como estava a avó dela, e May respondeu que a sra. Mingott continuava melhorando, mas tinha ficado bastante perturbada com a última notícia sobre os Beaufort.

"Que notícia?"

"Parece que eles vão ficar em Nova York. Acredito que ele vá entrar para o ramo dos seguros, alguma coisa assim. Estão procurando uma casa pequena."

O disparate era tamanho que não havia o que discutir, e eles foram jantar. Durante a refeição, a conversa se moveu no círculo limitado de sempre, mas Archer percebeu que a esposa não fez qualquer menção à madame Olenska ou à maneira como a velha Catherine a recebera. Ficou agradecido por isso, mas teve a vaga impressão de que era um mau agouro.

Eles subiram para tomar café na biblioteca, e Archer acendeu um charuto e pegou um livro de Michelet.[129] Vinha dando preferência por ler História à noite desde que May demonstrara uma tendência para pedir-lhe que lesse em voz alta quando o via com um livro de poesias: não por desgostar do som da própria voz, mas porque sempre conseguia prever os comentários que ela ia fazer sobre os poemas. Sua impressão era a de que May, na época do noivado, simplesmente repetia o que ele dizia; depois que tinha parado de muni-la de opiniões, ela começara a arriscar algumas próprias, e o resultado era que destruía para o marido as obras que tentava comentar.

Ao ver que Archer tinha escolhido um livro de História, May pegou o cesto de costura, levou uma poltrona para perto do abajur de mesa de cúpula verde e tirou o pano que cobria a almofada que estava bordando para o sofá dele. Ela não costurava bem; suas mãos grandes e ágeis tinham sido feitas para cavalgar, remar e realizar outras atividades ao ar livre; mas, como as outras esposas bordavam almofadas para os maridos, não desejava ser omissa sequer nesse sinal de devoção.

May estava em um local onde Archer, apenas erguendo os olhos, podia vê-la debruçada sobre o bastidor, com as mangas abertas até a altura do cotovelo deixando à mostra os braços firmes e redondos,

---

129 Jules Michelet (1798-1874), historiador francês mais conhecido por sua vasta *História da França*, escrita entre 1833 e 1867 e publicada em dezenove volumes. (N.T.)

a safira de noivado brilhando na mão esquerda sobre a larga aliança de ouro e a mão direita perfurando a tela de maneira lenta e penosa. Ao observá-la ali, sentada, com a luz do abajur iluminando bem a fronte jovem, ele disse de si para si, com uma angústia secreta, que sempre saberia o que se passava em sua mente, que nunca, em todos os anos que viriam, ela o surpreenderia com um humor inesperado, uma nova ideia, uma fraqueza, uma crueldade ou uma emoção. May havia gasto toda sua poesia e seu romance durante o curto período em que Archer a cortejara: essas características haviam desaparecido, pois não havia mais necessidade delas. Agora, ela estava apenas se tornando uma cópia da mãe e, misteriosamente, por meio do mesmo processo, tentando transformá-lo em um sr. Welland. Archer largou o livro e se levantou, impaciente. May, no mesmo instante, ergueu a cabeça.

"O que houve?"

"O cômodo está abafado. Preciso de um pouco de ar."

Ele insistira em ter na biblioteca cortinas que corressem por um suporte, para que elas pudessem ser fechadas à noite em vez de permanecer pregadas em uma cornija pintada de dourado sobre camadas e mais camadas de renda, como na sala de estar. Puxou-as e abriu a janela de guilhotina, enfiando a cabeça lá fora, na noite gelada. O mero fato de não estar olhando para May sentada ao lado de sua escrivaninha, sob a luz de seu abajur, o fato de estar vendo outras casas, telhados, chaminés, de ter a sensação de que havia outras vidas além da sua, outras cidades além de Nova York e um mundo inteiro além do seu mundo, isso tudo aliviou sua mente e fez com que fosse mais fácil respirar.

Após permanecer envolto pela escuridão durante alguns minutos, Archer ouviu-a dizer: "Newland! Por favor, feche a janela. Você vai acabar morrendo."

Ele baixou a janela e se voltou. "Acabar morrendo!", repetiu. E sentiu vontade de acrescentar: "Mas isso já aconteceu. Eu estou morto. Estou morto há meses e meses."

E, subitamente, o uso da palavra fez surgir uma ideia insana. E se ela estivesse morta? Se ela morresse – morresse dali a pouco tempo –, isso o libertaria! A sensação de estar ali, naquele cômodo cálido e familiar, olhando para sua esposa e desejando que ela estivesse morta, era tão estranha, tão fascinante e avassaladora, que Archer não percebeu sua enormidade de imediato. Apenas sentiu que o acaso lhe mostrara uma nova possibilidade à qual sua alma doente poderia se agarrar. Sim, May podia morrer. As pessoas morriam – pessoas jovens e saudáveis como ela. Ela podia morrer e ele, de repente, estaria livre.

May ergueu a cabeça e Archer viu, pelos olhos arregalados dela, que devia havia algo de estranho no seu próprio olhar.

"Newland! Está se sentindo mal?"

Ele balançou a cabeça e se virou na direção de sua poltrona. Ela se debruçou sobre o bastidor do bordado e, quando Archer passou, colocou a mão sobre o cabelo da esposa. "Pobre May!", disse ele.

"Pobre? Por que pobre?", repetiu ela, com uma risada forçada.

"Porque eu nunca vou poder abrir uma janela sem deixar você preocupada!", respondeu Archer, rindo também.

May ficou em silêncio por um instante; então disse, bem baixinho, debruçada sobre a costura: "Eu nunca vou ficar preocupada se você estiver feliz."

"Ah, meu amor, e eu nunca vou ser feliz se não puder abrir as janelas."

"Com este tempo?", ralhou ela; e, com um suspiro, Archer escondeu-se atrás do livro.

Seis ou sete dias se passaram. Archer não soube nada de madame Olenska e deu-se conta de que o nome dela não era mencionado em sua presença por nenhum membro da família. Não tentou vê-la: fazer isso enquanto ela estava na vigiada cabeceira da velha Catherine teria sido quase impossível. Na incerteza da situação, ele permitiu-se dar um mergulho consciente até um ponto sob a superfície de seus pensamentos – da decisão que tinha tomado ao se debruçar da janela de sua biblioteca e ver-se em meio à noite gelada. A força dessa decisão fez com que fosse fácil aguardar, sem dar nenhum indício. Então, um dia, May lhe disse que a sra. Manson Mingott tinha pedido para vê-lo. Não havia nada de estranho naquilo, pois a matriarca estava cada vez melhor e sempre tinha declarado abertamente que Archer era seu preferido entre os maridos das netas. May deu o recado com evidente prazer: ela sentia orgulho do fato de a velha Catherine dar valor a seu marido.

Fez-se um momento de silêncio e então Archer sentiu que era sua obrigação dizer: "Claro. Vamos juntos esta tarde?"

Sua esposa deu um sorriso radiante, mas respondeu prontamente: "Ah, é muito melhor você ir sozinho. A vovó se aborrece quando vê sempre as mesmas pessoas."

O coração de Archer estava batendo com violência quando ele tocou a campainha da velha sra. Mingott. O que mais desejara no mundo fora ir até lá sozinho, pois tinha certeza de que a visita lhe daria a oportunidade de ter uma conversa privada com a condessa Olenska. Tinha decidido esperar até que a ocasião ocorresse naturalmente; e tinha ocorrido, pois ali estava ele, na soleira da casa. Atrás da porta, atrás dos reposteiros de damasco amarelo do cômodo que dava para o saguão, ela decerto o esperava; e, dali a um instante, ele a veria e poderia falar-lhe antes de ser levado para ver a doente.

Archer queria apenas fazer-lhe uma pergunta: depois disso, seu caminho estaria claro. Desejava perguntar-lhe somente qual era a data de sua volta para Washington; e a essa pergunta, ela não podia se recusar a responder.

Mas quem o aguardava na sala de estar amarela era a criada negra. Com os dentes brancos brilhando como um teclado, ela abriu as portas de correr e levou-o até a presença da velha Catherine.

A velha estava sentada perto da cama em uma imensa poltrona, parecendo um trono. Ao seu lado, havia um aparador de mogno com um lampião de bronze fundido e globo trabalhado, sobre o qual estava equilibrado um quebra-luz de papel verde. Não havia sequer um livro ou jornal ao alcance, nem nenhuma evidência de afazeres femininos: o único passatempo da sra. Mingott sempre fora conversar, e ela teria demonstrado desprezo pela ideia de fingir interesse em costura. Archer não viu nenhum sinal da leve distorção facial causada pelo derrame. A sra. Mingott parecia apenas mais pálida, com sombras mais escuras nas dobras e sulcos do corpo obeso. Usava um gorro redondo e franzido que havia sido atado com um laço engomado entre seus dois primeiros queixos e um lenço de musselina cruzado sobre a imensa camisola roxa, o que lhe dava a aparência de uma mulher de outra época, uma astuta e bondosa ancestral dela própria que desfrutara em excesso dos prazeres da mesa.

A sra. Mingott ergueu uma das mãozinhas que estavam pousadas sobre o côncavo de seu enorme colo como animaizinhos de estimação e disse para a criada: "Não deixe mais ninguém entrar. Se uma das minhas filhas aparecer, diga que estou dormindo."

A criada desapareceu e a velha se voltou para o marido da neta.

"Eu estou horrorosa, meu bem?", perguntou alegremente, enviando uma das mãos em busca das dobras de musselina que cobriam o seio inacessível. "Minhas filhas me dizem que isso, na minha idade, não importa. Como se a feiura não importasse ainda mais quando fica mais difícil de esconder!"

"Meu bem, a senhora está mais linda do que nunca!", respondeu Archer no mesmo tom; e ela atirou a cabeça para trás e riu.

"Ah, mas não tão linda quanto Ellen!", atirou-lhe ela, com os olhos brilhando de malícia; e, antes que ele pudesse responder, acrescentou: "Ela estava linda desse jeito no dia em que você foi buscá-la na balsa?" Archer riu, e a sra. Mingott continuou: "Foi por ter-lhe dito isso que ela o expulsou no meio do caminho? Quando eu era nova, os rapazes só desertavam as mulheres bonitas quando eram obrigados!" Ela deu outra risota, interrompendo-se pra dizer, quase zangada: "Que pena que Ellen não casou com você. Eu vivo dizendo isso a ela. Teria me poupado de todas essas preocupações. Mas quem pensa em poupar a avó de preocupações?"

Archer se perguntou se a doença afetara as faculdades mentais da sra. Mingott; mas, de repente, ela declarou:

"Bem, está resolvido de qualquer maneira: Ellen vai ficar comigo, não quero saber o que diz o resto da família! Com ela aqui há menos de cinco minutos, eu já estava pronta para me ajoelhar e implorar para mantê-la ao meu lado. Pena que faz vinte anos que não consigo ver o chão!"

Archer ouviu em silêncio, e a sra. Mingott continuou:

"Eles me persuadiram, como você deve saber. Lovell, Letterblair, Augusta Welland e todo o resto me disseram que eu tinha de resistir e cortar a mesada de Ellen, até ela entender que era seu dever voltar para Olenski. Acharam que tinham me convencido quando o secretário, ou sei lá quem, apareceu com as últimas propostas: e eram belas propostas, confesso. Afinal, casamento é casamento e dinheiro é dinheiro... duas coisas úteis, à sua maneira... E eu não soube o que responder..." Ela se interrompeu e respirou fundo, como se estivesse com dificuldades para falar. "Mas, no minuto em que olhei para ela, disse: 'Meu passarinho! E eu lá vou meter você de novo naquela gaiola? Nunca!' Então agora ficou resolvido que Ellen vai ficar aqui cuidando da vovó, enquanto houver uma vovó para cuidar. Não vai ser uma vida alegre, mas ela não se incomoda. E é claro que eu disse a Letterblair que ela vai receber uma mesada decente."

O rapaz ouviu tudo aquilo com o sangue ardendo nas veias; mas a confusão de sua mente era tal que mal soube dizer se a notícia lhe causara felicidade ou tristeza. Tinha decidido tão definitivamente o caminho que pretendia tomar que, por um instante, não conseguiu reorganizar as ideias. Mas, aos poucos, foi se espalhando por seu corpo a sensação deliciosa de dificuldades adiadas e oportunidades milagrosamente criadas. Se Ellen concordara em ir morar com a avó, decerto era porque reconhecera que era impossível abrir mão dele.

Aquela era sua resposta à súplica que Archer tinha feito no outro dia: ela se recusava a dar o passo decisivo pelo qual ele implorara, mas pelo menos cedera parcialmente. Archer absorveu esse pensamento com o alívio involuntário de um homem que estava pronto para arriscar tudo, mas de repente sentiu o gosto doce e perigoso da segurança. "Ela não podia voltar. Era impossível!", exclamou.

"Ah, meu bem, eu sempre soube que você estava do lado dela; e é por isso que mandei que viesse me ver hoje, e disse para sua bela esposa, quando ela sugeriu vir junto: 'Não, querida, estou louca para ver Newland e não quero que ninguém testemunhe nosso êxtase.' Pois veja, meu bem", disse a sra. Mingott, jogando a cabeça para trás até onde os queixos pesados permitiram e encarando-o, "nós ainda vamos ter uma briga. A família não a quer aqui e eles vão dizer que é porque eu estive doente, porque sou uma velha fraca, que ela me convenceu. Ainda não estou bem o suficiente para brigar com eles um por um, então você precisa fazer isso por mim."

"Eu?", gaguejou Archer.

"Você. Por que não?", retrucou ela, com os olhos redondos subitamente tão afiados quanto lâminas. Sua mão ergueu-se do braço da poltrona e pousou sobre a dele, cravando em sua pele pequenas unhas brancas que eram como as garras de um pássaro. "Por que não?", repetiu, com um olhar penetrante.

Archer, sob o escrutínio da sra. Mingott, recobrara sua presença de espírito.

"Ah, eu não conto. Sou insignificante demais", respondeu.

"Bem, você é sócio de Letterblair, não é? Tem de usar Letterblair para convencer a família. A não ser que tenha algum motivo para não querer", insistiu ela.

"Ah, meu bem, eu aposto na senhora contra todos eles, mesmo sem a minha ajuda; mas terá a minha ajuda, se precisar", garantiu ele.

"Então, nós estamos seguras!", suspirou a sra. Mingott. E, sorrindo para Archer com toda a sua astúcia ancestral, acrescentou, ajeitando a cabeça de novo nas almofadas: "Eu sempre soube que ia nos apoiar, pois eles nunca citam você quando dizem que é dever dela voltar para casa."

Ele estremeceu um pouco diante da perspicácia aterradora dela e teve uma imensa vontade de perguntar: "E May? Eles citam May?" Mas achou que era mais seguro ir em outra direção.

"E madame Olenska? Quando eu vou vê-la?"

A velha riu, comprimiu as pálpebras e respondeu, com uma brejeirice exagerada: "Hoje, não. Uma de cada vez, por favor. Madame Olenska saiu."

Archer corou de decepção, e a sra. Mingott continuou:

"Ela saiu, meu filho. Saiu com a minha carruagem para ver Regina Beaufort."

Ela fez uma pausa para que esta declaração produzisse efeito. "Ellen já me reduziu a isso. Um dia depois de chegar aqui, colocou o melhor chapéu e me disse, com o maior atrevimento, que ia visitar Regina Beaufort. 'Não conheço. Quem é?', perguntei. 'É sua sobrinha-neta e é uma mulher muito infeliz', respondeu ela. 'Ela é casada com um patife', retruquei. E Ellen: 'Bem, eu também sou, mas minha família toda quer que eu volte para ele.' Isso me deixou embasbacada, e eu permiti que ela fosse. Finalmente, um dia, Ellen me disse que estava chovendo demais para sair a pé e que ela queria minha carruagem emprestada. 'Para quê?', perguntei. 'Para ir visitar minha prima Regina.' Prima! Preste atenção, meu bem, eu olhei pela janela e vi que não estava caindo nem uma gota; mas entendi e deixei que Ellen fosse de carruagem... Afinal de contas, Regina é uma mulher valente, e ela também é. E eu sempre gostei de coragem acima de tudo."

Archer se debruçou e deu um beijo na mãozinha que ainda estava sobre a dele.

"Ei, ei, ei! A mão de quem você achou que estava beijando, rapaz? Da sua esposa, espero!", exclamou a velha com sua gargalhada de desdém; e, quando ele já estava saindo, ela disse alto: "Diga para ela que a vovó mandou um beijo; mas é melhor não contar nada da nossa conversa."

Capítulo 31

Archer ficara estupefato com a notícia que a velha Catherine lhe dera. Era natural que madame Olenska viesse correndo de Washington em resposta ao chamado da avó; mas o fato de ter decidido continuar sob o teto dela, principalmente agora que a sra. Mingott já estava quase recuperada, não era tão fácil de explicar.

Ele tinha certeza de que a decisão de madame Olenska não fora influenciada pela mudança em sua situação financeira. Sabia a quantia exata da renda modesta que seu marido lhe permitiu ter após a separação. Sem o acréscimo da mesada da avó, a renda mal bastava para viver em qualquer sentido que a palavra pudesse ter no vocabulário dos Mingott; e, agora que Medora Manson, que morava com ela, estava arruinada, aquela ninharia quase não seria suficiente para a alimentar e vestir as duas mulheres. Mesmo assim, Archer estava convencido de que madame Olenska não aceitara a oferta da avó por motivos interesseiros.

A condessa tinha, por um lado, a generosidade incauta e a extravagância esporádica das pessoas que eram acostumadas a grandes fortunas e indiferentes ao dinheiro; por outro lado, conseguia passar sem muitas coisas que seus parentes consideravam indispensáveis. A sra. Lovell Mingott e a sra. Welland muitas vezes haviam lamentado que alguém que já desfrutara dos luxos cosmopolitas das propriedades do conde Olenski se importasse tão pouco com a "etiqueta". Além disso, Archer sabia que já haviam se passado vários meses desde que a mesada fora cortada, mas nesse ínterim madame Olenska não fizera nenhum esforço para voltar às boas graças da avó. Portanto, se tinha mudado sua maneira de agir, devia ser por outra razão.

Archer não precisou procurar muito para encontrar essa razão. Na saída da balsa, madame Olenska lhe dissera que ambos tinham que continuar separados – porém, fizera isso com a cabeça pousada em seu peito. Ele sabia que não havia nenhum coquetismo calculado em suas palavras: ela estava lutando contra seu destino assim como Archer lutava contra o dele, e se agarrando desesperadamente à resolução de que não iriam trair as pessoas que confiavam neles. Mas, durante os dez dias que tinham transcorrido desde sua volta para Nova York, madame Olenska talvez houvesse adivinhado, pelo silêncio de Archer e pelo fato de ele não ter tentado vê-la, que ele estava pensando em dar um passo decisivo – um passo que não teria volta. Diante disso, talvez houvesse sido tomada por um súbito temor da própria fraqueza e sentido que, afinal de contas, era melhor aceitar o meio-termo usual nesses casos e fazer a escolha mais simples.

Uma hora mais cedo, quando tocara a campainha da sra. Mingott, Archer achara que o rumo que iria tomar estava claro. Ele pretendia conversar a sós com madame Olenska ou, se não fosse possível, perguntar para a avó dela em que dia, e em que trem, ela iria voltar para Washington. Tinha a intenção de embarcar nesse mesmo trem e ir com madame Olenska até Washington, ou até onde ela estivesse disposta a seguir. Ele próprio estava inclinado a ir até o Japão. De qualquer maneira, madame Olenska iria compreender imediatamente que, aonde quer que ela fosse, Archer iria também. Ele pretendia deixar um bilhete para May que tornasse qualquer alternativa impossível.

Archer acreditara que não apenas estava pronto para dar esse mergulho, como ansioso para fazê-lo; mas sua primeira sensação ao saber que os acontecimentos tinham tomado outro rumo fora de alívio.

Naquele momento, no entanto, enquanto caminhava da casa da sra. Mingott para a sua, ele percebeu que sentia uma repugnância cada vez maior pelo se descortinava à sua frente. Não havia nada de desconhecido ou estranho no caminho que presumivelmente iria trilhar; mas, quando o trilhara antes, tinha sido como um homem livre, que não devia explicações a ninguém e podia jogar com uma indiferença divertida aquele jogo de cautelas e mentiras, de segredos e aquiescências, que o papel exigia. Esse procedimento se chamava "proteger a honra de uma mulher"; e os melhores livros de ficção, além das conversas tidas após o jantar com homens mais velhos, há muito tinham revelado para Archer todos os detalhes de seu código de conduta. Então, ele viu a questão de outra forma e seu papel pareceu muito menos nobre. Seria aquele papel que, com uma fatuidade secreta, ele vira a sra. Thorley Rushworth desempenhar para um marido que a amava e jamais percebeu nada: uma mentira sorridente, espirituosa, condescendente, cuidadosa e incessante. Uma mentira de dia, uma mentira de noite, uma mentira em cada gesto e cada olhar; uma mentira em cada carícia e cada briga; uma mentira em cada palavra e cada silêncio.

Era mais fácil, e menos pérfido, uma mulher desempenhar esse papel para o marido. Havia um acordo tácito de que as mulheres podiam faltar mais com a verdade: elas eram a parte submissa do casal, versada nas artes dos escravizados. Além disso, a mulher podia usar como desculpa seus humores e nervos, e o direito de não ser responsabilizada por suas ações com tanto rigor; e, até nas sociedades mais severas, era do marido que todos riam.

Mas, no pequeno mundo de Archer, ninguém ria de uma mulher enganada, e sentia-se um certo desdém pelos homens que continuavam a ser mulherengos depois de casados. Todos reconheciam que havia uma época certa para entregar-se aos desvarios da mocidade, mas ela devia ocorrer apenas uma vez.

Archer sempre vira a questão daquela forma; no fundo, achava Lefferts desprezível. Mas amar Ellen Olenska não era se tornar um homem como Lefferts: pela primeira vez, Archer viu-se cara a cara com o temível argumento do caso individual. Ellen Olenska era diferente de todas as outras mulheres, ele era diferente de todos os outros homens: a situação deles, portanto, não se parecia com a de mais ninguém, e eles não podiam ser julgados perante nenhum tribunal, a não ser o de sua própria opinião.

Sim, mas dali a dez minutos ele subiria os degraus da própria casa. E havia May, o hábito, a honra e todas as velhas decências nas quais ele e seu povo sempre tinham acreditado...

Ao chegar em sua esquina, ele hesitou, e então continuou a caminhar pela Quinta Avenida.

Diante de Archer, erguia-se uma enorme casa, toda apagada em meio à noite de inverno. Ao se aproximar, ele se lembrou de todas as vezes em que a avistara varada de luz, com um toldo e um tapete sobre os degraus da frente e carruagens em fila dupla esperando para parar no acostamento. Tinha sido na estufa que se espraiava na mais completa escuridão pela rua lateral que Archer dera seu primeiro beijo em May; tinha sido sob uma miríade de velas no salão de baile que ele a vira surgir, alta e trajada de prata como uma jovem Diana.

Agora, a casa estava escura como um túmulo, a não ser pelo brilho tênue de um bico de gás no porão e por uma luz acesa em um dos cômodos do andar de cima, no qual as persianas não tinham sido baixadas. Quando ele chegou na esquina, viu que a carruagem parada na porta era a da sra. Manson Mingott. Que oportunidade para Sillerton Jackson, se ele por acaso passasse por ali! Archer tinha ficado muito comovido com o relato da velha Catherine sobre a maneira como madame Olenska escolhera tratar a sra. Beaufort; ela fizera a desaprovação hipócrita de Nova York parecer uma sombra passando distante. Mas ele sabia muito bem como os clubes e os salões iriam interpretar as visitas de Ellen Olenska à prima.

Archer estacou e olhou a janela iluminada lá em cima. Sem dúvida, as duas mulheres estavam juntas naquele cômodo: Beaufort provavelmente tinha ido se consolar em outro lugar. Havia até boatos de que ele tinha ido embora de Nova York com Fanny Ring, mas a postura da sra. Beaufort fazia com que fosse difícil acreditar neles. Archer estava quase sozinho em sua observação noturna da Quinta Avenida. Àquela hora, a maioria das pessoas estava em casa, se vestindo para o jantar; e ele ficou secretamente feliz em pensar que era improvável que Ellen fosse ser vista saindo daquela casa. Quando esse pensamento passou por sua mente, a porta foi aberta e ela surgiu. Atrás dela havia uma luz fraca, como a de um lampião que tivesse sido levado até o andar de baixo para mostrar-lhe o caminho. Ellen se virou para dizer algo para alguém; então, a porta se fechou e ela desceu os degraus.

"Ellen", chamou Archer em voz baixa quando ela chegou à calçada.

Ela parou com um leve sobressalto e, justamente naquele momento, viu dois rapazes bem-vestidos se aproximando. Havia algo de familiar em seus sobretudos e na maneira como seus elegantes cachecóis de seda estavam dobrados sobre as gravatas brancas, e Archer se perguntou por que dois jovens daquela estampa estariam jantando fora tão cedo. Então, se lembrou de que o sr. e a sra. Reggie Chivers, cuja casa era um pouco mais adiante, iam levar diversos convidados naquela noite para ver Adelaide Neilson[130] em *Romeu e Julieta*, e imaginou que eles fizessem parte do grupo. Os rapazes passaram sob um poste, e Archer reconheceu Lawrence Lefferts e um dos membros mais novos da família Chivers.

Um desejo mesquinho de que ninguém visse madame Olenska diante da porta dos Beaufort desapareceu quando ele sentiu o calor penetrante da mão dela.

---

130 Nome artístico de Elizabeth Ann Brown (1848-1880), atriz muito popular nas décadas de 1860 e 1870. (N.T.)

"Agora, eu vou ver você... nós vamos ficar juntos", gaguejou Archer, mal sabendo o que dizia.

"Ah", respondeu ela. "A vovó lhe contou?"

Enquanto a observava, Archer percebeu que Lefferts e Chivers, ao chegar na esquina, tinham discretamente atravessado a Quinta Avenida. Era o tipo de solidariedade masculina que ele próprio demonstrava com frequência, mas, naquele momento, a cumplicidade o enojou. Será que ela realmente imaginava que eles poderiam viver daquela maneira? E se não imaginava isso, o que imaginava?

"Eu preciso vê-la amanhã – em algum lugar onde possamos ficar sozinhos", disse Archer, em um tom que pareceu quase raivoso a seus ouvidos.

Madame Olenska hesitou e deu um passo na direção da carruagem.

"Eu estarei na casa da vovó – pelo menos, por enquanto", respondeu ela, como se consciente de que sua mudança de planos exigia uma explicação.

"Em algum lugar onde possamos ficar sozinhos", insistiu ele.

Ela deu uma leve risada que o irritou.

"Em Nova York? Mas não há nenhuma igreja... nenhum monumento."

"Há o museu de arte.[131] No parque", explicou Archer, quando viu que madame Olenska não tinha entendido. "Às duas e meia. Eu espero você na porta..."

Ela deu-lhe as costas sem responder e entrou depressa na carruagem. Quando esta estava se afastando, madame Olenska se inclinou para fora e ele teve a impressão de que acenara na penumbra. Archer continuou a observá-la, em um tumulto de sentimentos contraditórios. Pareceu-lhe que falara não com a mulher que amava, mas com

---

131 O Metropolitan Museum of Art foi aberto em 1872, mas passou a funcionar em uma construção no Central Park apenas em 1880 e sofreu diversas modificações desde então. Esse é um dos raros anacronismos cometidos por Edith Wharton. (N.T.)

outra – uma mulher a quem devia prazeres dos quais já se cansara. Era odioso ver-se prisioneiro daquele vocabulário tão gasto. "Ela virá", pensou ele, quase com desdém.

Evitando a popular Coleção Wolfe,[132] cujos quadros adquiridos de maneira assistemática tomavam uma das principais galerias daquela estranha selva de ferro fundido e ladrilhos de cerâmica conhecida como o Metropolitan Museum, eles atravessaram um corredor que dava em uma sala onde as Antiguidades de Cesnola[133] mofavam na solidão.

Os dois estavam a sós naquele retiro melancólico e, sentados no sofá que rodeava o aquecedor central, olhavam em silêncio para os armários de vidro e madeira ebanizada que continham os fragmentos recuperados de Ilium.[134]

"É estranho", disse madame Olenska. "Eu nunca vim aqui antes."

"Bem... Imagino que, um dia, será um grande museu."

"Sim", concordou ela, distraída.

Madame Olenska se levantou e vagou pela sala. Archer continuou sentado, observando os movimentos ágeis de seu corpo – tão juvenis, mesmo sob o casaco pesado de pele –, a elegante asa de garça sobre o chapéu e a maneira como um cacho preto formava uma espiral em cada lado da testa, como dois ramos de videira. A mente dele, como sempre acontecia quando eles se encontravam, estava completamente absorta pelos detalhes deliciosos que faziam de madame

132 Catherine Lorillard Wolfe (1828-1887) foi a primeira mulher a doar obras para o Metropolitan Museum of Art. (N.T.)

133 Cerca de dez mil objetos obtidos pelo arqueólogo italiano Luigi Palma di Cesnola (1832-1904) em túmulos fenícios, gregos, assírios e egípcios em escavações em Chipre. Cesnola vendeu sua coleção para o Metropolitan em 1872 e se tornou o primeiro diretor do museu em 1879. (N.T.)

134 Nome latino de Troia. (N.T.)

Olenska ela mesma e mais ninguém. Logo, Archer se levantou e se aproximou do mostrador diante do qual ela estava. Suas prateleiras de vidro estavam repletas de pequenos objetos quebrados – utensílios domésticos, ornamentos e artefatos pessoais mal reconhecíveis –, feitos de vidro, de argila, de bronze descorado e de outras substâncias tornadas indistintas pelo tempo.

"Parece cruel", disse madame Olenska, "que, após algum tempo, nada importe... não mais do que essas coisinhas, que costumavam ser necessárias e importantes para pessoas esquecidas, mas que agora precisam ser decifradas sob uma lupa e receber o rótulo de 'uso desconhecido'."

"Sim. Mas, enquanto isso..."

"Ah, enquanto isso..."

Vendo-a ali de pé, com seu comprido casaco de pele de foca, as mãos enfiadas em um pequeno regalo redondo, o véu baixado como uma máscara transparente até a ponta do nariz e o buquê de violetas que ele lhe trouxera movendo-se com sua respiração apressada, pareceu incrível para Archer que aquela harmonia perfeita de linhas e cores um dia fosse sofrer os estúpidos efeitos da mudança.

"Enquanto isso, tudo importa. Tudo que tem a ver com você", disse ele.

Ela olhou-o, pensativa, e voltou para o sofá. Archer sentou-se ao seu lado e aguardou; subitamente, ouviu passos ecoando lá longe nas salas vazias e sentiu a pressão dos minutos.

"O que você queria me dizer?", perguntou madame Olenska, como se tivesse recebido o mesmo alerta.

"O que eu queria lhe dizer?", repetiu ele. "Ora, que acredito que você veio para Nova York porque estava com medo."

"Com medo?"

"De eu ir para Washington."

Ela olhou para o regalo, e Archer viu suas mãos se moverem dentro dele, inquietas.

"E então?"

"Bem... sim", confirmou madame Olenska.

"Você estava mesmo com medo? Sabia que..."

"Sim. Eu sabia que..."

"E então?", insistiu ele.

"Então... assim é melhor, não é?", respondeu ela, com um suspiro.

"Melhor?"

"Nós vamos magoar menos os outros. Não é isso, afinal, que você sempre quis?"

"Quer dizer, ter você aqui – ao alcance, mas fora de alcance? Encontrá-la desta maneira, às escondidas? É o contrário do que quero. Eu lhe disse o que queria no outro dia."

"E ainda acha que isso é... pior?"

"Mil vezes!" Archer fez uma pausa. "Seria fácil mentir para você. Mas a verdade é que eu acho isso detestável."

"Ah, eu também!", exclamou madame Olenska, com um profundo suspiro de alívio.

Ele ficou de pé em um pulo, impaciente. "Então, é minha vez de perguntar: o que você acha melhor, em nome de Deus?"

Ela baixou a cabeça e continuou a entrelaçar e desentrelaçar as mãos dentro do regalo. Os passos se aproximaram e um guarda com um chapéu de lã trançado atravessou languidamente a sala como um fantasma assombrando uma necrópole. Eles dois fixaram os olhos ao mesmo tempo no mostrador de vidro adiante e, quando aquela figura oficial desapareceu em meio a multidões de múmias e sarcófagos, Archer repetiu:

"O que você acha melhor?"

Em vez de responder, madame Olenska murmurou: "Prometi à vovó que ficaria com ela porque me pareceu que eu estaria a salvo."

"De mim?"

Ela inclinou de leve a cabeça, sem olhar para ele.

"A salvo de me amar?"

O perfil de madame Olenska não se moveu, mas Archer viu uma lágrima cair de seus cílios sobre o tecido do véu.

"A salvo de cometer danos irreparáveis. Não vamos ser como todos os outros!", protestou ela.

"Que outros? Eu não afirmo ser diferente da minha espécie. Sou consumido pelos mesmos desejos e os mesmos anseios."

Madame Olenska olhou-o de relance com certo terror, e ele viu um leve rubor se espalhar por suas faces.

"Você quer que eu... me encontre com você apenas uma vez? E depois volte para casa?", sugeriu ela de repente, em um murmúrio audível.

O sangue assomou à testa do rapaz. "Meu amor!", exclamou ele, sem se mover. Pareceu-lhe que segurava o coração dela nas mãos, como uma taça cheia que o menor movimento pudesse fazer transbordar.

Então, ele compreendeu a última frase e seu rosto se anuviou. "Voltar para casa? O que quer dizer com isso?"

"Voltar para o meu marido."

"E espera que eu concorde com isso?"

Madame Olenska fitou-o, aflita. "O que mais posso fazer? Não posso ficar aqui e mentir para as pessoas que me trataram com bondade."

"Mas é por isso mesmo que estou lhe pedindo para ir embora comigo!"

"E destruir a vida daqueles que ajudaram a reconstruir a minha?"

Archer saltou do sofá e ficou de pé, olhando para ela com um desespero inarticulado. Teria sido fácil dizer: "Sim, venha. Venha me encontrar uma vez." Ele sabia o poder que teria nas mãos se ela consentisse; então, não haveria dificuldade em persuadi-la a não voltar para o marido.

Mas algo o impediu de pronunciar essas palavras. Uma espécie de honestidade fervorosa em madame Olenska fazia com que fosse inconcebível para Archer tentar atraí-la para aquela conhecida armadilha. "Se eu a deixasse vir, teria de deixá-la ir embora também", pensou. E isso, ele não conseguia imaginar.

Mas Archer viu a sombra dos cílios sobre as faces molhadas dela e hesitou.

"Afinal de contas", continuou ele, "nós temos nossas próprias vidas... Não adianta tentar realizar o impossível. Você é tão desprovida de preconceitos sobre certas coisas, tão acostumada a encarar a górgona, como diz, que não sei por que tem medo de olhar para o nosso caso e vê-lo como ele realmente é. A não ser que pense que o sacrifício não vale a pena."

Madame Olenska ficou de pé também, comprimindo os lábios e franzindo de súbito o cenho.

"Digamos que é isso, então. Eu preciso ir", afirmou, tirando o reloginho de dentro do casaco.

Ela deu-lhe as costas, mas Archer seguiu-a a pegou-a pelo pulso.

"Muito bem. Venha me encontrar", disse ele, perdendo a cabeça de repente diante da ideia de perdê-la.

E, durante um ou dois segundos, eles se encararam quase como inimigos.

"Quando?", insistiu ele. "Amanhã?"

Madame Olenska hesitou. "Depois de amanhã."

"Meu amor!", disse Archer novamente.

A condessa soltara o braço, mas, por um instante, eles continuaram a se fitar e ele viu que o rosto dela, que tinha ficado muito pálido, foi inundado por um imenso e profundo brilho. O coração de Archer acelerou de espanto: ele sentiu que nunca antes contemplara o amor.

"Ah, eu vou me atrasar. Até mais tarde. Não, não avance mais!", exclamou madame Olenska, saindo às pressas da sala comprida, como se seu brilho refletido nos olhos dele a houvesse assustado. Quando chegou à porta, ela se virou e se despediu com um breve aceno.

Archer caminhou sozinho para casa. O dia escurecia quando ele abriu a porta e encarou os objetos familiares do saguão como se fossem do além-túmulo.

A criada, ao ouvir seus passos, correu escada acima para acender o gás na plataforma da escada.

"A sra. Archer está?"

"Não, senhor. A sra. Archer saiu com a carruagem depois do almoço e ainda não voltou."

Com uma sensação de alívio, ele entrou na biblioteca e desabou em sua poltrona. A criada foi atrás, trazendo o abajur de mesa e colocando alguns carvões no fogo quase apagado. Quando ela saiu, Archer continuou sentado, imóvel, com os cotovelos nos joelhos, o queixo nas mãos entrelaçadas e os olhos fixos na grade vermelha da lareira.

Ele ficou ali sem nenhum pensamento consciente, sem perceber o tempo passando, mergulhado em um espanto profundo e solene que parecia interromper a vida em vez de estimulá-la. "Era assim que tinha de ser, então... Era assim que tinha de ser", Archer repetiu de si para si, como se estivesse suspenso nas garras da ruína. O que sonhara tinha sido tão diferente que havia um frio mortal em seu êxtase.

A porta foi aberta, e May entrou.

"Estou horrivelmente atrasada. Você não ficou preocupado, ficou?", perguntou, pousando a mão sobre o ombro dele, em uma de suas raras carícias.

Archer ergueu o olhar, atônito. "Está tarde?"

"Já passou das sete. Acho que você estava dormindo!"

Ela riu e, tirando os grampos da cabeça, atirou o chapéu de veludo no sofá. Parecia mais pálida do que o normal, mas irradiava uma animação inusual.

"Fui visitar a vovó e, bem quando estava indo embora, Ellen chegou de uma caminhada, e eu fiquei mais um pouco para conversar com ela. Fazia séculos que nós não conversávamos de verdade..."

May se sentara na poltrona de sempre, diante da dele, e estava passando os dedos pelos cabelos desgrenhados. Archer teve a impressão de que estava esperando que ele dissesse alguma coisa.

"Foi uma conversa ótima", continuou ela, sorrindo com o que pareceu a Archer uma vivacidade não natural. "Ela foi tão carinhosa – como a Ellen de antigamente. Acho que não venho sendo justa com ela. Cheguei a pensar..."

Archer ficou de pé e se apoiou na lareira, fora do raio de iluminação do abajur.

"Sim, você pensou...", repetiu ele, diante da pausa de May.

"Bem, talvez eu não tenha sido justa com Ellen. Mas é que ela ficou tão diferente – pelo menos, por fora. Ela se relaciona com umas pessoas tão estranhas – parece gostar de chamar atenção. Imagino que seja a vida que levava naquela sociedade europeia leviana. Aposto que nos acha horrivelmente enfadonhos. Mas não quero ser injusta."

Ela fez outra pausa, um pouco sem fôlego após falar mais do que o de costume, e permaneceu com os lábios entreabertos e um forte rubor nas faces.

Archer, ao olhar para May, se lembrou do brilho que se espalhara por seu rosto no jardim da Missão Espanhola em Saint Augustine. Percebeu nela o mesmo esforço obscuro, o mesmo gesto de quem estendia a mão para algo que estava além do alcance habitual de sua visão.

"Ela detesta Ellen", pensou, "e está tentando dominar esse sentimento, pedindo que eu a ajude a dominá-lo."

A ideia o comoveu e, por um segundo, ele esteve prestes a quebrar o silêncio que havia entre eles e colocar-se à mercê da esposa.

"Você entende, não é", continuou May, "por que a família se irritou? No começo, nós todos fizemos o que podíamos por Ellen; mas ela nunca pareceu entender. E, agora, vem com essa ideia de ir visitar a sra. Beaufort e de ir na carruagem da vovó! Temo que ela tenha afastado por completo os van der Luyden..."

"Ah", disse Archer, com uma risada impaciente. A porta aberta entre eles tinha voltado a se fechar. "Temos de nos vestir. Vamos jantar fora, não vamos?", perguntou ele, se afastando do fogo.

May se levantou também, mas continuou perto da lareira. Quando Archer passou, fez um gesto impulsivo, como se quisesse impedi-lo. Eles se encararam, e ele viu que os olhos dela estavam do mesmo azul líquido do dia em que ele a deixara para ir até Jersey City.

May atirou-se no pescoço de Archer e pressionou a face contra a dele.

"Você não me beijou hoje", sussurrou ela; e ele a sentiu estremecer em seus braços.

Capítulo 32

"Na corte do Palácio das Tulherias", disse o sr. Sillerton Jackson, com seu sorriso de reminiscências, "essas coisas eram abertamente toleradas."

O cenário era a sala de estar com painéis de nogueira preta da mansão dos van der Luyden na avenida Madison e a data, a noite seguinte à visita de Newland Archer ao museu. O sr. e a sra. van der Luyden estavam passando alguns dias na cidade, tendo chegado de Skytercliff, para onde tinham fugido precipitadamente quando a falência de Beaufort se tornara pública. Tinham dito a eles que a desordem que tomara conta da sociedade após esse caso deplorável tornara sua presença na metrópole mais necessária do que nunca. Era uma das ocasiões em que, como disse a sra. Archer, eles "deviam à sociedade" aparecer na ópera e até abrir seus salões.

"Não é possível, minha cara Louisa, deixar pessoas como a sra. Lemuel Struthers pensar que podem ocupar o lugar de Regina. É justamente nessas épocas que os novos-ricos avançam e conseguem um espaço. Foi por causa da epidemia de catapora em Nova York, no inverno em que a sra. Struthers apareceu aqui, que os homens casados escapuliram para a casa dela enquanto as esposas cuidavam das crianças. Você, Louisa, e o nosso querido Henry precisam defender a muralha, como sempre fizeram."

O sr. e a sra. van der Luyden não podiam ignorar esse pedido e, de maneira relutante, porém heroica, vieram para a cidade, tiraram as cobertas dos móveis e enviaram convites para dois jantares e uma recepção.

Naquela noite em particular, tinham convidado Sillerton Jackson, a sra. Archer e o sr. e a sra. Newland Archer para ir com eles à ópera, onde *Fausto* seria cantado pela primeira vez naquele inverno. Nada na casa dos van der Luyden era feito sem cerimônia e, embora houvesse apenas quatro convidados, o jantar começara pontualmente às sete, para que a sequência correta de pratos pudesse ser servida sem pressa, antes que os cavalheiros fossem fumar seus charutos.

Archer não via a esposa desde a noite anterior. Ele saíra cedo para o escritório, onde mergulhara em um mar de tarefas sem importância. À tarde, um dos sócios majoritários requisitara uma reunião inesperada; e Archer tinha chegado em casa tão atrasado que May partira para os van der Luyden sem ele e mandara a carruagem de volta para buscá-lo.

Naquele momento, do outro lado da mesa posta com travessas maciças e ornada com os cravos de Skuytercliff, ela pareceu-lhe pálida e lânguida, mas seus olhos estavam brilhando e ela falava com uma animação exagerada.

O assunto que tinha levado o sr. Sillerton Jackson a mencionar suas lembranças preferidas fora abordado (de maneira intencional, acreditou Archer) pela anfitriã. A falência dos Beaufort – ou melhor, a postura dos Beaufort desde a falência – ainda era um tema frutífero para o moralista de salão; e, depois de ele ter sido profundamente examinado e condenado, a sra. van der Luyden voltara um olhar preocupado para May Archer.

"Será possível, minha querida, que o que me contaram seja verdade? Ouvi dizer que a carruagem de sua avó foi vista diante da porta da sra. Beaufort." A sra. van der Luyden fazia questão de não chamar mais a culpada daquelas ofensas pelo primeiro nome.

May corou, e a sra. Archer atalhou depressa: "Se for verdade, tenho certeza de que isso ocorreu sem que a sra. Mingott soubesse."

"Ah, acha mesmo?" A sra. van der Luyden fez uma pausa, suspirou e olhou de relance para o marido. "Eu temo que o coração bom de madame Olenska a tenha levado a cometer a imprudência de visitar a sra. Beaufort", disse o sr. van der Luyden.

"Ou isso, ou o gosto dela por pessoas peculiares", disse a sra. Archer secamente, lançando um olhar inocente para o filho.

"Lamento ter de pensar isso de madame Olenska", afirmou a sra. van der Luyden; e a sra. Archer murmurou: "Ah, minha querida! E depois de você convidá-la duas vezes para Skuytercliff!"

Foi nesse momento que o sr. Jackson aproveitou a chance para falar de suas lembranças preferidas.

"No Palácio das Tulherias", repetiu ele, vendo os presentes voltarem-se em sua direção com olhares expectantes, "era-se permissivo demais com algumas coisas. Se você perguntasse de onde vinha o dinheiro de Morny![135] Ou quem pagava as dívidas de algumas das beldades da corte!"

"Espero, meu caro Sillerton, que você não esteja sugerindo que devamos adotar esses padrões", disse a sra. Archer.

"Eu nunca sugiro nada", respondeu o sr. Jackson, imperturbável. "Mas, como madame Olenska foi criada no exterior, talvez ela seja menos exigente..."

"Ah", suspiraram as duas senhoras mais velhas.

"Mesmo assim, deixar a carruagem da avó parada diante da porta de um devedor!", protestou o sr. van der Luyden; e Archer imaginou que ele estava se lembrando, ressentido, dos cestos de cravos que tinha enviado para a casinha da rua 23.

---

135 O duque de Morny (1811-1865) era meio-irmão de Napoleão III. (N.T.)

"É claro que eu sempre disse que ela vê as coisas de maneira bastante diferente", resumiu a sra. Archer.

Um rubor assomou até a testa de May. Ela olhou para o marido do outro lado da mesa e disse, precipitadamente: "Tenho certeza de que Ellen viu isso como um gesto de bondade."

"As pessoas imprudentes com frequência são bondosas", disse a sra. Archer, como se esse fato não tornasse nada mais brando.

E a sra. van der Luyden murmurou: "Ah, se ela houvesse consultado alguém..."

"Isso, ela nunca fez!", atalhou a sra. Archer.

A essa altura, o sr. van der Luyden olhou de relance para a esposa, que inclinou a cabeça de leve para a sra. Archer; e as caudas cintilantes dos vestidos das mulheres atravessaram a porta, enquanto os cavalheiros se preparavam para fumar seus charutos. O sr. van der Luyden oferecia charutos curtos nas noites de ópera; mas eles eram tão bons que seus convidados lamentavam a pontualidade rígida dele nessas ocasiões.

Archer, após o primeiro ato, deixou o resto do grupo e foi para os fundos do camarote do clube. De lá, ele observou, sobre os ombros de diversos homens das famílias Chivers, Mingott e Rushworth, a mesma cena que observara dois anos antes, na noite em que conhecera Ellen Olenska. Tinha certa expectativa de que ela fosse aparecer no camarote da velha sra. Mingott, mas ele permaneceu vazio; e Archer seguiu imóvel, com o olhar fixo ali, até que, subitamente, madame Nilsson começou a cantar, com seu soprano perfeito: *"M'ama, non m'ama..."*

Archer se virou para o palco, onde, no cenário já conhecido de rosas gigantescas e amores-perfeitos parecidos com limpadores de pena, a mesma vítima alta e loura sucumbia ao mesmo sedutor baixinho de pele marrom.

Do palco, seus olhos se voltaram para o ponto do semicírculo de camarotes onde May estava sentada entre duas senhoras mais velhas, exatamente da mesma maneira como, naquela outra noite, se sentara

entre a sra. Lovell Mingott e sua recém-chegada prima "estrangeira".
Assim como naquela noite, ela estava toda vestida de branco; e Archer, que não tinha reparado em sua roupa, reconheceu o cetim azul-pálido e a renda antiga de seu vestido de noiva. Era costume, na velha Nova York, que as mulheres recém-casadas usassem essa roupa tão cara em público durante os primeiros um ou dois anos de casamento. Archer sabia que a mãe guardava o seu vestido de noiva embrulhado em papel de seda, na esperança de que Janey um dia o usasse, embora a pobre Janey estivesse chegando na idade em que um vestido de popelina cinza-pérola e uma cerimônia sem madrinhas eram considerados mais apropriados.

Archer se deu conta de que, desde que eles tinham voltado da Europa, May quase nunca usara o vestido de noiva, e a surpresa de vê-la com ele o fez comparar sua aparência com a da moça que ele fitara com expectativas tão deliciosas dois anos antes.

Embora a silhueta de May estivesse um pouco mais cheia, como seu porte de deusa indicara que seria, a postura ereta de atleta e a clareza juvenil da expressão não tinham mudado: se não fosse pela leve languidez que Archer vinha notando ultimamente, ela seria a imagem perfeita da moça que brincara com o buquê de lírios-do-vale na noite em que anunciara seu noivado. Aquele fato parecia ser um apelo adicional à piedade dele: tamanha inocência era tão comovente quanto uma criança que pega sua mão com plena confiança. Então, Archer se lembrou da generosidade fervorosa que havia sob aquela calma desprovida de curiosidade. Recordou-se do olhar de compreensão de May quando ele insistira para que o noivado fosse anunciado no baile dos Beaufort; ouviu a voz com a qual ela dissera, no jardim da Missão Espanhola: "Para mim, seria impossível que minha felicidade fosse feita de um mal – de uma injustiça cometida contra outra pessoa." E Archer foi tomado por uma vontade incontrolável de contar-lhe a verdade, de pôr-se à mercê de sua generosidade e de pedir pela liberdade que um dia recusara.

Newland Archer era um rapaz calmo e contido. A conformidade com a disciplina de uma sociedade pequena se tornara quase parte de sua natureza. Para ele, seria profundamente desagradável fazer qualquer coisa melodramática ou conspícua, qualquer coisa que o sr. van der Luyden desaprovaria e que seria condenada pelo camarote do clube como uma prova de maus modos. Mas ele subitamente deixara de ter consciência do camarote do clube, do sr. van der Luyden e de tudo que, havia tanto tempo, o envolvera no abrigo cálido do hábito. Atravessou o corredor semicircular do teatro e abriu a porta do camarote do sr. van der Luyden como se ela fosse um portal para o desconhecido.

"*M'ama!*", cantou a triunfal Marguerite; e os ocupantes do camarote ergueram o olhar, surpresos com a entrada de Archer. Ele já tinha violado uma das regras de seu mundo, que proibia qualquer pessoa de entrar em um camarote durante um solo.

Passando entre o sr. van der Luyden e Sillerton Jackson, ele se debruçou sobre a esposa.

"Estou com uma enxaqueca horrível. Não diga nada a ninguém, mas venha para casa comigo, sim?", sussurrou.

May olhou-o, compreendendo, e Archer a viu sussurrar para a mãe, que assentiu, solidária. Então, ela murmurou uma desculpa para a sra. van der Luyden e se levantou no instante exato em que Marguerite caiu nos braços de Fausto. Archer, ao ajudá-la a colocar a capa de ópera, percebeu uma troca de sorrisos significativos entre as senhoras mais velhas.

Quando eles estavam na carruagem, May pousou a mão timidamente sobre a dele. "Lamento muito que não esteja se sentindo bem. Acho que eles têm obrigado você a trabalhar demais no escritório."

"Não... não é isso. Você se importa se eu abrir a janela?", respondeu Archer confusamente, baixando o vidro do seu lado. Ele ficou olhando a rua lá fora, mantendo o olhar fixo nas casas que passavam e sentindo a esposa observando-o em um silêncio intrigado. Diante da porta deles, a saia de May se prendeu no degrau da carruagem e ela caiu sobre o marido.

"Você se machucou?", perguntou Archer, ajudando-a a se firmar.

"Não. Mas olhe só o meu pobre vestido! Rasgou!", exclamou May. Ela se inclinou para pegar um pedaço da cauda suja de lama e subiu atrás dele os degraus que davam no saguão. Os criados não estavam esperando-os de volta tão cedo, e havia apenas uma luz fraca no bico de gás da plataforma superior da escada.

Archer subiu, aumentou o gás e aproximou um fósforo dos dois bicos que ficavam um de cada lado da lareira da biblioteca. As cortinas estavam fechadas e o aspecto aconchegante e amistoso do cômodo foi um choque para ele, como o de um rosto familiar encontrado durante um ato inconfessável.

Ele percebeu que a esposa estava muito pálida e perguntou se ela queria um pouco de conhaque.

"Ah, não!", exclamou May com um rubor momentâneo, tirando a capa. "Mas não é melhor você ir se deitar logo?", perguntou, enquanto ele abria uma caixa de prata que estava sobre a mesa e tirava um cigarro.

Archer atirou o cigarro na mesa e andou até o lugar que sempre ocupava perto do fogo.

"Não, minha cabeça não está doendo tanto assim." Ele fez uma pausa. "E há algo que quero dizer. Algo importante... que preciso lhe contar agora."

May tinha se sentado em uma poltrona e erguido a cabeça enquanto Archer falava. "Sim, meu bem?", perguntou tão docemente que ele se espantou com a falta de espanto com que ela reagira a esse preâmbulo.

"May...", disse ele, parado a alguns metros de sua poltrona e olhando-a como se a curta distância entre eles fosse um abismo intransponível. O som de sua voz criou um eco sobrenatural em meio ao silêncio doméstico, e ele repetiu: "Há algo que preciso lhe contar... algo sobre mim..."

Ela continuou sentada, sem fazer um gesto ou sequer mover os cílios. Continuava muito pálida, mas seu rosto tinha uma curiosa expressão de tranquilidade que parecia ter sido extraída de alguma fonte secreta que havia em seu íntimo.

Archer se conteve e não disse as frases de autoacusação que estavam na ponta de sua língua. Estava decidido a explicar a situação com franqueza, sem recriminações ou desculpas vãs.

"Madame Olenska...", começou ele. Ao ouvir este nome, sua esposa ergueu a mão como se quisesse silenciá-lo. Ao fazer o gesto, a luz a gás se refletiu em sua aliança de ouro.

"Ah, por que precisamos falar de Ellen esta noite?", perguntou, com um leve biquinho de impaciência.

"Porque eu já devia ter dito isso antes."

O rosto dela continuou sereno. "Será que vale mesmo a pena, meu amor? Eu sei que fui injusta com ela às vezes – talvez todos tenhamos sido. Você, sem dúvida, a compreendeu melhor do que nós; sempre foi gentil com ela. Mas de que isso importa, agora que acabou tudo?"

Archer olhou-a, sem entender. Seria possível que a sensação de irrealidade na qual se sentia aprisionado fora compreendida por sua esposa?

"Acabou tudo? Como assim?", balbuciou ele, mal conseguindo enunciar as palavras.

May seguia fitando-o com olhos límpidos. "Ora – já que ela vai voltar para a Europa daqui a tão pouco tempo, já que a vovó aprovou e compreendeu, e vai torná-la independente do marido..."

Ela se interrompeu, e Archer, agarrando o canto da lareira com um gesto convulso e firmando o corpo, esforçou-se em vão para controlar também os pensamentos tumultuados.

"Eu imaginei", ele ouviu a voz calma da esposa dizer, "que você tinha ficado até mais tarde hoje no escritório por causa dos documentos necessários. Foi tudo resolvido esta amanhã, acho." May baixou o rosto diante do olhar confuso de Archer, e outro rubor fugidio surgiu em suas faces.

Ele compreendeu que a expressão de seus olhos devia estar insuportável de ver e, virando-se, pousou os cotovelos no consolo da lareira e cobriu o rosto. Algo tamborilava e retinia furiosamente em seus ouvidos: Archer não conseguiu distinguir se era o sangue em suas veias ou o tique-taque do relógio no consolo.

May continuou sentada, sem se mover nem dizer nada, enquanto o relógio lentamente marcava o transcorrer de cinco minutos. Um pedaço de carvão caiu perto da grade da lareira e, ao ouvi-la se levantar para empurrá-lo, Archer afinal se virou para encará-la.

"É impossível!", exclamou.

"Impossível?"

"Como você sabe... o que acabou de me dizer?"

"Vi Ellen ontem. Contei para você que a encontrei na casa da vovó."

"Mas foi nessa ocasião que ela lhe contou?"

"Não. Ela me mandou uma carta esta tarde. Quer vê-la?"

Archer não conseguiu responder, e May saiu do cômodo e voltou quase que de imediato.

"Achei que você sabia", declarou, simplesmente.

Ela colocou um pedaço de papel sobre a mesa e Archer esticou o braço e pegou-o. A carta continha apenas algumas linhas.

"May querida, eu finalmente consegui fazer a vovó entender que esta minha visita precisará ser apenas uma visita; e ela foi tão boa e generosa quanto sempre é. Compreendeu que, se eu voltar para a Europa, terei de viver sozinha – ou melhor, com a pobre tia Medora, que virá comigo. Vou correndo para Washington fazer as malas, e nós zarpamos na semana que vem. Você precisa ser muito boazinha com a vovó depois que eu for embora – tão boa quanto sempre foi comigo. Ellen.

Se qualquer amigo meu desejar tentar me fazer mudar de ideia, por favor, diga que será completamente inútil."

Archer leu a carta toda duas ou três vezes; depois, atirou-a longe e explodiu em uma gargalhada.

O som de sua risada causou-lhe um sobressalto. Ele o fez lembrar do susto que Janey levara à meia-noite, quando o encontrara em frouxos de riso incompreensíveis após receber o telegrama de May anunciando que a data do casamento deles fora adiantada.

"Por que ela escreveu isso?", perguntou ele, parando de rir com um esforço supremo.

May reagiu à pergunta com sua franqueza inquebrantável. "Talvez por causa da nossa conversa de ontem..."

"Conversa sobre o quê?"

"Eu lhe disse que temia não ter sido justa com ela... que nem sempre compreendi como deve ter sido difícil para ela aqui, sozinha, no meio de tantas pessoas que são seus parentes, mas também são estranhos; que se sentiam no direito de criticar, mas nem sempre conheciam as circunstâncias." Ela fez uma pausa. "Sabia que você foi o único amigo com quem Ellen sempre pôde contar e quis que ela soubesse que eu e você somos iguais – em tudo que sentimos."

May hesitou, como se estivesse esperando-o dizer alguma coisa, e então acrescentou, devagar: "Ela entendeu por que eu quis dizer isso. Acho que entende tudo."

May se aproximou de Archer e, pegando uma de suas mãos frias, pressionou-a brevemente contra o rosto.

"Minha cabeça também está doendo. Boa noite, meu amor", disse e virou-se na direção da porta, arrastando atrás de si o vestido de noiva rasgado e enlameado ao atravessar a biblioteca.

Capítulo 33

Era, como disse a sra. Archer sorrindo para a sra. Welland, um acontecimento importante para um jovem casal dar seu primeiro grande jantar.

O sr. e a sra. Newland Archer, desde que tinham montado a casa, haviam recebido diversos convidados de maneira informal. Archer gostava de chamar três ou quatro amigos para jantar, e May os acolhia com a prontidão sorridente que exibia em todas as questões conjugais, a exemplo da mãe. Seu marido se perguntava se, caso a questão ficasse a seu cargo, ela chamaria alguém para visitá-la; mas há muito tempo já desistira de separar sua verdadeira personalidade do formato no qual a tradição e a educação a haviam moldado. Esperava-se que jovens casais abastados de Nova York dessem diversas recepções informais, e uma Welland casada com um Archer tinha dois motivos para seguir a tradição.

Mas um grande jantar, com um *chef* contratado para a ocasião, dois copeiros emprestados, ponche romano, rosas do Henderson's e menus em cartões de borda dourada, era algo diferente que precisava ser levado a sério. Como a sra. Archer comentou, o ponche romano fazia toda a diferença; não em si mesmo, mas devido a suas diversas implicações – já que ele significava que haveria ou pato-selvagem ou tartaruga, dois tipos diferentes de sopa, uma sobremesa quente e outra fria, vestidos decotados de mangas curtas e convidados de importância proporcional.

Era sempre uma ocasião interessante quando um jovem casal enviava convites na terceira pessoa pela primeira vez, e seu chamado raramente era recusado, mesmo pelos mais experientes e requisitados. Ainda assim, todos tinham de admitir que era um triunfo os van der Luyden, a pedido de May, terem continuado na cidade para estarem presentes em seu jantar de despedida para a condessa Olenska.

As duas sogras estavam sentadas na sala de estar de May na tarde do grande dia: a sra. Archer escrevia os menus na cartolina de borda dourada mais grossa disponível na Tiffany's, e a sra. Welland supervisionava a colocação dos vasos de palmeiras e dos abajures que sempre eram espalhados nessas ocasiões.

Archer, chegando tarde do escritório, ainda as encontrou lá. A sra. Archer voltara sua atenção para os cartões com os nomes dos convidados que seriam colocados na mesa, e a sra. Welland estava considerando o efeito de chegar mais para frente o grande sofá dourado, para que fosse criado outro "ambiente" entre o piano e a janela.

May, disseram-lhe, estava na sala de jantar inspecionando o buquê de avencas e rosas Jacqueminot que tinha sido colocado no centro da mesa comprida e dispondo os bombons Maillard[136] em cestos prateados de trama aberta entre os castiçais. Sobre o piano, havia um grande cesto de orquídeas que o sr. van der Luyden tinha mandado de Skuytercliff. Tudo, em resumo, estava como deveria ser na iminência de um acontecimento tão importante.

A sra. Archer passou os olhos atentamente pela lista, riscando cada nome com sua caneta dourada de ponta fina.

---

136 Feitos pelo *chocolatier* francês Henry Maillard, que abriu uma fábrica de chocolates em Nova York em 1849. Mais tarde, em 1873, ele abriu uma refinada lanchonete na Broadway, que era um dos poucos lugares na cidade onde senhoras podiam entrar sem acompanhantes homens. (N.T.)

"Henry van de Luyden... Louisa... sr. e sra. Lovell Mingott... sr. e sra. Reggie Chivers... Lawrence Lefferts e Gertrude... sim, suponho que May fez o certo ao convidá-los... sr. e sra. Selfridge Merry, Sillerton Jackson, Van Newland e a esposa... como o tempo passa! Parece que foi ontem que ele foi seu padrinho, Newland... e a condessa Olenska... sim, acho que são todos..."

A sra. Welland examinou o genro afetuosamente. "Ninguém pode dizer, Newland, que você e May não fizeram uma bela festa de despedida para Ellen."

"Ah, bem", disse a sra. Archer, "eu entendo que May queira que a prima diga às pessoas no exterior que nós não somos completos selvagens."

"Tenho certeza de que Ellen vai ficar agradecida. Creio que ela ia chegar esta manhã. Será uma última impressão encantadora. A noite antes de uma viagem de navio em geral é tão melancólica", continuou a sra. Welland alegremente.

Archer se virou para a porta e a sogra disse, erguendo um pouco a voz: "Vá espiar a mesa. E não deixe May se cansar demais." Mas ele fingiu não ouvir e subiu depressa a escada até a biblioteca. O cômodo encarou-o como um estranho que dá um sorriso educado, porém grotesco; e ele percebeu que fora furiosamente arrumado e preparado, por uma cuidadosa distribuição de cinzeiros e caixas de cedro, para receber os cavalheiros que quisessem fumar.

"Bem", pensou Archer, "não vai ser por muito tempo." E foi para seu quarto de vestir.

Dez dias tinham se passado desde que madame Olenska partira de Nova York. Durante esses dez dias, Archer não tivera nenhum sinal dela, a não ser quando recebera de volta uma chave embrulhada em papel de seda, que foi enviada para seu escritório em um envelope lacrado e sobrescrito com a caligrafia da condessa. Essa reação a seu último apelo poderia ter sido interpretada como um lance clássico em um jogo familiar, mas o rapaz escolheu dar-lhe um significado diferente. Madame Olenska ainda estava lutando contra seu destino, mas ela ia para a Europa, e não ia voltar para o marido. Nada, portanto, o impediria de ir atrás; e, depois que tivesse dado esse passo irrevogável e provado que era irrevogável, ele não acreditava que ela o mandaria embora.

Essa confiança no futuro o ajudara a ter forças para desempenhar seu papel no presente. Impedira-o de escrever para madame Olenska ou de demonstrar, por meio de qualquer sinal ou gesto, sua infelicidade e mortificação. Parecia-lhe que, no jogo mortal e silencioso que estava sendo jogado por eles dois, ele ainda tinha os trunfos nas mãos; por isso, esperou.

Mesmo assim, tinha passado por alguns momentos bastante difíceis; como quando o sr. Letterblair, um dia depois da partida de madame Olenska, chamara-o para verificar os detalhes do fundo fiduciário que a sra. Manson Mingott ia fazer para a neta. Por duas ou três horas, Archer examinara os artigos do documento com seu sócio majoritário e, durante esse tempo todo, teve a sensação obscura de que estava sendo consultado por outro motivo que não o óbvio – ou seja, o fato de ser casado com a prima da beneficiária –, e que o motivo, no final, seria revelado.

"Bem, a moça não pode negar que a avó está sendo generosa", concluiu o sr. Letterblair, após dizer em voz baixa um resumo das quantias decididas. "Na verdade, preciso dizer que todos foram generosos com ela."

"Todos?", repetiu Archer, com desdém. "Está se referindo à proposta do marido de devolver a ela o dinheiro que já lhe pertencia?"

As sobrancelhas espessas do sr. Letterblair se arquearam uma fração de polegada. "Meu caro senhor, a lei é a lei; e o casamento da prima de sua esposa foi celebrado de acordo com a lei francesa. Devemos presumir que ela sabia o que isso significava."

"Mesmo se soubesse, o que aconteceu depois..." Archer hesitou.

O sr. Letterblair tinha encostado a caneta no nariz grande e enrugado, e estava olhando para ele com a expressão assumida por senhores idosos e virtuosos quando eles querem que os mais novos compreendam que a virtude e a ignorância não são sinônimas.

"Meu caro senhor, eu não desejo atenuar as transgressões do conde. Mas... mas, por outro lado... também não colocaria minha mão no fogo... talvez tenha havido uma revanche... com o jovem que a defendeu..." O sr. Letterblair destrancou uma gaveta e empurrou um papel dobrado na direção de Archer. "Este relatório, que foi o resultado de uma investigação discreta..." E, como Archer não fez nenhuma menção de olhar o papel ou repudiar a insinuação, o advogado continuou, sem muita expressão na voz: "Não digo que é conclusivo, observe; longe disso. Mas a palha mostra de que lado o vento sopra... e, no geral, é profundamente satisfatório para todos os envolvidos que se tenha encontrado essa solução digna."

"Ah, profundamente", concordou Archer, empurrando o papel de volta.

Um dia ou dois mais tarde, ao responder a um chamado da sra. Manson Mingott, sua alma passara por uma provação maior.

Ele encontrara a velha deprimida e rabugenta.

"Sabia que ela me abandonou?", disse ela imediatamente. E, sem esperar resposta: "Ah, não me pergunte por quê! Deu tantos motivos que eu esqueci todos. Estou certa de que foi a perspectiva do enfado que passaria. De qualquer maneira, é isso que Augusta e minhas noras pensam. E não sei se eu a culpo, de todo. Olenski é um patife consumado; mas a vida com ele devia ser bem mais animada do que é na Quinta Avenida. Não que a família vá admitir isso: eles acham que a Quinta Avenida é o paraíso e a Rue de la Paix juntos. E a pobre Ellen não quer voltar para o marido de jeito nenhum, é claro. Ela continuou tão firme como sempre em relação a isso. Então, vai morar em Paris com aquela boba da Medora... Bem, Paris é Paris. Lá, pode-se ter uma carruagem por uma ninharia. Mas ela era alegre como um passarinho, e eu vou sentir sua falta."

Duas lágrimas, as lágrimas secas dos velhos, rolaram por suas faces gordas e desapareceram no abismo de seu seio.

"Tudo o que peço", continuou a sra. Mingott, "é que eles não me incomodem mais. As pessoas realmente precisam me deixar digerir o meu mingau..." E ela deu um sorrisinho melancólico para Archer.

Foi naquela noite, quando ele chegou em casa, que May anunciou sua intenção de dar um jantar de despedida para a prima. O nome de madame Olenska não tinha sido pronunciado por eles desde a noite em que ela fugira para Washington, e Archer fitou a esposa com surpresa.

"Um jantar? Por quê?", perguntou.

Ela enrubesceu. "Mas você gosta de Ellen. Achei que ia achar bom."

"É muita gentileza... você colocar a questão desse modo. Mas eu realmente não vejo..."

"Eu já decidi, Newland", declarou May, se levantando devagar e indo até sua escrivaninha. "Aqui estão os convites, já escritos. A mamãe me ajudou... ela também acha que nós devemos fazer isso." Fez uma pausa, constrangida, porém sorridente, e Archer de repente viu diante de si a imagem personificada da Família.

"Ah, tudo bem", disse ele, olhando sem ver a lista de convidados que May tinha colocado em sua mão.

Quando ele entrou na sala de estar logo antes do jantar, May estava debruçada sobre o fogo, tentando convencer as achas de lenha a queimar naquele cenário ao qual não estavam acostumadas, de azulejos imaculadamente limpos.

Os abajures de pé tinham sido todos acesos e as orquídeas do sr. van der Luyden, dispostas de maneira conspícua em diversos receptáculos de porcelana moderna e prata trabalhada. A sala de estar da sra. Newland Archer era considerada um grande sucesso por todos. Uma jardineira de bambu dourado, cujas prímulas e cinerárias eram pontualmente trocadas, bloqueava o acesso à janela saliente (onde os mais tradicionais teriam preferido ver uma miniatura em bronze da Vênus de Milo); os sofás e poltronas de brocado claro eram elegantemente espalhados ao redor de mesinhas de pelúcia cobertas com brinquedos de prata, animais de porcelana e porta-retratos floridos; e abajures de pé com cúpulas rosadas se erguiam como flores tropicais entre os vasos de palmeiras.

"Acho que Ellen nunca viu esta sala iluminada", disse May, erguendo-se, corada, do esforço e lançando ao redor um olhar de orgulho justificado. As tenazes de latão que ela havia apoiado na lateral da chaminé caíram com um estrondo que abafou a resposta de seu marido; e, antes que ele pudesse recolocá-las no lugar, foi anunciada a chegada do sr. e da sra. van der Luyden.

Os outros convidados logo apareceram também, pois todos sabiam que os van der Luyden gostavam de jantar pontualmente. A sala estava quase cheia e Archer estava ocupado em mostrar para a sr. Selfridge Merry um *Estudo de ovelhas* pequeno e muito envernizado, de Verboeckhoven,[137] que o sr. Welland dera para May de Natal quando percebeu que madame Olenska encontrava-se ao seu lado.

Estava imensamente pálida, e sua palidez fazia seus cabelos escuros parecerem mais densos e retintos do que nunca. Isso, ou talvez o fato de ela ter colocado um colar de contas de âmbar de várias voltas no pescoço, o fez lembrar da pequena Ellen Mingott com quem dançara nas festas infantis, quando Medora Manson a trouxera para Nova York.

As contas de âmbar exigiam muito de sua tez, ou talvez o vestido não lhe assentasse bem: seu rosto parecia sem brilho e quase feio, e

---

137 Eugène Joseph Verboeckhoven (1798-1881), pintor belga especializado em quadros de animais. (N.T.)

Archer jamais o amara tanto quanto naquele minuto. Eles deram as mãos e ele pensou tê-la ouvido dizer: "Sim, nós partimos amanhã no Russia..." Então, houve um ruído de portas sendo abertas que ele não registrou e, após alguns instantes, a voz de May: "Newland! O jantar foi anunciado. Você pode levar Ellen até a sala de jantar, por favor?" Madame Olenska colocou a mão em seu braço. Archer percebeu que a mão estava sem luva, e lembrou-se de como ele mantivera os olhos fixos nela na noite em que eles ficaram frente a frente na salinha de estar da rua 23. Toda a beleza que abandonara o rosto de Ellen parecia ter se refugiado nos dedos longos e alvos e nos nós com pequenas covinhas que estavam sobre a manga de Archer; e ele pensou: "Mesmo se fosse apenas para voltar a ver esta mão, eu teria de ir atrás dela..."

Era apenas em um evento ostensivamente organizado em homenagem a uma "visitante estrangeira" que a sra. van der Luyden suportaria ser rebaixada ao lugar à esquerda do anfitrião.[138] A "estrangeirice" de madame Olenska não poderia ter sido mais habilmente enfatizada do que com esse tributo de despedida; e a sra. van der Luyden aceitou seu deslocamento com uma afabilidade que não deixou dúvidas quanto à sua aprovação. Havia certas coisas que precisavam ser feitas e, ao serem feitas, precisavam ser realizadas com opulência e perfeição; uma delas, no código de conduta da velha Nova York, era o cerramento das fileiras ao redor de uma parenta que estava prestes a ser eliminada da tribo. Não havia nada no mundo que os Welland e os Mingott não teriam feito para proclamar sua afeição pela condessa Olenska agora que a passagem dela para a Europa já estava comprada; e Archer, na cabeceira da mesa, se admirou com todo o processo mudo e incansável pelo qual sua popularidade fora restaurada, as queixas contra ela foram silenciadas, seu passado fora aceito e seu presente fora iluminado pela aprovação da família. A sra. van

---

138 Tradicionalmente, a convidada mais importante de um evento ficava à direita do anfitrião. Este, por sua vez, ficava na cabeceira da mesa. (N.T.)

der Luyden estava banhando a condessa com a vaga benevolência que era o mais próximo que ela chegava da cordialidade, enquanto o sr. van der Luyden, sentado à direita de May, lançava mesa abaixo olhares que tinham a clara intenção de justificar todos os cravos que ele enviara de Skuytercliff.

Para Archer, que se encontrava em um estado estranhamente imponderável, como se flutuasse em algum ponto entre o candelabro e o teto, o maior motivo de espanto era sua própria participação naquela operação. Ao olhar de um rosto plácido e bem alimentado ao seu redor para o outro, ele viu todas aquelas pessoas de aparência inofensiva como um bando de conspiradores, e a si próprio e à mulher pálida sentada à sua direita como o centro da conspiração. Então se deu conta, em um vasto lampejo feito de pequenos feixes de luz separados, que, para todos eles, ele e madame Olenska eram amantes – amantes no sentido extremo que era peculiar aos vocabulários "estrangeiros". Adivinhou que, havia meses, vinha sendo objeto de olhos que observavam em silêncio e ouvidos que escutavam com paciência. Entendeu que, de alguma maneira que ainda não descobrira, a separação dele e de sua parceira de culpa fora alcançada, e que agora a tribo toda se reunira ao redor de sua esposa com o acordo tácito de que ninguém sabia de nada nem jamais imaginara nada, e que aquele evento surgira apenas do desejo natural de May Archer de se despedir afetuosamente da prima e amiga.

Era a maneira da velha Nova York de encarar a vida "sem derramamento de sangue": a maneira de pessoas que tinham mais medo de escândalos do que de doenças, que colocavam a decência acima da coragem e que consideravam que nada era mais grosseiro do que uma "cena", com exceção do comportamento daqueles que as faziam acontecer.

Enquanto esses pensamentos surgiam, um após o outro, em sua mente, Archer se sentiu como um prisioneiro em um acampamento de guerra. Olhou ao redor da mesa e percebeu o quanto seus captores eram inexoráveis pelo tom como eles discutiram Beaufort e a esposa, enquanto comiam os aspargos da Flórida. "É para me mostrar", pensou, "o que aconteceria comigo..." E um senso mortal da superioridade das insinuações e das analogias em relação às ações diretas, e do silêncio em relação às palavras impensadas, cerrou-se sobre ele como as portas do jazigo da família.

Ele riu e viu o espanto nos olhos da sra. van der Luyden.

"Você acha graça?", perguntou ela, com um sorriso forçado. "Suponho que a ideia de Regina de permanecer em Nova York tenha um quê de ridículo, claro." E Archer murmurou: "Claro."

A essa altura, ele se deu conta de que o outro vizinho de mesa de madame Olenska estava há algum tempo conversando com a senhora do outro lado. No mesmo instante, viu que May, serenamente entronizada entre o sr. van der Luyden e o sr. Selfridge Merry, lançara um olhar rápido para a outra ponta da mesa. Estava evidente que o anfitrião e a senhora sentada à direita dele não podiam passar a refeição inteira em silêncio. Archer se voltou para madame Olenska, que lhe deu um sorriso tênue. "Ah, vamos aguentar até o fim", ele pareceu dizer.

"A senhora achou a viagem cansativa?", perguntou Archer, em um tom que o surpreendeu com sua naturalidade; e ela respondeu que, ao contrário, quase nunca viajara com menos desconforto.

"A não ser, é claro, pelo calor terrível que estava fazendo no trem", acrescentou. Ele então observou que ela não sofreria essa provação específica no país para onde ia.

"Eu nunca estive mais próximo do congelamento do que certa vez, em abril, em um trem entre Calais e Paris", declarou com intensidade.

Madame Olenska disse que não era de espantar, mas comentou que, afinal de contas, sempre era possível levar um cobertor extra, e que todo meio de viajar tinha suas provações; ao que Archer retrucou de forma abrupta que achava que nenhuma delas se comparava à bênção que era fugir de tudo. Ela corou, e ele acrescentou subitamente, erguendo a voz: "Eu mesmo pretendo viajar bastante em breve." O rosto dela estremeceu e, inclinando-se na direção de Reggie Chivers, Archer falou alto: "Diga, Reggie, o que me diz de uma viagem ao redor do mundo: agora, no mês que vem? Eu me animo se você se animar..." Nisso, a esposa de Reggie declarou que não ia deixá-lo viajar de jeito nenhum antes do baile ao estilo de Martha Washington que iria dar para arrecadar fundos para o Asilo dos Cegos na semana da Páscoa; e o marido observou placidamente que, àquela altura, ele já teria de começar a praticar para o Campeonato Internacional de Polo. Mas o sr. Selfridge Merry ouvira as palavras "ao redor do mundo" e, como certa vez rodara o globo em seu barco a vapor, aproveitou a oportunidade para revelar para aqueles que estavam na outra ponta da mesa diversos dados impressionantes sobre os portos do Mediterrâneo, que eram muito rasos. Afinal de contas, acrescentou, não importava: depois de você ter visto Atenas, Esmirna e Constantinopla o que mais havia? E a sra. Merry disse que era muito agradecida ao dr. Bencomb por tê-los feito prometer que não iriam a Nápoles por causa da febre.

"Mas é necessário três semanas para conhecer a Índia direito", acedeu o marido dela, ansioso para que não pensassem que ele era um turista frívolo.

À essa altura, as senhoras se retiraram para a sala de estar.

Na biblioteca, apesar dos personagens mais eminentes, foi Lawrence Lefferts quem predominou.

A conversa, como sempre, girou em torno dos Beaufort, e até o sr. van der Luyden e o sr. Selfridge Merry, instalados nas poltronas de honra tacitamente reservadas para eles, fizeram uma pausa para ouvir a *Filípica*[139] do rapaz.

---

139 As *Filípicas* são o nome dos discursos que Cícero fez contra Marco Antônio perante o Senado de Roma em 44 A. C. O nome passou a designar um discurso furioso de denúncia. (N.T.)

Nunca Lefferts estivera mais abundante dos sentimentos que adornam o homem cristão e exaltam a santidade do lar. A indignação dava-lhe eloquência mordaz, e ficou claro que, se outros houvessem seguido seu exemplo e agido como ele dizia, a sociedade jamais teria sido fraca o bastante para receber um arrivista estrangeiro como Beaufort – não, senhor, nem mesmo se ele tivesse se casado com uma van der Luyden ou uma Lanning, em vez de com uma Dallas. E que chance Beaufort teria tido, perguntou Lefferts furiosamente, de se casar com um membro de tal família, se já não tivesse se insinuado para dentro de certas casas, como pessoas como a sra. Lemuel Struthers tinham conseguido se insinuar, seguindo seu exemplo? Se a sociedade escolhia abrir as portas para as mulheres vulgares, o dano não era grave, embora o ganho fosse duvidoso; mas uma vez que passava a tolerar homens de origem obscura e fortuna corrupta, o resultado seria a desintegração total – e dali a não muito tempo.

"Se as coisas continuarem nesse ritmo", trovejou Lefferts, parecendo um jovem profeta vestido por Poole[140] e que ainda não tinha sido apedrejado, "nós veremos nossos filhos brigando por convites para as casas de escroques e casando com os bastardos de Beaufort."

"Ah, por favor! Mais devagar!", protestaram Reggie Chivers e o jovem Newland, enquanto o sr. Selfridge Merry pareceu genuinamente alarmado e uma expressão de dor e repugnância surgiu no rosto sensível do sr. van der Luyden.

"Ele tem algum?", perguntou o sr. Sillerton Jackson, apurando os ouvidos; e, enquanto Lefferts tentava ignorar a pergunta com uma risada, o velho sussurrou no ouvido de Archer: "Estranhos esses camaradas que estão sempre tentando endireitar tudo. As pessoas com os piores cozinheiros vivem dizendo que foram envenenadas quando jantaram fora. Mas eu ouvi dizer que há um motivo urgente para a diatribe do nosso amigo Lawrence... parece que, desta vez, ela é datilógrafa..."

---

140 Henry Poole (1814-1875), um dos mais famosos alfaiates londrinos. (N.T.)

A conversa passou por Archer como um rio sem sentido que continuava a correr por não ser racional o bastante para parar. Ele viu, nos rostos ao redor, expressões de interesse, divertimento e até hilaridade. Ouviu as risadas dos homens mais jovens e os elogios ao vinho Madeira dos Archer, que o sr. van der Luyden e o sr. Merry estavam celebrando com um ar sério. O tempo todo, teve a vaga consciência de uma atitude amistosa generalizada para com ele, como se os guardas do prisioneiro que sentia ser estivessem tentando amenizar o cativeiro; e essa percepção aumentou sua determinação furiosa de se libertar.

Na sala de estar, onde eles logo foram se encontrar com as senhoras, Archer olhou nos olhos triunfantes de May, e viu neles a convicção de que o evento todo transcorrera maravilhosamente bem. Ela se levantou do lugar ao lado de madame Olenska e, de imediato, a sra. van der Luyden fez um gesto para que esta viesse se sentar ao seu lado no sofá dourado, onde estava entronizada. A sra. Selfridge Merry atravessou a sala em linha reta para juntar-se a ambas, e ficou claro para Archer que ali também ocorria uma conspiração para reabilitar algumas coisas e obliterar outras. A organização silenciosa que era a cola de seu mundinho estava determinada a deixar registrado que nem por um segundo questionara a correição da conduta de madame Olenska ou a totalidade da felicidade doméstica de Archer. Todas aquelas pessoas afáveis e inflexíveis estavam resolutamente ocupadas em fingir umas para as outras que jamais tinham ouvido, suspeitado ou sequer concebido qualquer insinuação do contrário; e, desse tecido de dissimulação geral e elaborada, Archer mais uma vez extraiu o fato de que Nova York acreditava que ele era amante de madame Olenska. Ele viu o brilho de vitória nos olhos da esposa e, pela primeira vez, compreendeu que ela acreditava na mesma coisa. A descoberta despertou a gargalhada de demônios internos que reverberou durante todos os seus esforços para discutir o baile ao estilo Martha Washington com a sra. Reggie Chivers e a pequena sra. van Newland; e assim a noite passou, continuando a correr como um rio sem sentido que não sabia como parar.

Afinal, Archer viu que madame Olenska se levantara e estava se despedindo. Entendeu que, dentro de instantes, ela iria desaparecer e tentou se lembrar do que lhe dissera durante o jantar; mas não conseguiu recordar-se de nenhuma palavra que tinham trocado.

Madame Olenska se aproximou de May, e os outros convidados fizeram um círculo em torno de ambas conforme ela avançava. As duas jovens deram as mãos; e, então, May se inclinou e beijou a prima.

"Certamente a nossa anfitriã é de longe a mais bela das duas", Archer ouviu Reggie Chivers dizer em voz baixa para a jovem sra. van Newland; e se lembrou do desdém rude de Beaufort pela beleza ineficaz de May.

Um momento mais tarde, ele estava no saguão, colocando a capa nos ombros de madame Olenska.

Durante toda sua confusão mental, ele se mantivera firme em sua resolução de não dizer nada que pudesse assustá-la ou perturbá-la. Convencido de que nenhum poder seria capaz de desviá-lo de seu propósito, Archer encontrara forças para permitir que os acontecimentos se desenrolassem à revelia dele. Mas, ao levar madame Olenska até o saguão, sentiu uma vontade súbita e voraz de ter um instante a sós com ela na porta da carruagem.

"Sua carruagem está aqui?", perguntou ele; e, nesse momento, a sra. van der Luyden, que estava sendo majestosamente inserida em sua pele de marta, respondeu docemente: "Nós vamos levar nossa querida Ellen em casa."

O coração de Archer deu um pulo e madame Olenska, segurando a capa e o leque com uma das mãos, estendeu a outra para ele. "Adeus", disse.

"Adeus. Mas eu a verei em breve em Paris", respondeu ele em voz alta – pareceu-lhe que tinha gritado.

"Ah", murmurou ela, "se você e May puderem vir!"

O sr. van der Luyden se aproximou para dar-lhe o braço, e Archer se voltou para a sra. van der Luyden. Por um segundo, na escuridão funda do landau, ele discerniu um rosto oval, o brilho firme de dois olhos – e ela se fora.

Ao subir os degraus, ele passou por Lawrence Lefferts, que vinha descendo com a esposa. Lefferts agarrou o anfitrião pela manga e se afastou para deixar Gertrude passar.

"Venha cá, rapaz: você se importa de dizer que nós vamos jantar juntos no clube amanhã à noite? Obrigado, camarada! Boa noite."

"Tudo transcorreu mesmo maravilhosamente bem, não foi?", perguntou May da porta da biblioteca.

Archer despertou de seu devaneio com um sobressalto. Assim que a última carruagem se afastara, ele subira para a biblioteca e fechara a porta, na esperança de que a esposa, que ainda estava lá embaixo, fosse direto para o quarto. Mas ali estava May, pálida e abatida, porém irradiando a energia artificial de alguém que já não se importa com a fadiga.

"Posso entrar e conversar sobre a festa?", indagou ela.

"Claro, se quiser. Mas você deve estar com muito sono..."

"Não, não estou com sono. Gostaria de ficar um pouco aqui, com você."

"Muito bem", disse Archer, empurrando a poltrona dela para perto do fogo.

May se sentou e ele retomou o assento; nenhum dos dois disse nada durante um longo tempo. Afinal, Archer começou, abruptamente: "Já que você não está cansada e quer conversar, há algo que preciso lhe dizer. Tentei fazer isso, na outra noite..."

Ela olhou-o, depressa. "Sim, meu amor. Algo sobre você?"

"Sobre mim. Você diz que não está cansada. Bem, eu estou. Terrivelmente cansado..."

No mesmo instante, ela foi tomada pela ternura e o nervosismo. "Ah, eu estava prevendo isso, Newland! Eles têm obrigado você a trabalhar de maneira tão perversa..."

"Talvez seja isso. De qualquer forma, eu quero fazer uma mudança..."

"Uma mudança? Quer parar de trabalhar como advogado?"

"Quero fazer uma viagem, pelo menos. Imediatamente. Uma viagem longa, para bem longe... longe de tudo..."

Ele fez uma pausa, ciente de que fracassara em sua tentativa de falar com a indiferença de um homem que deseja uma mudança, mas ainda está cansado demais para recebê-la de bom grado. Por mais que se esforçasse, a nota do anseio soava em sua voz. "Longe de tudo..." repetiu.

"Para bem longe? Para onde, por exemplo?", perguntou May.

"Ah, não sei. Para a Índia. Ou para o Japão."

Ela se levantou e Archer, sentado com a cabeça baixa e o queixo apoiado nas mãos, sentiu sua presença cálida e fragrante ali de pé.

"Tão longe assim? Lamento, mas você não pode, meu amor..." disse May, com a voz trêmula. "A não ser que me leve junto." E, então, como ele ficou em silêncio, ela continuou em um tom tão claro e firme que cada sílaba bateu como um martelinho no cérebro de seu marido: "Quer dizer, se os médicos me deixarem ir... Mas acho que não vão deixar. Sabe, Newland, desde esta manhã eu tive certeza de algo que há muito venho tendo a esperança de que..."

Archer ergueu os olhos, horrorizado, e May se abaixou, toda orvalho e rosas, e escondeu o rosto em seu joelho.

"Ah, meu amor", disse ele, apertando-a contra si enquanto sua mão fria acariciava o cabelo da esposa.

Houve uma longa pausa, que os demônios internos preencheram de risadas; e, então, May se desvencilhou dos braços dele e levantou-se.

"Você não imaginou?"

"Sim, eu... Não. Quero dizer, é claro que tive esperanças..."

Eles se fitaram por um instante e depois ficaram de novo em silêncio. Então, desviando o olhar, Archer perguntou abruptamente: "Você contou a mais alguém?"

"Só para a mamãe e para a sua mãe." Ela fez uma pausa e então acrescentou depressa, corando até a altura da testa. "Quer dizer... e para Ellen. Você lembra que eu contei que tivemos uma longa conversa certa tarde – e como ela foi um amor comigo."

"Ah...", disse Archer, e seu coração parou.

Ele sentiu que a esposa estava observando-o atentamente.

"Você se importa de eu ter contado para ela primeiro, Newland?"

"Se eu me importo? Por que deveria?" Archer fez um esforço final para se conter. "Mas isso tem quinze dias, não tem? Achei que você tinha dito que só teve certeza hoje."

O rubor de May ficou mais intenso, mas ela continuou a fitá-lo. "Sim, eu não tinha certeza há quinze dias... Mas disse a ela que tinha. E como você vê, eu estava certa!", exclamou ela, com os olhos azuis úmidos de triunfo.

Capítulo 34

Newland Archer estava sentado na escrivaninha de sua biblioteca na rua 39 Leste.

Tinha acabado de voltar de uma grande recepção oficial para a inauguração das novas galerias do Metropolitan Museum, e o espetáculo daqueles vastos espaços repletos de espólios de todas as eras, onde multidões de pessoas ilustres circulavam entre uma série de tesouros cientificamente catalogados, de repente acionara a mola enferrujada de sua memória.

"Ora, nesta sala ficavam aqueles objetos do Cesnola", Archer ouviu alguém dizer; e, no mesmo instante, tudo ao seu redor desapareceu, e ele estava sentado sozinho em um sofá duro de couro encostado em um aquecedor, enquanto uma mulher magra com um casaco comprido de pele de foca se afastava, passando pelos parcos objetos do velho museu.

A visão fizera surgir diversas outras associações, e Archer olhou com novos olhos para aquela biblioteca que, durante mais de trinta anos, fora o cenário de seus devaneios solitários e de todas as confabulações familiares.

Aquele era o cômodo onde a maioria das coisas reais de sua vida tinha acontecido. Ali, sua esposa, quase 26 anos atrás, revelara, com rodeios e rubores que teriam feito sorrir as moças da nova geração, a notícia de que estava grávida; ali, o filho mais velho deles, Dallas, delicado demais para ser levado à igreja no meio do inverno, fora batizado pelo seu velho amigo, o bispo de Nova York – o vasto, magnífico e insubstituível bispo, que durante tanto tempo fora o orgulho e o ornamento de sua diocese. Ali, Dallas dera seus primeiros passos incertos gritando "Pai!", enquanto May e a babá riam da porta; ali, a filha deles, Mary (tão parecida com a mãe) anunciara seu noivado com o mais enfadonho e confiável dos muitos filhos de Reggie Chivers; e ali, Archer a beijara por sobre o véu de noiva antes de eles pegarem o automóvel que ia levá-los até a Grace Church – pois, em um mundo onde todo o resto ruíra, os casamentos na Grace Church tinham continuado a ser uma instituição imutável.

Fora na biblioteca que ele e May sempre discutiram o futuro das crianças: os estudos de Dallas e de seu irmão mais novo, Bill, a indiferença incurável de Mary por "prendas" e sua paixão pelos esportes e pela filantropia, e a vaga inclinação para as "artes" que finalmente tinha feito com que o inquieto e curioso Dallas fosse parar no escritório de um arquiteto que estava ganhando renome em Nova York.

Os rapazes de hoje em dia estavam se emancipando do direito e dos negócios e indo trabalhar em novas áreas. Se não estivessem absortos pela política estadual ou pelas reformas municipais, era provável que estivessem trabalhando com arqueologia na América Central, arquitetura ou paisagismo; estudando com interesse e erudição as construções pré-revolucionárias de seu próprio país, examinando e adaptando o estilo georgiano e protestando contra a falta de sentido da palavra "colonial". Hoje em dia, ninguém mais tinha casas "coloniais", a não ser os fazendeiros milionários dos subúrbios.

Acima de tudo – às vezes, Archer colocava aquilo acima de tudo –, fora naquela biblioteca que o governador de Nova York,[141] tendo vindo

---

141 Theodore Roosevelt (1858-1919) foi governador de Nova York entre 1899 e 1901 e, em seguida, se tornou presidente dos Estados Unidos, ainda em 1901. Ele foi amigo de Edith Wharton, que o admirava profundamente e o homenageou neste livro. (N.T.)

de Albany certa noite para jantar e passar a noite, voltara-se para seu anfitrião e dissera, batendo o punho cerrado na mesa e mordendo a haste dos óculos: "Ao diabo com o político profissional! Você é o tipo de homem que este país precisa, Archer. Se o estábulo vai ser limpo um dia, homens como você têm que ajudar a limpar."

"Homens como você" – com quanto orgulho Archer ouvira isso! Com quanto ânimo se erguera diante do chamado! Era um eco do velho apelo de Ned Winsett para que ele arregaçasse as mangas e caísse na lama; isso dito por um homem que deu o exemplo desse gesto e cuja ordem de segui-lo fora irresistível.

Archer, ao olhar para trás, não teve certeza se tinha mesmo sido o tipo de homem que aquele país precisava, pelo menos na atividade para a qual Theodore Roosevelt o indicara; na verdade, havia motivos para achar que não, pois, após um ano na Assembleia Legislativa do Estado, ele não fora reeleito e se voltara de bom grado para trabalhos municipais obscuros, ainda que úteis, passando depois a escrever artigos ocasionais para uma das revistas semanais reformistas que estavam tentando arrancar o país da apatia. Archer não tinha muito o que ver, ao olhar para trás; mas, quando se lembrava do que os homens de sua geração podiam esperar da vida – do caminho estreito de ganhar dinheiro, praticar esportes e circular pela sociedade ao qual se limitava a visão deles –, mesmo sua pequena contribuição para o novo estado das coisas parecia contar, como cada tijolo conta em um muro bem construído. Ele realizara pouco na vida pública; sempre seria, por natureza, uma pessoa contemplativa e diletante; mas contemplara altas visões, se deliciara com maravilhas – e tinha a amizade de um grande homem para ser sua força e seu orgulho.

Archer fora, em suma, o que as pessoas estavam começando a chamar de "um bom cidadão". Em Nova York, já havia muitos anos que qualquer novo movimento, fosse filantrópico, municipal ou artístico, levava em conta sua opinião e desejava seu nome. As pessoas disseram "Pergunte a Archer" quando surgiu a questão de abrir a primeira escola para crianças com deficiência, reorganizar o museu, fundar o Grolier Club,[142] inaugurar a nova biblioteca ou planejar a nova sociedade de música de câmara. Seus dias eram cheios de atividades, e elas eram atividades decentes. Ele supunha que isso era tudo que um homem devia querer.

Archer sabia que algo lhe escapara: a flor da vida. Mas, agora, pensava nela como em algo tão inatingível e improvável que se queixar seria como entrar em desespero por não ter ganhado o primeiro prêmio de uma loteria. Havia cem milhões de apostas em sua loteria e apenas um prêmio; as chances tinham sido muito poucas. Quando se lembrava de Ellen Olenska, era de maneira abstrata, serena, como alguém que pensava em um amor imaginário extraído de um livro ou um quadro: ela se tornara, para ele, uma miragem que simbolizava toda a vida não vivida. Essa visão, por mais apagada e tênue, o impedira de pensar em outras mulheres. Ele fora o que se chamava de um marido fiel; e, quando May morrera de repente – ceifada pela pneumonia infecciosa que contraíra do filho mais novo, ao cuidar dele –, Archer sofrera genuinamente. Seus muitos anos juntos lhe mostraram que não importava que o casamento fosse um dever enfadonho, contanto que mantivesse a dignidade de um dever; se isso era esquecido, ele se tornava uma mera batalha de desejos torpes. Ao olhar ao redor, ele honrou o próprio passado e lamentou sua perda. Afinal, havia um lado bom nos antigos hábitos.

Seus olhos, passando pelo cômodo – que tinha sido redecorado por Dallas com meias-tintas inglesas, armários Chippendale e pequenas luminárias elétricas azuis e brancas com quebra-luzes que tornavam a luminosidade agradável –, voltaram-se para a velha escrivaninha Eastlake, cujo banimento ele jamais permitira, e para sua primeira fotografia de May, que ainda ficava no mesmo lugar, ao lado de seu tinteiro.

---

142 Clube para bibliófilos fundado em 1884. (N.T.)

Ali estava ela, alta, esguia e de seios fartos, com a musselina engomada e o chapéu de palha, como ele a vira sob as laranjeiras do jardim da Missão Espanhola.

E, como Archer a vira naquele dia, assim May permanecera: sem jamais alçar altos voos, mas sem nunca se rebaixar muito; generosa, fiel, incansável; mas tão sem imaginação, tão incapaz de crescer, que o mundo de sua juventude se despedaçara e se reconstruíra sem que ela tivesse consciência da mudança. Essa cegueira luminosa e total mantivera o horizonte à sua frente aparentemente inalterado. Essa incapacidade de discernir mudanças tinha feito com que os filhos ocultassem suas opiniões da mãe, assim como Archer ocultava as opiniões dele; houvera, desde o início, uma mesmice fingida por todos, uma espécie de hipocrisia familiar inocente, com que o pai e os filhos tinham colaborado inconscientemente. E May morrera achando que o mundo era um lugar bom, repleto de lares amorosos e harmoniosos como o seu, e resignada a deixá-lo apenas por estar certa de que, o que quer que acontecesse, Newland continuaria a inculcar em Dallas os mesmos princípios e preconceitos que tinham moldado as vidas dos pais dele e que Dallas, por sua vez, (quando Newland falecesse também) transmitiria aquela custódia sagrada ao pequeno Bill. E, em Mary, May tinha tanta confiança quanto em si mesma. Assim, tendo arrancado o pequeno Bill das mãos da morte e dado a vida ao fazê-lo, ela foi contente para o jazigo dos Archer na igreja Saint Mark's, onde a sra. Archer já se encontrava a salvo da aterradora "tendência" da qual a nora jamais sequer tivera ciência.

Ao lado do retrato de May, ficava um da filha dela. Mary Chivers era tão alta e loura quanto a mãe, mas tinha a cintura larga, o seio achatado e era um pouco encurvada, como requeria a moda nova. Os estupendos feitos atléticos de Mary Chivers não poderiam ter sido realizados com a cintura de vinte polegadas que a faixa azul de May Archer circundava com tanta facilidade. E a diferença parecia simbólica: a vida da mãe transcorrera em um círculo tão pequeno quanto o de sua cintura. Mary, que não era menos convencional, nem mais inteligente, mesmo assim levava uma vista mais vasta e tinhas opiniões mais tolerantes. Havia um lado bom na nova ordem também. O telefone tocou e Archer, deixando de olhar as fotografias, tirou o fone do gancho ao seu lado. Quão distantes estavam os dias em que os mensageiros com seus botões de metal no uniforme tinham sido o único meio de comunicação rápida de Nova York!

"Uma ligação de Chicago."

Ah, devia ser um interurbano de Dallas, que fora enviado para Chicago por sua empresa para discutir os planos de um palácio à beira do lago que eles iam construir para um jovem milionário cheio de ideias. A empresa sempre enviava Dallas nessas missões.

"Alô, pai. Sou eu, Dallas. Diga, o que você acha de zarpar na quarta-feira? No Mauretania. Isso, quarta-feira que vem sem falta. Nosso cliente quer que eu dê uma olhada em alguns jardins italianos antes de decidirmos qualquer coisa, e me pediu para ir para lá no próximo barco. Tenho que estar de volta no dia primeiro de junho..." A voz se interrompeu, com uma risada alegre de quem percebia o que estava dizendo. "Ou seja, não podemos dormir no ponto. Pai, eu quero sua ajuda. Aceite, vá."

Dallas parecia estar falando de dentro do cômodo: a voz era tão próxima e tão natural quanto se ele estivesse sentado em sua poltrona preferida perto do fogo. Esse fato, em geral, não teria surpreendido Archer, pois os telefonemas de longa distância tinham se tornado tão corriqueiros quanto a luz elétrica e viagens transatlânticas de apenas cinco dias. Mas a risada, de fato, o espantou; ainda parecia incrível que, atravessando todos aqueles quilômetros e quilômetros pelo país – passando por florestas, rios, montanhas, pradarias, cidades fervilhantes e milhões de pessoas ocupadas e indiferentes –, a risada de Dallas pudesse dizer: "É claro que, não importa o que aconteça, eu tenho que estar de volta no dia primeiro de junho, pois eu e Fanny Beaufort vamos nos casar no dia cinco."

A voz voltou a falar: "Vai pensar? Não, senhor. Não vai pensar nem um minuto. Tem que concordar agora. E por que não, me diga? Se conseguir alegar uma única razão... Não consegue. Eu sabia. Então vamos, hein? Porque estou contando com você para ligar para o escritório da Cunard amanhã de manhã, bem cedo. E é melhor já ver a viagem de volta, saindo de Marselha. Pai, vai ser nossa última viagem juntos, desse jeito... Ah, ótimo! Eu sabia que você ia aceitar."

Dallas desligou, lá de Chicago, e Archer se levantou e começou a andar de um lado para o outro na biblioteca.

Seria a última viagem deles juntos, daquele jeito: o menino tinha razão. Haveria diversas outras ocasiões depois do casamento de Dallas, o pai tinha certeza; pois os dois eram amigos natos e não havia nada em Fanny Beaufort que levasse a crer que ela iria interferir em sua intimidade. Ao contrário, pelo que Archer já vira, achava que ela passaria naturalmente a fazer parte dessa intimidade. Mesmo assim, mudanças eram mudanças, diferenças eram diferenças, e por mais que Archer sentisse uma afinidade com a futura nora, era tentador aproveitar essa última chance de ficar a sós com seu menino.

Não havia nenhuma razão para ele não a aproveitar, a não ser o fato de ter perdido o hábito de viajar. May só gostava de se mexer por motivos válidos, como levar as crianças para o litoral ou para as montanhas: ela não conseguia imaginar nenhuma outra para deixar sua casa na rua 39 ou os aposentos confortáveis disponíveis para eles na casa dos Welland em Newport. Depois que Dallas se formou, May achou que era seu dever viajar por seis meses; e a família toda percorrera o itinerário tradicional por Inglaterra, Suíça e Itália. Como o tempo deles era limitado (ninguém sabia por que), não foram à França. Archer se lembrava da fúria de Dallas quando lhe pediram que contemplasse o Mont Blanc em vez de Reims ou Chartres. Mas Mary e Bill queriam fazer alpinismo e já tinham bocejado quando Dallas os arrastara pelas catedrais inglesas; e May, sempre justa com os filhos, insistira que houvesse um equilíbrio entre as inclinações atléticas e artísticas. Ela, na verdade, propusera que o marido fosse passar quinze dias em Paris e os encontrasse nos lagos italianos depois de eles terem passado pela Suíça; mas Archer recusara. "Vamos ficar todos juntos", dissera ele; e o rosto de May se iluminara ao vê-lo dando um exemplo tão bom para Dallas.

Desde a morte dela, quase dois anos antes, não houvera nenhum motivo para Archer manter a rotina. Seus filhos insistiram para que ele viajasse: Mary Chivers tinha certeza de que lhe faria bem ir para o exterior "ver as galerias." Essa cura, justamente por ser misteriosa, a fazia ter mais confiança em sua eficácia. Mas ele se descobrira preso no lugar pelo hábito, pelas lembranças, por um súbito temor das coisas novas.

Naquele momento, ao revisitar o passado, Archer percebeu a profunda monotonia em que estava vivendo. A pior parte de cumprir seu dever era que, aparentemente, isso deixava as pessoas incapazes de fazer qualquer outra coisa. Pelo menos, essa era a opinião dos homens de sua geração. Os abismos que separavam o certo do errado, o honesto do desonesto, o respeitável do contrário, tinham deixado muito pouco espaço para o imprevisto. Há momentos em que a imaginação de um homem, tão facilmente subjugada a seu ambiente, de repente passa do nível do cotidiano e examina os caminhos longos e tortuosos do destino. Archer se ergueu e ficou suspenso ali, se perguntando...

O que restara do mundinho onde ele fora criado e cujos padrões o haviam dobrado e amarrado? Ele se lembrou de uma profecia desdenhosa do pobre Lawrence Lefferts, feita anos atrás naquele mesmo cômodo: "Se as coisas continuarem nesse ritmo, nós veremos nossos filhos se casando com os bastardos de Beaufort."

Era exatamente isso que o filho de Archer, o maior orgulho da sua vida, ia fazer, e ninguém tinha se espantado ou reprovado. Até a tia Janey, que ainda tinha a mesma aparência que costumava ter na velhice de sua mocidade, pegara as esmeraldas e pérolas-arroz da mãe do algodão cor-de-rosa em que ficavam guardadas e levara-as com as próprias mãos trêmulas para a noiva; e Fanny Beaufort, em vez de se decepcionar por não ganhar um "jogo" de algum joalheiro de Paris, exclamou diante de sua beleza tradicional e declarou que, quando as usasse, se sentiria como uma miniatura de Isabey.

Fanny Beaufort, que surgira em Nova York aos dezoito anos de idade após a morte dos pais, ganhara o coração da cidade de maneira bem parecida como madame Olenska o fizera trinta anos antes; mas, em vez de sentir desconfiança e temor dela, a sociedade a aceitara com a maior naturalidade. Fanny era bonita, divertida e prendada: o que mais se podia querer? Ninguém era mesquinho o bastante para usar contra ela o passado do pai e as circunstâncias de seu nascimento, ambos já quase esquecidos. Só os mais velhos se lembravam de um acontecimento tão obscuro na vida financeira de Nova York como a falência de Beaufort, ou o fato de que, após a morte da esposa, ele se casara discretamente com a notória Fanny Ring e deixara o país com a nova mulher e uma menininha que herdara a beleza da mãe. Depois disso, Beaufort foi visto em Constantinopla e, então, na Rússia; e, uma dúzia de anos mais tarde, viajantes americanos eram luxuosamente recebidos por ele em Buenos Aires, onde trabalhava como representante de uma grande empresa de seguros. Beaufort e a esposa tinham morrido lá, envoltos em prosperidade; e, certo dia, sua filha órfã surgira em Nova York junto com a cunhada de May Archer, a sra. Jack Welland, cujo marido tinha sido designado tutor da menina. Isso a fizera ser considerada quase uma prima dos filhos de Newland Archer, e ninguém ficou surpreso quando o noivado de Dallas foi anunciado.

Nada podia mostrar com mais clareza o quanto o mundo tinha mudado. As pessoas estavam ocupadas demais – ocupadas com reformas e "movimentos", com modas, manias e frivolidades – para se incomodarem muito com os vizinhos. E que importava o passado de alguém no imenso caleidoscópio onde todos os átomos sociais giravam no mesmo plano?

Newland Archer, olhando da janela do hotel para a alegria imponente das ruas de Paris, sentiu o coração batendo com a confusão e a avidez da juventude.

Fazia tempo que ele não pulava tanto assim sob a circunferência cada vez maior de seu colete, deixando-o, no instante seguinte, com uma sensação de vazio no peito e de calor nas têmporas. Archer se perguntou se o coração do filho se comportava daquela maneira na presença de Fanny Beaufort – e decidiu que não. "Ele deve funcionar tão ativamente quanto o meu, mas bate em um ritmo diferente", refletiu, lembrando-se da tranquilidade com que o rapaz anunciara o noivado, na certeza de que a família iria aprovar.

"A diferença é que esses jovens têm certeza de que vão conseguir qualquer coisa que queiram, enquanto nós quase sempre tínhamos certeza de que não íamos. Mas eu me pergunto: será que aquilo que já sabemos que vamos obter faz nosso coração bater tão loucamente?"

Fazia um dia que eles tinham chegado a Paris, e o sol de primavera fez Archer ficar diante da janela aberta, vento a vastidão prateada da Place Vendôme. Uma das coisas que tinha estipulado – praticamente a única coisa – ao concordar em viajar com Dallas fora que, em Paris, ele não o obrigasse a ficar em um daqueles hotéis novos, os tais "palaces".

"Ah, tudo bem. Claro. Vou levar você para um desses deliciosos lugares antiquados – como o Le Bristol, por exemplo", concordara Dallas, de bom grado, deixando o pai sem fala ao ouvir aquele abrigo centenário de reis e imperadores ser mencionado como se fosse uma estalagem antiga, onde as pessoas se hospedavam por causa das inconveniências pitorescas e da autêntica cor local.

Nos primeiros e impacientes anos, Archer imaginara com frequência seu retorno a Paris; então, aquela visão pessoal se esvaecera, e ele simplesmente tentara ver a cidade como o cenário da vida de madame Olenska. Sentado sozinho em sua biblioteca à noite, depois que toda a casa já fora dormir, recordara-se do surgimento radiante da primavera naquela avenida de castanheiros-da-índia, das flores e estátuas nos jardins públicos, do aroma dos lilases nas charretes de flores, do rio ondulando majestosamente sob as enormes pontes, da vida de arte, estudo e prazer que enchia cada imensa artéria até a borda. Agora, aquele espetáculo estava diante dele em toda sua glória e, ao contemplá-lo, Archer sentiu-se tímido, antiquado, insatisfatório: um mero grão de poeira perto do homem magnífico e destemido que sonhara ser... Dallas colocou a mão no ombro do pai, alegre. "Olá, pai. Não está nada mau, está?" Eles ficaram algum tempo olhando a vista em silêncio, e então o rapaz continuou: "Aliás, tenho um recado para você: a condessa Olenska está nos esperando às cinco e meia."

Disse isso de forma leve, indiferente, como poderia ter mencionado qualquer informação casual, como o horário do trem que eles iam pegar para Florença na noite seguinte. Archer olhou-o e pensou ter visto em seus jovens olhos divertidos um pouco da brejeirice da bisavó, a sra. Manson Mingott.

"Ah, eu não lhe contei?", perguntou Dallas. "Fanny me fez jurar que eu ia fazer três coisas quando estivesse em Paris: comprar para ela as partituras das últimas composições de Debussy,[143] ir ao Grand Guignol[144] e visitar madame Olenska. Você sabe que ela foi muito gentil com Fanny quando o sr. Beaufort a mandou de Buenos Aires para o Assomption.[145] Fanny não conhecia ninguém em Paris, e madame Olenska costumava ser simpática com ela e levá-la para passear nos feriados. Acredito que madame Olenska foi muito amiga da primeira esposa do sr. Beaufort. E é nossa prima, claro. Por isso, liguei para ela antes de sair hoje de manhã e disse que eu e você íamos passar dois dias na cidade e queríamos vê-la."

143 Claude Debussy (1862-1918), compositor francês que trouxe diferentes caminhos harmônicos para a música. (N.T.)

144 Teatro parisiense fundado em 1897, famoso por suas peças violentas e chocantes. (N.T.)

145 Institute de L'Assomption, colégio católico parisiense fundado em 1857. (N.T.)

Archer continuou a olhar para o filho, pasmo. "Você disse para ela que eu estava aqui?"

"Claro. Por que não?"

Dallas ergueu as sobrancelhas com uma expressão marota. Então, como não houve resposta, ele deu o braço ao pai e apertou-o com o ar de quem ia exigir confidências.

"Diga, pai: como ela era?"

Archer sentiu que corava diante do olhar penetrante do filho.

"Vamos, admita", continuou Dallas. "Vocês dois eram grandes amigos, não eram? Ela não era adorável?"

"Adorável? Não sei. Ela era diferente."

"Ah! Aí está! No final das contas é sempre isso, não é? Quando ela aparece, é diferente – e a gente não sabe por quê. É exatamente o que eu sinto por Fanny."

O pai dele deu um passo atrás, soltando o braço.

"Por Fanny? Mas, meu caro... Não me admira! Só que não vejo o que..."

"Ah, pai, não seja pré-histórico! Madame Olenska já não foi... a sua Fanny?"

Dallas pertencia, de corpo e alma, à nova geração. Era o primo-gênito de Newland e May Archer, mas jamais fora possível inculcar nele o menor resquício de reserva. "De que adianta fazer mistério? As pessoas só ficam querendo fuçar mais", protestava Dallas sempre que lhe exigiam discrição. Mas Archer, encarando-o, viu a luz do amor filial sob os gracejos.

"A minha Fanny?"

"Bem, a mulher por quem você teria largado tudo. Só que não largou", continuou seu surpreendente filho.

"Não mesmo", concordou Archer, com certa solenidade.

"Não. Dá para perceber que você está velho. Mas a mamãe disse que..."

"Sua mãe?"

"Sim. Um dia antes de morrer. Foi quando ela quis falar comigo sozinha. Lembra? Disse que sabia que nós estávamos seguros com você, e sempre estaríamos, porque certa vez, quando ela pediu, você abriu mão do que mais queria."

Archer recebeu essa estranha informação em silêncio. Continuou com os olhos fixos na praça ensolarada e cheia de gente para a qual dava a janela, olhando-a sem ver. Por fim, disse, baixinho: "Ela nunca me pediu."

"Não. Eu me esqueci disso. Vocês nunca pediam nada um para o outro, não é? E nunca contavam nada um para o outro. Só ficavam sentados, se observando e adivinhando o que estava acontecendo por baixo. Um verdadeiro manicômio de surdos e mudos! Bem, pelo menos sua geração sabia mais sobre os pensamentos uns dos outros do que a minha jamais terá tempo de descobrir. Venha cá, pai", atalhou Dallas, "você não está com raiva de mim, está? Se estiver, vamos fazer as pazes e ir almoçar no Henri's. Depois, preciso ir correndo para Versalhes."

Archer não acompanhou o filho até Versalhes. Preferiu passar a tarde vagando sozinho por Paris. Precisava lidar, de uma só vez, com os arrependimentos acumulados e as lembranças reprimidas de uma vida inteira inarticulada.

Após algum tempo, não lamentou a indiscrição de Dallas. Pareceu arrancar um grilhão de ferro de seu coração saber que, afinal, uma pessoa adivinhara e se apiedara... E o fato de ter sido sua esposa o comoveu indescritivelmente. Dallas, com toda a sua argúcia e seu carinho, não teria compreendido isso. Para o menino, o episódio todo era, sem dúvida, apenas um exemplo tocante de frustração vã, de energias desperdiçadas. Mas será que não era mesmo mais do que isso? Durante muito tempo, Archer ficou sentado em um banco no Champs-Elysées se fazendo essa pergunta, enquanto uma correnteza de vida passava...

Dali a algumas ruas, dali a algumas horas, Ellen Olenska aguardava. Ela jamais voltara para o marido e, quando ele morrera, alguns anos antes, não fizera nenhuma mudança em sua maneira de viver. Agora, não havia nada para separar Archer dela – e, naquela tarde, ele ia vê-la.

Ele se levantou e atravessou a Place de la Concorde e o Jardim das Tulherias até o Louvre. Ellen Olenska certa vez lhe dissera que ia lá com frequência, e Archer teve vontade de passar o tempo que faltava em um lugar onde poderia acreditar que ela estivera há pouco. Durante uma hora ou mais, perambulou pelas galerias em meio à luz ofuscante da tarde, e o esplendor quase esquecido de cada quadro atingiu-o, um por um, preenchendo sua alma com os longos ecos da beleza. Afinal de contas, sua vida tinha sido parca demais...

Subitamente, diante de um luminoso Ticiano,[146] Archer se flagrou dizendo: "Mas eu tenho só 57 anos..." E, então, ele deu as costas ao quadro. Para aqueles sonhos de verão, era tarde demais; mas decerto não para uma colheita serena de amizade, de camaradagem, no silêncio abençoado da presença dela.

Archer voltou para o hotel, onde ele e Dallas iam se encontrar; e, juntos, atravessaram a Place de la Concorde e cruzaram a ponte que dá na Câmara dos Deputados.[147]

Dallas, inconsciente do que se passava na mente do pai, estava falando sem parar, excitado, sobre Versalhes. Ele só fizera uma breve visita ao palácio antes, durante uma viagem de férias na qual tentara incluir tudo de que lhe haviam privado quando fora obrigado a ir com sua família para a Suíça; e um entusiasmo tumultuoso, misturado a críticas arrogantes, jorrava de seus lábios.

---

146 Um dos nomes pelos quais é conhecido o pintor veneziano Tiziano Vecelli (1477-1576). (N.T.)

147 Hoje conhecida como Assembleia Nacional da França, funciona no Palais Bourbon, que fica à margem esquerda do Sena. (N.T.)

Conforme Archer escutava, sua sensação de ser insatisfatório e inexpressivo aumentou. Sabia que o menino não era insensível; mas ele tinha a desenvoltura e a confiança que surgiam quando se via o destino não como mestre, mas como igual. "É isso. Eles se sentem capazes de tudo. Sabem por onde ir", refletiu, pensando no filho como porta-voz da nova geração que varrera para longe todos os velhos marcos da estrada e, com eles, também as placas e os sinais de perigo.

De repente, Dallas estacou, agarrando o braço do pai. "Ah, meu Deus!", exclamou.

Eles estavam diante daquele enorme espaço repleto de árvores na Invalides. O domo de Mansart[148] flutuava etereamente sobre as árvores em flor e a comprida fachada cinza da construção; atraindo para si todos os raios da luz da tarde, estava ali como o símbolo visível da glória da raça.

Archer sabia que madame Olenska morava em uma praça perto de uma das avenidas que irradiavam do Invalides; e imaginara o quarteirão como um lugar silencioso e quase obscuro, esquecendo-se do esplendor central que o iluminava. Naquele momento, por um estranho processo de associação, aquela luz dourada se tornou o brilho que banhava tudo que ela vivia. Durante quase trinta anos, sua vida – sobre a qual ele, estranhamente, sabia tão pouco – fora passada naquela atmosfera rica que Archer já sentia ser densa demais, e ao mesmo tempo estimulante demais, para seus pulmões. Ele pensou nos teatros onde ela devia ter ido, nos quadros que devia ter visto, nas antigas casas sóbrias e esplêndidas que devia ter frequentado, nas pessoas com quem devia ter conversado, no redemoinho incessante de ideias, curiosidades, imagens e associações criado por um povo intensamente social em um cenário de modos imemoriais; e, de repente,

148 Jules Hardouin-Mansart (1646-1708), arquiteto francês que completou o projeto de Versalhes e assinou o Hôtel des Invalides, antigo hospital onde hoje funcionam diversos museus parisienses. (N.T.)

385

se lembrou do jovem francês que certa vez lhe dissera: "Ah, a boa conversa – não existe nada igual, existe?"

Archer não via *monsieur* Rivière, nem ouvia falar nele, há quase trinta anos; e esse fato dava a medida de sua ignorância acerca do cotidiano de madame Olenska. Mais de metade de uma vida os dividia, e ela passara aquele longo intervalo entre pessoas que ele não conhecia, em uma sociedade que mal conseguia imaginar, em condições que jamais compreenderia de todo. Durante esse período, Archer convivera com sua lembrança de juventude da condessa; mas ela, sem dúvida, tivera outras companhias mais tangíveis. Talvez também houvesse guardado a lembrança dele como algo separado; mas, se fizera isso, devia ter sido como uma relíquia em uma pequena capela sombria, onde não se tinha tempo de rezar todos os dias...

Eles tinham atravessado a Place des Invalides e estavam caminhando por uma das avenidas que dava no prédio. Era um quarteirão tranquilo, de fato, apesar de seu esplendor e de sua história; e esse fato dava uma ideia das riquezas que Paris possuía, já que cenários como aquele ficavam para alguns poucos, na maioria indiferentes.

A luz do dia estava se transformando em um brilho tênue, pontilhado aqui e ali por luzes elétricas amarelas, e os transeuntes eram raros na pracinha onde eles entraram. Dallas parou de novo e olhou para cima.

"Deve ser aqui", disse ele, dando o braço ao pai, em um gesto que a timidez de Archer não repeliu. Eles ficaram parados lado a lado, olhando a casa.

Era uma construção moderna, sem nenhuma característica distintiva, mas com muitas janelas e varandas agradáveis em toda a fachada cor de creme. Em uma das varandas superiores, bem acima das copas redondas dos castanheiros-da-índia da praça, as lonas ainda estavam baixadas, como se o sol houvesse acabado de ir embora dali.

"Que andar será?", conjecturou Dallas. E, aproximando-se da entrada das carruagens, enfiou a cabeça na portaria e voltou, dizendo: "É o quinto. Deve ser aquele das lonas."

Archer continuou imóvel, olhando para as janelas superiores como se eles houvessem chegado ao final de sua peregrinação.

"Olhe, já são quase seis horas", lembrou o filho, após algum tempo.

O pai voltou o olhar para um banco vazio sob as árvores.

"Acho que vou me sentar um pouco ali."

"Por quê? Não está se sentindo bem?", exclamou o filho.

"Ah, muito bem. Mas gostaria, por favor, que você subisse sem mim." Dallas ficou parado diante dele, visivelmente atônito. "Mas, pai... está querendo dizer que não vai subir?"

"Não sei", respondeu Archer, devagar.

"Se você não subir, ela não vai entender."

"Vá, meu filho. Talvez eu vá atrás."

Dallas olhou-o longamente em meio à penumbra.

"Mas o que eu vou dizer, meu Deus?"

"Ora, meu caro, você não sempre sabe o que dizer?", respondeu o pai, com um sorriso.

"Muito bem. Vou dizer que você é antiquado e prefere subir os cinco andares de escada, porque não gosta de elevadores."

O pai sorriu de novo. "Diga que sou antiquado. Isso basta."

Dallas olhou-o de novo e, então, com um gesto incrédulo, desapareceu sob a porta abobadada.

Archer se sentou no banco e continuou a fitar a varanda com as lonas. Calculou o tempo que levaria para seu filho chegar de elevador no quinto andar, tocar a campainha, entrar no saguão e ser levado até a sala de estar. Imaginou Dallas entrando na sala com seus passos rápidos e confiantes e seu sorriso delicioso, e perguntou-se se as pessoas tinham razão quando diziam que o menino "saíra como ele".

Então, tentou imaginar as pessoas que já estariam no cômodo – pois naquele horário de visitas, provavelmente haveria mais de uma – e, entre elas, uma senhora pálida e de cabelos escuros, que ergueria os olhos depressa, quase chegaria a se levantar e estenderia a mão longa e fina com três anéis... Imaginou que ela estaria sentada no canto de um sofá perto do fogo, com uma muralha de azaleias atrás, sobre uma mesa.

"Isso é mais real para mim do que se eu subisse", subitamente ouviu-se dizer; e o medo de que a última sombra de realidade se apagasse o manteve sentado no banco conforme os minutos passavam.

Archer ficou um longo tempo sentado no banco em meio à escuridão crescente, sem nunca tirar os olhos da varanda. Por fim, uma luz atravessou as janelas e, um instante depois, um criado saiu na varanda, ergueu as lonas e fechou as persianas.

Ao ver isso, como se fosse o sinal que estava esperando, Newland Archer se levantou devagar e caminhou sozinho de volta para o hotel.

Sobre a tradutora

Julia Romeu é tradutora literária há mais de quinze anos, tendo traduzido obras de autoras como Jane Austen, Charlotte Brontë, Louisa May Alcott e Virginia Woolf, da qual traduziu para Bazar do Tempo o ensaio *Um quarto só seu* (2021). É doutoranda em Literaturas de Língua Inglesa pela Universidade do Estado do Rio de Janeiro (Uerj). Escreveu, em parceria com Heloisa Seixas, os musicais *Era no tempo do rei*, com músicas de Aldir Blanc e Carlos Lyra e *Bilac vê estrelas*, com músicas de Nei Lopes. As duas também escreveram juntas *Carmen: A grande Pequena Notável*, biografia de Carmen Miranda com ilustrações de Graça Lima que ganhou o Prêmio FNLIJ 2015 de Melhor Livro Informativo.

COLEÇÃO
Transgressor@s

Uma mulher, trancada no quarto pelo marido, que é médico, tem alucinações – e vive uma história de terror. Um escritor condenado por um amor homossexual escreve uma carta desesperada ao objeto de sua paixão. Uma jovem é obrigada a andar pelas ruas com um "A" bordado na roupa, indicando que é adúltera. Um homem, rebelde por toda a vida, escreve a história da própria morte.

Questões como homossexualidade, adultério, desigualdade entre homens e mulheres e diferentes formas de luta contra a opressão da sociedade, tão debatidas em nossos dias, sempre permearam a grande literatura. É disso que trata a Coleção Transgressor@s, reunindo livros de autoras e autores que, tendo vivido há cem anos ou mais, trazem a marca da rebeldia.

E não apenas nos temas retratados em seus livros. As escritoras e os escritores presentes nessa coleção quebraram as regras de seu tempo. Em alguns casos, pagaram um preço alto por isso – mas nada que as/os impedisse de escrever obras-primas.

LIVROS DA COLEÇÃO:
O papel de parede amarelo e outras histórias, de Charlotte Perkins Gilman
A idade da inocência, de Edith Wharton

Este livro foi editado pela Bazar do Tempo na cidade de São Sebastião do Rio de Janeiro, em janeiro de 2023. Ele foi composto com a fonte Signifier e impresso em papel Pólen Bold 70 g/m² na gráfica Piffer.